VR – Link 开发

王 勃 艾祖亮 方 伟 编译
张兵强 张 媛

国防工业出版社

·北京·

内 容 简 介

本书是基于 VR‑Link 的分布式仿真环境开发设计的指导书,全面、系统地介绍了 VR‑Link 的基本原理以及采用 VR‑Link 进行分布式仿真开发的设计方法。

本书共分 14 章,内容涵盖了 VR‑Link 开发涉及的所有技术内容,包括协议(DIS、HLA、TENA)无关接口、协议关联接口、平滑和滤波、时间管理、对象管理以及 VR‑Link 代码生成、FOM 映射和辅助类等内容。最后一章是译者在工程开发中的实际经验。

本书可以为从事分布式仿真研究人员的所用,也是进行 VR‑Link 开发的广大工程技术人员必备的参考书。

图书在版编目(CIP)数据

VR‑Link 开发 / 王勃等编译. —北京:国防工业出版社,2009.9

ISBN 978‑7‑118‑06479‑7

Ⅰ. V... Ⅱ. 王... Ⅲ. C 语言‑程序设计 Ⅳ. TP312

中国版本图书馆 CIP 数据核字(2009)第 123848 号

※

国防工业出版社出版发行

(北京市海淀区紫竹院南路 23 号 邮政编码 100048)
北京奥鑫印刷厂印刷
新华书店经售

*

开本 710×960 1/16 印张 19¾ 字数 350 千字
2009 年 9 月第 1 版第 1 次印刷 印数 1—4000 册 定价 38.00 元

(本书如有印装错误,我社负责调换)

国防书店:(010)68428422 发行邮购:(010)68414474
发行传真:(010)68411535 发行业务:(010)68472764

序

美国 MÄK 公司凭借其完美的软件思想，优秀的软件架构以及出色的工程技术人员的支持，开发出 RTI、VR – Link、VR – Forces、VR – Vantage、Stealth、VR – Exchange、DataLogger 等一批优秀的仿真应用软件，已成为一整套从底层到上层、扩展性强、灵活性好的面向分布式仿真的解决方案。其中的 VR – Link 即是 MÄK 核心软件之一，在整套 MÄK 产品中处处都体现了其完美之处，深深影响着 MÄK 的每一款产品。通过不断的项目历练和需求的更新，经过十余年的丰富与发展，VR – Link 向仿真行业日益展示出其强大的功能和卓越的品质。全世界范围内已有为数众多的分布式仿真研究开发人员在 VR – Link 的基础上开发出了多种多样的软件工具，也使得 MÄK VR – Link 在世界仿真业界获得了极高的评价。

本书是第一本专门针对 MÄK VR – Link 的应用指导书，将为致力于分布式仿真开发和应用，特别是对 MÄK VR – Link 感兴趣的朋友更好地学习和使用这个产品提供帮助。目前，MÄK VR – Link 在国内仿真界的应用已经相当广泛，使用 VR – Link 产品进行仿真开发的科技人员数量众多且与日俱增。本书对广大 VR – Link 使用者来说，是一本有着重要意义的指导书，它不仅包括了 VR – Link 从安装到使用的各项内容，更融入了译者在应用过程中的体会和心得。我们很希望在国内基于 HLA 的分布式仿真应用会更加广泛和成熟，也希望在国内的 HLA 使用者能够将这一项技术掌握得更加透彻，希望每一位使用 VR – Link 的人，都能在应用中感受到 VR – Link 给大家的仿真带来的便利，也希望这一产品能满足大家的期望和需求。

北京赛四达科技有限公司

前　言

　　随着分布式仿真需求和应用范围不断扩大,分布式仿真演练已成为军事训练的重要手段。高层体系结构 HLA 是美国国防部为解决美军在各个领域开发出来的多种模型、仿真系统和 C⁴ISR 系统的互连和互操作问题而提出的一种新型的分布式仿真协议,它为分布式建模与仿真提供了一个通用体系框架,成为实现分布式仿真组件互操作的集成标准。RTI 作为 HLA 的实现完成了分布式仿真的跨越式发展。RTI 经过十数年的发展,各种产品相继面世,为广大致力于分布式仿真技术研究人员提供了多种手段和工具。其中,MÄK 公司的 VR - Link 产品是进行分布式仿真开发强有力的工具之一,其协议无关接口,支持 DIS、HLA、TENA 等多种协议,支持多平台等特点为解决分布仿真提供了丰富、灵活、可靠的技术手段。

　　本书作为《VR - Link Developer's Guide》(3.11 版)的中译本尽量保持原版的完整性,对国内应用比较少的 DIS、TENA 协议也保留在其中。在不影响阅读的情况下对格式做了一定的修改。全书共分 14 章。第 1 章绪论,描述 VR - Link 的主要特征和仿真标准组成的信息。第 2 章安装和配置 VR - Link,解释如何安装 VR - Link 及其它必选和可选的软件。第 3 章 VR - Link 概念,提供对 VR - Link 概括性的描述,解释其各个层次如何工作,描述了 VR - Link 简单应用的例子。第 4 章编译 VR - Link 应用程序,解释如何使用 VR - Link 编译和链接应用程序。第 5 章协议无关接口,描述如何编写能编译成基于 HLA 或 DIS 协议的应用程序。第 6 章 HLA 关联接口,描述支持高层次体系仿真的类和函数。第 7 章 FOM 灵活性,描述 VR - Link 能够通过其 FOM 的映射功能支持任意的 FOM。第 8 章 FOM 灵活性举例,示范如何实现 FOM 映射和扩展的例子。第 9 章使用 VR - Link 代码生成器,说明如何使用 VR - Link 代码生成器扩展 VR - Link,从而能够使用不同的 FOM。第 10 章 DIS 关联接口,描述仅适合于 DIS 协议的工具包功能。第 11 章 TENA 关联接口,描述如何创建使用 TENA 协议的应用程序。第 12 章 VR - Link 辅助类,

V

说明如何使用 VR - Link 的辅助函数来执行时间管理、坐标转换和其它任务。第 13 章实例和程序，说明如何使用 VR - Link 附带的例子和实用程序。第 14 章经验实例，是译者在利用 MÄK RTI 和 VR - Link 开发过程中的例子和经验，由王勃和艾祖亮共同完成，抛砖引玉，希望对读者有所帮助。

翻译人员目前所在的海军航空工程学院飞行仿真技术研究所是进行大型飞行仿真模拟系统研发的单位，具有独立设计、制造大型飞行仿真模拟器的能力，在分布式仿真、视景仿真、战场环境仿真和机载设备仿真等领域有着丰富的设计和开发经验。本书在翻译过程中得到了仿真所领导和同仁的大力支持，首先要感谢姜本清教授和张立民教授，是两位导师将我们带入仿真领域并鼓励我们深入下去。同时要感谢在仿真所一起工作的同仁们，他们是钟兆根、于文龙、邓向阳、刘长根、余应福、朱春峰、孙永威、张昀申、张建廷等，他们为本书的翻译和校对亦做出了贡献。

感谢 MÄK 公司的蔡乐先生和北京赛四达公司的赵林涛先生，他们在技术上给予我们大量的支持。

由于分布式仿真技术涉及知识面广，并且翻译人员对 VR - Link 的研究和运用还有待继续深入，加上水平有限，书中错误在所难免，望读者不吝指正。翻译问题请发邮件：songzywb@ hotmail. com，技术问题请发邮件：aizuliang@ sina. com。

译 者

2009 年 3 月

于烟台 海军航空工程学院飞行仿真技术研究所

文 档 约 定

提示：　　　　　　相当于原文中的 i ,指需要追加和澄清的信息。

注意：　　　　　　相当于原文的 ! ,指用户必须知道以保证程序或其它
　　　　　　　　　任务顺利执行的附加信息。

1.3：　　　　　　以下声明适合 HLA 1.3 规范。

1516：　　　　　以下声明适合 IEEE1516 规范。

DIS：　　　　　以下声明适合 DIS 规范。

HLA：　　　　　以下声明适合 HLA 规范。

第 7 章"FOM 灵活性"　文档内部标题。

"选择实体标识符"　文档内部小节。

{ }　　　　　　　　必须的参数。

[ ]　　　　　　　　可选的参数。

/　　　　　　　　　路径。

DtObjectId(objectId. h)　类名称(头文件)。

除非另外指定,涉及 UNIX 包括 Linux,忽略其运行的计算机类型。涉及的 PC 指 Intel 兼容处理器,运行 Microsoft Windows 版本的计算机。

点击鼠标键的指令主要指点击主键,一般是右手鼠标左键和左手右键鼠标。弹出菜单指点击第二键时显示的菜单,通常是右手鼠标的右键或左手鼠标的左键。

目　录

第1章 绪 论

VR – Link 工具包是一个面向对象的 C++ 类、函数和定义的库，把创建网络仿真器和虚拟现实应用的影响降到最低程度。VR – Link 有效的、易用的程序接口大大降低了开发的成本、时间和风险。

1.1 协议无关 API

利用 VR – Link 的协议无关 API，用户可以仿真本地实体，设置其状态，通过分布式交互仿真(Distributed Interactive Simulation，DIS)、高层体系结构(High – Level Architecture，HLA)、运行时支撑结构(Run – Time Infrastructure，RTI)以及测试和训练使能体系结构(Test and Training Enabling Architecture，TENA)等协议的网络自动发送实体信息给其它应用程序。VR – Link 同样简化来自其它应用程序的信息，为远程实体状态提供简易入口。VR – Link 可以处理航迹推算算法(Dead Reckoning，DR)、阈值(Thresholding)、响应属性请求(Responding to Attribute Requests)、过滤(Filtering)和其它任务。

由于 VR – Link 通过相似的 API 支持 DIS 和 HLA，用户可以仅仅改变几行代码就可以完成在二者之间的切换。这意味着用户在向 HLA 移植基于 VR – Link 的应用程序时可以保持当前项目对 DIS 的兼容性。

提示：本手册主要集中于 VR – Link 在 HLA 和 DIS 的应用。协议无关接口 API 大部分也适用于 TENA(详见第 11 章"TENA 关联接口")。

DIS：VR – Link 执行所有 DIS PDU，用户可以增加对使用者定义 PDU 的支持。

1.2 VR – Link 的功能部件

VR – Link 通过提供一定的功能部件来帮助用户创建和维护 HLA 和 DIS 应用程序。

(1) 演练连接(Exercise Connection)：演练连接是 VR – Link 应用程序连接

到 HLA 或 DIS 演练的接口,它提供协议无关接口①,通过接口可以经 DIS 网络或 HLA RTI 与其它应用程序交换仿真信息。

(2) 对象跟踪(Object Tracking):VR - Link 应用程序使用反射实体列表,在用户定义的虚拟仿真世界中通过处理接收的属性更新(通过 DIS 或 HLA)来追踪远程参与者,并为其状态提供独立协议接口。当实体加入或离开演练时,它按照需要提交更新需求,提供通知,同时执行 DR 算法、平滑和过滤。反射对象列表对任何类型的对象都是可用的,如发射器和传输器等。

(3) 对象发布(Object Publishing):VR - Link 应用程序使用实体发布器(Entity Publisher)将用户仿真的本地实体状态通知远程应用程序。用户通过协议无关接口周期性设置对象的当前状态,当数据变化或超出可配置的阈值时,实体发布器会自动发送状态更新。对象发布器可用于任何类型的对象,如发射器和传输器等。

(4) 交互类(Interaction Class):VR - Link 提供一个协议无关接口用来发送和接收描述仿真事件的交互信息;如开火、爆炸和无线电信号传输。表示 DIS PDU 和 HLA 交互的 C++ 类通常提供变值函数(mutator)和查值函数(inspector)来访问各自的域;很容易调整不同长度的 PDU 和参数;还提供了函数用来打印可读形式的交互数据。

(5) FOM 灵活性(FOM - Agility):VR - Link 有对 RPR FOM 的内部支持,FOM 映射器(FOM Mapper)类允许用户映射一个已存在的协议无关 API 到另一个 FOM 参数、属性和对象或交互类。这样,当 FOM 发生变化时,使用 API 的代码并不需要进行改变。

(6) 用户拓展:VR - Link 的 C++ API 和执行程序允许用户通过派生子类而重载其大部分默认功能。用户可以扩展工具箱来配合 HLA 对象或交互类的新类型,以及用户定义新的 DIS PDU。VR - Link 代码生成(Code Generation)能自动生成创建基于 HLA 的新对象和交互所必需的文件以及 XML 或 OMT 数据定义的文件。

(7) 访问低层细节(Access to Low - level Details):对于希望进行在顶层 API 提供的抽象层下工作的开发人员,VR - Link 提供了协议关联(Protocol Specific)类和函数。低层入口包括直接访问 HLA RTI 入口和 DIS 中的网络配置细节。

(8) 实用函数(Utility Functions):VR - Link 包含丰富的实用函数,包括矢量和矩阵计算函数,系统时钟的平台无关接口,支持慎重的仿真时间(Discreet Simulation Time);地心坐标系、测地坐标系、地形坐标系和 UTM 坐标系的坐标变

---

① 接口最主要的是协议无关。用户必须编译成适合运行应用程序的仿真标准。一些类包含协议关联的构造函数。

换也包括在内。

（9）实例应用（Example Applications）：VR - Link 附有 HLA 和 DIS 实用程序。如，网络转储（Netdump）应用程序是以易读格式输出从远程仿真接收到的数据。f18 应用程序是简单的网络工作模拟器，可以作为灵活的调试工具。实例源代码用于演示 VR - Link 多种功能用途。

（10）用户可以使用源自 C 程序的 VR - Link C ++ 接口。

VR - Link 包括建立基于 VR - Link 的应用程序所必需的头文件和库，以及以下实用程序的可执行文件和源代码：

◆ f18

◆ netdump

◆ nethax

◆ hlanetdump

◆ talk

◆ listen

◆ vdc

VR - Link 包括没有源代码的 vrlinkd3i 数据包服务器和 buffgrep 执行文件。数据包服务器的非限制版——vrlinkdu 是一种可用的选择。有关实用应用的内容请参阅第 13 章"实例和实用程序"。

对于以下例子，VR - Link 含有源代码但无执行文件：

◆ simpleC

◆ launcher

◆ testPdu

◆ testInter

◆ testEnc

◆ testDec

"test"程序通过创建用户自己的 PDU、交互、编码器和解码器来说明如何扩展 VR - Link 的特征。"test"程序在 ./example/extend 中。

1.3　支持的仿真标准

VR - Link 支持 HLA、DIS 和 TENA。用户发布的 VR - Link 所支持的仿真标准版本列表请参考发布文档。

用户也可在 MÄK 网站查找支持平台的更新材料：http://www. mak. com/product_version. php。

关于 DIS 和 HLA 简单探讨请参阅 3.2"HLA、DIS 和协议无关"。

1.3.1 支持 HLA RTI1.3 和 RTI1516 规范①

VR – Link 支持 HLA RTI1.3 和 RTI1516 规范。VR – Link 的协议无关接口允许用户使用这两种 HLA 规范之一创建应用程序而几乎无需考虑 RTI 的细节。用户用 RTI1.3 规范编写的代码在需要的情况下稍加改动即可用于 RTI1516 规范。

VR – Link 支持 SISO 动态链接可兼容 RTI API 产品开发组(SISO Dynamic Link Compatible RTI API Product Development Group)维护的 IEEE1516 C ++ API 的当前草案。该类 API 不同于依据 IEEE1516 标准发布的原始 C ++ API。原始的 IEEE 1516API 不支持 RTI 中的动态链接的兼容性。这意味着在 1516 标准下,用户必须链接程序到想要运行的 RTI 版本。因为 VR – Link 使用 1516 API 的 SISO 草案,所以用 VR – Link 创建的,链接到支持 SISO 草案 RTI 的程序,如 MÄK RTI2.4,能使用任何其它链接 SISO 草案的 RTI 而不用重新编译。

1. RTI 1.3 和 RTI 1516 应用程序的兼容

如果用户使用 MÄK RTI,使用 VR – Link1516 API 创建的程序与使用 VR – Link1.3 API 创建的程序可以实现互操作。例如,如果用户用 1516API 创建"监听(Listen)"的例子,用 1.3API 创建"通话(Talk)"的例子,二者可以实现互操作。有关更多信息,请参阅 6.10"HLA1.3 和 IEEE 1516 联邦间互操作性"。

2. 支持 FED 和 FDD(XML)文件

VR – Link 支持 FED 和 FDD(XML)两种格式的 HLA 配置文件。当用户创建一个演练连接,可以指定一个 .fed 文件、.fdd 文件或者 .xml 文件。用户可以针对 RTI1516 和 RTI1.3 使用其中任意一种格式。

如果用户不能传递文件名给演练连接,VR – Link 使用联邦执行名作为文件名。如果用户为 RTI1516 创建,VR – Link 查找 federation_execution.xml 文件名。如果没有找到这个文件,则查找以 federation_execution.fdd 命名的文件,然后是 federation_execution.fed。如果用户为 RTI1.3 创建,VR – Link 首先寻找 .fed 文件,然后是 .xml 或 .fdd 文件。

1.3.2 HLA FOM 支持

VR – Link 为实时平台参考 FOM(Run – time Platform Reference,RPR FOM)提供诸多的内在支持。(关于版本信息,请参考发布文档。)RPR FOM 是由 SISO 认可的 RPR FOM 标准开发组织开发的参考 FOM,该组织由 HLA 时代前使用

---

① 下文中 1.3 指 RTI1.3,1516 指 RTI1516 规范,特别说明除外。

DIS 协议的公司组成。

RPR FOM 的目地是在选择使用它的 HLA 仿真中提供方便优先的互操作（大致达到 DIS 的程度）。换句话说，如果用户使用 RPR FOM（或者使用用户本身的扩展），用户知道自己能与选择使用此种 FOM 的其它用户进行交互。另一个使用 RPR FOM 的优点是众多的仿真工具，包括有 MÄK 公司提供的支持此种 FOM 的工具。

1. FOM 灵活性

除了对 RPR FOM 的内在支持之外，VR – Link 通过使用其 FOM 映射器在其协议无关接口与对象、交互、参数、用户 FOM 内定义的属性之间定义映射，可以配置 VR – Link 和其它 FOM 共同工作。更多有关 VR – Link 的 FOM 灵活性的信息请参阅第 7 章"FOM 灵活性"。

VR – Link 包括一个为 MATREX FOM 设计的 FOM 映射器，详情请联系 MÄK 经销商。

1.3.3　TENA 支持

TENA 是一种进程间的发布/订购体系，用于以对象更新和信息（类似 HLA 对象和交互）的形式在程序之间传递数据。TENA 使用的数据定义称为逻辑域对象模型（Logical Range Object Model，LROM）（较之与 HLA FOM）。LROM 是一个用于演练中的对象/信息定义的集合。这些对象模型可以通过访问 TENA SDA（Software Development Activity）的网址得到，其中有一些由 TENA 团队开发的 TENA 对象模型。

许多 TENA 概念与 VR – Link 中的使用是相似的，比如为对象更新和接收到的信息接收回调的机制。VR – Link 协议无关接口允许 VR – Link 程序以最小附加编码的形式参与 TENA 演练。VR – Link 使用 LROM 映射器为 VR – Link 应用程序提供 LROM – agility。详情请查阅第 11 章"TENA 关联接口"。

TENA 支持不包括在标准 VR – Link 许可之内，需要单独许可。

第2章 安装与配置 VR – Link

2.1 安装 VR – Link

本部分内容讲述了如何在 Windows 或者 UNIX 操作系统上安装 VR – Link，同时也需要安装许可管理器文件(参见 2.3"安装与使用 FLEXlm 许可管理器")。对于基于 HLA 的通信，必须安装 RTI(参见 2.4"安装 RTI")。

2.1.1 在 Windows 系统上安装 VR – Link

本部分内容讲述了如何从 CD – ROM 或者 ftp 下载文件，将 VR – Link 安装到 PC 机上。

安装 VR – Link 前，请阅读 VR – Link Release Notes，了解安装是否有特殊说明。

1. 从 CD 安装 VR – Link

提供给用户的 VR – Link 软件安装光盘可能有两种形式，一种是包含"全部软件产品"的 CD，带有一个全部软件共同的安装界面；另一种光盘没有共同的安装界面。

从光盘安装 VR – Link 的步骤如下：

(1) 将 VR – Link 安装盘插入到光驱中。

—— 如果该光盘包含全部软件产品，并且光驱的自动运行属性已打开，系统会弹出 MÄK 软件产品的安装窗口，如图 2 – 1 所示。

如果安装窗口没有自动弹出，打开 Windows 的资源管理器，在光盘的根目录下双击 MÄKInst. exe，打开 MÄK 软件产品的安装窗口。

—— 如果提供的光盘没有包含全部的软件产品，且光驱的自动运行属性已打开，那么将立即启动安装程序，按照安装程序的说明操作。

如果安装程序没有自动运行，打开 Windows 的资源管理器，选择光驱，在 VR – Link 的根目录下双击 setup. exe，转入步骤(3)。

(2) 在 MÄK 软件产品的安装窗口中，点击 VR – Link。

(3) 按照安装程序的说明进行操作。

6

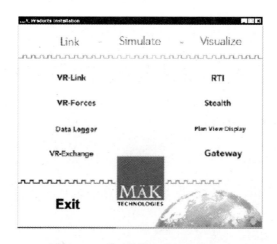

图 2 - 1　MÄK 软件产品的安装窗口

2. 从下载文件安装 VR - Link

如果 VR - Link 软件是通过 ftp 下载获得的,则是一个压缩文件,可能是 zip 格式的压缩文件或者是可执行文件。

从 zip 压缩文件安装 VR - Link 步骤如下:

(1) 复制 zip 压缩文件到一个临时目录。

(2) 解压缩 zip 文件。

(3) 运行 setup. exe。

(4) 按照安装程序的说明进行操作。

从可执行文件安装 VR - Link,直接运行该可执行文件即可。

2.1.2　在 UNIX 系统上安装 VR - Link

本部分内容讲述了如何在 UNIX 操作系统上从 CD - ROM 或者 ftp 下载文件安装 VR - Link。

1. 从 CD - ROM 安装 VR - Link

安装 VR - Link 步骤如下:

(1) 放置好安装光盘。

(2) 运行 . /install。

(3) 按照屏幕提示进行操作。可以将 VR - Link 安装到任何具有写入许可的目录中。

2. 从下载文件安装 VR - Link

如果 VR - Link 软件是通过 ftp 下载获得的,则是一个压缩的 tar 文件。安

7

装步骤如下：

（1）在将要安装 VR – Link 的地方创建一个安装目录。

（2）复制 tar 压缩文件到该安装目录。

（3）解压缩 tar 文件 gtar xzf vrlinkxx – os. tar. gz。

其中,xx – os 是操作系统或是可能正在安装软件编译器的版本号。

注意：必须使用 gtar(来自 GNU)而不是操作系统默认的 tar。

2.1.3 Windows 系统下的 Silent 安装和卸载

如果需要在网络环境下将 MÄK 应用程序安装到多台计算机上,可以通过命令行或者从集中的位置(silent 安装)来做到这一点。

1. 创建一个 silent 安装

1）手动在一台计算机上安装应用程序

安装的配置文件存放在安装文件夹的根目录下,配置文件的名称是 install. sss 或者 < product_installer > uninstall. sss(如 vrlink3. 11 – win32 – msvc + + 7. 1 – uninstall. sss) ,其中,. sss 文件是包含了安装 ID 号,安装目录和环境变量等信息的配置的文本文件,能够在文本编辑器中进行编辑。

2）从命令行安装软件产品

（1）在每台计算机上,在同一个文件夹拷入安装程序(如 vrlink3. 11 – win32 – msvc + + 7. 1 – setup. exe)和相应的 . sss 文件。

（2）重新命名 . sss 文件,使其与安装程序具有相同的名称(如 vrlink3. 11 – win32 – msvc + +7. 1 – setup. sss) 。

（3）在命令行中运行 product – setup. exe – s。

（4）安装程序将基于 . sss 配置文件执行 silent 安装。

3）从集中的位置安装软件产品

（1）执行从命令行安装程序的步骤(1)和步骤(2)。

（2）编写一个包含安装命令的批处理文件。

（3）将该批处理文件拷入每台计算机包含安装程序和 . sss 文件的文件夹下。

（4）运行批处理文件。

2. Silent 方式卸载 MÄK 软件

运行 Silent 卸载不需要卸载向导。

运行 Silent 卸载只需要在软件产品的安装根目录下运行命令。

Uninstall – s

2.2　VR - Link 安装的文件

安装程序会创建一个名称为 vrlinkx. x 的目录和在其下面的一系列子目录。图 2 - 2 显示了该目录的结构。

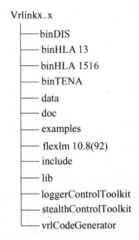

Vrlinkx. x
- binDIS
- binHLA 13
- binHLA 1516
- binTENA
- data
- doc
- examples
- flexlm 10.8(92)
- include
- lib
- loggerControlToolkit
- stealthControlToolkit
- vrlCodeGenerator

图 2 - 2　VR - Link 目录结构

表 2 - 1 说明了每个子目录所包含的内容。

表 2 - 1　VR - Link 子目录的内容

目　录	内　容
./binDIS	使用 DIS 规范时的可执行文件,包括实用工具和例子
./binHLA13	使用 HLA 1.3 规范时的可执行文件,包括实用工具和例子
./binHLA1516	使用 HLA 1516 规范时的可执行文件,包括实用工具和例子
./binTENA	使用 TENA 协议时的可执行文件,包括实用工具和例子
./data	不适合放在 bin 目录下的各种数据文件
./doc	PDF 格式的 VR - Link 文档
./examples	例子的源代码目录
./examples/extend	包含了例子的源码目录,这些例子给出了如何通过创建新的类和交互来扩展 VR - Link
./flexlm10.8(9.2)	FLEXlm 许可管理器文件,该目录的名称根据操作系统的不同而有所不同
./include	C ++ 头文件
./lib	VR - Link C ++ 库文件
./loggerControlToolkit	包含了控制 MÄK 回放的类
./mkinc	(仅 UNIX)包含了 makefiles
./stealthControlToolkit	包含了控制 MÄK Stealth 的类
./vrlCodeGenerator	VR - Link 代码生成工具所需的文件

在个人计算机上,默认的安装路径是 C:/MAK/Vrlinkx. x。

2.3 安装与使用 FLEXlm 许可管理器

MÄK 软件产品使用 FLEXlm 许可管理器,在使用 MÄK 软件之前,必须获得一个有效的许可文件并配置许可的服务器和客户端计算机。请与 MÄK 软件的销售代理商联系,以获得具体的许可协议信息。

2.3.1 FLEXlm 客户端—服务器结构

本部分内容说明了 FLEXlm 的结构,为下面将要说明阐述的设置说明提供背景信息。FLEXlm 使用客户端——服务器结构,FLEXlm 服务器后台程序——lmgrd 运行在一台许可服务器的计算机上,该计算机为每台要运行 MÄK 软件产品的计算机(包括其本身)提供服务,其它运行 MÄK 软件产品的计算机称为客户端。

许可服务器执行 Vendor Daemons(MAKLMGRD),使用一个或多个由 Vendor 提供的许可文件。许可文件标识了用户拥有许可的软件产品,在每台客户端计算机上,必须设置 MAKLMGRD_LICENSE_FILE 环境变量指向该服务器。

许可具有"浮动性",因此,可以将软件产品安装到任意多台计算机上。但是,在任何确定的时间,仅能运行获得许可数目的软件。

注意:在许可文件里的许可号(Key)与服务器计算机的 host ID 绑定,因此,如果改变了服务器(或者更换了网卡),就需要重新获得许可文件。如果改变了服务器的名称,必须更新每台客户端计算机上的 MAKLMGRD_LICENSE_FILE 环境变量,此过程的复杂程度依赖于拥有多少个客户端。当选择一台计算机用作许可服务器时请记住这一点。

图 2 – 3 说明了 FLEXlm 和 MÄK 软件产品的客户端—服务器结构。

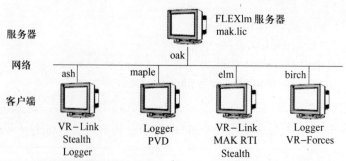

MAKLMGRD_LICENSE_FILE环境变量在每台客户端上设置为@oak

图 2 – 3   FLEXlm 示例结构

2.3.2　安装与配置许可管理器

安装与配置许可管理器的一般过程如下(其中的每一步将在下面的各小节分别进行解释):

(1) 安装许可管理器软件。

(2) 申请许可文件。

(3) 在许可服务器上,将许可文件放在 flexlm 的目录下。

(4) 设置所有客户端计算机上的 MAKLMGRD_LICENSE_FILE 环境变量。

如果已经安装过了 MÄK 的软件产品,且购买了另外的许可或者软件产品,那么必须获得新软件产品的许可文件,此种情况请参见 2.3.7"添加另外的许可文件"。

2.3.3　安装许可管理器软件

作为 MÄK 软件产品安装的一部分,FLEXlm 软件被安装到 . /flexlmx. x 目录下,其中,x. x 是 FLEXlm 的版本号。

(1) 在要运行 MÄK 软件的计算机上安装 MÄK 软件产品。

(2) 将目录 flexlmx. x 下的文件复制到服务器计算机上。对于 Windows 系统,将这些文件复制到 C:\flexlm;对于 Linux 计算机,一般的位置为/usr/local/flexlm。

注意:请注意复制源文件目录与目的目录名称之间的差别。

2.3.4　申请许可文件

当申请许可文件时,需要知道下述信息:

(1) 许可服务器的 Host ID。

(2) 许可服务器的名称。

(3) 所购买 MÄK 软件产品的发票号。

(4) 个人及所在公司的基本联系信息。

(5) 购买 MÄK 软件所运行的平台。

(6) 为每一个平台和软件产品申请许可的数目。

当准备好上述信息之后,就可以登录网址 http://www. mak. com/support/licenses. php 并填写授权许可号申请表格。MÄK 公司会将许可文件通过 e – mail 发送给申请用户。

1. Windows 系统下 Host ID 和许可服务器名称的确定

在 Windows 系统下找到 Host ID 和许可服务器名称的方法如下:

（1）在 flexlm 目录下，运行 lmtools. exe，将打开 LMTOOLS 应用程序界面。

（2）选择 System Settings 标签页，Host ID 即是 Ethernet Address 文本框中的字符串；而许可服务器名称则是 Computer/Hostname 文本框中的名称。

2.3.5　复制许可文件到 flexlm 目录下

用户收到的许可文件可能是附件的形式或者是包含在 e – mail 信件内容中。

（1）如果该附件的名称不是 mak. lic，将其命名为 mak. lic。

如果该许可文件包含在 e – mail 信件内容中，将其复制到一个空文本文件中去，命名该文件为 mak. lic。

（2）在许可服务器上，将许可文件放在 flexlm 的目录下。

注意：如果在 flexlm 的目录下已经存在 mak. lic 文件，不要覆盖该文件，具体请参见 2.3.7"添加另外的许可文件"的说明。

2.3.6　设置 MAKLMGRD_LICENSE_FILE 环境变量

MAKLMGRD_LICENSE_FILE 环境变量标识了服务器计算机，这样当用户运行 MÄK 产品时，客户端上的 FLEXlm 软件可以检测到许可。必须在每台客户端上设置 MAKLMGRD_LICENSE_FILE 环境变量。

提示：如果在许可服务器计算机上运行 MÄK 软件，该计算机同时也是客户端，因此，必须在该计算机上同样设置 MAKLMGRD_LICENSE_FILE 环境变量。

环境变量的语法格式为：@ Server_name。例如，如果服务器是 oak，就要设置环境变量为@ oak。

下面的内容描述如何在运行 MÄK 软件的不同平台上设置环境变量。

1. Windows 2000

在 Windows 2000 系统下添加 MAKLMGRD_LICENSE_FILE 环境变量：

（1）右键单击桌面上"我的电脑"图标。

（2）在弹出菜单上选择"属性"，打开系统属性对话框。

（3）点击"高级"标签页。

（4）点击"环境变量"按钮，打开环境变量对话框。

（5）点击"新建"按钮，打开新建系统变量对话框。

（6）在变量名内输入 MAKLMGRD_LICENSE_FILE。

（7）在变量值内输入@ server_name，其中 server_name 是许可服务器的名称。

（8）单击"确定"按钮依次返回上一层对话框，即完成环境变量设置。

2. Windows XP

在 Windows XP 系统下添加 MAKLMGRD_LICENSE_FILE 环境变量：

（1）在"开始菜单"上选择"我的电脑"。

（2）在"我的电脑"窗口左侧系统任务下面,点击"查看系统信息"选项,将打开"系统属性"对话框。

（3）按照 Windows 2000 系统下从步骤（3）到步骤（8）的过程操作。

2.3.7 添加另外的许可文件

如果用户购买了另外的 MÄK 软件产品,或者对于用户已经拥有的软件购买了另外的授权许可,那么,用户必须获得另外的许可文件。

申请另外许可文件的过程与第一次获取许可文件的过程一样,请参见 2.3.4"申请许可文件"。

添加一个新的许可文件到许可服务器上：

（1）当获得一个新的许可文件之后,将其命名为 mak2. lic 或者其它以 . lic 结尾的名称,使其与许可服务器上 flexlm 目录下的当前许可文件名不同。

（2）将重命名好的许可文件和其它的许可文件一起放在许可服务器上 flexlm 的目录下。

（3）停止许可服务器后台程序,再重新启动。

至此,即可使用新的软件产品或者另外的产品许可。

2.3.8 为许可服务器和后台程序指定端口

在一些系统上,需要为许可服务器或者 MAKLMGRD 后台程序指定端口,这样可以解决连接问题。如果需要通过防火墙运行 MÄK 软件,就需要为此二者都指定端口。当通过防火墙使用 MÄK 软件时,一般方法是为仿真通信和许可认证信息打开指定的端口。通过指定上述端口,FLEXlm 就可以使用已经打开的该端口。

通过编辑许可文件和在环境变量 MAKLMGRD_LICENSE_FILE 中添加许可服务端口就可以为许可服务器指定一个端口。要为后台程序 MAKLMGRD 指定一个端口,仅需编辑许可文件。

为许可服务器指定端口：

（1）在文本编辑器中打开许可文件。

（2）在 SERVER 行增加端口号 SERVER host_name host_ID port。例如, SERVER oak 12345ABCD957 9237。

（3）在所有使用该许可服务的计算机上,在其环境变量 MAKLMGRD_ LI-

CENSE_FILE 中增加端口号 port@ host_name。例如,9237@ oak。

为 MAKLMGRD 后台程序指定端口:

(1) 在文本编辑器中打开许可文件。

(2) 在 DAEMON 行增加端口号 DAEMON MAKLMGRD ./MAKLMGRD =
port。例如,DAEMON MAKLMGRD ./MAKLMGRD = 2568。

2.3.9 运行许可服务器

在运行 MÄK 应用程序之前,FLEXlm 许可服务后台程序必须运行在服务
器上。

要启动许可服务后台程序(仅在服务器上运行),需要在 ./flexlm 目录下执
行 runLm。

注意:在同一时间只能运行一个 runLm 例程,如果不能确定是否许可服务
已经运行,请执行 lmstat。

要获得服务器的当前状态信息,请运行 lmstat。

1. 关闭许可服务器

要使所有的应用程序检测它们的授权许可并关闭许可服务后台程序,请运
行 lmdown。

2.3.10 Windows 系统下将 FLEXlm 作为服务程序运行

在 Windows 2000 或者 XP 系统下可以配置 FLEXlm,以使其作为服务程序运
行。

配置 FLEXlm 为服务程序:

(1) 安装许可管理软件,按照本章前述的方法获得授权许可。

(2) 运行 C:\flexlm\lmtools. exe。

(3) 在 Service/License File 标签页,选择 Configuration Using Services 选项。

(4) 选择 Config Services 标签页。

(5) 在 Service Name 编辑框中输入服务的名称。

(6) 在 Path To The lmgrd. exe File 编辑框输入 lmgrd. exe 完整的有效路径
(如 C:\flexlm\lmgrd. exe),或者使用 Browse 按钮选择文件。

(7) 在 Path To The License File 编辑框内输入许可文件完整的有效路径(如
C:\flexlm\mak. lic),或者使用 Browse 按钮选择文件。如果有多个许可文件,输
入它们所在位置的目录。

(8) 在 Path To The Debug Log File 编辑框内输入 FLEXlm debug 文件完整的
有效路径,或者使用 Browse 按钮去选择一个目录,如果当前没有 debug 文件存

在,输入一个以 . log 为后缀的文件名。

（9）选中 User Services 选项,则 Start Server At Power Up 选项变为可用状态。

（10）选中 Start Server At Power Up 选项。

（11）点击 Save Service 按钮,在弹出的提示对话框中单击 Yes 按钮。

（12）选择 Start/Stop/Reread 标签页。

（13）点击 Start Server 按钮。

2.3.11 FLEXlm 许可管理器疑难故障的解决

对于一般性的故障信息,请参考网址 http://www. macrovision. com/support/ by_category /FLEXlm_faqs. shtml 上的常见问题解答。这些常见问题解答了经常遇到的一般问题,包括提交给 MÄK 技术支持工程师的大部分问题。遇到问题时请首先查询此常见问题解答。

1. 不能获得许可

如果不能获得 MÄK 应用程序的许可,并且 FLEXlm 日志文件(LOG)显示端口正在被使用,那么,很有可能是不止一个 lmgrd 或者 MAKLMGRD 进程在运行;也有可能是一个使用该许可的应用程序被认为已经退出,但其实它还处于激活状态。

验证并解决这些可能性:

（1）请查看是否有不止一个 lmgrd 或者 MAKLMGRD 进程在运行。

在 Windows 系统下,查看任务管理器(打开任务管理器的方法,按下 Ctrl + Alt + Delete 并点击任务管理器)。在 Linux 系统下,输入命令

ps – aux | grep lmgrd

ps – aux | grepMAKLMGRD

如果不止一个上述进程的实例在运行,记下该进程的标识(PID)。

提示:有的 Linux 系统使用 ps – aux 命令,有的使用 ps –ef 命令来检查进程,请使用与用户操作系统相适合的命令。

（2）如果当前存在可能使用许可的旧进程,请终止它们。

在 Linux 系统下,终止一个进程的命令举例为:kill –9 1385 878,其中,1385 和 878 是进程的 ID。在 Windows 系统下,在任务管理器中选中一个进程,点击 "结束进程"。

很重要的一点是,终止所有进程的目的是确保许可服务器的彻底重启。

（3）如果在步骤（2）中终止了许可服务器,请使用 runLm 命令开启它。

2. 阻止多个许可服务器进程

当运行应用程序时,推荐用户一直保持许可服务器的运行,不要反复开关。

如果用户要在不使用许可服务器时停止它,请使用 lmdown 来停止。

用户无论何时开启许可服务器,首先请运行以确保没有其它许可服务器进程在运行。按照上述的操作可以确保用户不会开启多个许可服务器。

3. 许可管理器不能找到 MÄK 许可管理执行程序

如果用户的许可管理器给出错误提示不能找到许可管理执行程序,请试着按照如下的方式写入许可文件的路径名:

(1) 在文本编辑器中打开许可文件。

(2) 在服务器计算机上编辑许可文件,具体指定 MAKLMGRD 可执行文件的位置。

由 MÄK 提供的文件采用如下所示的"点(.)"来表示该文件的位置:

DAEMONMAKLMGRD .

使用 MAKLMGRD 的绝对路径来代替该点,如下:

DAEMONMAKLMGRD " C:\flexlm\MAKLMGRD"

注意:在个人计算机上,用户必须用引号来包裹该路径。磁符必须用大写。

4. 许可管理器报告不支持产品

如果用户收到表示不支持软件产品的错误消息,可能是由于用户正尝试使用没有获得许可的 MÄK 软件产品,或者是由于正尝试运行一个比许可文件里的产品维护的终止日期要新的软件产品版本。请联系 sales@mak.com 来购买许可或者更新维护终止日期。

如果用户在尝试使用一个非 MÄK RTI 的 RTI 来运行应用程序,并且显示不支持的产品信息,可能是用户的应用程序在找到其它 RTI 之前找到了 MÄK RTI 的未授权的 DLL 文件。按照下述的方式来确定问题的原因。

(1) 确保在用户的路径环境变量中,其它的 RTI 路径位于 MÄK RTI 路径之前。

(2) 检查应用程序所处的目录位置,以确保在该目录中没有来自 MÄK RTI 的 DLL 文件。

2.4　安 装 RTI

RTI 是一个软件库(用来支持可执行程序),完成 HLA 的接口规范。在 HLA 中,应用程序通过 RTI 调用来交换 FOM 数据,这就意味着所有的 HLA 应用程序都需要使用 RTI。

注意:由于不同 RTI 执行程序所使用的底层网络机制(包括但不限于信息层)不同,那些要在同一个联邦执行环境中互操作的应用程序必须使用同一个 RTI 执行程序。

由于 RTI 通常以动态链接库的形式,实现一个固定的 API,一个联邦成员常常在运行期间从一个 RTI 切换到另一个(甚至不需要重新编译应用程序)。但是在每一个 RTI 运行期间,所有参与者必须就使用同一个 RTI 达成一致;同时,它们也必须在 FOM 的使用上达成一致。

关于 MÄK 产品支持的 RTI 版本的最新信息,请参见 MÄK 用户应用程序的版本发布新信,或者在 MÄK 技术支持网站 http://www.mak.com/support/productversions.php 上查看产品版本网页。

2.4.1　安装 MÄK RTI

安装 MÄK RTI 请按照 MÄK RTI 参考手册第 2 章的说明来操作(如果用户没有打印版本的手册,请查阅在目录 makrtix.x/doc 中的 PDF 格式的文档)。

1. 配置使用 MÄK RTI 的系统环境

RTI 的动态库需要位于用户动态链接库搜索路径内,该路径在 PATH 环境变量中指定,表示该路径的环境变量如下所示:

(1) 对于 IRIX6n32 系统,使用 LD_LIBRARYN32_PATH。

(2) 对于其它的 Linux 平台,使用 LD_LIBRARY_PATH。

(3) 在 Windows 系统上,使用 PATH。

MÄK RTI 需要知道在何处找到下述配置文件:

(1) 用户联邦执行程序所需的联邦配置文件(.fed,.fdd,或.xml)(必需)。

(2) RID 文件(rid.mtl)(可选)。

将这些配置文件放在用户执行程序所在的目录下,或者设置环境变量 RTI_CONFIG 指向包含这些配置文件的目录。

2. 运行需要 MÄK RTI 的应用程序

在多数情况下,用户不需要运行 RTI 服务器(如 rtiexec),或者运行使用 MÄK RTI 的中心(central)程序,然而用户也可以在需要的时候运行 rtiexec(当需要使用 MÄK RTI 的某些特性时)。一定要确保 FLEXlm 许可服务器正在运行,然后再启动应用程序,则这些应用程序即可通信(关于许可服务器的相关信息,请参见 2.3.2"安装与配置 FLEXlm 许可管理器")。关于 rtiexec 和改变网络参数(如组播地址和 UDP 端口)等的相关信息请参见 MÄK RTI 参考手册。

2.5　配置 DIS 应用程序的网络环境

在普遍的 DIS 执行程序中,VR – Link 应用程序通过在局域网上使用广播 UDP/IP 的形式与其它 DIS 应用程序进行通信,配置如下:

（1）所有演练中的应用程序使用同一个 IP 广播地址,每一个应用程序的主机都有一个配置指向该地址的网络接口设备。

（2）所有的计算机必须具有共同的子网掩码(netmask)。

（3）所有正在参与的应用程序必须使用同样的 UDP 端口。

通常情况下,在局域网(LAN)上的计算机已经具有了正确的广播地址,因此,VR – Link 应用程序能够与其它应用程序立即进行通信。然而,如果应用程序不能够实现两点间的通信,则可能是网络设备未正确的配置。

2.5.1 广播地址和子网掩码(UNIX)

所有的计算机应该统一设置网络设备的子网掩码和由子网掩码所覆盖的部分网络地址(inet)。在基于 UNIX 的系统上,用户可以使用 ifconfig 命令来查看和设置网络设备(网卡)的配置。例如,使用下述命令设置网络:

ifconfigdevice_name netmask 0xFFFF0000

由于有的计算机使用'1'来填充广播地址中的不确定位(VR – Link 即是如此),而有的计算机使用'0'来填充,所以 VR – Link 使用网卡的子网掩码和主机地址来计算其本身的广播地址。因而,VR – Link 使用的广播地址与 SGI 系统上采用 ifconfig 命令获得的地址是一样的,但与 SunOS 4.1.x 系统下的地址不同。

一些计算机具有多个能够广播通信的网络设备,除非用户的应用程序设计为指定具体的网络设备或者地址(这种情况允许使用 VR – Link 程序),VR – Link 应用程序默认使用接口列表中的第一个网络设备的广播地址。

如果有关于网络方面的问题,请与用户的系统管理人员联系。

2.5.2 子网掩码(Windows)

VR – Link 从用户的计算机网络配置处获得子网掩码,如果用户具体指定了 DtNetmask 环境变量,那么 VR – Link 使用用户指定的变量值。

2.5.3 UDP 端口

除了广播地址以外,在演练中的应用程序同时也必须要具有一致的 UDP 端口号。

使用 VR – Link 通信的应用程序默认使用 3000 端口(除了 vrlinkd 以外,因为它要求用户指定一个端口号作为命令行参数),大部分的 MÄK 应用程序可以让用户使用 – P port 选项设置端口号。

第3章 VR – Link 概念

本章简要阐述了 VR – Link 的工作原理。

3.1 VR – Link 是多级工具包

VR – Link 是一个为用户提供仿真应用所需的类、函数、例程的工具包。它不是框架,因为它不提供所需使用的语言结构。比如,当用户可能需要周期性的检查本地仿真实体状态的时候,VR – Link 并不关心用户是使用循环(见例 3.1)还是定时器或其它的机制。

3.1.1 多级访问

作为一个 VR – Link 开发人员,有以下多种开发方法:

(1)使用只需进行少量修改就可以创建满足 HLA 和 DIS 协议程序的协议无关接口,开发人员不必了解底层协议关联类和函数。多数 VR – Link 开发人员常使用此方法。

(2)在协议无关之下,充分利用协议关联类。如果要求程序仅符合 HLA 或 DIS 规范可采用此方法。

(3)充分实现 VR – Link 的潜力,满足用户最大任务需求。

(4)为 HLA 对象、交互或 DIS 的 PDU 创建新类来扩展 VR – Link。

(5)利用 FOM 映射器支持其它 FOM。

无论采取何种开发方法,建议读者阅读本章("VR – Link 概念"),第 5 章"协议无关接口"、第 13 章"实例和实用程序"。如果用户采用某种仿真标准,参阅该标准的协议关联章节。如果想扩展 VR – Link,建议阅读描述如何派生用户定义的对象和接口的子类并创建这些对象和接口的章节。

3.2 HLA、DIS 和协议无关

本书不包括详细描述 DIS 和 HLA 的内容。但是,作为阐述概念和术语的基础,随后对其进行简要介绍。

3.2.1　高层体系结构(HLA)

HLA 为美国国防部规定所有国防部仿真系统都要遵守的规范。在该体系中,仿真系统中交互的数据类型和数据格式和 DIS 中一样都不是标准化的类型和格式。许多仿真系统如果想要协同工作的话都需要使用相同的 FOM 和 RTI。FOM 和 RTI 的内容在下面两节进行介绍。

1. 联邦对象模型(FOM)

每个联邦执行都需要一个定义联邦执行数据模型的联邦对象模型。联邦执行的成员要能自行定义其自己的 FOM、使用已有参考 FOM 或基于参考 FOM 建立和修改 FOM。

FOM 通过联邦执行数据(FED)文件实现,该文件包含一个满足 RTI 需求的 FOM 子集。VR－Link 3.x 版本有一个针对实时平台参考 FOM(RPR ROM)扩展的支持。具体地说,VR－Link 支持 FED 文件定义的 FOM,该文件称为 VR－Link.fed 文件,保存在 VR－Link 根目录中。VR－Link.fed 文件就是 RPR ROM 和用户加上的其它类。

RPR FOM 是 SISO 认可的 RPR FOM 标准开发小组开发的一个参考 FOM 模型。该小组由使用 HLA 协议前的 DIS 协议的各大公司代表组成。

RPR FOM 的目标是促进 HLA 仿真中的优良的互操作性(DIS 的有效扩展)。也就是说,如果用户使用 RPR FOM(也可以说,根据用户自己的需要),用户知道与也使用该 FOM 的其它人进行互连,使用 RPR FOM 的好处就是众多仿真工具,包括大多数 MÄK 技术产品都支持该 FOM。

尽管 VR－Link 仅为 RPR ROM 内嵌支持,实际上它还具有包括使用新的或修改的 FOM,扩展自己 FOM 来满足仿真需求的特点。可使用多种 FOM 的功能被称作 FOM 灵活特性(Agility)。

用户还可以使用 VR－Link FOM 映射器(Mapper) 配置 VR－Link,定义 VR－Link 协议无关接口以及对象、交互、参数、属性的映射。

要了解更多的关于 VR－Link 实现 FOM 灵活特性的信息,请参阅第 6 章 "FOM 灵活性"内容。要知道用户的 VR－Link 版本支持的 RPR FOM 的版本群,请查看 VR－Link 发布日志。用户还可以浏览 MÄK 公司的网站 http://www.mak.com/product_version.php 来获得相关信息。

2. RTI

RTI 是 HLA 接口规范的实现,其服务建立了标准 RTI API。应用程序能够直接或间接通过 VR－Link 调用 RTI 中的 API 中的函数。HLA 规则中指定联邦成员必须通过 RTI 交换所有的仿真数据。

3.2.2　DIS 协议

DIS 协议是管理虚拟世界共享信息的一系列标准。其中定义了一个称为协议数据单元(PDU)的包集用于交换信息。每个信息包都根据 PDU 类型定义了发送者并包含其它信息内容。在 DIS 协议中还定义了发送 PDU 的时机和频率。

提示：DIS2.0.4 和 IEEE1278.1 - 1995 相同, DIS2.1.4 和 IEEE1278.1a - 1998 相同。

3.2.3　协议无关

本书中,协议无关 API 指的是包括大多数 VR - Link 特性的类的集合,并允许用户不经过改动即能创建满足 DIS 协议和 HLA 协议的应用程序。[①]

当用户创建一个协议无关的应用程序时,用户并没有创建运行在两个协议下的执行程序。用户编写了一个应用源程序,编译时选择相应编译器使其满足相应协议。一旦依据协议一个类选择不同的构造函数和函数,比如创建了一个演练连接类,这时就需要使用#ifdef(s)以选择正确的构造函数进行编译。

3.2.4　详细 HLA、DIS 信息获取

如果要获得更多关于 HLA 协议规定和说明,请登录 HLA 网站 http://www.dmso.mil/public/transition/hla/。

用户也可以在仿真互联标准组织(SISO)的主页文章库 http://www.sisostds.org/doclib/中找到 DIS 的信息。

IEEE1278.1 - 1995 和 1278.1a - 1998 的文档已经取代了 DIS 2.0.4 和 DIS 2.1.4 的文档内容。如果想获得 DIS 版 IEEE 1278.1 - 1995 或者 1278.1a - 1998 的文档,可以在 IEEE 网站 http://shop.ieee.org/store/找到出版物 IEEE Standard for Distributed Interactive Simulation, Application Protocols and Enumeration and Bit Encoded Values for Use with Protocols for DIS Applications。

用于使用协议的 DIS 应用枚举和位编码值文档在 SISO 网站也可以找到。

提示：本节中列出的 URL 在本书发布的时候可用。我们不能保证以后不发生变化。

---

① HLA 实际上不是一个协议,它是一个体系(正如其名字一样)。然而,其中的 RTI 和 FOM 既然组合则可以被看作协议,因为在其中定义了仿真参与者间交换的数据格式和内容。用户的应用程序实际上通过 RTI 与其它类型仿真系统相连,称其为协议无关是很适合的。

3.3　VR – Link 概念综述

为了在虚拟现实中与其它参与者进行交互,模拟器或其它 HLA/DIS 程序执行多个任务,这些任务一般包括:

(1) 连接到一个演练中[①]。应用程序必须创建一个用于发送和接收仿真数据的对象,该对象还能提供有效途径指示获得的数据输入到程序的其它部分。

(2) 管理状态信息。应用程序必须通知程序的其它成员关于本地产生对象的状态,如实体、聚合体、信息发送者等。应用程序还能接收、处理并管理远程实体的状态信息。

(3) 管理事件信息。应用程序必须通知其它成员本地仿真实体关于碰撞或开火、爆炸等交互信息,并接收和处理其它应用程序发出的事件和交互信息。

VR – Link 提供完成这些任务的类。

1. VR – Link 的协议无关类

VR – Link 提供了以下协议无关类:

(1) 演练连接类。作为与 RTI 或 DIS 网络进行连接的应用程序接口类。

(2) 对象管理类。用于维护本地和远程对象状态信息,处理发送和接收更新状态。

(3) 交互类。为表示事件的 HLA 交互或 DIS PDU 提供协议无关接口 API。

VR – Link 还提供大多数情况下并不需要使用的协议相关类和特性。然而,用户代码在大多数情况下不需直接同它们打交道。

为使 VR – Link 开发更方便,VR – Link 还嵌入了转换例程,计算函数和其它有用的函数,这些内容在 12 章"VR – Link 实用类"和 13 章"实例和实用程序"中有详细描述。

图 3 – 1 给出是 VR – Link 中应用程序中类交互示意图。用户开发的应用程序代码可以在任何层次上与类进行交互,也可以直接与 RTI 和 DIS 网络交互。但是,大多数应用程序中,使用协议无关类开发程序更简单些。VR – Link 实例程序,如坐标转换程序对应用程序代码和 VR – Link 类都是有效的。

2. 协议无关对象管理类

VR – Link 为各种逻辑类型的对象提供协议无关接口,这些对象在实时平台级仿真中被模拟。对各种逻辑对象来说(如实体、聚合体、发射器等),有以下类

---

① HLA 对应 DIS 中任务的是联邦执行,在这里为简化叙述,我们统一用术语"演练"。——译者

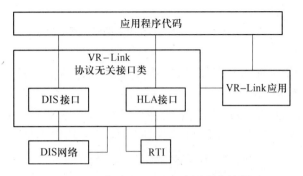

图 3 - 1　典型 VR - Link 应用程序结构

为其提供接口：

（1）对象发布类。如 DtEntityPublisher 类通过 DtExerciseConn 来管理发送本地仿真对象更新至演练。对象发布器派生于 DtObjectPublisher 类。

（2）反射对象类。如 DtReflectedEntity 类表示远程对象，DtReflectedEntity 类维护通过 DtExerciseConn 从演练接收更新的对象的当前状态。反射对象派生于类 DtReflectedObject。

（3）反射对象列表类。如 DtReflectedEntityList 类，用于跟踪远程对象。由它创建和销毁反射对象，这些对象的创建和销毁也是根据通过类 DtExerciseConn 从演练收到的信息。反射对象列表派生于 DtReflectedObjectList 类。

（4）状态池类。如 DtEntityStateRepository 类就是发布器和反射对象用于存储其表示的对象状态。派生于 DtStateRepository 类。

DtEntityStateRepository 和 DtAggregateStateRepository 类都是由公共类 DtBaseEntityStateRepository 派生；而 DtBaseEntityStateRepository 类由基类 DtStateRepository 派生。

下面的协议无关接口在 HLA 中是用于帮助进行对象管理的低层对象（low-lever object）。这些对象多数由高层接口隐藏，所以不能直接通过程序代码使用；在第 6 章"HLA 关联接口"中描述。

3.4　连接到演练

VR - Link 应用程序通过"演练连接"连接到一个演练，"演练连接"由 DtExerciseConn 类实现的。更高层的 VR - Link 类使用 DtExerciseConn 类设置和接收状态信息和其它数据，DtExerciseConn 的成员函数允许应用程序进行以下工作：

（1）向演练发送交互。

（2）读取网络输入。

（3）生成事件 ID。

（4）注册 VR – Link 每次收到交互和其它网络输入时运行的回调函数。

（5）管理仿真时钟。

需了解更多关于任务连接的内容，请参阅 5.2"连接到多个演练"。

3.5　管理状态信息

在一个演练中，VR – Link 应用程序往往必须要维护本地仿真对象的信息，并将本地信息与其它成员相互通信。VR – Link 应用程序还必须获得远程对象信息并在本地表示。

图 3 – 2 就说明了 VR – Link 应用程序是如何维护状态信息的，图中的内容将在后面阐述。在一个 DIS 演练中，本地仿真实体被包含在反射对象列表中。

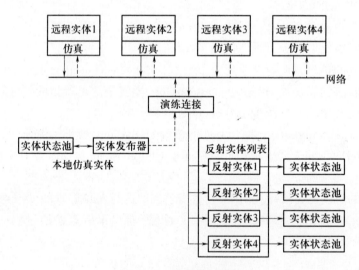

图 3 – 2　管理状态信息

提示：在后面的章节中，主要结合实体阐述概念，而许多关于实体概念的内容都可以应用到聚合体（aggregate）和发射器（transmitter）中。

3.5.1　管理本地仿真实体

每个本地仿真实体都由一个 DtEntityPublisher 表示，该类在 DtEntityStateRepository 中维护状态信息。DtEntityPublisher 通过演练连接给其它演练成员发送状态更新信息。图 3 – 2 说明了 DtEntityPublisher 通过演练连接发送信息的过程。DtEntityStateRepository 类提供函数用于查看实体状态组件和改变其状态的组件。

应用程序向演练发送状态更新信息的频率由用户的协议决定。

DIS：在一个 DIS 任务中，状态更新信息在实体状态发生改变时以及按间隔（心跳，Heartbeat）发送，而不考虑实体是否发生变化。

HLA：HLA 努力减少不必要的网络通信，因此在 HLA 的联邦执行中状态更新信息仅在以下条件下才会发送：

（1）当更新条件满足（FOM 指定）时，并且联邦成员已经订购了改变的实体属性（订购是联邦成员告知 RTI 它需要获知某个对象改变信息的过程）。大多数属性更新条件即是属性最后发送后的改变。

（2）当从另一个联邦成员或 RTI 接收到指定需求时。

要查看更多关于管理本地实体的信息，请参阅 5.4"处理实体"内容。

3.5.2　管理远程实体

VR – Link 应用程序通过演练连接接收来自远程实体的信息，函数 DtExerciseConn∷drainInput( ) 负责 VR – Link 对输入的读取和处理。VR – Link 用类 DtReflectedEntityList 维护远程实体列表内容。每个 DtReflectedEntityList 中的实体都有一个 DtReflectedEntity 类来描述它。而类 DtReflectedEntity 又负责维护 DtEntityStateRepository 中的实体的状态信息。正如本地实体一样，也可以查看实体组件状态信息。VR – Link 还提供了函数用于跟踪实体何时加入或离开任务。

图 3 – 2 解释的即是 DtReflectedEntityList 和 DtReflectedEntitiy 类。

需要了解更多关于远程实体的信息，请查阅 5.6"处理远程实体"内容。

提示：读者还会注意到在 HLA 中用于描述管理实体的类名有一定的术语规律，即发布和反射。虽然我们为我们的协议无关类使用这样的术语规范，在 DIS 中，VR – Link 通过发送适当的 PDU 来维护状态更新或交互。

3.6　管理事件信息

这里，使用"交互"这个术语来表示如武器的开火、爆炸或实体碰撞等事件。

VR – Link 通过派生 DtInteraction 类来管理这些交互。通常，交互类的名称是基于交互类型的，如用于描述开火交互的是 DtFireInteraction 类。

3.6.1　发送本地交互

对本地定义的交互,如从本地仿真实体发射武器,用户可以创建相应交互类的实例,为其设定值,通过演练连接发送出去,更多信息参阅的 5.3.1"发送交互"。

3.6.2　接收远程交互

VR – Link 应用程序通过其演练连接接收远程交互通知,其中函数 DtExerciseConn::drainInput( )负责 VR – Link 读取和处理输入。本地应用程序通过使用回调函数进行响应。

没有用于响应远程交互的内部函数。用户必须要根据需所响应的交互的类型为每个交互编写回调函数,并用交互类注册回调函数。当应用程序被告知有交互事件发生时,它将交互类型和作用对象传入用户的回调函数。更多信息见 3.7.3"使用回调函数"。

提示:交互是瞬时的,即在最后一个为交互所注册的回调函数被调用后,VR – Link 立即删除这些交互。

3.7　其它仿真概念

本节描述 VR – Link 如何实现以下仿真和编程概念:
◆ 时间
◆ 对象标识
◆ 回调
◆ 坐标系统
◆ DR 和平滑
◆ 时戳

3.7.1　管理时间

VR – Link 工具包维护用于远程实体航迹推测和本地实体阈值的 VR – Link 仿真时间的概念。通常是每次应用程序主仿真循环迭代后 VR – Link 仿真时间都要设定一次,这样所有实体都是基于当前相同的时间值进行航迹推测的。

通常,用户想在每一帧加速仿真时间,使流逝的真实时间与前一帧成比例,这样仿真时间成为离散的接近真实时间(可能是按比例或偏移量)。

DtClock 类(vlTime. h)执行一次 VR – Link。DtClock 有诸如 setSimTime( )、

simTime( )和 absRealTime( )的成员函数。用户不需要明确创建 DtClock 的实例,因为 DtExerciseConn 构造函数会自行创建,指向 DtExerciseConn 时间的指针通过 clock( )成员函数生效。

在一个固定帧速的应用程序中,如 VR – Link 的 f18 例子,VR – Link 仿真时间可依以下程序进行管理:

```
DtTime dt = .05;              // Each time step is .05 seconds
DtTime simTime = 0.0;         // Represents current time
DtClock * clock = exConn. clock( );
...
//main simulation loop
while(...)
{
    //Tell VR – Link the current value of simulation
    clock -> setSimTime(simTime);
    ...
    // Do stuff
    ...
    //Advance simTime by dt
    simTime = simTime + dt;
    //Sleep till the next multiple of .05 seconds
    DtTime timeTillNextFrame = simTime - clock -> elapsedRealTime( );
    DtSleep(timeTillNextFrame);
}
```

在一个浮动帧率应用程序中——用户完成前一帧后立即进入下一帧——用户可以将当前时间传给函数 setSimTime( )的每一帧。

```
DtClock * clock = exConn. clock( );
...
// Main simulation loop
while(...)
{
    clock -> setSimTime(clock -> absRealTime( ));
    ...
    // Do stuff
    ...
```

　　}

　　DtObjectPublisher 和 DtReflectedObject 将会使用其 DtExerciseConn 时钟去执行航迹推测、阈值等工作。

　　很少情况下在发布和反射对象之外创建一个实体或聚合体状态池的实例，用户需要通知状态池使用何种时钟。如果要适时的航迹推测，使用状态池的 setClock( )函数完成该功能。

　　更多的信息请参阅 3.7.6"时戳"。

　　提示：VR – Link3.6 之前版本使用的全局时间函数(如函数 DtTimeInit( )、DtSetSimTime( )、DtGetSimTime( )和 DtAbsRealTime( )函数)是向后兼容的，但是不要把它们混淆。如果需要使用 DtClock 更新应用程序的话，要确保所有以前的全局时钟函数都被替代。

3.7.2　标识对象

　　HLA 和 DIS 有一个显著的不同的概念就是对象标识。

　　DIS：在 DIS 中，实体由用三元组(Site、Application、Entity，位置、应用、实体)即被称为实体标识符进行识别。其它类型的对象一般由它们主实体加上各自的附加 ID 号进行识别。

　　HLA：在 HLA 中，对象有几个不同的标识符，包括：

　　(1) 对象句柄。用于联邦成员在 RTI 服务调用中，对特定对象进行识别。

　　(2) 对象名。用于 RPR FOM 在联邦成员间转换时的交互和属性更新。

　　更多关于各种标识符的信息和 VR – Link 如何解决这些不同，请参阅 5.7"标识对象"。

3.7.3　使用回调

　　回调函数是用户编写用于响应事件的函数，用户用 VR – Link 注册回调函数是通过将一个指向函数的指针作为变量传给回调注册函数来实现的。VR – Link 调用用户函数响应指定事件。

　　VR – Link 中的某些场合回调函数必须利用某些功能。例如，为了处理特定类型的输入交互或 DIS 的 PDU，用户就需要用相应的 VR – Link 类或 PDU 类注册一个用于交互或 PDU 的回调函数，由类静态成员函数 addCallback( )实现。接着只要 VR – Link 从 RTI 或 DIS 网络读取到此种类型的交互或 PDU 时，就调用相应的回调函数，传递一个相应的交互或 PDU 的复制给它。在很多情况下，包括此种情况，回调函数在 VR – Link DtExerciseConn：：drainInput( )中调用，该函数读取从演练中的输入。

VR – Link 中使用回调函数的其它情形如下：

（1）响应实体添加和删除。可以使用 DtReflectedEntityList 注册实体添加和实体删除回调函数，这些函数在演练中有远程实体加入或离开演练时由函数 drainInput（ ）调用。

（2）一般情形。post – drain 回调函数由 DtExerciseConn 注册，它在函数 drainInput（ ）中调用而不考虑从 RTI 或 DIS 网络读取数据。这些回调函数在 VR – Link 完成数据的读取，在执行其它指定回调函数前被实现。

因为回调函数是作为普通的 VR – Link 回调注册函数指针传入的，所以回调函数本身不能作为非静态成员函数，它们可以是全局（C 语言风格）函数或静态类成员。要使得一个类的非静态成员函数响应某个 VR – Link 事件的执行，用户可以在自己的回调函数中调用该成员函数。

VR – Link 的回调函数有严格的函数特征，但是多数 VR – Link 回调函数都有一个称为 usr 的 void ∗ 后缀参数，因此相关的回调注册函数也有此参数。这允许用户用 VR – Link 与其回调函数一起注册任意的指针。VR – Link 执行回调函数时，用户注册的指针以 usr 的形式传给函数。

很多时候，参数 usr 都给用户要调用的成员函数的对象传递指针，这时只要在回调函数内部将 usr 类型转换回对象类型即可，如：

```
class MyObj
{

    public：
    // The function we want to call.
    void someFunc( );
    // A static member function to be registered as an interaction callback
    // with the DtFireInteraction class.
    //When this function is called by VR – Link, usr will contain a pointer
    // to the object passed to addCallback.
    static void theCallback( DtFireInteraction ∗  inter,void ∗  usr)
    {
        MyObjType ∗ obj = static_cast < MyObjType ∗ > ( usr);
        obj -> someFunc( );
    }

};
int main( )
{
```

```
DtExerciseConn exConn(…);
…
MyObj obj;
// Register our callback function, passing a pointer to obj as usr.
DtFireInteraction::addCallback(&exConn, MyObj::theCallback, &obj);
…
}
```

在需要向回调函数传递多个对象指针的情况下,必须要创建一个简单结构体包含要传入指向对象的指针,然后以 usr 传入指向结构体的指针。

注意:任何作为 usr 传递的指针都必须是一个变量的地址,该变量的生命周期和注册的回调函数的周期相同。

3.7.4　坐标系统

默认情况下,DtEntityStateRepository 以地心坐标为参考,VR – Link 有相应的坐标转换程序用于进行输入输出实体信息的坐标转换。VR – Link 还有坐标检查功能,允许使用各种坐标系统而不需明确的调用坐标转换程序。这些检查包括:

◆ UTM 坐标系
◆ 笛卡儿坐标系
◆ 地形坐标系

更多的内容参照 5.9"坐标视图"和 12.3"坐标转换"。

3.7.5　航迹推测和平滑

要表示状态更新期间实体的行为,VR – Link 使用一种基于实体的加速度和速度的航迹推测(DR)算法来估计位置。当更新位置信息到来时,VR – Link 必须将仿真实体移动到它的实际位置。为了确保实体航迹推测位置到实际位置的过渡不会太突然而产生抖动,VR – Link 使用平滑机制,图 3 – 3 显示平滑前后的差别。

3.7.6　时戳

当交互或对象状态更新通过 DtExerciseConn 使用 sendStamped( )发送时,时戳和消息(或包含在消息中)同时被发送。

DIS 或 RPR FOM 时戳仅表示通过一个特定时间段的时间(秒),并假定此时间段的数据是有效的;然而,它却不包含关于发送者所考虑的时间段的信息。

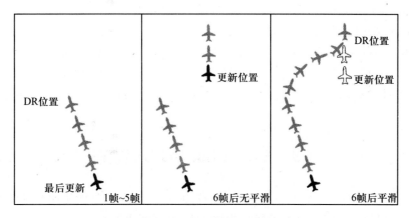

图 3 – 3　航迹推测和平滑

（DtPdu、DtInteraction 和 DtStateMessage 都包含一个成员函数 guessTimeValid（），通过返回一个最接近于参考时间的时间，使该段时间流逝的秒数和时戳中指定的数值相等的方式，估计发送者所考虑的完整时间）。

除了时戳，DIS 和 HLA RPR FOM 消息中还包含时戳类型的标志，它用于指示时间的类型是"相对的"还是"绝对的"。尽管这些 DIS/HLA 术语会带来一些混乱，但是这些术语只是用来指示发送者使用的时间是否与全局演练时钟同步。绝对类型的时戳表示发送者使用的时间是与其它使用绝对时戳的应用程序同步的；而相对时戳则是指发送时间不一定需要与其它应用程序同步。

DIS/HLA 演练的成员不一定必须时钟同步，实际上，在很多情况下，时钟是不同步的。如果参与者选择时钟同步，它们就通过使用 DIS/HLA 以外的方法来实现（HLA RTI 有一套时间管理的服务，但是并不具备时钟同步）。

当发送者和接收者都在使用绝对时戳时，即时钟同步，接收者能立即得知发送者的时戳。在这种情况下，VR – Link 在航迹推算中使用输入的实体状态更新的时戳。如果它们其中之一或都使用相对时戳的话，那么发送者的时戳对接收者来说是无意义的，除非可以确定二者的时间差（这又超出 DIS/HLA 的范围）。这种情况下，如同大多数的 DIS/HLA 应用一样，我们忽略时戳，在航迹推算中使用接收的时间。

3.8　大小 Endian 报格式

极少情况下的仿真会要求使用小 endian 报格式而不用大 endian 格式进行程序间通信。VR – Link 利用函数 DtSetNetworkByteOrdering（）和 DtNetworkByte-

Ordering( )（NetTypes. h），提供了一种实时设置和检查当前报文格式的机制。大 endian 报格式为默认使用格式。

使用小 endian 字节排序，调用函数：DtSetNetworkByteOrdering（DtLittleEndian）；

使用大 endian 字节排序，调用函数：DtSetNetworkByteOrdering（DtBigEndian）。

3.9 VR – Link 的基本例子

本节主要讲述两个 VR – Link 应用程序例子，第一个是网络中不仿真任何实体，只用于观察演练的监听程序，第二个是不处理远程实体信息的写程序。

提示：例子的源代码在 VR – Link 中。

3.9.1 监听的例子

例 3.1 是一个简单的 VR – Link 监听程序，该程序可被 DIS 或 HLA 编译，与协议关联的代码在第 27 行的#if 语句后。

循环每迭代一次，程序就打印出地形坐标表示的实体更新的航迹推算信息。另外，如果网络中检测到了 PDU 或交互的话，程序就会打印出攻击实体的 ID 信息。

提示：在线版本的手册提供了代码例子和解释文字的实时链接。

例 3.1

```
1    #include < exerciseConn. h >
2    #include < reflEntList. h >
3    #include < vlProcessControl. h >
4    #include < LibMatrix. h >
5    #include < entitySR. h >
6    #include < reflectedEnt. h >
7    #include < fireInter. h >
8    #include < topoView. h >
9    #include < simRprFomMap. h >
10   #include < iostream >
11   #include < exConnInit. h >
12
13   int keybrdTick( void) ;
```

```
14
15   // Define a callback to process fire interactions.
16   void fireCb( DtFireInteraction * fire, void * / * usr * /)
17   {
18       std::cout << "Fire Interaction from "
19           << fire -> attackerId( ). string( ) << std::endl;;
20   }
21
22   int main( int argc, char * * argv)
23   {
24       // Create a connection to the exercise or federation execution.
25       DtVrlApplicationInitializer appInit( argc, argv, "VR – Link listen") ;
26
27       #if DtDIS
28           appInit. setUseAsynchIO( true) ;
29       #endif
30
31       appInit. parseCmdLine( ) ;
32
33       DtExerciseConn exConn( appInit) ;
34
35       // Register a callback to handle fire interactions.
36       DtFireInteraction::addCallback( &exConn, fireCb, NULL) ;
37
38       // Create an object to manage entities that we hear about
39       // on the network.
40       DtReflectedEntityList rel( &exConn) ;
41
42       // Initialize VR – Link time.
43       DtClock * clock = exConn. clock( ) ;
44
45       int forever = 1;
46       while (forever)
47           {
```

```
48          // Check if user hit 'q' to quit.
49          if ( keybrdTick ( ) = = - 1 )
50              break ;
51
52          // Tell VR – Link the current value of simulation time.
53          clock -> setSimTime ( clock -> elapsedRealTime ( ) ) ;
54
55          // Process any incoming messages
56          exConn. drainInput ( ) ;
57
58          // Find the first entity in the reflected entity list
59          DtReflectedEntity * first = rel. first ( ) ;
60
61          if ( first )
62          {
63              // Grab its state repository, where we can inspect its data.
64              DtEntityStateRepository * esr = first -> entityStateRep ( ) ;
65
66              // Create a topographic view on the state repository, so we
67              // can look at position information in topographic coordinates.
68              double refLatitude = DtDeg2Rad ( 35. 699760 ) ;
69              double refLongitude = DtDeg2Rad ( - 121. 326577 ) ;
70              DtTopoView topoView ( esr , refLatitude , refLongitude ) ;
71
72              // Print the position.
73              // Since it returns a DtString , we need to force it to
74              // const char * with a cast.
75              std : : cout << " Position of first entity : "
76                  << topoView. location ( ). string ( ) << std : : endl ;
77          }
78
79          // Sleep till next iteration.
80          DtSleep ( 0. 1 ) ;
81      }
```

```
82        return 0;
83   }
84
85   int keybrdTick( )
86   {
87        char * keyPtr = DtPollInputLine( );
88        if ( keyPtr && ( * keyPtr = = 'q' || * keyPtr = = 'Q'))
89             return - 1;
90        else
91             return 0;
92   }
```

1. 连接到演练

第 24 行 ~ 第 25 行,程序创建了一个演练连接(DtExerciseConn),该连接作为程序与演练的接口。DtExerciseConn 有多个构造函数。在该例子中,创建了一个 DtVrlApplicationInitializer 并将其传给 DtExerciseConn。DtVrlApplicationInitializer 支持命令行参数,默认的协议关联初始值在 DtVrlApplicationInitializer 及其基类 DtExerciseConn 进行设置,这是代码中唯一一个协议关联部分。

如果想指定 DtExerciseConn 中的初始化值,可以使用下面的代码:

```
int main( )
{
    // Create a connection to the exercise or federation execution
    #if DtHLA
        DtString execName( "VR – Link" );
        DtString fedName( "VR – Link listen" );
        DtExerciseConn exConn ( execName,fedName,
                        new DtSimpleRprFomMapper );
    #elif DtDIS
        int port            = 3000;
        int exerciseId      = 1;
        int siteId          = 1;
        int applicationNum  = 15;
        DtExerciseConn exConn( port,exerciseId,siteId,applicationNum,
                        0,          //No status, any error will be fatal
                        true );     //UseAsync IO
```

#endif

2. 管理状态和交互信息

基于 HLA 的应用程序主要使用回调函数去处理收到的开火、爆炸、碰撞等交互。例如,fireCb 回调函数在第 36 行用 DtFireInteraction 类注册,该回调函数(第 16 行定义)打印包含攻击者 ID 的信息,只要演练连接在调用函数 drainInput( )期间接收到一个开火 PDU 或交互就执行该函数。

3. 跟踪实体

在第 40 行,创建了一个反射实体列表用于跟踪网络中发现的实体,该实体列表跟踪实体的到达和离开、执行航迹推算、管理时间终止或执行其它的实体跟踪任务。

4. 管理时间

第 43 行得到指向演练连接的仿真时钟指针。

5. 监听网络

每次迭代开始,程序都设置 VR – Link 仿真时间(第 53 行),以提供循环内迭代(如多个实体的航迹推算)的时间相关操作的共同时间值。

drainInput( ) 调用函数(第 56 行)读取和处理演练连接来的信息。如果需要,该调用触发执行用户为演练连接已经注册的任何回调函数。

在第 59 行,程序找到实体列表中的第一个实体,第 64 行重新得到一个指向实体状态池的指针。第 70 行创建实体状态池的地形检查,允许得到地形坐标(非地心坐标)的位置数据(第 68 行和第 69 行完成坐标硬编码)。

第 75 行得到并打印航迹推算后的实体位置。

3.9.2 发送的例子

例 3.2 是一个仿真 F18 战机的简单发送程序。该程序以发送开火 PDU 或 HLA 开火交互开始,然后 F18 向北飞行 10 秒,通过发送 DIS 实体状态 PDU 或 HLA 属性更新的方式更新其位置。

例 3.2

```
1    #include " exerciseConn. h"
2    #include " topoView. h"
3    #include " vlProcessControl. h"
4    #include " EntityTypes. h"
5    #include " entityPub. h"
6    #include " entitySR. h"
7    #include " fireInter. h"
8    #include " simRprFomMap. h"
```

```
9     #include < exConnInit. h >
10
11    int main( int argc, char * * argv)
12    {
13        // Create a connection to the exercise or federation execution.
14        DtVrlApplicationInitializer appInit( argc, argv "VR – Link talk" );
15
16        // Change some defaults
17    #if DtDIS
18            appInit. setUseAsynchIO( true );
19    #endif
20
21        appInit. parseCmdLine( );
22
23        DtExerciseConn exConn( appInit);
24
25        DtEntityType f18Type( DtPlatform, DtPlatformDomainAir,
26        DtUnitedStates, DtFighter, DtF18, 0, 0);
27
28        // Create an entity publisher for the entity we are simulating.
29        DtEntityPublisher entityPub( f18Type, &exConn, DtDrDrmRvw,
30        DtForceFriendly, DtEntityPublisher::guiseSameAsType( ));
31
32        // Hold on to its state repository, where we can set data.
33        DtEntityStateRepository * esr = entityPub. entityStateRep( );
34
35        // Create a topographic view on the state repository, so we
36        // can set position information in topographic coordinates.
37        double refLatitude = DtDeg2Rad( 35. 699760);
38        double refLongitude = DtDeg2Rad( – 121. 326577);
39        DtTopoView topoView( esr, refLatitude, refLongitude);
40
41        // We can use the ESR to set state.
42        esr -> setMarkingText( "VR – Link" );
```

```
43
44          // Initialize VR - Link time.
45          DtClock * clock = exConn. clock( );
46
47          DtVector position(0,0, - 100);
48          DtVector velocity(20,0,0);
49
50          // Send a Fire Interaction.
51          DtFireInteraction fire;
52          fire. setAttackerId( entityPub. globalId( ));
53          exConn. sendStamped( fire);
54
55          // Main loop
56          DtTime dt = 0.05;
57          DtTime simTime = 0;
58          while (simTime < = 10.0)
59          {
60              // Tell VR - Link the current value of simulation time.
61              clock -> setSimTime( simTime);
62
63              // Process any incoming messages.
64              exConn. drainInput( );
65
66              // Set the current position information.
67              topoView. setLocation( position);
68              topoView. setVelocity( velocity);
69
70              // Call tick, which insures that any data that needs to be
71              // updated is sent.
72              entityPub. tick( );
73
74              // Set up for next iteration.
75              position[0] + = velocity[0] * dt;
76              simTime + = dt;
```

```
77
78              // Wait till real time equals simulation time of next step
79              DtSleep( simTime - clock -> elapsedRealTime( ) );
80          }
81      return 0;
82  }
```

1. 连接到演练

正如监听例子一样,该程序创建一个 DtExerciseConn 提供到 RTI 或 DIS 网络的接口(第13行~第23行)。

2. 管理实体

第25行定义 F18 使用的实体类型。

要想在演练中对其它应用是可见的,每个本地仿真实体都需要 DtEntityPublisher,第29行创建。实体发布器管理指定实体消息的生成,并提供实体状态池用于用户设定状态值,以及一个 tick( ) 函数用于在需要时将状态信息的发送到网络。

第33行建立了一个指向实体状态池的指针,第39行创建了一个地形检查。这样即可设置实体地形坐标数据,而非地心坐标数据。(第37行和第38行是本例的坐标硬编码。)第42行描述的是一个状态池中的非位置状态值。

3. 发送交互

发送交互的例子在第51行~第53行,可以使用演练连接的 sendStamped( ) 函数发送交互。

提示:可以使用 sendStamped( )发送状态更新信息,但是最好还是使用状态池中的数据,用实体发布器发送状态信息,如第67行~第72行所示。

4. 发送状态消息

主循环每秒执行20次,持续10秒。和监听例子里一样,程序在每次迭代开始设置仿真时间(第61行)。

提示:因为该程序的主要目的是演示向网络发送数据,而不是一个真的发送应用程序,所以输入的数据仅用第64行的 drainInput( ) 函数进行处理。此调用需要 HLA 支持,因为这里我们利用 RTI 的 tick。

程序在第67行和第68行更新 F18 的实体状态池的位置数据,在第72行 tick 实体发布器向网络发布更新数据。第67行和第68行通过一个视图设定地形坐标,此处 VR - Link 将其转换为地心坐标系。

其后,剩下的任务就是增加 F18 的位置,增加其仿真时间,并等待,直到下一次迭代开始。

第4章 编译 VR – Link 应用程序

本章对如何编译 VR – Link 应用程序进行介绍。

4.1 编译和链接 VR – Link 应用程序

要建立 VR – Link 的应用程序,必须让编译器找到 VR – Link 的头文件(对于 HLA 为 RTI 的头文件);另外,必须链接 VR – Link 的函数库(对于 HLA 为 RTI 的函数库)。如果不使用 C ++ 链接器进行链接,必须明确与 C ++ 系统函数库相链接,如 libC. so。

4.1.1 函数库和头文件

VR – Link 包括四个库:mtl、vl、matrix 和 vlutil。vl 库的版本如表 4 – 1 所列。

表 4 – 1 vl 库的版本

仿 真 标 准	UNIX	Windows
HLA	libvlHLA13. so libvlHLA1516. so	vlHLA13. lib vlHLA1516. lib
DIS2. 0. 4,IEEE1278. 1,或 2. 1. 4	libvlDIS. so	vlDIS ∗ . lib
∗ 参见 Windows 平台函数库		

1. Windows 平台函数库

VR – Link 为 Windows 平台提供了两类多线程动态链接(MD)库,保存在 . / lib 目录下。我们通过/MD 编译器转换来编译有 MD 或 RT 后缀的库来区分它们。使用 RT 库和 DLL 库代替 MD 库可以节省内存。因为,不论用户运行多少 VR – Link 应用程序,仅有一个 DLL 的实例加载到内存中。DLL 库的使用相当于 UNIX 中的内存共享。Windows 的函数库如表 4 – 2 所列。

RT 库使用应注意:

(1) 用 RT 库建立应用程序要使用/MD 编译器转换开关。

(2) DLL 必须在应用程序路径下。

(3) 必须增加 C 语言的预处理程序定义:#DEFINE DT_USE_DLL = 1

表 4 – 2　Windows 的 VR – Link 库

/MD compiler switch	RT compiler swit ch
vlutilMD. lib	vlutilRT. lib
mtlMD. lib	mtlRT. lib
matrixMD. lib	matrixRT. lib
vlDISMD. lib	vlDISRT. lib
vlRPRMD. lib	vlRPRRT. lib

4.1.2　第三方库

VR – Link 使用第三方库(libXml2)以支持 IEEE 1516 RTI FED 文件格式。如果要建立一个用于 RTI 1516 的 VR – Link 应用程序,必须在链接行中包括 libXml2 库,在 Red Hat Linux 发布的库中,和 VR – Link 一起发布,支持其它所有操作系统。

如果在 Windows 上建立用于 RTI 1516 的 VR – Link 应用程序,必须链接 iconv. lib 库。

4.1.3　UNIX 系统下编译指定仿真标准

用 MÄK 的构建系统建立一个 UNIX 的 VR – Link 应用程序,必须使用 gmake 3. 81 或更新的版本,可以从网站 http://savannah. gnu. org/projects/make/ 下载。

可以在编译时通过使用下文所描述的标志位选择 DIS 或 HLA,vlhome 是 VR – Link 的主目录。

注释:

(1)编译行中库文件的顺序是非常重要的,可以查看 ./examples 中的 makefiles 了解更多信息。

(2)在同一个平台上可能需要其它的标志位,更多信息可以参阅 ./examples 中的 makefiles 和产品发布说明书。

HLA:安装 VR – Link 后,在 VR – Link 顶层目录中创建一个 RTI 的标志链接,把链接指向正使用的 RTI 发布。

1. 编译标志位

– I{ VLHOME }/include　　　　　　　　（VR – Link 头文件）

– I{ VLHOME }/RTI/include　　　　　　（MÄK RTI 包含目录的路径）

– DDtHLA = 1 – DDtRPR = 1　　　　　（条件编译）

– DDtHLA_1516 = 1　　　　　　　　　仅对 IEEE 1516 RTI 编译

41

2. HLA 1. 3 的链接标志位

－ lvrhome/lib － lvl － lvlHLA13 － lmatrix － lmtl － lvlutil － lxml2 － lRTI － NG － lfedtime

3. HLA 1516 的链接标志位

－ Lvrhome/lib － lvl － lvlHLA1516 － lmatrix － lmtl － lvlutil － lxml2 － lrti1516 － lfedtime1516

DIS：下面列举了 DIS 2. 0. 4 (IEEE 1278. 1) 和 DIS 2. 1. 4 (IEEE 1278. 1a) 的编译和链接标志位。

4. 编译标志位

－ Ivlhome/include （VR － Link 头）

－ DDtDIS ＝ 1 （用于条件编译）

5. 链接标志位

－ Lvlhome/lib － lvl － lmtl － lvlDIS － lmatrix － lvlutil

4.1.4 UNIX 下选择一个实例应用程序协议

建立一个实例，输入 gmake。

当建立一个使用 VR － Link 实例程序时，可以定义一个不用编辑 makefile 的仿真方式，方法如下：

（1）不建立 DIS 实例，输入 gmake NO_DIS ＝ 1。

（2）不建立 HLA 实例，输入 gmake NO_HLA ＝ 1。

（3）不建立 HLA1516 实例，输入 gmake NO_HLA1516 ＝ 1。

（4）可以同时进行定义，如 gmake NO_DIS ＝ 1 NO_HLA1516 ＝ 1。

这样仅建立 HLA 1. 3 二进制文件。

要建立全部实例，输入 gmake help。

4.1.5 Windows 下编译指定协议版本

在 Windows 下，用户可以按下面的过程设置其程序方案。先要在 Microsoft Developer Studio 中进行一些设置，定义变量，指定头文件和 RTI 库文件的路径。

提示：另外要链接 netapi. lib 和 WS2 _32. lib 这两个库，必须链接 comctl32. lib 库，请参阅工程实例文件了解更多细节。

当编译 HLA 时：

（1）选择 Project → Properties，再选择 the C/C ＋＋ folder。

（2）在为预处理定义提供的空白处输入#define 定义符

DtDISVERS = 5 , DtHLA = 1 , DtHLA_1516 = 1 , RTI_USES_STD_FSTREAM = 1

（3）在 C/C ++ →General section 选项下为其它库文件提供的空白处输入 VR - Link include 文件路径和 VR - Link include 目录的路径，如../../include" c:/MÄK/MÄKRti3. 1/include" 或者 $（MÄK _ VRLDIR）/include，$（MÄK _ RTIDIR）/include。

提示:这个过程中有关的路径名如../../include 都和在 VR - Link 默认安装的 ./examples/f18 目录下的 . vcproj 工程文件相关。全名类似于 C:///MÄK/VR - Linkx. x/include。

（4）选择链接文件。

（5）在 Linker → Input section 选项下为其它附加文件提供的空白处输入恰当的 RTI , VR - Link 和 Visual C ++ 库文件，如｛libRTI - NG. lib ｜ librti1516. lib｝libfedtime. lib vlMD. lib vlutilMD. lib mtlMD. lib matrixMD. lib ｛vlHLA13MD. lib ｜ vlHLA1516. lib｝ netapi32. lib WS2_32. lib comctl32. lib。

同时要确保在 Linker → General section 框中的 Additional Library Directories 编辑框中列出这些文件的恰当路径，如 $（MÄK _ VRLDIR）/lib，$（MÄK _ RTIDIR）/lib。

1. 编译 DIS 2. 0. 4 , 2. 1. 4 , 或 IEEE 1278. 1 和 IEEE 1278. 1a 工程

（1）在 C/C ++ 文件的 Project Property 窗口中，在为预处理器提供的空白处输入#define 定义符 DtDISVERS = 5。

（2）在 C/C ++ → General section 选项下为其它库文件提供的空白处输入 VR - Link Include 文件路径，如../../include。

（3）在 Linker → Input section 中输入恰当的 VR - Link and Visual C ++ 库文件，如 vlutilMD. lib mtlMD. lib matrixMD. lib vlMD. lib vlDISMD. lib netapi32. lib WS2_32. lib comctl32. lib。

同时要确保在 Linker → General section 框中的 Additional Library Directories 编辑框中列出这些文件的恰当路径，如../../lib。

4. 1. 6　Windows 下选择实例应用程序的协议

在 Microsoft Developer Studio 中，用户可以从 Set Active Project Configuration 对话框中为应用程序选择协议。

打开 Set Active Project Configuration 对话框，选择 Build → Set Active Configuration。

如果用户建立一个 HLA 工程，确定指向 RTI include 和 library 目录的正确位置。默认情况下是使用在 MAK_RTIDIR 环境变量中的值。

4.2　从 C 语言调用 VR – Link

路径 ./examples/simpleC 包含一个用 C 语言写的使用 VR – Link 的例子,是监听程序的 C 语言版。此程序的描述在 3.9.1"监听举例"中。详细信息可参阅头文件 interface. h 和 simpleC. h 获得。

4.2.1　用 C 语言调用 C++ 语言

因为 VR – Link 是一个 C++ 工具,任何直接调用 VR – Link 函数的代码必须通过 C++ 编译器编译。程序员可以用下面的方法编译可能来自 C 语言程序中调用的代码,完成此项工作至少需要一个 C++ 文件,它可以完成对所有VR – Link 函数的调用。在我们的例子中,interface. cxx 文件完成这个工作。它包含几个和 VR – Link 代码交互的函数:nitVRLink( ),tick VRLink( ) 和 firstEntity-Position( )。

为了提醒 C++ 编译器这些函数被编译后可以从 C 语言调用,它们的声明要包含在下面 C++ 编译器识别的关键字内:

extern " C " {

}

listenC. c 文件描述了程序的其它部分,它被 C 语言编译器编译,并不直接调用任何 VR – Link 函数。但是它一定调用了在 interface. cxx 文件中声明的函数,这些函数编译后可以从 C 语言调用。

4.2.2　用 C++ 语言调用 C 语言

用户可以创建一个和 VR – Link 交互的 C++ 函数,也可以调用 C 语言函数。例如,在 interface. cxx 文件中,关于开火数据单元的回调函数就是一个调用了 C 语言函数 firePrint( ) 的 C++ 函数。为了提醒 C++ 编译器外部函数是一个 C 语言函数,他们的声明要包含在下面可被C++ 编译器识别的关键字内:

extern " C " {

}

4.2.3　C 和 C++ 包含的头文件

当 C 和 C++ 语言代码交互时,许多相同函数的声明必须同时包含在 C 和 C++ 代码中,如上所述,当这些函数出现在 C++ 编译器中时声明需要放在下面的括号中:

```
extern "C" {
           }
```

但是对于 C 语言编译器这些关键字是没有意义的,因此还要把这些关键字放入下面的关键字中:

```
#ifdef __cplusplus

#endif
```

例如,listenC. h 文件代码如下:

```
#ifdef __cplusplus
extern "C"
{
  #endif
    void firePrint( const char * attacker) ;
    #ifdef __cplusplus
}
#endif
```

4.3　交付 VR – Link 应用程序给使用者

VR – Link 开发许可文件允许用户使用 VR – Link 库编译应用程序及使用这些应用程序。开发一个使用 VR – Link 库的应用程序后,需要把它发给国内或国外的用户,最终的用户需要一个 VR – Link 运行时许可文件才能使用程序。用户不需要全部的 VR – Link 工具包,也不用开发许可文件(如果要重新编译应用程序则需要开发许可文件),他们仅需要应用程序、VR – Link 库(如果是动态链接),许可管理文件以及应用程序。每个运行实例都需要的运行时许可文件,而不用提供头文件。如果用静态方式链接 MÄK 库文件,库文件也不用交付。

根据用户的安排,可以为其客户购买运行时许可文件,或客户自己从 MÄK公司购买。

第 5 章　协议无关接口

通过本章说明的协议无关接口 API,用户可以访问大多数的 VR – Link 特性。协议关联部分的 API 在第 6 章"HLA 关联接口"和第 10 章"DIS 关联接口"中描述。

5.1　协议无关接口介绍

协议无关接口(Protocol – Independent Interface)是一组封装了 VR – Link 大部分特征的类,它允许用户无需作明显改动即可在 DIS 和 HLA 中创建应用程序。除了其多协议功能外,最重要的是协议无关的接口使用户从复杂的协议关联接口类和函数中解脱出来。同时,如果需要,协议关联类仍然可用。

当用户创建了一个协议无关的应用程序时,用户就不用创建一个运行于两种协议下的可执行程序。编译时,用户通过指定协议编写一个应用程序同时对每个协议进行编译。即使一个类使用了不同协议下的构造函数或成员函数,如创建了一个演练连接,用户就必须使用#ifdef(s),以使用户的应用程序使用正确的构造函数来进行编译。

5.2　连接到多个演练

一般来说,一个 HLA 联邦或 DIS 演练可以定义为一个通过 FOM 定义数据(HLA)或 PDU(DIS)在彼此间进行通信的仿真应用集合。一个仿真应用程序(在 HLA 中称为联邦成员)可以反过来定义为一个演练参与者。这样的应用程序可以仿真一个或多个实体。

VR – Link 的 DtExerciseConn 类是一个针对演练的仿真应用程序接口。此应用程序通过 DtExerciseConn 向其它的应用程序发送数据,同时接收其它应用程序发来的数据。实际上,基于 VR – Link 的所有应用程序都可以使用 DtExerciseConn。

VR – Link 包括一些 HLA 和 DIS 版本的 DtExerciseConn 类。对于 HLA,DtExerciseConn 类通过调用 RTI 与其它的应用程序交换数据。对于 DIS,数据一般

是通过相关套接字相关系统(socket – related system)调用 sendTo( )和 recvFrom
( )函数来实现交换的。

　　HLA 版本的 DtExerciseConn 定义在 hExerciseConn. h 中,DIS 版本在 dExerci-
seConn. h 中定义。如果用户的应用程序既为 HLA 又可为 DIS 使用,则不要包括
上述两个头文件。用户可以包括 exerciseConn. h,它根据用户是否在编译行中定
义 DtHLA =1 包含了对应的版本。

　　尽管 DtExerciseConn 的两个版本被分别定义,但是大部分公共成员函数名
称和标识被两个版本共享,这样用户可以调用大部分函数而无需考虑利用的是
哪个协议。由于两个版本都继承于 DtBaseExerciseConn,该抽象类定义了 DtEx-
erciseConn 的大部分接口,从而进一步强化了这些共性。

　　在 HLA 和 DIS 下创建 DtExerciseConn 是不同的,因为两者需要不同的初始
化参数。

5.2.1　为 HLA 创建演练连接

　　要创建 HLA 下的 DtExerciseConn,用户必须提供一个联邦执行名称和联邦
成员名称。用户必须在 DtExerciseConnInitializer (exConnInit. h)中指定这些参
数,同时把这些参数通过构造函数传递给 DtExerciseConn,或在其中的一个构造
函数中指定它。DtExerciseConn 构造函数之一是允许用户指定需要使用的 FED
文件名。FED 文件向 RTI 和 VR – Link 提供 FOM 表中的信息。如果用户不向
DtExerciseConn 构造函数提供 FED 文件的名称,则假设用户正在使用的文件与
联邦执行的名称相同,. fed 扩展除外。例如,联邦执行名称为 VR – Link,我们就
假设 FED 文件是 VR – Link. fed。

　　VR – Link 在运行的程序所在的目录中寻找 FED 文件,确保用户正在 DtEx-
erciseConn 中使用的 FED 文件在此目录中。

　　MÄK RTI 和 DMSO RTI – NG 在用户运行的应用程序目录中寻找 RID 文件,
然后在这个目录中指定 RTI_RID_FILE 环境变量。如果 MÄK RTI 没有在这个目
录下发现 RID 文件,那么它就会在指定 RTI_CONFIG 环境变量的目录下进行
查找。

　　VR – Link 支持的默认 FED 文件是 VR – Link. fed,它在 VR – Link 主目录
下。如果用户使用这个文件描述的 FOM 表,就必须复制 VR – Link. fed 到用户
运行程序的目录下。

　　用户需要在同一个 HLA 下进行交互的所有应用程序必须使用相同的联邦
执行名和相同的 FED 文件。

　　联邦成员名称是用户命名的应用程序,用于 RTI 诊断(RTI diagnostics)。联

邦成员名称不必是唯一的。

DtExerciseConn 构造函数：

（1）初始化应用程序的 RTI 大使（使 FED 文件可读）；

（2）如果联邦执行名称不存在,则创建一个；

（3）加入联邦执行。

如果用户使用 DMSO RTI,就必须确保其 rtiexec 应用程序正在运行,否则就不能创建或加入一个联邦执行。如果用户使用 MÄK RTI,运行 rtiexec 是可选的（更多的信息请参照 2.4"安装 RTI"）。

如果用户使用 Pitch RTI,确保已关闭异步推进（asynchronous tick）。

DtExerciseConn 的成员函数 fedHandle（ ）、fedName（ ）和 execName（ ）分别获得联邦句柄、联邦名称和联邦执行名称。

5.2.2　为 DIS 创建演练连接

为了创建一个 DIS 连接,需要：

◆ 一个 UDP 接口号

◆ 一个演练 ID 号

◆ 一个位置号

◆ 一个应用程序号

对于 HLA,用户可以在 DtExerciseConnInitializer 中指定这些值,同时将这些值传递给 DtExerciseConn 构造函数,或在构造函数中直接指定。用户需要在 DIS 中进行交互的应用程序必须拥有相同的 UDP 端口号和演练 ID 号。

如果一个数据包服务器（Packet Sever）正在指定的 UDP 端口运行,DtExerciseConn 将会连接到这个数据包服务器上,而不是直接连接到网络上（详见 13.10"MÄK 数据包服务器（UNIX）"）。

默认情况下,通过 DtExerciseConn 发送的 DIS PDU 被送到机器主要网络接口的广播地址上。其它类中的 DIS 版本的构造函数和成员函数允许用户在更大程度上建立网络连接,在 10.3"配置用户连接到 DIS 网络"中进行了讨论。

5.2.3　初始化应用程序

如前所述,用户可以在 DtVrlApplicationInitializer（exConnInit. h.）中指定一个默认的初始值。如果用户使用该类,则可以通过命令行输入或载入 MTL 文件到基于 VR – Link 的应用程序中,关于 MTL 文件的使用例子可以参见 f18. mtl。

当用户使用这个构造函数时,所有协议无关的初始化值都在 DtExerciseConnInitializer 配置文件或命令行中。因此,初始化值是完全协议无关的。传递到构造函数中的最后一个参数是应用程序的名称。当命令行的用法被打印出来时,这个应用程序的名称也出现在屏幕中,而且它还指定 HLA 中默认的联邦成员名称。

//Create a connection to the exercise or federation execution.

DtVrlApplicationInitializer appInit(argc,argv,"VR – Link application") ;

appInit. parseCmdLine( ) ;

DtExerciseConn exConn(appInit) ;

命令解析器可以接收单个的字符命令,以破折号(–)或以两个破折号(– –)为前缀的多个字符命令。默认的命令和由 DtExerciseConnInitializer 指定的值如表 5 – 1 和表 5 – 2 所列。

表 5 – 1　HLA 默认的命令行操作

参　数	语　法	MTL 参数	默　认
执行名称	{-x | - -execName}	exec_name	VR – Link
联邦成员名称	{-N | - -federateName} federate_name	federate_name	VR – Link
FED 文件名称	{-F | - -fedFileName} fedfile_name	fedfile_name	VR – Link. fed
FOM 映射器类库名称	{-f | - -fomMapperLib} libname	fomMapperLib	
FOM 映射器初始化数据	- -fomMapperInitDatadata	fomMapperInitData	
通知级别	{-n | - -notifyLevel} level	DtNotifyLevel	2
RPR FOM 版本(0.5,0.7,0.8,1.0,2.0006,2.0014 或 2.0017)	- -rprFomVersionversion_number	RprFomVersion	1.0

表 5 – 2　默认的 DIS 命令行操作

参　数	语　法	MTL 参数	默　认
DIS 端口	{-P | - -disPort} port	disPort	3000
演练 ID	{-x | - -exerciseId} ID	exerciseId	1
应用程序数	{-a | - -appNumber} number	appNumber	2
地点 ID	- -siteId ID	siteId	1
目的文件地址	{-A | - -destAddrString} address	destAddrString	0. 0. 0. 0
发送缓冲器大小	- -sendBufferSize size	sendBufferSize	-1(使用系统默认)
接收缓冲器大小	- -recvBufferSize size	recvBufferSize	-1(使用系统默认)
多点传送 TTL	- -mcastTtl ttl	mcastTtl	-1(使用系统默认)
多点传送地址	{-S | - -mcastAddresses} addresses		
通知层	{-n | - -notifyLevel} level	DtNotifyLevel	2

5.2.4　DtExerciseConn 成员函数

表 5 – 3 列举了 DtExerciseConn 中使用的协议无关大部分成员函数。

表 5 – 3　DtExerciseConn 成员函数

函　数	描　述
addPostDrainCallback( )	允许用户注册（以 DtExerciseConn）drainInput( ) 调用时自动调用的函数。详细信息参见"Post – Drain 调用"
removePostDrainCallback( )	允许用户不注册 drainInput( ) 调用时不自动调用的函数。详细信息参见"Post – Drain 调用"
drainInput( )	使 VR – Link 从演练中读取并处理演练输入。大部分用户的回调在 drainInput( ) 中执行的。详细信息参见"从演练中接收数据"
nextEventID( )	在开火、爆炸或碰撞交互中产生连续的事件 ID 号。对于 DIS 而言,事件的 ID 号是由位置 ID 号、应用程序 ID 号以及基于演练连接和主机的事件号组成。对于 HLA 而言,事件 ID 号是由对象 ID 号（来自于 setObjectid( ) 函数）和事件号。 用户既可以在 DIS 中也可以在 HLA 中选取自己的事件 ID 号。事件 ID 号不是被 RTI 当作对象 ID 号来管理。因此,它取决于应用程序,以确保事件 ID 号是唯一的
send( ) sendStamped( )	向演练中发送交互信息、对象更新和 DIS PDU 信息（详细信息参见"向演练发送数据"）。sendStamped( ) 在输出数据中包括时戳
setTimeStampType( )	让用户指定发送时戳的类型,选项为 DtTimeStampAbsolute 和 DtTimeStampRelative。详细信息参见"时戳类型"
timeStampType( )	返回时戳类型
vrlinkVersion( )	静态函数,返回用户正在运行的 VR – Link 版本

下面部分包含了有关这些函数的详细信息。

1.　向演练发送数据

函数 send( ) 和 sendStamped( ) 用于发送演练交互。详情请参阅 5.3.1"发送交互"。

对象状态信息的发送一般采用更高一层的对象管理类来处理,如 DtEntityPublisher,而不是通过使用 DtExerciseConn 直接发送个体更新信息。详细信息请参见 5.5"处理本地仿真实体"。

2. 从演练中接收数据

DtExerciseConn∷drainInput( )接收且处理来自于 RTI 或 DIS 网络的信息。从函数 DtExerciseConn∷drainInput( )中,VR－Link 执行用户在 DtInteraction(HLA 和 DIS 之一)、DtPdus(DIS)或者各种 RTI 服务器(HLA)中注册的回调。

用户的应用程序应该周期性地调用 DtExerciseConn∷drainInput( )函数,通常一次仿真循环一次。即使用户的应用程序不关心远程仿真对象或远程产生的交互,HLA 也要执行,因为 RTI 要求函数 RTI∷tick( )进行周期性调用。

HLA:函数 drainInput( )重复调用 RTI∷tick( )直到它不再返回 RTI∷RTI_TRUE(意味着不再有数据待读取)。

DIS:drainaInput( )根据系统配置从网络或包服务器中直接读 PDU。

drainInput( )函数有一个 timeout 选项让用户指定一个时间(秒),即使不再有更多的数据需要被读,drainInput( )函数也会在此之后返回 timeout 的值。如果仍然有更多的数据需要读取,则不会返回 −1 值(默认)。0 值意味着立即返回。drainInput( )函数的第二个参数指定需要读取的包数或调用 RTI∷tick( )是否超过 timeout。

3. Post－Drain 回调

Post－Drain 回调是一个用类 DtExerciseConn 注册的回调函数,其返回前由 DtExerciseConn∷drainInput( )自动调用。Post－Drain 回调在所有交互、PDU 和 RTI 服务回调生成后被调用。详细信息参见 3.7.3"使用回调"。

Post－Drain 回调具有下面的函数形式:

void myCallback(void ∗ usr);

它们由 DtExerciseConn 用 addPostDrainCallback( )注册,用 removePostDrain-Callback( )解除注册。作为 usr 指针向用户回调函数中传递的值是作为参数传递给 usraddPostDrainCallback( )函数的值。

Post－Drain 回调最普遍的使用就是传播 HLA 的限制。RTI 服务不能调用其它 RTI 服务中的用户回调。例如,当用户正在处理一个交互回调内部引入的交互时,用户就不能发送一个交互回调。但是用户可以注册一个发送回调函数的响应,当 RTI 服务已经调用后,安全的发送一个交互时,注册的回调被执行。详细信息参见"RTI 回调响应交互"。

4. 时戳类型

DtExerciseConn 的函数 setTimeStampType( )允许用户为应用程序设置时戳类型为 DtTimeStampAbsolute 或 DtTimeStampRelative。如果用户的本地时钟相对于全局时钟是同步的,而且希望在 DR 算法中从其它同步主机信息中获取时戳的值,使用 DtTimeStampAbsolute 类。默认情况下,DtTimeStampRelative 表示用户的本地时钟不必与其它的时钟同步,因此收到的时间被用于 DR 算法中,而非输入的时戳值。详细信息请参见 3. 7. 6"时戳"。

当使用绝对时戳时,则要通过每一帧中传递当前时间到 setSimTime( )来确保 VR – Link 仿真时间保持与系统时钟同步。

5. 状态初始化

如果 VR – Link 初始化失败,就会放弃默认行为。DtExerciseConn 的构造函数有一个可选的状态,用户可以用其存储初始化结果。当参数非空时,且如果启动过程中产生一个非许可的管理问题,则连接不存在。错误原因放入该变量中以备检查。详细的信息请参见 dExerciseConn. h 和 hExerciseConn. h。

提示:如果用户使用状态参数,且值为 0,则连接正常;如果其值非 0,则对象没有正确的构造且其行为未定义。

为了清楚地查找许可管理器的错误,有两个全局函数允许用户在试图创建 VR – Link 数据结构前,判断 VR – Link 许可和 RTI 许可哪个可用:DtHaveVrLinkLicense( )和 DtHaveVrLinkLicense( )(checkLicense. h)。这两个函数返回一个布尔量而非调用 DtFatalError,并退出。

5.3 处 理 交 互

在 VR – Link 中,"交互"术语是指演练中仿真应用之间用于描述事件的交换数据,如武器的开火、军火的爆炸或实体的碰撞。但该术语来自于 HLA(而非 DIS),我们在协议无关的情况下使用该术语来表示描述事件的是 HLA 交互或是 DIS PDU。

每一种交互类型都有自己的类,例如开火、爆炸和碰撞分别在 DtFireInteraction、DtDetonationInteraction、DtCollisionInteraction 类中表示。无论 DIS 还是 HLA,个体交互类都继承自 DtInteraction。DtInteraction 定义在 hInteraction. h(HLA)和 dInteraction. h(DIS)。如果用户包含头文件 interaction. h,也就包含了对应的版本。

VR – Link 的每个交互类都有一个协议关联的版本。尽管每一个类的协议关联版本被分别定义,但是大部分公共成员函数的名称和特征在两个版本中都被使用。因此,用户可以用同样的方法使用它们中的大部分,而不用管用户使用的是 DIS 还是 HLA。

有一个简单个体交互类和头文件的命名表。表 5 – 4 中列出一些交互类关于 DIS、HLA 和协议无关的编程的头文件。这些协议无关的头文件也包含了一些用户正在创建协议类的对应版本。

表 5 - 4 交互类头文件命名约定

交 互	HLA	DIS	协议无关头文件
DtFireInteraction	hFireInter. h	firePdu. h	fireInter. h
DtDetonationInteraction	hDetInter. h	detonatePdu. h	detonateInter. h
DtCollisionInteraction	hCollideInter. h	collidePdu. h	collideInter. h

DIS: 对于 DIS 应用程序而言, DtFireInteraction、DtDetonationInteraction、Dt-CollisionInteraction 等与 DtFirePdu、DtDetonationPdu 和 DtCollisionPdu 相当。也就是,我们可以把一个 typedef 成另外一个。如果用户的应用程序只针对 DIS, 那么,用户可以使用 DtPdu 的名称。然而,如果用户正在为 DIS 和 HLA 编写代码,那么用户就必须使用 DtInteraction 名称,这也是我们所推荐的。

DIS 中, DtInteraction 派生于 DtPdu。函数本身没有实际的功能,但是其额外的层次给我们的类的层次化提供了一些结构。例如, DtFirePdus 是(可以默认为) DtInteraction 和 DtPdu.。实体状态 PDU 不是交互,并且 DtEntityStatePdu 直接派生于 DtPdu, 而不是 DtInteraction。

5.3.1 发送交互

发送交互说明如下:

(1) 创建一个适当交互类的实例(派生于 DtInteraction)。

(2) 适用其变值函数(mutator)为不同参数的变值。

(3) 利用 DtExerciseConn 的 sendStamped( ) 函数发送。

下面的代码说明了如何创建和发送一个开火交互,该交互通知演练用户已经进行了武器开火。假设 myId、targetId、missileId 是一些存在的实体:

DtExerciseConn exerciseConn(...);

...

//Creat a DtFireInteraction

DtFireInteraction fireInter;

//Fill the DtFireInteraction with data

fireInter. setAttackerID(myId);

fireInter. setTargetID(targetId);

fireInter. setMunitionId(missileId);

fireInter. setEventId(exerciseConn. nextEventId( ));

...

// send to the exercise

exerciseConn. sendStamped(fireInter);

在 DIS 和 HLA 中,sendStamped( )函数包含了一个输出交互的时戳。因为一般情况下都希望带有时戳,因此建议用户使用 sendStamped( )函数发送交互,而非 send( )。

时戳中的值是 DtExerciseConn 的 TimeForStamping( )函数返回的值。默认情况下,使用相对时戳时该函数返回系统时钟当前的值;使用绝对时戳返回 VR – Link 仿真时钟的当前值。如果用户使用 sendStamped( )函数来计算不同的的输出的时戳,用户可以用 DtExerciseConn 的子类,重载函数 currentTimeForStamping ( )。根据当前 DtExerciseConn 的时戳类型,时戳被标记为"相对"或"绝对"。详细信息请参见 3.7.6"时戳"。

对于某一特定交互类的变值函数的描述,请参见对应的头文件。

DIS:sendStamped( )也将 DtExerciseConn 类的演练 ID 号写入输出的 PDU 的头。

5.3.2　接收交互

接收的交互通过交互回调来进行处理。有关回调的详细信息,请参见"使用回调"。

程序开发人员用 VR – Link 为某一特定的交互类型编写和注册回调;同时,当 VR – Link 收到来自于 DtExerciseConn::drainInput( )的该类型交互时,调用这些函数。接收到的交互被传给回调函数,同时允许用户及时处理到来的交互。

每一个交互类都有一个静态成员函数 addCallback( )和 removeCallback( )。这两个函数允许用户注册和解除注册指定交互类的回调函数。

对每一个交互类来说,其回调函数的类型是不同的。例如,只有将 DtFireInteraction 指针作为参数的回调函数才能由 DtFireInteraction 类注册。回调形式如下:

```
void myFireCallback(DtFireInteraction * inter,void * usr)
{
    std::cout << Got a Fire Interaction from"
            << inter -> attackerId( ). string( ) << std::endl;
}
```

用 VR – Link 的 DtInteraction 类注册形式如下:

DtFireInteraction::addCallback(exerciseConn, myFireCallback, NULL);

提示:由于 addCallback( )是 DtFireInteraction 类的静态函数,因此它可以通过已验证的名称调用,而不是在 DtFireInteraction 类的指定实例中调用。

以参数 usr 传给用户回调函数中的值即是作为参数被传到 addCallback( )
函数中的 usr 值。该 usr 参数通常传递指针到用户想要调用其成员函数的对象
中,该函数在用户的回调函数中调用。用回调函数可简单的令 usr 返回对象类
型。例如,通过 usr 指针传递对象,请参见"使用回调"。

当为多个回调被注册的交互被收到时,回调以与注册相反的顺序进行调用。

注意: DtInteraction 类是瞬时的,也就是说,在最后一个为交互注册的回调函
数被调用后,立即被 VR – Link 删除。因此,不要试着删除或保存传递到用户回
调函数的指向 DtInteraction 类的指针。如果用户必须保存这个数据,则必须进
行 DtInteraction 的复制。

1. 调用 RTI 响应交互

在 HLA 应用中,交互回调被 RTI∷tick( )(该函数被 DtExerciseConn∷drain-
Input( )函数调用)调用。某些 RTI 不允许从其它 RTI 服务内部调用(包括
RTI∷tick( ))RTI 服务。这表示用户不能直接或间接的从用户的交互回调内部
产生任何 RTI 调用。

如果用户在其交互回调中必须根据接收到的 DtInteraction 产生 RTI 回调,
那么用 DtExerciseConn∷addPostDrainCallback( )函数在 VR – Link 中注册一个
函数。当该函数可以安全地产生 RTI 回调时,在 drainInput( )函数返回前会得
到被执行的权利。

例如,下面的代码将确保用户的应用在每收到一个开火交互时就发送一个
开火交互。

```
void sendFire( void * usr)
{
    // Cast the usr pointer back to a DtExerciseConn
    DtExerciseConn * exConn = static_cast < DtExerciseConn * > ( usr) ;
    // Create and send a DtFireInteraction
    DtFireInteraction fireInter;
    fireInter. setAttackerId( . . . ) ;
    . . .
    exConn –> sendStamped( fireInter) ;
    // Remember to deregister ourselves,
    //so that we don't get called again the next time drainInput is called.
    exConn –> removePostDrainCallback( sendFire,exConn) ;
}
void fireCb( DtFireInteraction * inter,void * usr)
```

```
{
    // Cast the usr pointer back to a DtExerciseConn
    DtExerciseConn * exConn = static_cast < DtExerciseConn * > (usr);
    // Can't send a fire interaction here,
    //since that would involve an RTI call from within an RTI-service callback.
    //So instead, register a fire-sending function (sendFire) as a postDrainCallback.
    exConn -> addPostDrainCallback (sendFire, exConn);
}
main()
{
    DtExerciseConn exerciseConn (...);
    ...
    // Register fireCb as a fireInteraction callback,
    //passing a pointer to the DtExerciseConn as the usr
    // pointer, so that it will be available to us within the callback.
    DtFireInteraction::addCallback (&exerciseConn, fireCb, &exerciseConn);
    ...
}
```

更多内容请参见"Post - Drain 回调"部分。

5.4 处理实体

VR - Link 提供了许多类用于通知演练关于本地仿真实体和其它对象状态，并且通知用户的应用程序关于远程仿真实体和其它对象的状态。这些类包含：

（1）DtObjectPublisher 及其子类。例如，DtEntityPublisher 用于给演练发送更新。

（2）DtReflectedObjectList 及其子类。例如，DtReflectedEntityList 用于保持跟踪远程对象。

（3）DtReflectedObject 及其子类。例如，DtReflectEntity 用于描述独立的远程对象。

（4）DtStateRepository 及其子类。例如，DtEntityStateRepository 用于封装对象状态。

在讨论如何使用发布器（Publisher）、反射对象列表（Reflected Object List）、反射对象（Reflected Object）和状态池（State Repository）来管理对象时，我们集中

于一些用于管理实体的类——在大部分演练中大量最普通类型的对象。我们关于实体的概念反射了 DIS 和 RPR FOM 的概念。实体包括车辆、生命形式和其它在空间中有位置的真实世界对象。

在 VR – Link 中,发布器、反射对象列表、反射对象和状态池也适合于其它类型的对象,包括聚合体(Aggregate)、发射器(Emitter)、传输器(Transmitter)、指示器(Designator)和接收器(Reveiver)。关于管理这些其它类型对象的信息,请参见 5.8"处理其它类型实体"。

5.5　处理本地仿真实体

向其它仿真应用程序通知本地仿真实体状态的信息,用户必须:

(1) 为每个本地仿真实体创建一个 DtEntityPublisher;

(2) 通过 DtEntityStateRepository 类在每一帧中更新其状态池;

(3) 调用 DtEntityPublisher∷tick( )。

tick( )函数确保所有需要的信息都通过演练连接发送给其它参与者。

5.5.1　创建 DtEntityPublisher

VR – Link 对 DtEntityPublisher 有 HLA 和 DIS 两个版本,分别定义在 hEntity-Pub. h 和 dEntityPub. h 中。若不需两者都包含,用户可以只包含 entityPub. h,它在用户的编译行中以 DtHLA = 1 的形式给出了对应的版本。

尽管 DtEntityPublisher 的两个版本是分别定义的,但是大部分公共成员函数的命名和原型有同样的名称,所以用户可以放心调用其中的大部分而不管所使用的协议。

用户可以用一个构造函数以协议无关的方式创建一个 DtEntityPublisher 的实例。构造函数以 DtExerciseConn 和 DtEntityType 为参数,例如:

DtExerciseConn exConn(. . .);

DtEntityType tankType(1,1,225,1,1,0,0);

DtEntityPublisher tankPub(tankType,&exConn);

DtExerciseConn 是发布器发送其更新的连接通道。

DtEntityType(hostStructs. h)描述了一个 DIS 协议中定义的七元枚举,并且在基于 DIS 的 FOM,如 RPR FOM 所重用。它被用于输出实体状态 PDU 和 HLA 更新中(如果用户正在使用包含此概念的 FOM),并且也决定哪个 HLA 对象被用来描述 HLA 演练中的实体。在之前的例子中,实体类型是一辆 M1A1 坦克。全面详实的实体类型表,请参见 DIS 枚举文档。

1. 其它 DtEntityPublisher 构造函数

DtEntityPublisher 的另一个协议无关的构造函数,以仿真过程中实体的无法变化的三个属性作为参数:

(1) 航位推测算法(DR)。

(2) 外观(Guise,改变实体类型)。

(3) 兵力的 ID 号。

DtEntityPublisher 拥有协议关联构造函数,它允许用户指定参数,例如 HLA 对象类来描述对象。这些在协议关联接口的章节中介绍。

2. 选择实体标识符(Identifier)

DtEntityPublisher 所有版本的构造函数的最后一个参数都是可选的,即让用户为实体选择一个标识符。HLA 和 DIS 对对象标识符的处理是不同的。了解更多标识对象的不同方法的信息,请参见 5.7"标识对象"。

HLA:在 HLA 中,允许用户选择的标识符是对象名称——一个任意的字符串用于查阅联邦成员内部通信中的实体。如果用户忽略了 DtEntityPublisher 构造函数中这一参数,如前一页例子,RTI 会为用户选择一个对象句柄,另外一种形式的对象标识也由 RTI 决定。

在 RTI 1.3 的 API 函数中,用户可以在任何时刻为对象指定名称。在 RTI 1516 的 API 函数中,如果用户要为对象提供名称,用户必须在对象创建前预定名称。如果用户使用 VR – Link 协议无关 API,VR – Link 会为用户完成此项工作。然而,如果用户自己完成的话,那么 VR – Link 预定的名称无效。

用户必须对 RTI 联邦大使(Federate Ambassador)产生如下的回调来预定名称:

ExConn -> rtiAmb( ) -> reserveObjectInstanceName(theName);

然后 tick RTI。RTI 接着会调用联邦大使来通知联邦成员名称预定是否成功。

VR – Link 有一个被成功预定的名称列表。当用户为对象创建一个发布器并指定名称时,VR – Link 检查预定名称列表,如果没有发现该名称,则会请求预定,同时 tick RTI,直到产生响应或超时。该操作可能花费很长时间,但是它提供源代码保证与 VR – Link 之前的版本兼容。

用户可以在 DtHlaObjectManager 中使用静态方法设置发布器 tick RTI 的次数和推进周期,如下:

static double requestNameTickTime( );

static void setRequestNameTickTime(double time);

static int numberOfRequestNameTries( );

static void setNumberOfRequestNameTries(int tries)；

如果在几次尝试后发布器没有成功预定名称,它会允许 RTI 选择指定名称。

VR – Link 应用程序可以在其创建发布器之前调用 RTI 来预定名称。如果用户想创建多个对象,最好进行成批请求(Batch Request)。这会极大提高性能。VR – Link 自动注册以获得到所有预定名称成功的通告。

DIS:在 DIS 中,用户选择的标识符是 DtEntityIdentifier,一个既可用于应用程序中,又可用于应用程序间标识实体的三元标识符。如果用户忽略了对 DtEntityPublisher 的标识符参数,如前一页例子,VR – Link 会使用 DtExerciseConn 的 nexId( )函数为用户选择一个。

下面的例子说明了如何为 HLA 和 DIS 选择标识符:

```
#if DtHLA
    DtGlobalObjectDesignator id = "Object1";
#elif DtDIS
    DtGlobalObjectDesignator id = DtEntityIdentifier(1,2,3);
#endif
DtExerciseConn exConn(...);
DtEntityType tankType(1,1,225,1,1,0,0);
DtEntityPublisher tankPub(tankType,&exConn,id);
```

如果在用户创建 DtEntityPublisher 时用户不为对象选择标识符,则可以使用下面的 DtEntityPublisher 查值函数(inspector)来找出被选择的标识符:

(1) globalId( )返回对象全局标识符——HLA 中是对象的名称,DIS 中是实体的标识符三元组;

(2) localId( )或 id( )返回对象的本地标识符——HLA 中是对象句柄,DIS 中是实体标识符三元组。

5.5.2　设置实体状态

用户可以通过 DtEntityPublisher 的 DtEntityStateRepository(entitySR. h)——一个实体状态存储器来设置其状态。

提示:DtEntityStateRepository 派生于 DtBaseStateRepository,所以被继承的函数只出现在基类中。

在用户仿真的每次迭代(Iteration)中,更新所仿真的本地实体的 DtEntityStateRepository,以使它在调用 DtEntityPublisher::tick( )之前包含实体当前的状态。用户可以使用成员函数 DtEntityPublisher::entityStateRep( )来得到一个指向 DtEntityPublisher 的 DtEntityStateRepository 的指针。(esr( )为 entityStateRep

（　）的缩写）。

DtEntityStateRepositoy 的变值函数（mutator）允许用户设置实体状态的不同组成。用户可以设置时间、空间和位置信息：

◆ setLocation（　）

◆ setVelocity（　）

◆ setAcceleration（　）

◆ setOrientation（　）

◆ setRotationalVelocity（　）

用户可以利用时间参数调用这些函数。时间参数指定了用户需要得到或检查数据的仿真时间。默认值是使用 setSimTime（　）设置 VR – Link 的最后仿真时间值。

用户可以用下面的函数设置来影响实体外在表现：

◆ setDamageState（　）

◆ setFlamesPresent（　）

◆ setEngineSmokeOn（　）

◆ setHatchState（　）

要得到完整列表请参见 entitySR. h。

DtEntityStateRepository 有类似的查值函数，但这些函数常用于检查远程实体状态而不是本地仿真实体。

一些变值函数以枚举为参数，这些枚举值定义在 disEnum. h 中。布尔型参数的函数传递 true 或 false 类型。

5.5.3　坐标

位置、速度和加速度必须以地心坐标设定，与在 DIS 标准和基于 DIS 的 FOM，如 RPR FOM 中指定相似。在此坐标系中，原点代表地心，$X – Y$ 平面穿过赤道，X 轴穿过本初子午线，Y 轴穿过东经 90 度，Z 轴穿过北极（图 12 – 1）。用 DtVector 类设置坐标。坐标单位为米。

方位由 DtTaitBryan 指定，该类描述了三个角度——从地心坐标系转换为实体坐标系连续旋转（原点在质心，X 指向前，Y 指向右边，Z 指向底部（图 5 – 1））。这个特定的旋转顺序就是 Tait – Bryan 顺序，此顺序是先旋转 Z 轴，然后是新的 Y 轴，再然后是最新的 X 轴。角度单位为弧度。

了解坐标系间的不同，旋转矩阵和欧拉角相互转换的信息和在 VR – Link 所支持的不同坐标系相互转换的信息，请参见 12. 3“坐标转换”。

VR – Link 提供了许多视图类（View class）供选择，允许用户可以在其它的

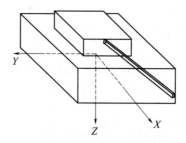

图 5 - 1　实体坐标系统

坐标系中对 DtEntityStateRepository 设置数据而不用执行外部转换。在 5.9 "坐标视图"中描述。

5.5.4　设置实体状态的例子

下面的代码段是使用 DtEntityStateRepository 的变值函数设置实体当前状态的例子：

```
DtEntityPublisher tankPub(...);
...
// Grab a pointer to our entity publisher's ESR
DtEntityStateRepository * esr = tankPub. entityStateRep();
// Set location to somewhere near Ft. Hunter Liggett,in geocentric coordinates.
esr -> setLocation(DtVector( -2696545.0, -4430407.0,3701906.0));
// Velocity and acceleration are also in geocentric coordinates
esr -> setVelocity(DtVector(100.0,100.0,100.0));
esr -> setAcceleration(DtVector(0.0,0.0,0.0));
// Set orientation as three Euler angles in radians
esr -> setOrientation(DtTaitBryan( -2.11,0.948,2.469);
// Set angular velocity vector in body coordinates
esr -> setRotationalVelocity(DtVector(0.0,0.10, -0.125);
// Indicate that the entity is on fire
esr -> setFlamesPresent(true);
// Indicate that the entity is slightly damaged.
// The DtDamageState enumeration is in disEnums. h
esr -> setDamageState(DtDamageSlight);
...
```

用户可以用 DtEntityRepository∷printData( ) 以可读的形式打印 DtEntityStateRepository 的当前内容。

5.5.5 使用 DtEntityPublisher::tick( ) 函数

DtEntityPublisher::tick( )函数完成了 DtEntityPublisher 的大部分工作。在实体的状态已经被 DtEntityPublisher 的变值函数更新后,仿真的每帧都会为 DtEntityPublisher 调用一次。

tick( )函数决定何种数据必须被传给其它的演练参与者,通过 DtEntityPublisher 的演练连接格式化并发送这些数据。

1. tick( )函数如何知道何时传递数据

DtEntityPublisher 中内置了另一个 DtEntityStateReository 描述远程应用程序及时发现实体的方式,这种方式基于实体前一状态的更新和 DR 算法。VR – Link 将当前状态和低精度的状态描述进行对比。如果位置与方向之差超过了 DtEntityPublisher 的阈值,或者任意其它的属性被修改,那么数据就会被发送,使得远程应用得到最实时的信息。

DIS:当前数据随时发送

(1)超过位置和方位阈值。

(2)其它状态数据改变。

(3)最后一次更新时间超过阈值。

在第三种情况中,即使没有发生任何改变也发送数据(此 DIS 规则有时被称为实体的心跳(heartbeat))。如果数据需要被发送,实体状态 PUD 就会发送包括所有域的实时值给演练。

HLA:属性更新仅发送给满足更新的条件(如 FOM 中所指定)的属性。大部分属性的更新条件是最后一次发送其属性后的改变。然而,在 RPR FOM 中,位置、速度、加速度、方位和角速度总是基于同一个更新条件同时更新——当前位置或者方位与 DR 算法所计算的值之差超过阈值,如本节前面所述。

5.5.6 设置位置与方位的阈值

位置与方位的阈值是用于决定何时需要把位置与方位的数据发送给其它的演练参与者(参见"tick( )函数如何知道何时传递数据")。DtThresholder 类(Thresholder. h)定义了阈值。DtThresholder 有一组全局阈值的值,该值被所有没重载阈值的实体所共享。要改变全局阈值,使用 DtThresholder 的静态变值函数。

用户可以通过每个实体的阈值对象的变值函数在每个实体的基础上重写全局阈值,可以通过 DtBaseEntityStateRepository::thresholder( )完成。DtEntityPublisher 的成员函数 setDfltThreshold( )与旧版的 VR – Link 兼容,但是 DtThreshold-er 成员函数被替换。通过 DtThresholder 的成员函数 DtArtPartthresholder(通过 artPartThresholder)用户可以设置和检查铰链部分(articulated part)的阈值。Dt-ArtPartThresholder 在 artPartThresh. h 中定义。

转换阈值的单位是米,默认值是 1.0,旋转阈值单位是弧度,默认值等于 3。

DIS:有一个默认值为 5 秒的额外时间阈值。时间单位是秒。

5.5.7　删除本地仿真实体

删除 DtEntityPublisher 即从演练中移除一个实体。

HLA:在 HLA 中,DtEntityPublisher 析构函数调用 deleteObjectInstance RTI 服务。

DIS:在 DIS 中,DtEntityPublisher 析构函数用 FinalPdu 显示位(第 23 位)发送一个最终实体 PDU 位。如果用户不想 DtEntityPublisher 在其析构函数中发送此最终 PDU,那么在删除之前某刻向其 sendFinalPduOnDestruction( )成员函数发送一个 false 参数。

5.6　处理远程实体

DtReflectedEntityList 包含了实体的当前状态,VR – Link 通过接收演练中的其它参与者的更新来获得这些状态。

DIS:应用程序会收到由其自身以及由其它应用程序发送的实体状态 PDU。因此,DIS 中 DtRefletedEntityList 也包含一个本地仿真实体的描述。

反射实体列表中的每个实体都会被 DtReflectedEntity 的实例所描述。该列表提供了能够让用户查询到 DtReflectdEntity 本地 ID 和全局 ID 的成员函数或遍历表上所有实体。

VR – Link 提供了 DtReflectedEntity 和 DtReflectedEntity 的 HLA 和 DIS 版本,分别定义为 hReflEntList. h 和 hReflectedEnt. h。用户可以包括 dReflEntList. h 和 dReflectedEnt. h,而不用把所有的头文件都包括。这两个文件中包括了用户是否在用户的编译语句包含了 DtHLA = 1 定义的对应版本。

尽管这两个类的版本分别定义,但二者共享大部分的公有成员函数名称和原型,所以用户可以放心使用这些调用而不管使用何种协议。

5.6.1　创建反射实体列表

DtReflectedEntityList 在演练连接中创建如下:

DtExerciseConn exConn(...);

...

DtReflectedEntityList(&exConn)

无论何时,DtReflectedEntityList 检测到了一个新的实体,就自动创建一个新的 DtReflectEntity 来表示它。只要收到状态更新,就更新相应的 DtReflect-Entity 来反射当前状态。DtExerciseConn::drainInput( )在用户的应用程序中周期的调用时,这两个事件就会自动产生。在检查远程实体的数据前,无需更多操作。

5.6.2 通过 DtReflectedEntityList 遍历

通过 DtReflectedEntityList 进行遍历,用户可以使用 first( )和 last( )成员函数,它们返回表中第一个和最后一个实体。用 DtReflectedEntity 的 next( )和 prev( )成员函数得到表中的下一个和前一个实体。如果用户尝试的位置超过表尾或头的话,两个函数都返回 NULL。用户可以用如下方式遍历表中所有的实体:

DtReflectedEntityList rel(...);

...

for (DtReflectedEntity ∗ ent = rel. first( ); ent; ent = ent –> next( ))

{

　　...

}

DtReflectedEntity 也有与 next( )与 prev( )相似的 wrapNext( )和 wrapPrev( )成员函数。但是当用户尝试的位置超出表尾的或头时,表的循环回到第一个或最后一个实体。

用户可以通过 count( )成员函数获得 DtReflectedEntityList 中的实体总数。

如果用户要依据 ID 来查询 DtReflectedEntity,用 DtReflectedEntityList::look-up( )。lookup( )成员函数既可以接受全局 ID(HLA 中的对象名称,DIS 中的实体标识符三元组)也可以接受本地 ID(HLA 中的对象句柄,DIS 中的实体标识符三元组)。例如:

DtGlobalObjectDesignator id = fireInteraction. targetId( );

DtReflectedEntity ∗ ent = reflectedEntityList. lookup(id);

或者

#if DtHLA

　　DtObjectId id = 15;

```
#elif DtDIS
    DtObjectId id = DtEntityIdentifier(1,2,3);
#endif
DtReflectedEntity * ent = reflectedEntityList. lookup(id);
```

需要更多的有关识别对象的不同方法的信息,请阅读"标识对象"。

5.6.3　推迟反射对象的发现

用户可以推迟对反射对象的发现直到满足自定义条件。除非指定的判断值为 true,否则 VR‐Link 不会添加对象到反射对象列表或通知应用程序。

此功能以过滤的方式在 DIS 中运用。在 HLA 应用中,当一个对象在属性信息到达之前被发现的话,此功能就十分有用。例如,用户可以指定重要属性(例如,实体类型)的值到达之前 VR‐Link 不能添加对象到反射对象列表。这减轻了应用程序不断检查属性值是否有效的负担。

为反射对象列表指定发现条件,用户必需编写一个返回布尔值的判断函数(predicate function),然后用 setDiscoveryCondition( )在列表中注册。例如,如果用户需要反射实体列表等待,直到发现初始值不是(0,0,0,0,0,0,0)的实体类型,就需要如下函数:

```
bool criteria(DtReflectedObject * obj,void * usr)
{
    DtReflectedEntity * ent = (DtReflectedEntity *) obj;
    if (ent -> esr( ) -> entityType( ) = = DtEntityType(0,0,0,0,0,0,0))
    {
        return false;
    }
    return true;
}
```

然后通知反射实体列表如下:

```
DtReflectedEntityList rel(&exConn);

rel. setDiscoveryCondition(criteria,NULL);
```

这种等待实体类型的需求很普遍,所以此操作在 DtReflectedEntityList 中已经可以使用,但是会被默认值取消。要开启,在用户创建列表时调用:

```
rel. discoverOnlyWhenEntityTypeKnown(true);
```

再一次用 false 来关闭。

5.6.4 检查实体的状态

DtReflectedEntity 用 DtEntityStateRepository 来储存实体当前状态,与 DtEntityPublisher 储存本地仿真实体所用的类相似。要了解更多细节请参阅 5.5.2"设置实体状态"。通过 DtEntityStateRepository 的查值函数来检查单个状态数据项,而不是直接通过 DtReflectedEntity。

用户可以用 DtReflectedEntity∷entityStateRep( )(或是 DtReflectedEntity∷esr( ))得到一个指向 DtReflectedEntity 的 DtEntityRepository 的指针。

DtEntityStateRepository 有允许用户查看实体状态中各种组件信息的查值函数。用户可以利用下列函数得到时间,空间和位置信息:

◆ location( )

◆ velocity( )

◆ acceleration( )

◆ orientation( )

◆ bodyToGeoc( )

◆ rotationalVelocity( )

用户可以用下面的函数来检查影响实体外在表现的组件:

◆ damageState( )

◆ flamesPresent( )

◆ engineSmokeOn( )

◆ hatchState( )

DtEntityStateRepository 的查值函数返回传递给各自的变值函数的最终值。这些函数可以很容易从 DtEntityStateRepository 中获得非 DR 数据,也就是进行 DR 运算:

◆ lastSetLocation( )

◆ lastSetVelocity( )

◆ lastSetAcceleration( )

◆ lastSetOrientation( )

◆ lastSetRotationalVelocity( )

完整的函数的列表,请参见 entitySR. h。DtEntityStateRepository 派生于 DtBaseEntityStateRepository,所以被继承的函数在 baseEntitySR. h 中。

HLA:在 HLA 中,当用户创建了 DtReflectedEntityList,VR – Link 需要所有的属性更新。然而,由于 HLA 的运行方式,用户没有把握完全确定所有的属性在用户检查时已经被更新。了解有关如何解决此问题的信息,请参见 5.6.7"掌握实体加入或离开演练的时机"中关于"HLA 关联"章节。

　　DtEntityStateRepository 的变值函数常用于设置本地仿真实体状态,而不是反射实体。反射实体由来自演练的状态更新数据自动设置。

　　与 DIS 标准和基于 DIS 的 FOM(细节请参见的 5.9"坐标视图")所定义的相同,由 DtEntityStateRepository 返回的位置、速度和加速度满足地心坐标。方位以如下方式之一使用:

　　(1) Orientation( )成员函数返回 DtaitBryan;

　　(2) bodyToGeoc( )成员函数返回从体坐标旋转到地心坐标系的旋转矩阵。

　　有关如何把旋转矩阵转换成欧拉角以及 VR - Link 支持的不同坐标系间转换的信息,请参见的 12.3"坐标转换"。

　　VR - Link 也提供了许多视图类(在 5.9"坐标视图"中描述),这些类在没有明确地进行坐标转换的情况下,提供了 DtEntityStateRepository 在其它坐标系中检查数据的能力。

　　有些查值函数返回枚举类型(disEnums. h),返回的布尔值是 True 或 False。

　　下面的例子说明了如何利用 DtEntityStateRepository 的查值函数来检查反射实体的实时状态,用一个函数输出了列表中第一个实体的部分状态:

```
void printStateOfFirstEnt( DtReflectedEntityList ∗ rel)
{
    // Grab a pointer to the first entity.
    DtReflectedEntity ∗ firstEnt = rel -> first( );
    // Exit if the list is empty
    if( ! firstEnt)
    {
        return;
    }
    DtEntityStateRepository ∗ esr = firstEnt -> entityStateRep( );
    // Print out Entity information.
    cout << "ID: " << firstEnt -> globalId( ). string( ) << ´\n´ << "Loc: "
        << esr -> location( ). string( ) << ´\n´ << "Vel: " << esr -> velocity( ). string( )
        << ´\n´ << "Accel: " << esr -> acceleration( ). string( ) << ´\n´ << "Orient: "
        << esr -> orientation( ). string( ) << ´\n´ << "AngVel: "
        << esr -> rotationalVelocity( ). string( ) << endl;
    if ( esr -> flamesPresent( ))
    {
```

```
        cout  <<  "Flaming! \n";
    }
    // The DtDamageState enumeration is in disEnums. h
    if ( esr -> damageState( )  = =  DtDamageDestroyed )
    {
        cout  <<  "Destroyed! \n";
    }
}
```

DtEntityStateRepository∷printData( )以相似的方式运行,用户可以用它以可读形式输出 DtEntityStateRepository 当前的内容。

5.6.5　DR

默认情况下,由 DtReflectEntity 的成员函数 DtEntityStateRepository(location( )、velocity( )、orientation( )和 bodyToGeoc( ))返回的位置、速度和加速度是 DR 值,即它们未必是通过状态更新从演练中收到的最终值。它们在实体当前 DR 算法的基础上从加速度、速度和角速度前推 VR – Link 仿真时间的得到的值。

VR – Link 仿真时间的当前值是传递给 setSimTime( )的最新值,应用程序中的每帧中调用该函数一次。通过这种方式,所有的实体都是同一帧中在同一时间内运行 DR 算法,忽略了检查位置的顺序。输入 DR 方程的有效时间是收到演练数据时的 VR – Link 仿真时间。

注解:

(1) 在一帧中多次为 DR 值调用查值函数并不会受到限制。如果 VR – Link 的仿真时间值没有改变,DR 算法代码就不会再执行,而是使用一个缓存值。DR 不会为位置和方位未被检查的实体执行。

(2) DR 可以用于实体和聚合体,但不会用于其它对象。

注意:以欧拉角表示的方位角要比以旋转矩阵形式表示的位置进行 DR 运算更麻烦。因此,在追求性能而且用户对欧拉角表示没有明确需求的情况下使用 bodyToGeoc( ),而非 orientation( )。

对于非 DR 值,使用由 DtEntityStateRepository 的成员函数 lastSetLocation( )、lastSetVelocity( )等的返回值。

1. DR 细节

DtEntityStateRepository 使用 DtDeadeckoner 来执行航路推测计算或其它类型的位置和方位外推。当 DtEntityStateRepository 的变值函数被用来设置有关位置值时,这些值就传递给 DtDeadReckoner 的变值函数。然后,当 DtEntityStateRepository 的查值函数用于请求当前值的时候,DtEntityStateRepository 得到其查值函数从 DR 所得的外推值。

VR – Link 的 DR 逻辑在虚函数 DtDeadReckoner∶:deadReckonPosition( ) 和 DtDeadReckoner∶:deadReckonOrientation( ) 中。这两个函数采用实体当前的移动速率和从最后一次更新到现在所经过的时间来计算位置和方位。改变 DtEntityStateRepository 运用 DR 方式的方法如下:

（1）创建一个 DtDeadReckoner 的子类;

（2）重载 DtDeadReckoner∶:deadReckonPosition（ ）和 DtDeadReckoner∶: deadReckon Orientation（ ）;

（3）通知 DtEntityStateRepository 通过其 useDeadReckoner（ ）函数（派生于 DtBaseEntityStateRepository）使用用户定义子类的实例。

同样地,如果用户不希望 DtEntityStateRepository 执行航路推算,向 setApproximator（ ）传递 NULL。事实上,因为在检查本地仿真实体时用户不需要 DR 值,DtEntityPublisher 就用其 DtEntityStateRepository 完成上述操作。

为了储存 DtEntityStateRepository 的原始默认 DR 值,调用不带参数的 useDeadReckoner( )。

2. DR 运算法则

以下为 DR 运算法则的枚举:

◆ DtDrDrmRvw——循环的,常量加速度

◆ DtDrDrmRpw——循环的,常量速度

◆ DtDrDrmRvb——循环的,未实现

◆ DtDrDrmRpb——循环的,未实现

◆ DtDrDrmFvw——固定的,常量加速度

◆ DtDrDrmFpw——固定的,常量速度

◆ DtDrDrmFvb——固定的,未实现

◆ DtDrDrmFpb——固定的,未实现

◆ DtDrOther——固定的,什么也不做

◆ DtDrStatic——固定的,什么也不做

对于个别运算法则的细节请参考 DIS 标准（IEEE Std 1278. 1 – 1995,附件 B）。

5.6.6　使用平滑

VR – Link 可以平滑掉新的 HLA 或 DIS 状态数据到达时产生的实体位置的跃变。DtSmoother 类(smoother. h) 完成此项功能。DtSmoother 派生于 DtDeadReckoner,所以 DtSmoother 可以被反射实体的实体状态池作为其 DtDeadReckoner 来使用。如果 DtEntityStateRepository 使用 DtSmoother,那么由 location( )、ve-locity( )、orientation( )和 bodyToGeoc( )返回的值即是平滑值。

DtReflectedEntityList 构造函数有一个可选的布尔类型的参数表示来指示其反射实体是否使用其航路推算器来进行平滑(默认为不使用)。作为选择,用户可以用 DtEntityState Repository 的成员函数 useSmoother( )指示一个独立的反射实体的 DtEntityStateRepository 使用 DtSmoother。

要超过平滑来设置全局默认时间,使用 DtSmoother 的静态函数 setDfltSmooth Period( );要重载单独的 DtSmoother 的默认值,用 setSmoothPeriod( )。

提示:平滑应用于实体和聚合体,不用于其它对象。

图 3 – 3 演示了平滑。

5.6.7　掌握实体加入或离开演练的时机

通常,当实体加入或是离开演练时,应用程序希望被告知。该操作通过 DtReflectedEntityList 注册实体增加和实体移除回调来实现。实体添加到 DtReflectedEntityList 后,VR – Link 就调用实体增加回调函数;实体从 DtReflectedEntityList 移除前,实体移除回调函数会被调用。当用户的应用程序从演练中收到实体加入或是离开的信息时回调在 DtExerciseConn::drainInput( )中完成。

实体增加和实体移除回调必须有下面的功能特征:

void func(DtReflectedEntity * ent,void * userData);

回调函数使用 DtReflectedEntityList 的 addEntityAdditionCallback( ) 和 addEntity RemovalCallback( )成员函数注册;也可以用 removeEntityAdditionCallback( ) 和 remove EntityRemovalCallback( )来取消注册。

下面的例子中,实体产生或离开时,程序将 HELLO 和 GOODBYE 与实体 ID 一同打印。

```
void printHello(DtReflectedEntity * ent,void * userData)
{
    assert(ent);
    cout << "HELLO " << ent ->id( ). string( ) << endl;
}
void printGoodbye(DtReflectedEntity * ent,void * userData)
{
    assert(ent);
    cout << "GOODBYE " << ent ->id( ). string( ) << endl;
}
```

```
int main( )
{
    . . .
    rel -> addEntityAdditionCallback( printHello,0 ) ;
    rel -> addEntityRemovalCallback( printGoodbye,0 ) ;
    . . .
}
```

接收实体加入或离开通知另外的方法是用 DtReflectedEntityList 的子类,并重载虚函数 entityAdded( ) 和 removeAndDelete( )。实体被添加到 DtReflectedEntityList 后,成员函数 entityAdded( ) 立即被调用;调用成员函数 removeAndDelete( ),把实体从 DtReflectedEntityList 中移除。如果用户重载 removeAndDelete( ),要确保从用户的执行中调用这个函数的基本方法(Base Vision),因为这是真正实现了实体从列表中移除。

HLA:一旦 VR - Link 从 RTI 中接收到 discoverObject( )服务调用,就添加一个实体到 DtReflectedEntityList。这种情况在 RTI 发送的第一个属性更新到来之前产生。因此,在此实体被传递给用户的实体添加回调或重载 entityaAdded( )时,DtReflectedEntity 的 DtEntityStateRepository 不会包含任何数据。只有实体的 ID 会被设置。因此,在用户的回调函数或 entityAdded( )中,用户只需要处理类似给实体保存一个指针的工作,而不是去检查任何数据。

一般情况,第一次的更新紧跟着为一个新实体的 discoverObject( )调用。因此,当 drainInput( )返回时,大多数的数据在用户的应用程序检查时都是正确的。如果用户想在第一次更新到时立刻被通知,请参见下一部分 5.6.8"状态更新到达时通知应用程序"。

另一个要考虑的是,这些回调函数、entityAdded( )和 removeAndDelete( )是从 RTI 的回调中调用的。RTI 规则禁止产生从 RTI 调用中产生 RTI 调用,所以不要在 entityAdded( )或是 removeAndDelete( )中做任何 RTI 调用(或是调用任何产生 RTI 调用的函数)。

DIS:添加实体的回调和虚函数 entityAdded( )在第一个实体状态 PDU 处理后被调用。因此,这个实体的状态通过实体的 DtEntityStateRepository 在 entityAdded( )中被应用。然而对于编写协议无关的代码(参考之前章节中讨论的 HLA 问题)感兴趣的用户不用检查此处 DIS 应用程序中的数据。

5.6.8　状态更新到达时通知应用程序

当从仿真实体的应用程序中接收到新的状态数据时,某些应用程序可能希望被通知。用户可以通过 DtReflectedEntity 注册一个 post – update 的回调函数来完成：

   void func(DtReflectedEntity * ent,void * userData)；

这些函数由 DtReflectedEntity 的 addPostUpdateCallback( ) 成员函数注册。用 remove PostUpdateCallback( )成员函数取消用户回调函数的注册。

当状态更新信息被解码到反射实体的 DtEntityStateRepository 后,post – update 回调函数会被 VR – Link 在 DtExerciseConn∷drainInput( )中立即调用。因此,当用户的回调函数被调用时,DtEntityStateRepository 将已经反射了更新中的新值。

为了解释此功能,假定用户的应用程序需要创建不同类型的图标来代表不同类型的实体。用户希望在新的实体到达时被告知。如此,用户就可以创建一个新图标。但是实体类型信息在 HLA 中对于实体添加的回调无效。为检查实体类型,在用户的实体添加回调函数中注册一个 post – update 回调。当该 post – update 被调用时,用户可以检查是否已经收到实体类型的值(在 HLA 中,该数据可能不在第一次更新中到达)：

```
void myEntityAdditionCb( DtReflectedEntity *  ent,void *  usr)
{
    assert( ent) ;
    // A new entity has arrived,but its ESR is empty.
    // Ask to be notified when an update has been processed.
    ent -> addPostUpdateCb( myPostUpdateCb,usr) ;
}
void myPostUpdateCb( DtReflectedEntity *  ent,void *  usr)
{
    assert( ent) ;
    // A state update for the entity has just been processed,
    // but there is no guarantee that the entity type was included.
    DtEntityStateRepository *  esr  = ent -> esr( ) ;
    if ( esr -> entityType( ) !  = DtEntityType( 0,0,0,0,0,0,0) )
    {
        // We have received entity type info,
        //and can now use it to create an appropriate icon.
        addIcon( esr -> entityType( ) ) ;
        // We probably no longer need the post – update callback.
```

```
        ent -> removePostUpdateCb( myPostUpdateCb , usr ) ;
    }
}

int main( )
{
    . . .

    // Register the entity addition callback with a reflected entity list.
    rel -> addEntityAdditionCallback( myEntityAdditionCb , someObj ) ;

    . . .
}
```

因为接收状态数据的运行方式在 DIS 和 HLA 中不同,而且又希望 post - drain 回调机制以协议无关的方式工作,因此,用户不能从 post - drain 回调函数中获得更新信息本身的入口。

提示:如果用户想在其它 HLA 或是 DIS 中截取一个正在引入的状态更新信息,请参见对应的协议关联章节。

5.6.9 处理实体超时

DtReflectedEntityList 可以处理实体超时(Time Out),如果在某段时间中没有收到更新就将其从列表中移除。

DIS:此能力是 DIS 默认的。DIS 中规定状态(Rules State)是实体状态 PDU(心跳),即使没有数据更改也必须周期性发送(5 秒)。因此,如果在一个合理的时间内没有收到心跳(12 秒),就可以放心的假定实体已经离开了演练。

HLA:在 HLA 中,没有心跳规则。在没有变动时,实体几分钟或更久没更新属性也完全正常。因此,超时处理默认为关。当超时处理关闭时,DtReflectedEntity 不会从 DtReflectedEntityList 中被移除直到 RTI 通知实体已经离开了演练。

用户可以控制单个的反射实体列表的超时处理。对 DIS 和 HLA,用户都可以使用 DtReflectedEntityList∷setTimeoutProcessing( )(该函数派生于基类 DtReflectedObjectList)来启用和停止超时处理。其参数是布尔型,false 或 true。

如果启用超时处理,DtReflectedEntityList 检查 DtExerciseConn∷drainInput( )被调用时是否有实体需要做超时处理。超时间隔(从实体被超时前最后一次更新所流逝的时间数)默认为 12 秒,可以由 DtReflectedObjectList∷setTimeoutInterval( )设置。

提示:超时计算利用真实时间而不是仿真时间。

73

5.6.10 派生 DtReflectedEntity

用户某些直观的应用希望把另外的数据或功能与 DtReflectEntity 结合。完成这一功能的方法是派生 DtReflectedEntity。例如,用户可以使用 DtReflectedEntity 的子类,把图形数据与实体相结合。

如果用户派生 DtReflectedEntity(如不通过合成来联合数据),用户也需要创建 DtReflectedEntity 的子类。原因很简单——DtReflectedEntity 是由 DtReflectedEntityList 创建的,而且 DtReflectedEntityList 只知道怎样创建 DtReflectedEntity。用户需要创建派生的 DtReflectedEntityList,该类知道如何创建派生的 DtReflectedEntity。

DtReflectedEntityList 使用虚函数 newReflectedEntity( ) 来创建 DtReflectedEntity。用户必须用返回派生的 DtReflectedEntity 新实例的定义重写此函数。

DIS 和 HLA 版本的 DtReflectedEntity 的构造函数采用不同的参数。因此,DtReflectedEntityList∷newReflectedEntity( )(基本上只传递它的参数给 DtReflectedEntity 构造函数)的两种版本也采用不同的参数。

下面的例子说明了如何派生这两个类:

```
class myReflectedEntity : public DtReflectedEntity
{
    public:
    // Constructor
#if DtHLA
        myReflectedEntity (DtHlaObject * obj, DtExerciseConn * conn) :
                        DtReflectedEntity(obj,conn)
#elif DtDIS
        myReflectedEntity(DtExerciseConn * conn, const DtEntityIdentifier& id,
                    const DtEntityType& type) : DtReflectedEntity(conn, id,
                    type)
    #endif
    {
        // The two versions may be able to share a body
        ...
    }
    // Specifics of myReflectedEntity
    ...
```

```
｝;
class myREL : public DtReflectedEntityList
｛
    public:
        // Constructor (same for both DIS and HLA)
        myREL(DtExerciseConn * exConn) : DtReflectedEntityList(exConn) ｛ ｝
#if DtHLA
        virtual DtReflectedEntity * newReflectedEntity(DtHlaObject * obj) const
        ｛
            return new myReflectedEntity(obj, exerciseConn());
        ｝
#elif DtDIS
        virtual DtReflectedEntity * newReflectedEntity( const DtEntityIdentifier& id,
                                    const DtEntityType& type) const
        ｛
            return new myReflectedEntity(exerciseConn(), id, type);
        ｝
#endif
｝;
```

5.7　标识对象

HLA 和 DIS 的采用不同方式标识对象。

5.7.1　DIS 的对象标识

DIS 中,实体由一个三元(位置:应用:实体,site:application:entity)实体标识符来进行标识。此结构在 VR – Link 中可以用 DtEntityIdentifier 类(hostStructs. h)来描述。非实体对象有很多方式标识。例如,发射器系统用主体实体的实体标识附加发射器号标识。

5.7.2　HLA 中的对象标识

HLA 中,对象可以用几种方法来标识:

(1)所有的对象都有一个对象句柄———一个在 RTI 服务调用中用于标识特定对象的应用。HLA1. 3 中,此对象句柄为整数;HLA1516 中,对象句柄为长度可变的数据。对象句柄在联邦执行中是唯一的。

（2）所有的对象都有个对象名——一个可以用来标识对象的字符串。对象名是 RTI 已知的，并且 RTI 提供函数查找对象名称，被赋予的句柄，反之亦然。对象名称可以由用 RTI 注册实体的应用程序选择；如果用户不想为对象选择名称，RTI 会为用户指派对象名称。对象名称用 char ＊ 或 VR – Link 的 Dtstring 类描述。

（3）FOM 可能选择定义其它方法来标识特定对象。这些其它的标识符是对象的唯一属性，并且没有任何特别标识属性被 RTI 所关注。例如，RPR FOM 中的 BaseEntiy 类包含了一个 EntityID 的属性，此属性是由一个 DIS 风格的三元实体标识符所描述——VR – Link 中的 DtEntityIdentifier 类[①]。

5.7.3　VR – Link 如何标识对象

为支持协议无关性，VR – Link 提供两种类型用于分发不同类型的标识符。

用户可以忽略协议，用 DtObjectId(objectId. h)（或本地 ID）在应用程序中标识对象，但是它不可以以 PDU、交互或属性更新的形式将对象的特性传递给其它应用程序。HLA 中，DtObjectId 是一个用于封装 RTI：：ObjectHandle 的类。

用户可以忽略协议，使用 DtGlobalObjectDesignator（或是全局 ID）以 PDU、交互或属性更新的形式在内部应用通信中标识实体。HLA 中，用 typedef 定义 Dt-GlobalObjectDesignator 为 DtString——一个 VR – Link 用来储存对象名称封装的 char ＊ 类型。DIS 中，用 typedef 定义 DtGlobalObjectDesignatort 为 DtEntityIdentifier，因为在 DIS 中同样类型的 ID 用于在应用程序中和程序间标识实体。

反射对象列表允许用户通过本地 ID 或是全局 ID 来查找反射实体。DtObjectPublisher 和 DtReflectedObject 有返回对象本地 ID(id( ) 或 objectId( ))和全局 ID(globalId( ))的函数。PDU、交互和状态池类都有变值函数，此变值函数期望得到全局 ID 以及返回全局 ID 的检查函数。

例如，如果用户有一个 DtEntityPublisher 来描述用户仿真的实体，并且用户发送了一个开火交互，表示用户的实体正在射击，则用

fireInter. setAttackerId(entityPub. globalId( ))；

如果用户收到一个来自特定实体的开火交互，并且想查找更多关于它的状态，用户可以采用如下方式在反射实体中查找实体：

DtReflectedEntity ＊ ent ＝ rel. lookup(fireInter. attackerId( ))；

---

① RPR FOM 选择维护实体标识属性，因为它包含比对象名称或句柄更多的信息。它通知用户实体所拥有的位置和应用。

当构造一个 HLA 发布器(publisher)时,用户可以为其对象选择一个名称或是传递一个 NULL(默认),让 RTI 为其选择。例子请参见 5.5"处理本地仿真实体"。

在 HLA 中选择名称

HLA 中,用户可以为对象选择一个名称。HLA 1516 中,RTI 可能会拒绝这个名称。因此,此名称在用户创建发布器前必须被保存。如果不保存该名称,则 VR – Link 为用户保存。这可能会耗费时间,调用

myExconn –> rtiAmb( ) –> reserveObjectInstanceName( );

VR – Link 隐藏了所有被保存的名称。确定用户调用 tick( )以允许 RTI 响应。然后用户可以用保存的名称来创建一个发布器。要了解更多细节请参见"选择实体标识符"。

5.8　处理其它类型对象

在 5.4"处理实体"中提到,大部分管理实体的过程也会被用于管理其它类型的对象。然而,用户使用 DtObjectPublisher、DtReflectedObjectList、DtReflectedObject 和 DtStateRepository 的子类来管理对象的相应类型而不是用 DtEntityPublisher、DtReflectedEntityList、DtReflectedEntity 和 DtEntityStateRepository。使用下列对象中的任何一种,请阅读关于用于实体描述和举例中的管理实体和替代对应对象类的描述:

◆ 聚合体
  - DtAggregatePublisher（aggPub. h）
  - DtReflectedAggregateList（reflAggList. h）
  - DtReflectedAggregate（reflectedAgg. h）
  - DtAggregateStateRepository（aggregateSR. h）

◆ 标识符
  - DtDesignatorPublisher（designatrPub. h）
  - DtReflectedDesignatorList（reflectedDesignatorList. h）
  - DtReflectedDesignator（reflectedDesignator. h）
  - DtDesignatorRepository（designatorSR. h）

◆ 发射器
  - DtEmitterSystemPublisher（emittrSysPub. h）
  - DtReflectedEmitterSystemList（refEmitList. h）
  - DtReflectedEmitterSystem（reflEmittr. h）

　　– DtEmitterSystemRepository（emitterSysSR. h）

◆ 无线电接收器

　　– DtRadioReceiverPublisher（radioRcvrPub. h）

　　– DtReflectedRadioReceiverList（refRadRvList. h）

　　– DtReflectedRadioReceiver（refRadioRcvr. h）

　　– DtRadioReceiverRepository（radioRecvrSR. h）

◆ 无线电发射器

　　– DtRadioTransmitterPublisher（radioXmitPub. h）

　　– DtReflectedRadioTransmitterList（refRadXmList. h）

　　– DtReflectedRadioTransmitter（reflRadXmitr. h）

　　– DtRadioTransmitterRepository（radioXmitSR. h）

◆ 网格数据

　　– DtGriddedDataPublisher（gridDataPub. h）

　　– DtReflectedGriddedData（refGridData. h）

　　– DtReflectedGriddedDataList（refGrDatList. h）

　　– DtGriddedDataRepository（gridDataSR. h）

◆ 环境过程对象：

　　– DtEnvironmentProcessPublisher（envProcPub. h）

　　– DtReflectedEnvironmentProcess（reflEnvProc. h）

　　– DtReflectedEnvironmentProcessList（refEnvList. h）

　　– DtEnvironmentProcessRepository（envProcessSR. h）

DtEnvironmentProcessPdu 的 setEnvironmentType（ ）和 environmentType（ ）成员函数希望并返回 DtEnvironmentTypeRecord 类型而不是 DtEntityType。

5.8.1　管理发射器

　　发射器是一种特殊的情形,特别是因为 RPR FOM 实现了发射系统及其组成的发射波束采用了两个不同的 FOM 对象类。我们尝试尽可能多地隐藏这个 FOM 细节,因此,我们可以而无需分开处理 FOM,DIS 亦然。

　　VR – Link 使用 DtEmitterBeamPublisher、DtReflectedEmitterBeamList 和 DtReflected – EmitterBeam 类来管理单个的发射器波束（emitter beam）对象,但是应用代码通常不能直接使用这些类。这些类的实例被相应的发射系统类用于管理系统组件波束,用户可以通过管理发射器系统信息的类获得或提供系统波束信息。

　　发射器波束的状态由用户用到的类 DtEmitterBeamRepository（emitterBeam

SR. h)来描述。DtEmitterBeamRepository 由系统众多(wide)状态组成,以及 DtE-mitterBeam Repository 实例列表——每个实例对应一个组成波束。

当发布一个发射器系统时,创建 DtEmiterSystemPublisher,用其 emitterSys-temRep( )或者 esr( )成员获得指向其 DtEmitterSystemRepository 的指针。然后,用 DtEmitterSystem Repository 的 addBeam( )函数来添加波束。DtEmitterBeam-Repository 用于设置由 addBeam( )返回的新的波束状态。在向发射系统中添加了一个波束之后,必须使用 DtEmitterBeamRepository 的 setEmitterSystemId( )将此波束的上级系统(parent system)ID 设置给用户系统的 ID。

在发射系统中调用 tick( )之前,用户必须设置 beam 的类型。用户设置好之后,不要改变此波束类型。

用户可以使用 DtEmitterSystemRepository 的 removeBeam( )函数来移除波束。通过 DtEmitterSystemRepository 的 beamList( )成员可以使用所有波束状态池表。例如:

```
// Create the system publisher
DtEmitterSystemPublisher sysPub( &conn ) ;
// Get a pointer to its system state repository
DtEmitterSystemRepository * esr = sysPub. esr( ) ;
// Add a beam, and keep a pointer to its beam repository
// Give the beam a beam ID of 10.
DtEmitterBeamRepository * bsr = esr -> addBeam( 10 ) ;
// Set the beam's parent system ID
bsr -> setEmittingSystemId( sysPub. globalId( ) ) ;
while ( ... )
{
    // Each frame, you can set various attributes of the system's state using esr,
    // and of the beam's state using bsr.
    ...
    // Then just tick the system publisher.
    // This will cause any necessary system and beam data to be sent.
    sysPub. tick( ) ;
    ...
}
```

在接收方,用户可以创建 DtReflectedEmitterSystemList 的实例,并且遍历或查找系统,这与用户可以使的用的任何其它类型的反射对象列表一样。

当用户检查 DtEmitterSystemRepository 时,它为系统的波束储存了一个 DtE-mitterBeamRepository 列表,可以通过 beamList( )得到利用。因为波束在 RPR FOM 中是独立的对象,当系统存在于 HLA 中时,波束可以产生或移除(Come and Go)。如果用户保存了一个指向 DtEmitterBeamRepository 的指针,就可以通过使用 DtEmitterBeam Repository∷isMember( )在系统列表中查找它,以确认波束依然有效。有下面的例子:

```
DtReflectedEmitterSystemList sysList( &conn) ;
while (...)
{
    ...
    // Get a pointer to the first system in the list.
    DtReflectedEmitterSystem *  sys  =  sysList. first( ) ;
    // Get a pointer to the system's state repository.
    DtEmitterSystemRepository *  esr  =  sys –> esr( ) ;
    // Get a pointer to the system's first beam's state repository
    DtEmitterBeamRepository *  bsr  = (DtEmitterBeamRepository * ) esr –> beamList( )
                                    –> first( ) –> data( ) ;
    // Now you can use esr and bsr to inspect the state of the system and its first beam.
}
```

如果在没有首先发现波束的上级系统的情况下,VR – Link 得到了一个 HLA 的状态更新,DtReflectedEmitterSystemList 用波束的 emittingSystemId 属性所指的对象名称创建一个镜像(phantom)系统,并将表示该波束的波束状态池添加到镜像系统中。如果我们随后发现了系统对象,其更新直接编码到已存在的系统库中。

5.9 坐 标 视 图

DtEntityStateRepository 的变值函数(mutator)和查值函数(inspector)以地心坐标形式发送位置、方向及其派生,并期望以地心坐标形式接收数据。如果用户要在自定义的应用程序中使用其它形式的坐标系。可以用 VR – Link 提供的坐标变换程序,在对实体发布器的 DtEntityStateRepository 进行设置前,将输入的数据转换为地心坐标形式;也可以将从反射实体的 DtEntityStateRepository 中获得的输入数据从地心坐标系转换所需的坐标形式。并且,还有更简便的方法。

　　VR – Link 提供了几个允许用户在 DtEntityStateRepository 中创建的"视图（View）"类。这些类提供了包括地心坐标在内的其它坐标系的数据入口。创建适当的视图后，只使用其变值函数和查值函数，而非直接调用 DtEntityStateRepository 的函数。视图函数在转换前或转换后调用 DtEntityStateRepository 的函数，以使 DtEntityStateRepository 一直存储地心坐标数据。

　　VR – Link 有三个视图函数：

　　（1）DtUtmView（utmView.h）——支持 UTM 坐标系；

　　（2）DtCartesianView（cartView.h）——支持任意的笛卡儿坐标系；

　　（3）DtTopoView（topoView.h.）——派生于 DtCartesianView，支持地形坐标系（笛卡儿坐标系在其范围内对地球切面拥有自己的 X – Y 平面：X——北，Y——东，Z——下）。

　　更多关于坐标系的内容，请参见 12.3"坐标转换"。

　　用户要避免使用视图的 DtEntityStateRepository 的查值函数和变值函数：

◆ location（　）

◆ setLocation（　）

◆ velocity（　）

◆ setVelocity（　）

◆ acceleration（　）

◆ setAcceleration（　）

◆ orientation（　）

◆ setOrientation（　）

◆ bodyToGeoc（　）

◆ rotationalVelocity（　）

◆ setRotationalVelocity（　）.

　　然而，由于 rotationalVelocity（　）一直使用体坐标而非地心坐标，视图的 rotationalVelocity（　）和 setRotationalVelocity（　）函数传递不经过任何变换的 DtEntityStateRepository 的值。

5.9.1　地形坐标视图

　　DtTopoView 构造函数的参数如下：一个指向 DtEntityStateRepository 的指针，用户可以访问；用户想要处理的特定地形坐标系的经纬度（弧度）。例如：

DtEntityPublisher entPub（...）;

DtEntityStateRepository * esr = entPub.entityStateRep（　）;

DtTopoView topoView（esr,DtDeg2Rad（36.0）,DtDeg2Rad（ – 121.0））;

下面的例子使用 DtTopoView 的变值函数设置指定坐标系为地形坐标系、初始经纬度为{36.0, –121.0}的位置和方向。

提示:地形欧拉角对应于方向、俯仰和滚转。

```
// Topographic coordinates
topoView. setLocation(DtVector(100.0,100.0,0.0));
topoView. setVelocity(DtVector(10.0,10.0,0.0));
topoView. setAcceleration(DtVector(1.0,1.0,0.0));
// Topographic Euler angles – heading,pitch and roll
topoView. setOrientation(DtTaitBryan(0.0,DtDeg2Rad(10.0),0.0));
// Rotational velocity is always in body coordinates
topoView. setRotationalVelocity(DtVector(0.0,0.10, –0.125);
```

下面的例子使用 DtTopoView 以地形坐标系检查远程实体数据:

```
DtReflectedEntityList rel(...);
...
DtReflectedEntity * ent = rel. first();
DtEntityStateRepository * esr = ent –> entityStateRep();
DtTopoView topoView(esr,DtDeg2Rad(36.0),DtDeg2Rad(–121.0));
```

最后一个例子使用 DtTopoView 的查值函数以指定的相关地形坐标系获得位置和方向。

```
// Topographic coordinates
DtVector topoLoc = topoView. location();
DtVector topoVel = topoView. velocity();
DtVector topoAccel = topoView. acceleration();
// Topographic Euler angles – heading,pitch and roll
DtTaitBryan topoOrient = topoView. orientation();
// Or choose a matrix representation of orientation
DtDcm bodyToLocal = topoView. bodyToLocal();
// Rotational velocity is always in body coordinates
DtVector angVel = topoView. rotationalVelocity();
```

5.9.2 UTM 坐标视图

DtUtmView 是允许用户以 UTM 方式处理坐标视图。其构造函数只有一个 DtEntityStateRepository 参数,但是构造函数依靠用户用 DtUtmInit 初始化的 VR – Link 的 UTM 坐标(更多信息请参见 12.3"坐标转换")。一旦以此方式选择一个特定的 UTM 坐标系,用户可以像在 DtTopoView 中的一样使用查值函数和变值函数。

位置及其派生是 UTM 坐标系,在 DtUtmCoords(utmCoord. h)中描述。UTM 的方位处理和地形坐标的方位处理相同。三个欧拉角表示方位、俯仰和滚转,bodyToLocal( )返回一个旋转矩阵,可以以实体当前位置为中心将一个矩阵从体框架旋转为地形框架。同样,滚转速度由体坐标表示。

5.9.3　笛卡儿坐标视图

DtCartesianView 允许创建以任意笛卡儿坐标系定义的视图。和 DtEntityStateRepository 一样,其构造函数有一个 DtVector 参数,指出了新的地形坐标系的来源;还有一个 DtDcm 参数,表示将一个矢量从地形框架转换为用户定义的框架的旋转矩阵。

用户可以选择用只带有一个 DtEntityStateRepository 的构造函数,并通过向 setOffset( )和 setRotation( )函数传递上述两个参数初始化视图。

由于 DtTopoView 从 DtCartesianView 继承了查值函数和变值函数,对这些函数(5.9.1"地形坐标视图")的描述也在此应用,但除了那些与任意笛卡儿坐标系表示的航向、俯仰、滚转不相关的欧拉角。

5.10　铰链部件

DIS 和基于 DIS 的 FOM,如 RPR FOM,将铰链部件定义为实体上的可移动部件,如炮塔、炮管和起落架。实体的铰链部件的状态是实体状态的一部分,并且通过 DtEntityStateRepository 访问。

DtEntityStateRepository 使用 DtArtPartList(artPartList. h)保存铰链部件的状态部分。用户可以通过 artPartList( )函数获得指向 DtEntityStateRepository 的 DtArtPartList 的指针。

5.10.1　检查铰链部件数据

DtArtPartList 为检测实体铰链部件提供了大量检查函数。numArtParts( )函数返回实体具有的铰链部件的数量。例如,坦克有炮管和炮塔,则 numArtParts( )返回 2。numArtParams( )函数返回铰链部件参数值,实体用该数值向演练传送铰链部件信息。例如,坦克发布其炮塔的方位和方位速率信息及其炮管的俯仰,则 numArtParams( )返回 3。

DtArtPartList∷getArtParamVal( )允许用户查询列表获得详细的铰链参数

值。部件类型应当是一个 DtArtPartType 枚举数值,而参数类型应当是一个 Dt-ArtParamType 枚举值,二者都在 disEnums. h 中定义。val 变量是用户要用于被检查的,由参考传入的值来填充。如果成功,函数返回 true;如果部件类型/参数类型的组合对实体无效,则返回 false。

如果实体参数列表中存在问题参数,返回当前 VR – Link 仿真时间完成的 DR 值。更多信息,请参见"停用航路推算"。

例如,用下述方法检查实体炮塔的方位值:

DtReflectedEntityList rel(...);

....

DtReflectedEntity ∗ firstEnt = rel. first();

DtEntityStateRepository ∗ esr = firstEnt –> entityStateRep();

DtArtPartList ∗ artParts = esr –> artPartList();

float turAz = 0.0;

if (artParts –> getArtParamVal (DtPrimaryTurret1, DtApAzimuth, turAz)! = true)

{

printf("Entity has no turret azimuth. \n");

}

获得关于铰链部件更详尽信息,包括获得非航路推算值,用户必须查看单独的 DtArtPart 对象,DtArtPartList 用其表示独立部件。

1. DtArtPart 类

用户可以通过 DtArtPartList 的函数 artPartFromPartType() 或 artPartFromPartNum() 获得由部件类型或索引(从 1 到 numArtParts 范围内)获得指向特定 DtArtPart (artPart. h)的指针。

可以以如下方式遍历:

DtArtPartList ∗ parts = ...;

for (int i = 1; DtArtPart ∗ part = parts –> artPartFromPartNum(i); i + +)

用户可以通过 partType() 和 partNum() 获得 DtArtPart 的部件类型(DtArtPartType 的枚举值)和部件数值(在部件列表中的索引中)。partAttachedTo() 函数返回当前部件附加的部件类型。例如,炮管一般附加在炮塔上,而炮塔又附加在基实体上(由 DtAttachedToBase 的返回值指出)。

DtArtPart ∗ part = ...;

for (int param = part –> firstValidParamType();

param;param = part –> nextValidParamType(param));

DtArtPart::getVal( )填入引用(Reference)传来的变量,允许用户通过参数类型来检查参数,并在参数对部件无效时返回 false。DtArtPart::val( )并不执行有效的检查,所以只有在用户知道参数有效的情况下才被调用。

如果用户想获得部件的整体状态,而不是检查个别参数,使用 translations( )和 angles( )函数。用户可以获得部件的状态以 X、Y、Z 矢量表示的转换形式的矩阵或三个角度集合:方位、俯仰和旋转。

DtArtPart 和 DtArtPartList 的 print( )函数可以以可读形式打印数据。

2. 停用航路推算

默认情况下,如果参数估值(parameter's rate)对部件而言仍是有效参数,这些函数返回值对当前时间来说是经过 DR 处理的。然而用户可以通过向 setApproximating( )函数传递一个 false 变量来停用航路推算。

5.10.2　设置铰链部件数据

设置铰链部件数据:

(1)利用 DtEntityStateRepository 的 artPartList( )函数,为 DtEntityPublisher 的 DtEntityStateRepository 获得指向铰链部件列表的指针;

(2)DtArtPartList 和 DtArtPart 的变值函数用为用户仿真的实体设置当前数据。

提示:用函数 init( )初始化 DtArtPartList,它带有一个 DtArtPartSpecs 阵列或铰链部件描述。用户在试图为其参数变值前,必须调用 init( )函数指出哪个部件和参数对实体有效。

DtArtPartSpec 定义如下,在 apSpec.h 中:

```
typedef struct DtArtPartSpec
{
    int partType;
    int attachedType;
    int params[DtMAX_PARAMS_PER_PART];
} DtArtPartSpec;
```

此处

(1)partType 应当是 disEnums.h 中枚举类型 DtArtPartType 的成员,并且应当指出部件的类型。

(2)attachedType 是铰链部件附加的部件的 partType。如果部件铰链到基实体上,而不是另外的部件,附加类型应当是 DtAttachedToBase。图 5-2 说明了附加部件的 partType 和 attachedType 的关系。其相应的示例代码附在图

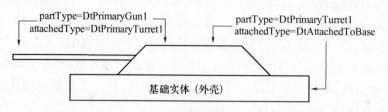

图 5 – 2   partType 和 attachedType 示例图

下面。

（3）params 是一个零结尾（Zero – Terminated）阵列,指出哪个参数会被用于此部件和演练的信息通信。阵列的元素应当是 DtArtParamType 枚举成员。

阵列应当具有：

（1）每个实体铰链部件的 DtArtPartSpec,用户会为其和演练进行信息通信。

（2）一个终止的 DtArtSpec,部件类型为 0。

下面的例子说明如何为一个有炮塔和炮管的实体静态的创建一个 DtArtP-artSpecs 阵列,并用其初始化一个 DtArtPartList。对炮塔,使用两个参数（方位和方位速率）,对炮管使用一个参数（俯仰）。注意使用 DtNullArtPartSpec 宏创建最终的 NULL DtArtPartSpec。

```
DtArtPartSpec * specList [ ] =
{
    {

        DtPrimaryTurret1 ,
        DtAttachedToBase ,
        { DtApAzimuth , DtApAzimuthRate , 0 }
    } ,
    {

        DtPrimaryGun1 ,
        DtPrimaryTurret1 ,
        { DtApElevation , 0 }
    } ,
    {

        DtNullArtPartSpec
    }
} ;
```

DtEntityPublisher entityPub(…);

DtEntityStateRepository ∗ esr = entityPub. entityStateRep( );

DtArtPartList ∗ artParts = esr –> artPartList( );

artParts –> init(specList);

初始化 DtEntityStateRepository 的铰链部件的同样方法是将 DtArtPartSpecs 的阵列传给 DtEntityStateRepository∷initArtParts( )。

一旦 DtArtPartList 被初始化,用户可以使用 setArtParamVal( )成员函数为参数变值。此函数与查值函数 artParamVal( )互为补充:

artParts – > setArtParamVal(DtPrimaryTurret1, DtApAzimuth, DtDeg2Rad (90. 0));

用户可以有选择地获得一个指向独立 DtArtPart 的指针,并使用其 setVal( ) 函数:

DtArtPart ∗ turret = artParts –> artPartFromPartType(DtPrimaryTurret1);

if (turret)

{

　　turret –> setVal(DtApAzimuth,DtDeg2Rad(90. 0));

}

如果用户想要改变用于实体部件或参数的设置,以 DtArtPartSpecs 的新阵列重新调用 init( )参数。

5.11　附 加 部 件

附加部件是指一个实体附加到另一个实体上,如导弹附加到发射器上。DtEntityStateRepository∷attPartList( )返回指向协议无关的 DtAttachedPartList(attPartList. h)的指针。用户可以利用 DtAttachedPartList 的查值函数发现反射实体附加部件的当前状态;还可以利用其变值函数设置本地仿真实体附加部件的状态。例如

// Create the publisher,and get its ESR's attached parts list

DtEntityPublisher pub(…);

DtEntityStateRepository ∗ esr = pub. esr( );

DtAttachedPartList ∗ attList = esr –> attPartList( );

// Add a single attached part,a sidewinder missile attached to

// station number 15. (Station numbers are model – specific.)

attList –> setNumAttachedParts(1);

attList –> setStationNumber(0,15);

attList –> setEntityTypeAtStation(15,DtEntityType(2:1:225:1:1:0:0));

5.12　多线程中使用独立 VR – Link 对象

用户可以在多线程中使用 VR – Link 对象。如果在多线程应用中使用 VR – Link,注意以下几点:

(1)如果用于初始化的静态变量的值可能被多线程并发的改变,应小心对待。

(2)如果两个对象试图在同一时间检查许可,可能会造成与许可服务器(License Server)许可管理通信的混乱,并导致以下错误:

Server message checksum failure (– 60,147)

为避免此问题,调用 DtSleep( )交替创建冲突对象。

用户不再限于在一个时刻只使用一个地图数据或 UTM 参考坐标。使用全局函数 DtSetMapDatum( )、DtCurrentMapDatum( )和 DtUtmInit( )不会导致任何冲突,即使多线程共享同一个参考椭球或参考点。然而,当需要同时使用多线程数据时,对象描述的参考椭球或 UTM 参考点被传递给坐标的构造函数。所给定的对象会代替默认值用于任意坐标变换。

有两个类用于此功能。第一个,DtReferenceEllipsoid(refEllipsoid. h)表示地球的形状,用 DtMapDatum(mapDatum. h)实例初始化;第二个,DtUtmReference-Point(refUtmPt. h)用于描述 UTM 参考点,用能使用标准偏移量的纬度、经度和布尔量以及表示地球形状的 DtMapDatum 初始化。例如:

DtDegMinSec latRef = {35.0,0.0,0.0,DtNorth};

DtDegMinSec lonRef = {122.0,0.0,0.0,DtWest};

DtUseMapDatum(&DtWGS84);

DtUtmInit(latRef,lonRef,1); // this will use the global map datum

DtGeodeticCoord geod(DtDeg2Rad(30.0),DtDeg2Rad(100.0),1000.0);

DtUtmCoord utm(geod);

与下面的代码段相当:

DtReferenceEllipsoid ellipse(&DtWGS84);

DtUtmReferencePoint refUtm(latRef,lonRef,1,&DtWGS84);

DtGeodeticCoord geod (DtDeg2Rad (30.0), DtDeg2Rad (100.0), 1000.0, &ellipse);

DtUtmCoord utm(geod,&refUtm);

5.13　远程控制 MÄK 产品

　　VR – Link 有两个库：loggerControlToolkit 和 stealthControlToolkit，允许用户控制 MÄK Stealth 和 MÄK Data Logger。VR – Link 为后向兼容性提供这两个库。控制 Logger 和 Stealth 的首选方法是以用户想要控制的 Stealth 和 Logger 版本来反链接(Link Against)这两个库。

第6章 HLA 关联接口

本章描述 VR – Link 的 HLA 关联的参数和特征。

6.1 介 绍

VR – Link 所设计的协议无关接口满足了大多数 VR – Link 用户的需求。然而，如果用户仅仅利用 HLA 进行开发，可能希望使用 HLA 标准类而非普通类。本章将描述 HLA 标准接口，第7章"FOM 灵活性"及其后两章将更加详细地阐述如何基于 FOM 而不是 RPR FOM 使用 VR – Link。

注意：如果应用程序要同时使用 DIS 和 HLA 协议，或者计划在将来增加此方面的支持，那么使用宏对 HLA 的代码处进行设计，以便将来使用 DIS 协议时，该代码无需进行编译。

```
#if DtHLA
   #if DtHLA_1516
       // HLA – specific code
   #endif
#endif
```

6.2 直接与 RTI 交互

虽然基于 VR – Link 开发的大多数应用程序无需直接调用 RTI 服务（VR – Link 函数已经实现了对 RTI 服务的调用），但是一些应用程序为了其灵活性，而调用 RTI 的服务。一般情况下，用户希望混合和匹配使用 VR – Link 和 RTI，即利用 VR – Link 实现大部分与 RTI 的交互，另外一部分直接利用 RTI 实现。

RTI 的 API 包括两个主要的类：RTIambassador 和 FederateAmbassador。当 DtExerciseConn 被创建时，创建这两个类的实例。

6.2.1 使用 RTI1516 协议创建应用程序

在 VR – Link 的设计中已经尽量保持 1.3 版本和 1516 版本间的兼容性。

1516 版本 RTI API 的大多数函数与 1.3 版本的 RTI API 函数有相同的命名。其不同主要有以下几点：

（1）VR－Link1516 以前的版本，RTI 类的命名使用 RTI∷的前缀形式，这种命名方法有效地建立了 RTI 的命名空间。新的 RTI API 利用了真实的命名空间，形式为 rti1516。在 rtiCompatability.h 文件中对命名空间进行了重命名，以便保持对 1516 以前版本的兼容性。该项已被 RTI API 标准委员会所规定。

（2）RTI1516 版本的 API 通过 std∷map < AttributeHandle, VariableLengthData > 类型代替了 AttributeHandleValuePairSet 类。为了保持和 VR－Link 编码解码的兼容性，设计了 AttributeHandleValuePairSet 封装类，该类的可实现全部的编码和解码，类定义在 rtiCompatability.h 文件中。

（3）RTI1516 版本利用 std∷wstring（宽字符串）代替了 char * 和 std∷string（短字符串）类型，VR－Link 利用短字符串并转换短字符串成为宽字符串供 RTI 调用。如果在设计中同时使用 VR－Link 和 RTI，必须要考虑到两者的不同。

6.2.2　联邦成员初始化服务

联邦成员初始化服务，如 publishObjectClass（ ）、updateAttributeValues（ ）和 sendInteraction（ ）函数，通过访问 RTI 大使的成员函数被调用。

DtExerciseConn 的 RTI 大使可通过 rtiAmb（ ）成员函数使用。利用此对象可调用任意联邦成员初始化 RTI 服务。该函数的返回值是类 DtVrlRtiAmbassador 的实例。DtVrlRtiAmbassador 类是对 RTI∷RTIambassador 的封装（DtVrlRtiAmbassador 和 RTI∷RTIambassador 有同样的成员函数，但被声明为虚函数，因此它可以被应用程序所重载）。

例如，为了调用 RTI 的 requestPause（ ）服务：

DtExerciseConn exConn（…）；

…

DtVrlRtiAmbassador * rtiAmb = exConn.rtiAmb（ ）；

rtiAmb.requestPause（…）；

6.2.3　RTI 初始化服务

当 RTI 在 RTI∷RTIambassador∷tick（ ）内部调用虚函数 RTI∷FederateAmbassador（ ）时，RTI 初始化服务，如 discoverObject（ ）、reflectAttribute 及 receiveInteraction（ ）被调用。联邦成员负责从 RTI∷FederateAmbassador 类派生子类，并提供对纯虚函数的实现。

通常来说，该工作也可以通过 VR－Link 的 DtVrlFederateAmbassador 类实现

(vrlFedAmb. h)。DtVrlFederateAmbassador 类派生于 RTI::FederateAmbassador( )，包含了所有虚函数的定义(存在一些空定义)。

1. 派生 DtVrlFederateAmbassador

为了通过 RTI 初始化服务直接获取 RTI 提供的数据，可以从 DtVrlFederateAmbassador 类派生子类。在子类中实现对虚函数的具体定义，以确保 VR – Link 函数可以继续工作。

下面的例子说明了 DtVrlFederateAmbassador 的一个子类使用 RTI 初始化服务中的 initialPause。在 DtVrlFederateAmbassador 中 initialPause( )成员函数是空的。当 initialPause 服务被 RTI 调用时，在默认状态下，VR – Link 的 initialPause( ) 函数不做任何工作。如果希望应用程序能够处理此服务，必须对 initialPause( )虚函数进行重定义。

1.3：

下面是 HLA1.3 的例子。

```
class MyFedAmb : public DtVrlFederateAmbassador
{
    public:
        virtual void initiatePause(const RTI::PauseLabel label)
            throw (RTI::FederateAlreadyPaused, RTI::FederateInternalError);
};
void MyFedAmb::initiatePause(const RTI::PauseLabel label)
    throw (RTI::FederateAlreadyPaused, RTI::FederateInternalError)
{
    // Your code to handle the pause
    ...
    // Call superclass version in case it's doing anything important
    DtVrlFederateAmbassador::initiatePause(label);
}
```

2. 通知 DtExerciseConn 用户派生类

在派生了 DtVrlFederateAmbassador 子类后，需要通知 DtExerciseConn 使用派生类的实例而不是默认的 DtVrlFederateAmbassador 实例。为了完成该操作，需要使用 DtExerciseConn 的静态成员函数 setFedAmbCreator( )。SetFedAmbCreator ( )函数由 DtFedAmbCreator( )函数返回的对象实例作为参数，DtFedAmbCreator ( )函数可返回 DtVrlFederateAmbassador 类或 DtVrlFederateAmbassador 子类的实例。默认的 DtFedAmbCreator( )在 DtExerciseConn( )构造函数中被调用，因此

若需要生成 DtVrlFederateAmbassador 派生类的实例,需要在 DtExerciseConn( )
构造函数前调用 setFedAmbCreator( )函数。

DtVrlFederateAmbassador 的派生类 MyFedAmb 的 FedAmbCreator( )实现
如下:

DtVrlFederateAmbassador * MyFedAmbCreator( )

{

　　return new MyFedAmb( );

}

创建 DtExerciseConn 实例之前,派生类实例通知 DtExerciseConn 类的实现代
码如下:

DtExerciseConn::setFedAmbCreator(MyFedAmbCreator);

...

// The DtExerciseConn we create here will use a MyFedAmb

// as its federate ambassador

DtExerciseConn exConn(...);

6.3　获取关于 FOM 的信息

当构造 HLA 的 DtExerciseConn 对象时,VR – Link 将读取应用程序需要的
FED 文件,建立 FOM 信息数据库。FOM 信息存储在 DtFom(form.h)中。通过调
用 DtExerciseConn 类的成员函数可获得 DtFom 的指针。

DtFom 包含对象和交互的描述信息。对象的描述在 VR – Link 的 DtObj-
ClassDesc 类(objClassDesc.h)中体现,交互的描述在 VR – Link 的 DtInterClass-
Desc 类(interClassDesc.h)中体现。类的描述包含了关于 FOM 类的信息,主要
包括:

(1)类句柄和名称;

(2)指向基类描述符的指针;

(3)合法的属性和参数集;

(4)类是否已被发布或定购;

(5)已被发布或定购对象的属性;

(6)类及其属性是否为其它联邦成员所需要。

如果用户想要重载这些描述符被处理的默认方式,该类的描述符也允许用
户订购和发布。

DtFom 的成员函数 interClassByName( )、interClassByHandle( )、objClassBy-

Name( )和 objClassByHandle( )允许用户获得指定类的信息,用户也可以利用 DtFom 的 firstObjClass( )、nextObjClass( )、firstInterClass( )和 nextInterClass( ) 成员函数遍历 FOM 中的全部对象和交互信息。例子如下:

```
// Print out the names of all object classes in the current FOM.
DtExerciseConn conn(...);

...
DtFom * fom = conn.fom();
for (DtObjClassDesc * desc = fom -> firstObjClass(); desc;
desc = fom -> nextObjClass(desc))
{
    std::cout << "ClassName:" << desc -> name() << std::endl;
}
```

下面的例子描述如何利用 RTI1516 版本的 API 函数获得类信息。主要使用 DtFom 提供的两个成员函数 objClassList( )和 interClassList( )获得类列表。此 两个成员函数返回对象类列表(DtList)用于遍历。

```
...
// Print out the names of all object classes in the current FOM.
DtExerciseConn conn(...);
DtFom * fom = con.fom();
#if DtHLA_1516
    DtListItem * item;
    for(item = objClassList() -> first(); item; item = item -> next();
    {
        DtObjectClassDesc * objDesc = static_cast <DtObjClassDesc *> item -> data();
#else
    for (DtObjClassDesc * objDesc = fom -> firstObjClass();objDesc;
    objDesc = fom -> nextObjClass(objDesc))
    {
#endif
    // Now code is independent
    std::cout << "ClassName:" << objDesc -> name() << std::endl;
    ...
```

DtFom 提供了输出的成员函数 print( )与例子中使用的输出函数功能上有 一定的相似之处,但其输出的信息更多,例如,还包括输出属性及参数值的名称和句柄等。

6.4　发布和定购 FOM 类和属性

在发送任何数据前,HLA 联邦成员必须通知 RTI 的 FOM 类集合中需要发送数据的类和对象属性。HLA 规范中称这种初始化的行为为"发布"类或"发布"类属性(也有一些称之为发送交互或发送更新的属性值,这种定义方法非 RTI 或 HLA 规范所定义)。

同样地,HLA 联邦成员必须通知 RTI 的 FOM 类集合中需要接收来自其它联邦成员的数据类和对象属性。HLA 标准中称这种初始化的行为为"订购"。

大多数基于 VR – Link 的应用程序无需特意去满足发布和订购的需求。VR – Link 已经完成该工作。然而,如果希望自己改变发布和订购的类及属性的定义,则需要通过 VR – Link 进行设计。

6.4.1　发布类和属性

当创建一个对象发布实例时(如 DtEntityPublisher),VR – Link 将决定来自 FOM 的哪个类被用作表示该对象(一般的方法是将实例句柄传给发布器的构造函数或通过询问 FOM 映射表)。在使用 RTI 注册新的 HLA 对象前,如果该类没有被发布则需要进行发布设置。默认情况下,发布的对象的全部合法属性都将被发布。

若要发布对象的属性的子集,则需在创建对象发布器之前明确发布随属性同时发布的对象。可利用 DtObjClassDesc∷publish( )函数实现。当对象的发布被构建后,VR – Link 认为相应的类已经被发布,将不再调用默认的发布设置。

注意:切记不要直接利用 RTI 服务进行类和属性的发布。RTI API 没有提供查询哪些类和属性已经被发布的途径。因此若直接利用 RTI API 函数进行发布设置,则 VR – Link 无法得到相应的通知,将仍然使用默认的发布设置。

下面的例子描述了 GroundVehicle 类的实体类型和位置。

```
#include < vlStringUtil. h >              // For DtToWString
DtExerciseConn exConn( ... );
...
#if DtHLA
    DtObjClassDesc * desc = exConn. fom( ) ->
        objClassByName( "BaseEntity. PhysicalEntity. Platform. GroundVehicle" );
```

```
    assert( desc) ;
    RTI∶∶ObjectClassHandle classHand = desc –> handle( ) ;
    #if DtHLA_1516
        // In 1516 AttributeHandleSets are of type
        // std∶∶set < RTI∶∶AttributeHandle >
        RTI∶∶AttributeHandleSet hSet ;
        // Note that the parameters to getAttributeHandle have been reversed
        // in 1516. Also note that strings passed to the RTI are of type std∶∶wstring.
        hSet. insert( exConn. rtiAmb( ) –> getAttributeHandle( classHand,L"EntityType") ) ;
        hSet. insert( exConn. rtiAmb( ) –>
                getAttributeHandle( classHand,DtToWString( "Position") ) ) ;
        desc –> publish( hSet) ;
    #else
        RTI∶∶AttributeHandleSet ∗ hSet = RTI∶∶AttributeHandleSetFactory∶∶create( 2) ;
        hSet –> add( exConn. rtiAmb( ) –> getAttributeHandle( "EntityType" ,classHand) ) ;
        desc –> publish( ∗ hSet) ;
        delete hSet ;
    #endif
#endif
```

属性的发布仅适用于指定的类,与子类和父类无关,因此,用户需要对各个派生关系类分别调用 publish( )设置其发布的属性。

1. 发布交互

交互的发布与类的发布略有不同。用户不能仅仅发布交互的部分参数,要么发布交互的全部参数,要么不发布交互。当用户使用函数 DtExerciseConn∶send( )和 DtExerciseConn∶sendStamped( )发送某个类的交互时,如果当前该类没有被联邦成员所发布,VR – Link 将发布该交互类。

6.4.2　订购类和属性

通常来说,通过反射对象列表的构造函数实现对类的订购。反射对象列表(如 DtReflectedEntityList)决定了哪个 FOM 类被定购,一般的方法是将对象句柄传递给构造函数或通过查询 FOM 映射表。这样,联邦成员订购了以前没有订购的每个类。

VR – Link 中大多数反射式对象列表有一个可选 handleList 参数,该参数指定了 FOM 中哪个类应该被订购(通过反射对象列表管理),如果该参数在 DtReflectedEntityList 的构造函数中被忽略,默认订购 FOM 映射表中的全部类(默认的 FOM 映射表通过 DtReflectedEntityList 管理除 AggregateEntity 类外的所有派生于 BaseEntity 的类)。

　　1.3:handleList 是 RTI:ObjectClassHandles 的 DtList,类型 void ＊。

　　1516:handleList 是合法的 RTI:：ObjectClassHandles 的指针列表。

　　下面示例阐述了通知 DtReflectedEntityList 订购和管理 GroundVehicle 和 Munition FOM 类的实现方法。

```
...
#if DtHLA
        DtList handleList;
        #if DtHLA_1516
                std::wstring hName(L"BaseEntity. PhysicalEntity. Platform. GroundVehicle");
                handleList. add( new RTI:ObjectClassHandle( exConn. rtiAmb( ) ->
                                                getObjectClassHandle( hName)));

        #else
                // DtList holds pointers. Since we know that Handles in HLA 1.3
                // are just integer values, we store them as pointer values.
                // This doesnt work in 1516.
                handleList. add((void ＊) exConn. rtiAmb( ) -> getObjectClassHandle(
                        "BaseEntity. PhysicalEntity. Platform. GroundVehicle"));
                handleList. add((void ＊) exConn. rtiAmb( ) -> getObjectClassHandle(
                        "BaseEntity. PhysicalEntity. Platform. Munition"));

        #endif
        // Create the Reflected Entity List
        DtReflectedEntityList( &exConn, &handleList);
...
#if DtHLA_1516
        // we are done with the handles we created, lets clean them up
        for (DtListItem ＊ item = handleList. first( ); item;)
                {
                DtListItem ＊ next = item -> next( );
                RTI:ObjectClassHandle ＊ hand =
                        static_cast <RTI:ObjectClassHandle ＊ >(item -> data( ));
                handleList. remove( item);
```

```
          delete hand; item = next;
     }
```

#endif

默认情况下,当 VR – Link 订购一个类时,同时也订购了该类的全部属性。如果用户仅仅希望订购类的部分属性,实现方法与发布类和属性中介绍的一样,区别在于使用 DtObjClassDesc∶∶subscribe( ) 函数代替 publish( ) 函数。若想了解更多的信息,可参见 6.4.1"发布类和属性"。

注意:切记不要直接利用 RTI 服务进行类和属性的订购。RTI 没有提供查询哪些类和属性已经被订购的 API。因此,若直接利用 RTI 的 API 函数进行订购设置,则 VR – Link 无法得到相应的通知,将仍然使用默认的订购设置。

1. 定购交互

订购交互的方法通过利用 VR – Link 的交互类注册回调函数实现。通过注册回调函数通知 VR – Link 哪些交互被订购,VR – Link 将这些信息发送给 RTI。和交互发布的情况一样,RTI API 不允许用户只订购交互的部分参数。

6.5   管理 HLA 对象

VR – Link 使用 DtHlaObject 类(hlaObj. h)的实例来表示本地和反射的 HLA对象。由于大多数的实体管理的函数都可以通过 VR – Link 协议无关层使用,大多数应用程序可以不理会 DtHlaObject 类(甚至无需知道 DtHlaObject 的存在)。但是,在 VR – Link 后台实现中确实是利用 DtHlaObject 类。

信息输出时,DtObjectPublisher 类创建并使用 DtHlaObject 对象以帮助属性值的更新与发送。信息输入时,VR – Link 为用户通过 RTI 发现的每一个对象创建 DtHlaObject 实例。如果该对象通过 DtReflectedObject 管理,那么 DtReflecte-dObject 保存了指向 DtHlaObject 的对象指针,并用它来帮助管理收到的属性值更新。

DtReflectedObject 和 DtObjectPublisher 都具有 hlaObject( ) 成员函数,该成员函数返回指向 DtHlaObjectWithStateRep 对象的指针。

VR – Link 维护全部本地和反射的 HLA 对象列表,不考虑反射对象的类型,也不考虑正在被用作管理对象的对象发布器(如果有的话)的类型。通过 DtH-laObjectManager 类可获得对象列表(hlaObjMgr. h)。DtExerciseConn 创建了 DtH-laObjectManager 类的实例,可以通过 DtExerciseConn 的 hlaObjectManager( )成员函数获取。

HLA 对象管理器类的 allHlaObjects( )的成员函数返回所有指向当前本地

的和反射的 DtHlaObject 指针的 DtList。当通过 RTI 初始化服务调用来添加和删除对象时，或当用户创建 DtHlaObject 对象来表示本地仿真对象时（在用户创建 DtObjectPublisher 时发生），该列表自动更新。

以下示例说明输出当前仿真中全部对象的 ID 号：

```
#include <rtiCompatability. h>
DtExerciseConn exConn(...);
...
// Subscribe to various object classes, process discoverObjects and
// reflectAttributeValues calls.
// (This is usually achieved simply by creating a DtReflectedObjectList.)
...
DtHlaObjectManager * objMgr = exConn. hlaObjectManager();
const DtList& allObjects = objMgr -> allHlaObjects();
for (DtListItem * item = allObjects. first(); item; item = item -> next())
{
    // Cast the generic void * to a DtHlaObject *
    DtHlaObject * obj = (DtHlaObject *) item -> data();
    std::cout << "id:" << obj -> objectId() << std::endl;
}
```

HLA 管理器类允许用户利用 hlaObject() 成员函数根据 ID 号或名称查找 HLA 对象。若不存在所给 ID 的对象，该成员函数返回 NULL。用户也可以分别利用 registerObjects() 和 discoveredObjects() 成员函数获取所有注册的 HLA（通过发布器创建的，本地仿真的）对象和所有发现的（远程仿真的）对象的列表。registerObjects() 和 discoveredObjects() 成员函数返回 DtHlaObject 的列表指针。

另外，可通过 DtHlaObject 基本成员函数，如 objectID()、name()、classDesc() 等获得对象的基本信息，也可以通过其它成员函数获得关于对象的更多信息。表 6-1 描述了这些函数。

表 6-1　DtHlaObject 类成员函数（部分）

函 数 名 称	描　　述
attributesNeededByFederation()	返回远程联邦成员所订购的对象的属性值集合
classNeededByFederation()	通知用户是否该对象已被远程联邦成员所订购
requestedAttribute()	返回属性值集合，从最后发送属性更细时开始，该属性值被其它联邦成员通过 RTI 要求更新
lastSimTimeUpdateReceived()	若是反射对象，返回上次接收到的属性值更新的时间

6.5.1　获得对象添加和删除的时机

在 5.6.7"掌握实体加入与退出的时机"中描述了获取反射对象添加和删除消息协议无关的方法。这些方法涉及两个方面：

（1）通过利用 DtReflectedObjectList 注册对象添加和删除的回调函数。

（2）自定义派生于 DtReflectedObjectList 的新类，提供 objectAdded（）和 removeAndDelete（）虚函数的重定义。

虽然上述两种是被推荐的方法（上述两种方法利用了协议无关特性，可获取 DtReflectedObject 对象），但本部分描述了另外一种方法，利用 DtHlaObject 层实现。通过该方法，当任一 HLA 对象添加和删除时，而不是某一特定对象，用户可以获得通知。

当发现一个新对象时，DtExerciseConn 同时创建 DtHlaObject 表示它，并将其添加到所有反射的 HLA 对象的 DtReflectedObjectManager 列表，该 DtHlaObject 对象被发送给已利用该对象类的 DtExerciseConn 注册的"discoverObject"回调函数。用户可以利用 DtExerciseConn 的 addDiscoverObjectCallback（）成员函数为任意对象类的"discoverObject"回调函数进行注册。利用 DtExerciseConn 的 removeDiscoverObjectCallback（）成员函数取消注册的回调函数。

1.3：如果用户在不关心类的情况下，希望被告知发现对象，使用

　　addDiscoverObjectCallback（RTI∷objectClassHandle(0)）。

1516：如果用户在不关心类的情况下，希望被告知发现对象，使用

　　addDiscoverObjectCallback（RTI∷objectClassHandle（））。

回调函数的定义应符合 dscvObjCbInfo. h 的规定，例如：

void myDiscoverObjectCb（DtHlaObject ∗ obj, void ∗ usr）;

如果用户希望当对象被删除时获得通知，可以使用 DtHlaObject∷addRemove ObjectCb（）注册删除回调。利用 removeRemoveOjbectCb（）函数可以取消注册。

同样地，用户也可以利用 DtExerciseConn 的 addRemoveObjectCallback（）和 remove ObjectCallback（）。此时，用户需要传递一个对象 ID 说明哪个对象是用户关注的。

无论采用上述哪种方式，回调函数的定义必须符合 remObjCbInfo. h 文件中定义的格式要求，例如：

void myRemoveObjectCb（DtHlaObject ∗ obj, void ∗ usr）;

当删除对象的服务被 RTI 调用时，DtHlaObject 响应如下：

（1）对象从反射的 HLA 对象的 VR – Link 内部列表中删除；

（2）发送 DtHlaObject 给在删除对象中注册的任意回调函数；

（3）删除 DtHlaObject。

例如,当反射对象列表的 discoverObject( )回调函数被调用,相应地创建 DtReflectedObject 子类管理该对象。当 removeObject( )回调函数被调用(反射对象列表为每一个添加的对象注册了该回调函数),DtReflectedObject 对象被相应从列表中删除。

6.5.2　截取反射属性值

在 5.6.8"状态更新到达时通知应用程序"部分描述了当对象属性更新到达时,协议无关通知方法,实现方法是通过利用 DtReflectedObject 注册 postUpdate( )回调函数完成。

本部分描述了利用 DtHlaObjects 完成属性更新的方法。该方法在下面几种情况下是有用的:一些类型的对象没有被 DtReflectedObjectList 管理;当用户希望任意类型的对象的属性被更新都获得通知。

在 HLA 中,VR - Link 直接发送属性的更新给 DtHlaObject 对象,而不管对对象是否需要更新(典型情况是,DtHlaObject 分解消息给 DtReflectedObject 的 DtStateRepository)。如果用户希望当一个更新消息被 DtHlaObject 处理时得到通知,用户需要利用 DtHlaObject 的 addPostReflectCb( )函数注册一个回调函数。

用 removePostReflectCb( )取消注册。回调函数的定义必须符合 objRefCbInfo.h 文件中定义的格式要求,例如:

void postReflectCb(const DtStateMsg& msg, DtHlaObject * obj, void * usr);

在 DtHlaObject 完成了消息处理后立刻调用用户定义的函数。随同 DtHlaObject 对象指针一起,消息被传递给定义的函数。

DtStatMsg 类(定义在 hStateMsg.h 文件中)是一个基础类,该类包含对象编号、消息正在更新的状态和消息本身。信息的表现形式是 RTI::AttributeHandleValuePairSet,来自于 RTI。DtStateMsg 类有 objectId( )和 ahvps( )两个成员函数可用。

hlaNetdump 应用程序是截取反射对象属性值的示例,实现过程如下:

（1）利用 DtExerciseConn 为所有类的全部对象注册 discoverObject( )回调函数;

（2）在 discoverObject( )回调函数中,hlaNetdump 应用程序为每个对象注册了一个 postReflect( )回调;

（3）在 postReflect( )回调函数中,输出消息的内容。

详细的实现,请参见"./examples/test/hlaNetdump.cxx"。

6.5.3 强制属性更新

当用户调用 DtObjectPublisher∷tick( )函数时,该函数内部调用了 DtHlaObject 的 update( )函数,update( )函数决定哪些属性需要被发送,并且发送。

决定哪些属性需要被发送有以下几个因素:

(1)被本地联邦成员发布的和远程联邦成员订购的符合发送条件的属性;

(2)仅仅发送符合更新条件的合法属性和被远程联邦成员明确请求的属性(RTI 通过 provideAttributeUpdate( )服务实现)。

如果用户希望在不考虑更新条件是否满足和远程联邦成员对象是否请求的前提下,在下一步 DtObjectPublisher 的 tick( )函数调用期间发送属性值,那么用户需要利用 DtObjectPublisher 的 forceUpdate( )成员函数完成,实现方法是将属性集合作为参数传给 forceUpdate( )函数,这样做的结果是,在下一步 DtObjectPublisher 的 tick( )函数调用期间符合要求的属性值被发送。

6.5.4 反射本地更新

在 HLA 中,通常用户不需要查找本地创建的对象,也不需要查找本地发送的更新和交互。考虑到这个因素,利用 DtObjectPublisher 生成的本地对象将不出现在 DtReflectedObjectLists 列表中。

VR － Link 允许用户通过调用 DtExerciseConn 的成员函数 setReflecting( )打开本地对象的反射。当"反射"打开,用户发布和更新的对象将出现在反射对象列表中。发布的对象和反射对象不共享同一状态池的实例。更确切地说,反射对象和远程联邦成员对象是一致的。反射对象被本地发布器更新就像远程联邦成员对属性进行更新一样。当反射打开时,本地产生的交互也被 VR － Link 处理,以便用户的交互回调如同相应远程交互一样被调用。反射标志的当前状态可通过 DtExerciseConn 的 reflecting( )成员函数得到。然而,一旦在应用程序中打开该标志,则不能再关闭。

如果用户正在使用所有权管理,则应该打开反射选项,因为本地联邦成员可能拥有对象的一些属性,而远程联邦成员可能拥有该对象的其它属性。当反射选项打开后,DtReflectedObject 的状态池包括所有属性,不管它是本地发送还是远程发送(更多信息参见 6.6"所有权管理")。

假设用户的反射选项打开,用户就能控制是否希望将远程产生的属性更新编码到除了用户的反射对象状态池之外的发布器状态池。如果反射选项关闭(默认状态),只有本地对象可以修改本地的状态池。若反射选项打开,状态池将包含来自远程联邦成员的状态更新和本地的状态更新。

提示：发布器状态池并不禁止用户为其不拥有的属性设置值。因为用户不拥有属性，所以数据不会被发送，属性值将被来自拥有属性的联邦成员更新的数据覆盖。

6.6　所有权管理

VR – Link 支持 HLA 所有权管理服务，这样可以使用户将发送属性更新的责任从一个联邦成员转移给另一个联邦成员。

大多数所有权管理函数通过类 DtHlaObject 获得。回想一下，DtObjectPublishers 和 DtReflectedObject 类都有 hlaObject（）成员函数，该成员函数返回 DtHlaObject 对象。DtHlaObject 对象包含了对象的 HLA 详细信息。

对于所有权管理而言，用户首先要转变一个概念，那就是本地仿真对象和反射对象的界限变得模糊了。DtObjectPublishers 和 DtReflectedObject 类关联同一 HLA 对象是可能的。也就是说，它们共享了同一 DtHlaObject。

发布器仍然有责任对自己拥有的属性进行更新并发送。若有用户希望拥有和更新某一对象的任意属性，用户必须为该对象创建一个发布器，尽管用户不是利用 RTI 注册该对象的联邦成员。DtObjectPublisher 和它的子类都拥有一个子类允许用户为一个已存在的 DtHlaObject 对象创建一个发布器。

反射对象仍然有责任收集来自属性拥有者发布的更新的属性，并通过状态池给出对象当前状态的反射。然而，现在并不是一个单独的联邦成员为某一对象发布所有的属性更新，一些属性的更新甚至来本地的联邦成员。

当发布器的析构函数被调用，默认状态下，如果本地联邦成员拥有 privilegeToDelete 属性，则 VR – Link 将删除相应的 HLA 对象（当然，由于 HLA 对象的删除，相应的 DtReflectedObject 对象也将被删除并从反射对象列表中删除）。用户可利用 DtObjectPublisher 的 setDeleteObjInDtorFlag（）成员函数改变这种行为，使得尽管本地联邦成员拥有 privilegeToDelete 属性，VR – Link 也不能删除 HLA 对象。用户可利用 deleteObjInDtorFlag（）函数获取当前的标志状态。

因为用户可能拥有对象的发布权限却没有删除的权限，用户发布的 HLA 对象很可能被远程联邦成员所删除。当这种情况出现时，用户发布的 DtHlaObject 对象指针为空，后续的更新都将毫无意义。当 DtHlaObject 对象被删除时，本地发布器为了获取相应的通知以便本地能够删除相应的发布器，用户可以利用 DtHlaObject 的 addRemoveObjectCb（）成员函数注册 removeObject（）回调函数。或者，用户可以注册 objectRemoval（）回调函数以响应 DtReflectedObject。更多的信息，参见 5.6.7"掌握实体加入或退出演练的时机"部分的描述。

为了与以前没有所有权管理的版本保持兼容性,创建发布器和更新属性不能(默认)使反射对象列表中产生相应的反射对象以及反射本地产生的属性更新。

注意:如果用户使用所有权管理,必须调用 DtExerciseConn∷setReflecting( )以保证所有权管理有效。如果调用 setReflecting( )函数失败,则意味着 DtReflectedObject 只能处理远程联邦成员的属性更新,所以反射对象可能不能包含对象的全部当前状态。更多信息请参见6.5.4"反射本地更新"。

DtHlaObject 有下面的一些成员函数封装了 RTI 联邦成员的初始化所有权管理服务:

- ◆ unconditionalDivest( )
- ◆ negotiatedDivest( )
- ◆ cancelNegotiatedDivest( )
- ◆ acquireAttributes( )
- ◆ cancelAcquireAttribute( )

通常来说,用户应该使用 VR - Link 的所有权管理函数,而不应该直接调用 RTI 的函数,因为 VR - Link 绝对保持了与 RTI 的所有权管理功能的一致。

VR - Link 保持了对本地拥有的所有对象的跟踪,发布器仅对自身拥有的属性进行更新并发送。DtHlaObject 对象拥有的属性可通过 ownedAttributes( )成员函数获得。

RTI 初始化所有权管理服务(RTI 回调)被 VR - Link 截取(再一次保持 VR - Link 的所有权信息的当前属性),并通过 DtOwnershipHandler 类(ownerHandler. h)用于应用代码(记住:所有 RTI 初始化回调,包括所有权管理的调用,在 RTI 的 tick 函数内调用,tick 函数由 DtExerciseConn 的 drainInput( )函数调用)。

为了接收所有权相关的回调,如声明用户已经成功获得或取得属性集的所有权,用户必须派生 DtOwnershipHandler,用事件发生时需要调用的版本重载 VR - Link 的虚函数。然后以特定的 DtHlaObject 为用户子类注册一个实例,使用 DtHlaObject 的 setOwnershipHandler( )成员函数。之后,用户告知 VR - Link "这就是我想要 VR - Link 用于为此特定 HLA 对象处理接收的所有权信息。"

用户要重载的大多数 DtOwnershipHandler 函数具有与其相应的 RTI 服务相同的名称:

- ◆ attributeOwnershipDivestitureNotification
- ◆ attributeOwnershipAcquisitionNotification
- ◆ requestAttributeOwnershipAssumption

◆ requestAttributeOwnershipRelease

◆ confirmAttributeOwnershipAcquisitionCancellation

另外,不管何时联邦成员获得或失去属性,gainOwnership 和 loseOwnership 被调用,忽略哪个所有权管理机制用于实现传送。

6.6.1　实现所有权管理

HLA 允许在初始化阶段所有权的转换,解除或增加属性,下面将介绍一些使用各种机制的例子。

示例1:解除属性

用户注册了一个对象,想要放弃其中的一些属性。

(1)首先创建发布器,这将导致利用 RTI 注册一个新对象并通过 VR‐Link 创建一个 DtHlaObject 对象。

(2)为了初始化时解除属性的所有权,在发布的 DtHlaObject 对象内部调用 unconditionalDivest( )或 negotialtedDivest( )函数。使用 unconditionalDivest( )函数,属性的所有权立即被解除并且所有权一直保持无用状态直到其它对象接管所有权。使用 negotialtedDivest( )函数,被解除所有权的属性一直保持所有权直到其它联邦成员接管所有权。

(3)若用户希望在其它联邦成员接管所有权时获得通知,用户需要从 DtOwnershipHandle 类派生新类,重载 attributeOwnershipDivestitureNotification( ) 虚函数。

```
// Your subclass of DtOwnershipHandler
class MyOwnershipHandler : public DtOwnershipHandler
{
    public:
        virtual void attributeOwnershipDivestitureNotification(
                const RTI::AttributeHandleSet& attributes)
        {
            // Do something
        }
};
// Create the publisher, and grab its DtHlaObject
DtEntityPublisher pub( classHandle, conn);
DtHlaObjectWithStateRep * obj = pub.hlaObject( );
// Instantiate your handler class, and tell the DtHlaObject to use the instance.
```

```
MyOwnershipHandler handler;
obj -> setOwnershipHandler(&handler);
// Initiate the divest
// ******************** RTI 1. 3 only ********************
// The rest of this example is for RTI 1. 3 only
RTI::AttributeHandleSet * hSet = RTI::AttributeHandleSetFactory::create(3);
hSet -> add(1);
hSet -> add(2);
hSet -> add(3);
obj -> negotiatedDivest( * hSet);
delete hSet;
```

示例2:获取属性

用户注册了一个对象,想要获取其它一些属性。

(1) 创建反射对象列表。

(2) 当发现一个需要的对象后,为该对象创建一个发布器,将反射对象的 DtHlaObject 作为发布器的构造函数的参数。由于该对象已经存在,所以发布器的构造函数将不注册该对象。

(3) 调用 DtHlaObject 的 acquireAttributes( )成员函数,ifAvailable 标志表示是否仅仅想获取该对象没有所有权的属性。当请求成功后发布器自动获得通知。

(4) 如果用户希望在请求成功后应用程序代码获得相应的通知(如开始仿真对象的相关部分),用户需要从 DtOwnershipHandle 类派生新类,重载 attributeOwnership – AcquisitonNotification( )虚函数。

```
// Your subclass of DtOwnershipHandler
class MyOwnershipHandler : public DtOwnershipHandler
{
    public:
        virtual void attributeOwnershipAcquisitionNotification(
                const RTI::AttributeHandleSet& attributes)
        {
            // Do something
        }
};
// Create the reflected entity list,
```

DtReflectedEntityList rel(...);

...

// Find the entity you're interested in, and grab its DtHlaObject

DtReflectedEntity * ent = rel. lookup(...);

DtHlaObjectWithStateRep * obj = ent -> hlaObject( );

// Instantiate your handler class, and tell the DtHlaObject to use the instance.

MyOwnershipHandler handler;

obj -> setOwnershipHandler(&handler);

// Create a publisher for the object

DtEntityPublisher pub(obj, obj -> exerciseConn( ));

// Initiate the acquisition.

// ******************* RTI 1. 3 only *******************

// The rest of this example is for RTI 1. 3 only

RTI::AttributeHandleSet * hSet = RTI::AttributeHandleSetFactory::create(3);

hSet -> add(1);

hSet -> add(2);

hSet -> add(3);

obj -> acquireAttributes(* hSet);

示例 3：在有请求的情况下放弃属性

用户不想在初始化时放弃对象的属性，但希望在其它联邦成员请求时放弃对象属性。

（1）创建发布器；

（2）生成 DtOwnershipHandle 的子类；

（3）通知发布器的 DtHlaObject 对象使用生成的 DtOwnershipHandle 的子类的实例；

（4）在 DtOwnershipHandle 的子类中，重载 requestAttributeOwnershipRelease( )，对需要的属性调用 unconditionalDivest( )函数。当远程联邦成员需要本地对象的属性时，requestAttributeOwnershipRelease 函数被调用，完成此操作。

// Your subclass of DtOwnershipHandler

class MyOwnershipHandler : public DtOwnershipHandler

{

  public:

    virtual void requestAttributeOwnershipRelease(

        const RTI::AttributeHandleSet& attributes, const char * tag)

```
        }
            // As a result of being asked to release some attributes,
            //go ahead and release them.
            hlaObject( ) -> unconditionalDivest(attributes);
        }
    };
    // Create the publisher,and grab its DtHlaObject
    DtEntityPublisher pub(classHandle,conn);
    DtHlaObjectWithStateRep * obj = pub. hlaObject( );
    // Instantiate your handler class,and tell the DtHlaObject to use the instance.
    MyOwnershipHandler handler;
    obj -> setOwnershipHandler(&handler);
```

示例 4:在提供的情况下获取属性

用户不想在初始化时产生获取对象的属性的请求,但是希望在其它联邦成员解除属性时获取属性。

(1) 创建反射对象列表。

(2) 一旦发现了需要的对象,则获取对象的指针。

(3) 生成 DtOwnershipHandle 的子类。

(4) 通知 DtHlaObject 对象使用生成的 DtOwnershipHandle 的子类的实例。

(5) 在 DtOwnershipHandle 子类中,重载 requestAttributeOwnershipAssumption( )函数,对需要的属性调用 acquireAttribute( )函数。当远程联邦成员试图放弃一些属性的所有权时,用户的设计的函数被调用,允许用户提出希望接管这些属性的所有权。

(6) 重载 attributeOwnershipAcquisitionNotification( )函数,如果移交成功该函数将被调用,因为如果其它联邦成员抢先响应了该请求,则用户将不能得到属性的所有权。

(7) 为该对象创建一个发布器,将 DtHlaObject 作为发布器的构造函数的参数。用户可以在获取属性前完成该工作,或者用户之前就已经对属性进行了保护。

```
    class MyOwnershipHandler : public DtOwnershipHandler
    {
        public:
        virtual void requestAttributeOwnershipAssumption(
                const RTI::AttributeHandleSet& attributes,const char * tag)
```

```
{
    // As a result of being asked to acquire some attributes,
    //go ahead and acquire them.
    hlaObject( ) -> acquireAttributes(releasedAttributes);
}
virtual void attributeOwnershipAcquisitionNotification(
        const RTI::AttributeHandleSet& attributes)
{

    // You might want to create the publisher here,
    //now that you know you will actually need it.
    pub = new DtEntityPublisher(hlaObject( ),hlaObject( ) -> exerciseConn( ));
}
};
// Create the reflected entity list,
DtReflectedEntityList rel(...);
...
// Find the entity you're interested in,and grab its DtHlaObject
DtReflectedEntity * ent = rel.lookup(...);
DtHlaObjectWithStateRep * obj = ent -> hlaObject( );
// Instantiate your handler class,and tell the DtHlaObject to use the instance.
MyOwnershipHandler handler;
obj -> setOwnershipHandler(&handler);
```

6.7　使 用 DDM

有两种方法使用 VR – Link 的数据分发管理(Data Distribution Management,DDM)。

(1) 通过使用 VR – Link 发布器创建的 DDM 表;

(2) 设置自己的 DDM 区域并手动维护。

默认的 VR – Link 的 DDM 表使用命名为 BenchmarkGeographicSpace,该空间是一个二维空间 X、Y,分别代表经度和纬度。

提示:本部分描述使用 VR – Link 提供的 DDM 的推荐方法。用户也可以通过直接调用 RTI 实现。

6.7.1 地理坐标 DDM

DtEntityPublisher 和 DtAggregatePublisher 类都能够在实例化时创建自己的 DDM 区域,并根据实体的位置和速度更新区域。区域的大小依赖于实体的速度。为了使该功能有效,在 DtExerciseConn 中需要启动该功能,方法如下:

exConn. setUseGeographicDdm(true) ;

当使用地理坐标下的 DDM 时,需要通过设定最大和最小的经纬度以确定区间范围。设置区域的界限不能超过指定的区间范围。默认值是经度 - 180 度 ~ 180 度,纬度 - 90 度 ~ 90 度。如果想要改变该值,通过以下的方法。例如,想要把经纬度范围改到纬度 30 度 ~ 40 度,经度 120 度 ~ 130 度,实现代码如下:

DtGeodeticCoord lowerBound(DtDeg2Rad(30. 0) , DtDeg2Rad(- 130. 0) ,0) ;
DtGeodeticCoord upperBound(DtDeg2Rad(40. 0, DtDeg2Rad(- 120. 0) ,0) ;
exConn. setDdmPlayboxLowerBound(lowerBound) ;
exConn. setDdmPlayboxUpperBound(upperBound) ;

6.7.2 使用地理坐标 DDM 发布

为了发布正在使用的地理坐标区域,DtExerciseConn 的成员函数 setUseGeographicDDM( )的参数必须设置为真。当一个对象或聚合体的发布器被创建,被发布的对象即使用了该区域。例如,考虑发布一个带有区域信息的实体,为了在同一区域发布一个发射器,实体的区域能够被传给发射器的发布器的构造函数,代码如下:

exConn. setUseGeographicDdm(true) ;
DtEntityPublisher entityPub(...) ;
DtEmitterSystemPublisher emitterPub(&exConn, 0, entityPub. publishingRegion( )) ;

6.7.3 使用地理坐标 DDM 反射

用户可以创建地理区域并将它传给反射对象列表,订购带有区域信息的对象。

提示:由于许多不同的对象都能同时使用区域,所以 VR - Link 中 DtDDM-Region 和 DtGeodeticRegion 类采用使用共享指针容器的方法,DtDDMRegionSP 和 DtGeodeticRegionSP 分别对应 DtDDMRegion 和 DtGeodeticRegion 的共享指针。

下面的代码实现了订购东经 118 度 ~ 122 度,北纬 35 度 ~ 40 度的区域范围:

DtGeodCoord lowerBound(DtDeg2Rad(35. 0) , DtDeg2Rad(118. 0) ,0) ;

DtGeodCoord upperBound(DtDeg2Rad(40. 0) , DtDeg2Rad(122. 0) ,0) ;

DtGeodeticRegionSP region(new DtGeodeticRegion(&exConn)) ;

region –> setRegionBounds(lowerBound , upperBound) ;

DtReflectedEntityList reflEntList(&exConn , region) ;

如果 RTI 的属性范围查询转换可用的话,当实体超出了设定的区域范围,联邦成员将接收到 attributesOutOfScope 回调。对象从反射实体列表中移除,当实体再次回到区域内,则反射实体列表中将添加该对象。以下方法实现发现的转换:

exConn. rtiAmb( ) –> enableAttributeScopeAdvisorySwitch( ) ;

注解:

(1)为了订购多个区域,用户可以通过创建 DtGeodeticRegionSP 的 STL 矢量,并将该矢量作为反射对象列表构造函数的参数。

(2)区域的订购是联邦成员全域调用,即如果 DtReflectedEntityList 被创建时拥有一个区域,第二个 DtReflectedEntityList 被创建拥有另一个区域,那么每个列表将获得两个区域内全部的实体对象,因为联邦成员已经订购了两个区域内的实体。

6.7.4　带有区域的交互

VR – Forces 允许用户发送和接收区域内的交互。每个交互的 addcallback( ) 成员函数都能获得一个共享的区域指针,DtExerciseConn 有成员函数用于发送带区域信息的交互。

订购带区域信息的交互:

// Set up region bounds

...

DtGeodeticRegionSP region(...) ;

DtFireInteraction::addCallback(&exConn , fireCb , NULL , region) ;

发送带区域信息的交互:

// Set up region bounds

...

DtGeodeticRegionSP region(...) ;

DtFireInteraction fireInteraction ;

...

exConn. sendStampedWithRegion(fireInteraction , region) ;

6.7.5 不利用 VR – Link 地理实现的 DDM

用户可以利用 DtDDMRegion 类创建任意类型的区域。用户可以指定空间（HLA1.3）和尺寸,DtDDMRegion 将创建能够利用标准值进行维护的 RTI 区域。每一个发布器、反射对象列表和交互都可以带 DtDDMRegion 对象实现发布和订购。

6.8 使用 DtInteraction 类

DtInteraction 类的 HLA 版本在 hInteraction.h 文件中定义。HLA 一些明确的交互数据可通过 DtInteraction 直接使用,如同 HLA 一些明确的对象数据可通过 DtHlaObject 直接使用一样。

但是,大多数 HLA 的交互数据是不可用的(DtInteraction 无法决定交互数据),除非明确通知 DtInteraction 类哪个 FOM 交互类被使用。例如,如果用户无法确定使用的 FOM 类和 DtExerciseConn 所需要的订购信息的话,用户则不能决定 DtInteraction 的交互类是否被远程联邦成员所订购。

DtInteraction 类有一个 setExConn( )成员函数,该函数使用户可以设置当前正在使用的 DtExerciseConn 和 DtInterClassDesc(交互类描述器)类的实例。该函数必须在 DtInteraction 类成员函数能够返回有意义的结果前被调用。如果交互类描述器(DtInterClassDesc)的参数被忽略,DtInteraction 子类将选择自动设置一个合理的默认值(可参见 7.5.3 中的"选择交互类发布"部分)。

应用程序代码几乎不需要明确地调用 setExConn( )函数,VR – Link 内部完成了调用。当需要发送一个交互时,发送前 DtExerciseConn 的 send( )和 sendStamped( )成员函数将调用 SetExConn( )函数。DtExerciseConn 的实例作为 setExConn( )函数的一个参数(exConn),一个空指针作为另一参数(classDesc);classDesc 允许 DtInteraction 选择一个 FOM 类用于发送。在接收方面,交互类在本地保存了参数值,但用户需要在 RTI 中自己获得这些参数值。实际上,DtExerciseConn 类的 send( )和 sendStamped( )成员函数使用了交互类的对象传给了 RTI 并发送。

1.3:对于 RTI1.3 版本,参数值被保存在 RTI∷ParameterHandleValuePairSet 中,用户可以通过 DtInteraction∷phvps( )函数获得该参数值。

1516:对于 RTI1516 版本,参数值被保存在 RTI∷ParameterHandleValueMap 中,用户可以通过 DtInteraction∷phvm( )函数获得该参数值。

通过使用 RTI 的函数 setFromPhvps( )(RTI1.3）和 setFromPhvm( )

（RTI1516）可以设定交互。DtExerciseConn 利用上述函数初始化 DtInteraction 对象作为唤醒 receiveInteraction（　）RTI 服务的结果。

表 6 - 2 描述了 DtInteraction 一些函数，这些函数需要 DtInteraction 实例有合法的连接和类描述。

表 6 - 2　DtInteraction 成员函数

函　数	描　述
interactionClassHandle（　）	返回当前交互类句柄
interactionClassName（　）	返回当前交互类名称
numParameter（　）	返回当前交互类的参数数量
NeededByFederation（　）	返回是否交互类已被远程联邦成员订购

6.8.1　DtInteraction 相关的输出成员函数

表 6 - 3 描述了 DtInteraction 关于输出的成员函数，这些成员函数是虚函数。

表 6 - 3　DtInteraction 关于输出的成员函数

函　数	描　述
print（　）	标准的输出函数，VR - Link 的 hlaNetdump 库使用。该函数调用 name（　）虚函数输出类名，然后调用 printParams（　）和 printData（　）函数
printHeader（　）	输出用于该对象的关于 FOM 类的信息
printParams（　）	调用 printHeader（　）函数，然后输出包含在交互信息中的参数集合，如果 withHex 设置为真，则还包括原始参数值
printData（　）	纯虚函数，具体实现由派生类完成，输出指定交互类中指定的数据

printHeader（　）和 printParams（　）函数都需要交互类具有合法的连接和类描述。

如果用户希望在发送交互前输出 DtInteraction 中的数据，可以在调用输出函数前调用 setExConn（　），以确保所有的数据都能被输出，示例如下：

DtExerciseConn exConn（...）;

...

DtFireInteraction inter;

inter. setAttacker（...）;

...

inter. setExConn（&exConn）;

inter. print（　）;

6.9　一般 HLA 问题

下面的部分主要描述 HLA 的其它问题。

6.9.1　时戳

用户可以使用 setTimeStamp( )函数和 timeStamp( )函数设置和监视 HLA 的 DtStateMsg 和 DtInteraction 的时戳。函数的功能与 DIS 的 DtPdu 的设置时戳和获取时戳类型两个函数功能相似(DtTimeStampRelative 或 DtTimeStampAbsolute)。

DtExerciseConn∷sendStamped( )设置输入的 HLA 消息时戳给当前时间,类型可通过 DtExerciseConn∷timeStampType( )获得。

VR – Link 的发送函数将时间转换成"标签(Tag)"字符串参数传给 RTI 的 sendInteractive( )函数和 updateAttributeValues( )函数,这点与 RPR FOM 的惯例一致。时间被转换成 8 个字节的十六进制 ASCII 码在 DIS 时戳中发送。

如果用户不想使用传统方法,可以使用 DtInteraction∷setTagIsAsciiTime(false)和 DtStateMsg∷setTagIsAsciiTime(false)。如此,时戳不被发送,因为如果用户不使用 RTI 的时间管理,RTI 并不提供发送带时戳消息的机制。典型的实时仿真系统并不使用 RTI 时间管理。

6.9.2　注册和响应同步点

HLA 的 DtExerciseConn 类提供注册同步点和为同步点注册自定义回调的功能。为了利用 RTI 注册一个同步点,命名为 point 1,需要调用如下方法:

exConn. registerSynchronizationPoint("point1");

用户可以注册自定义的回调函数,当接收到来自 RTI 的回调后该回调函数将被调用。可用的回调函数如下:

◆ synchronizationPointRegistrationSucceeded( )

◆ synchronizationPointRegistrationFailed( )

◆ federationSynchronized( )

◆ announceSynchronizationPoint( )

添加和删除用户自定义回调的函数如下:

◆ addSynchPointRegistrationSucceededCb( )

◆ removeSynchPointRegistrationSucceededCb( )

◆ addSynchPointRegistrationFailedCb( )

◆ removeSynchPointRegistrationFailedCb( )

◆ addFederationSynchedCb( )

◆ removeFederationSynchedCb( )

◆ addAnnounceSynchPointCb( )

◆ removeAnnounceSynchPointCb( )

每个成员函数主要包括字符串(可选)、函数、用户数据指针三个参数。当函数被调用时这些参数传递给回调函数。如果字符串参数被设置,则指定标签的回调函数被调用。若字符串参数为空,则回调函数为所有标签所调用。

例如:

exConn. addFederationSynchedCb("point1",userfunction,NULL);

当联邦成员在 point1 点被同步该 userFunction 回调函数被调用。

exConn. addFederationSynchedCb(userfunction,NULL);

当联邦成员在任意点被同步该 userFunction 回调函数。

示例:

```
#include  < exerciseConn. h >
void fedsSynched(const char * label,void * / * usr * /)
{
    std::cout << "Federates synched at: " << label << std::endl;
}
void announcePoint(const char * label,const char * tag,void * usr)
{
    DtExerciseConn * exConn = (DtExerciseConn * )usr;
    std::cout << "Announce point: " << label << std::endl;
    std::cout << "Tag: " << tag << std::endl;
    usr -> replyToSynchronizationPoint(label);
}
int main(int argc,char * * argv)
{
    DtExerciseConn exConn(...);

    ...
    // fedsSynched is called whenever the federation is synched
    exConn. addFederationSynchedCb(fedsSynched,NULL);
    // announcePoint is called when the label "point2" is announced.
    // The exercise connection automatically replies to
```

```
// all synch points excluding "point2"
exConn. addAnnounceSynchPointCb("point2",announcePoint,&exConn);
...
}
```

1. 自动响应同步点

默认状态下,VR－Link 应用程序通过迅速指示点已经到达的方法自动响应被通知的同步点。这就意味着,当应用程序用户不需要为响应同步点做特别的工作的时候,不基于 VR－Link 的应用程序将不禁止联邦成员的执行。用户可以通过调用以下函数设置自动响应的功能的开关。

```
exConn. setReplyingToSynchronizationPoint(false);
```

注意:注册 announceSynchronizationPoint( )回调函数将禁止 VR－Link 的自动响应指定同步点的功能。

6.9.3 时间管理

VR－Link 3. 11 支持 HLA 时间管理(Time Management)。演练中使用的时间管理允许联邦成员以 RTI 拥有的时间线(Timeline)同步和调配事件。一般的情况是,当联邦成员与其它具有不同仿真速率的联邦成员间交互时,使用时间管理。即使联邦中的其它联邦成员使用,但联邦成员并非必须使用时间管理。VR－Link 的时间管理的描述假定用户对时间管理术语和概念已经熟悉。更多信息,请参见 HLA 和 RTI 文档。

1. 联邦时间

联邦时间(FedTime)是演练中被管理的仿真时间。在时间管理(Time-managed)的联邦执行中,时间的推进由联邦成员从 RTI 做出时间请求和接收时间准许来完成的。调节(regulating)联邦成员控制 FedTime 的推进;约束(Constrained)联邦成员在 FedTime 允许时尽快的推进。仿真的任何时间点上,FedTime 可能会因不同的联邦成员而不同。

VR－Link 中大多数对 RTI 的调用都直接使用 RTI 大使,并未被 VR－Link 预先封装。时间调节可以在演练的任何时机使用或禁止。多数其它关于时间管理方面的配置与 LookAHead 相当。关于此方法的更多信息请查阅用户 RTI 文档。

以下是调用的一些例子:

```
DtExerciseConn exConn(...);
...
exConn. rtiAmb( )->enableTimeRegulation(mySuggestedFedTime,myLookAhead);
```

exConn. rtiAmb( ) –> enableTimeConstrained( );

exConn. rtiAmb( ) –> disableTimeConstrained( );

exConn. rtiAmb( ) –> timeAdvanceRequest(RequestedFedTime);

exConn. rtiAmb( ) –> disableTimeRegulation( );

......

2. 发送时戳命令(Time Stamp Order,TSO)消息

VR – Link 中发送 TSO,通知 VR – Link 在输出消息上附加一个 FedTime,如下:

exConn. setSendFedTime(true);

当 sendFedTime( )为 true 时,所有消息以 TSO 形式发送;当 sendFedTime( )为 false(默认),消息以读顺序(read order,RO)形式发送。该标志可以在任意时间被触发,但必须在消息被发送前触发。VR – Link 在发送 FedTime 时使用 VR – Link仿真时间(simTime):

ExConn. clock( ) –> simTime( );

用户需要为发布的消息以 FedTime + LookAhead 形式维护 simTime。如果 simTime 小于此值,RTI 抛出一个异常。用户可以在 FedTime + LookAhead 之前运行 simTime,因为调节器(Regulator)可以在之后的任何时间发送消息,只要时间不小于 Fed + LookAhead。

3. 接收 TSO 消息

VR – Link 透明的处理收到的 TSO 消息。RTI 保证消息在正确的 FedTime 时间发布。VR – Link 在可用的情况下使用 FedTime,执行 DR。

4. 使用回调

当 RTI 需要为联邦成员通过同意请求更新 FedTime,或允许其它类型的时间调节时,RTI 采用调用联邦大使的方法。VR – Link 为这些方法提供回调。用户可以自己编写函数处理这些 RTI 事件,并为回调注册这些函数。

下面的例子演示了回调和注册它们的函数:

```
void timeAdvanceRequestCb(const RTI::FedTime &theFedTime,void *userData)
{
    // The time we request might not be the time we get back!
    GlobalFedTime = theFedTime;
    // do something
    cout << "Time Advance Grant to: " << GlobalFedTime. getTime( ) << endl;
}
void timeConstrainedEnabledCb(const RTI::FedTime &theFedTime,void *userData)
```

117

```
    {
        GlobalFedTime = theFedTime;
        // do something
        cout << "Time Constrained Enabled at time: " << GlobalFedTime. getTime( ) << endl;
    }
```

// Call this when our time request is granted. timeAdvanceRequestCb is the callback.

// The 0 is data.

exConn. fedAmb( ) –> addTimeAdvanceGrantCb(timeAdvanceRequestCb,0) ;

// This callback lets me know I have become constrained.

// I must remember that until I receive it,

//I am not time constrained and should not ask for a time advance.

//timeConstrainedEnabledCb is the callback. The 0 is data.

exConn. fedAmb( ) –> addTimeConstrainedEnabledCb(timeConstrainedEnabledCb,0) ;

// This callback lets me know I have become time regulating.

// It also lets me know what FedTime it is,

//I Must use that fed time. timeRegulationEnabledCb is the callback. The 0 is data.

exConn. fedAmb( ) –> addTimeRegulationEnabledCb(timeRegulationEnabledCb,0) ;

5. 将 FedTime 转换为 DtTime

有些情况下 VR – Link 需要将 RTI∶∶FedTime 转换为 DtTime。RTI∶∶Fed-Time 是抽象基类,联邦成员需要为该类提供实现。多数的 RTI,包括 MÄK RTI 为联邦成员提供了需要的子类,主要在库 libFedTime. a。基类没有提供 RTI∶∶FedTime 到 double(DtTime)转换的方法,但是很多 RTI(包括 MÄK RTI)提供了派生子类的方法。因为用户可能,甚至很可能会使用 RTI∶∶FedTime 的不同子类,所以 VR – Link 并不一直知道如何完成转换。基于此,VR – Link 在 DtExerciseConn 中提供了成员函数,允许用户为 VR – Link 使用注册转换函数。

```
static void DtExerciseConn∶∶setFedTimeToVrlTimeConverter(
                        DtFedTimeToVrlTimeConverter func) ;
static void DtExerciseConn∶∶setVrlTimeToFedTimeConverter(
                        DtVrlTimeToFedTimeConverter func) ;
```

DtExerciseConn 为 MÄK RTI 提供了默认的转换函数。如果用户需要将转换函数设为默认,向 DtExerciseConn∶∶setFedTimeToVrlTimeConverter( )或 DtExerciseConn∶∶setVrlTime – ToFedTimeConverter( )传递空值。

当联邦成员需要在 RTI∶∶FedTime 和 DtTime 之间进行转换,可以使用下面的函数:

◆　staticDtFedTimeToVrlTimeConvertertExerciseConn∶∶

　　　　　　fedTimeToVrlTimeConverter( );

◆　static DtVrlTimeToFedTimeConverterDtExerciseConn∶∶

　　　　　　vrlTimeToFedTimeConverter( );

例子如下∶

RTI∶∶FedTime ＊fedTimePtr ＝(＊DtExerciseConn∶∶vrlTimeToFedTimeConve-

　　　　　　ter( ))

　　　　　　(myDtTimeVariable);

6.9.4　VR － Link 对 RTI 服务的调用

　　表 6 － 4 列出了可能由 VR － Link 调用的联邦成员初始化服务。表 6 － 5 列出了 VR － Link 为初始化服务提供的非空定义。

表 6 － 4　VR － Link 调用的联邦成员初始化服务

RTI 服 务	调 用 服 务
createFederationExecution	从 DtExerciseConn 构造函数内部的调用
destroyFederationExecution	从 DtExerciseConn 构造函数内部的调用,如果 DtExerciseConn 的 destroy-FedExec 标志为 true(默认)
joinFederationExecution	DtExerciseConn 构造函数内部的调用
resignFederationExecution	从 DtExerciseConn 析构函数内的调用
publishInteractionClass	从 DtExerciseConn∶∶send( )或 sendStamped( )内部的调用,不论何时该类通过交互所调用,该交互的类并没有被发布
publishObjectClass	从对象发布构造函数内部的调用,如果该对象类还没有被发布
subscribeInteractionClass	当通过 VR － Link 以特定的交互类注册一个回调函数时被调用,该交互类使用 DtInteraction 子类的 addCallback( )函数
subscribeObjectClassAttributes	从反射对象列表的构造函数内部调用
unsubscribeInteractionClass	由 DtObjClassDesc∶∶deregisterInterest( )调用。该函数不会被其它 VR －Link 代码调用,所以如果应用程序代码没有调用该函数,则该服务永远不会被调用
unsubscribeObjectClass	由 DtInterClassDesc∶∶deregisterInterest( )调用。该函数不会被其它 VR －Link 代码调用,所以如果应用程序代码没有调用该函数,则该服务永远不会被调用
deleteObjectInstance	从对象发布构造函数中调用

（续）

RTI 服务	调用服务
localDeleteObjectInstance	只从 DtReflectedObjectList∷removeObject（ ）中调用，不被应用程序调用
registerObjectInstance	从对象发布构造函数中调用
requestClassAttributeValue-Update	从反射对象列表的构造函数中调用，如果该列表的 requestClassUpdate 标志为 true（默认）
requestObjectAttribute – ValueUpdate	如果 DtReflectedEntityList（或任意其它反射对象列表）的 requestObjectUpdate 标志为 true（默认），那么该服务会在每个反射对象被发现和创建后直接调用。既然用户不能从其发现对象回调（可能会是一个非法的并行存取）中调用该服务，该服务直到 DtExerciseConn∷drainInput（ ）返回前不会被调用
sendInteraction	从 DtExerciseConn∷send（ ）或 send – Stamped（ ）调用
sendInteractionWithRegion	从 DtExerciseConn∷send（ ）或 send – Stamped（ ）调用，如果用户使用 DDM
updateAttributeValues	从对象发布的 tick（ ）函数中调用，如果用户断定需要基于更新条件和远程订购与请求发送数据
RTIambassador	DtExerciseConn 构造函数生成 RTI 大使
~ RTIambassador	DtExerciseConn 析构函数删除其 RTI 大使
enableAttributeRelevance-AdvisorySwitch	由 DtExerciseConn 构造函数调用
enableClassRelevance-AdvisorySwitch	由 DtExerciseConn 构造函数调用
enableInteractionRelevance-AdvisorySwitch	由 DtExerciseConn 构造函数调用
disableAttributeRelevance-AdvisorySwitch	由 DtExerciseConn 构造函数调用
disableClassRelevance-AdvisorySwitch	由 DtExerciseConn 构造函数调用
disableInteractionRelevance-AdvisorySwitch	由 DtExerciseConn 构造函数调用
synchronizationPointAchieved	从 DtExerciseConn∷replyToSynchPointCallback（ ）中调用
tick	从 DtExerciseConn∷drainInput（ ）中调用

表 6 - 5   RTI 初始化服务

RTI 服 务	调 用 服 务
startRegistrationForObjectClass	VR - Link 保留关于联邦需要的对象类的信息
stopRegistrationForObjectClass	VR - Link 不保留关于联邦需要的对象类的信息
turnInteractionsOff	VR - Link 不保留关于联邦需要的交互类的信息
turnInteractionsOn	VR - Link 保留关于联邦需要的交互类的信息
discoverObjectInstance	如果任意的反射对象列表已经在对象类或超类中注册其关注点，VR - Link 会创建一个新的发射对象并将其加入到列表中
provideAttributeValueUpdate	VR - Link 记录需要的属性集。下一帧对象发布器调用其 tick( ) 函数,发布需要的属性更新
receiveInteraction	如果任意的用户回调已经被 VR - Link 为接收到的交互类型注册,这些回调被调用
reflectAttributeValues	基于接收到的属性值内容更新反射对象状态池
removeObjectInstance	发射对象从反射对象列表中移除,并被删除
turnUpdatesOffForObjectInstance	VR - Link 不保留关于联邦需要的属性的信息
turnUpdatesOnForObjectInstance	VR - Link 保留关于联邦需要的属性的信息

下面的辅助服务由 VR - Link 在不同情况下的调用:

◆ getAttributeHandle

◆ getAttributeName

◆ getInteractionClassHandle

◆ getObjectClassHandle

◆ getObjectInstanceName

◆ getParameterHandle

◆ getParameterName

6. 10　HLA1. 3 和 IEEE1516 联邦成员间的互操作性

总的来说,MÄK RTI 和其它 MÄK 工具支持 HLA1. 3 联邦和 IEEE1516 联邦间的实时互操作性。使用联邦管理、声明管理、对象管理、时间管理和数据分发管理服务的联邦可以通过 1. 3 - 1516 约束互操作。例如,用户可以在同一联邦执行中同时运行 HLA1. 3 版本的 MÄK Stealth 和 IEEE1516 版本的 VR - Forces,如果用户使用的是 MÄK RTI 或其它支持 1. 3 - 1516 互操作行的 RTI。

有以下的约束和需求:

1.3 –1516 约束不支持当前的 MOM，而且必定不可用(1.3 和 1516 规范规定了 MOM 属性和参数完全不同的数据表示)。

(1) 所有权管理也是问题之一，应当避免。对于对象名称，1516RTI 转换所有的字符串从宽字符(Wide Character)表示到窄字符(Narrow Character)表示。所以，1516 联邦成员提供的名称必须允许这种转换(也就是只支持 ASCII 字符集)。对于用户提供的标记，1516 联邦成员限制 1.3 字符串格式。1.3 RTI 不能表示 1516 所允许的复杂数据类型。

(2) 尽管联邦成员可能会因为 1.3 或 1516 的 HLA 版本而不同，它们必须在使用的一般 FOM 表示上一致。所有联邦成员必须使用 HLA – 1.3 格式 FED 文件或 IEEE –1516 格式 XML 文件。(VR – Link 和 MÄK RTI 允许用户使用基于 IEEE –1516 联邦成员的 HLA – 1.3 格式的 FED 文件，反之依然)。

需要 FOM 格式相容性的主要原因是 HLA1.3 和 IEEE1516 使用不同的名称为对象和交互的类层次的"根"("Root")类命名。1.3 形式的 FED 文件需要的根类称为"ObjectRoot"，而 1516 形式的 XML 文件需要的根类称为"HLAObjectRoot"。如果一个联邦成员使用基于 HLA1.3 形式的 FED 文件时就会出现问题。该联邦成员可能会订购一个名为"ObjectRoot. Vehicle"的类。另一方面，使用 IEEE1516 形式的 XML 文件可能会发布一个意义相同的类，但名称为"HLA-ObjectRoot. Vehicle"。RTI 和联邦成员都不会认识到这些类指的是同一个类，并且订购的联邦成员也不会发现发布联邦成员注册的任何对象。

6.11 FOM 灵活性

VR – Link 在概念上被设计成具有 FOM 灵活性。该性质来自于内建支持不同版本的 RPR FOM，但可以通过各种不同的方式被扩展或配置，这些方式作用于对 FOM 的改变或扩展，或作用于不相关的 FOM。FOM 灵活性通过附加 VR – Link 类或创建 FOM 映射器实现。

第 7 章"FOM 灵活性"和第 8 章"FOM 灵活性举例"解释了 VR – Link 体系如何兼容 FOM 灵活性，以及用户如何扩展和配置 VR – Link 来作用于不同的 FOM。

第 7 章 FOM 灵 活 性

本章描述 VR – Link 的 FOM 灵活性(Agility)以及 FOM 映射。

7.1 介 绍

VR – Link 整个设计贯穿着 FOM 灵活性思想,它内在支持不同的 RPR FOM 版本①,并且也可以多种方式来支持 FOM 的修改和扩展或者完全无关的 FOM。FOM 灵活性通过 FOM 映射器实现。

此部分以及第 8 章"FOM 灵活性举例"将阐明 VR – Link 的体系结构是如何实现 FOM 灵活性的和如何扩展和配置 VR – Link 与各种 FOM 进行工作。第 9 章"VR – Link 代码生成器"将解释如何使用代码生成器自动创建新的交互和实体类,而不是本章所描述的手动编写代码。

7.2 FOM 映射概念概述

图 7 – 1 为 VR – Link 的 FOM 灵活性基本构架图。

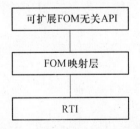

图 7 – 1 FOM 灵活性基本构架图

图中最顶层的 FOM 无关 API② 能够设置和获取本地和远程对象信息以及本地产生和收到的交互数据,而无需关心这些数据在 FOM 中是如何表示的。最

---

① 关于支持的 RPR FOM 版本,请参阅与用户版本对应的发布文档。
② FOM 无关 API 也引用协议无关 API,因为它除了支持不同的 HLA FOM 外也支持 DIS。

顶层的 API 包括对象发布、反射实体对象、反射对象列表、状态池和交互类。

FOM 映射层负责在 FOM 无关 API 和特定联邦执行的 FOM 表示之间发送和转换数据。

开发者一般针对两类 FOM 更改进行开发：

（1）FOM 只含有那些已经存在于 VR – Link 顶层 API 中的概念，但其表示概念的方式可能会不同于 VR – Link API。

（2）FOM 所包括的概念并没出现在 VR – Link API 中。

如果需要执行的 FOM 与 VR – Link API 具有相同的概念，用户能通过修改 FOM 映射层来实现 FOM 的转换，而并不影响顶层 API。这意味着顶层 API 中的应用代码在 FOM 转换过程中并不需要改变（在 7.8.2"传递共享库名称"一节中解释如何从共享库加载一个 FOM 映射器，这样在转换不同 FOM 时，则应用程序不需要重新编译）。

例如，在一个 FOM（如 RPR FOM）中，位置信息是以地心坐标表示的，属性名为"Position"。在另一个 FOM 中，它可能是以地形坐标表示的，属性名为"Location"。在任何一种情况下，应用程序代码可以通过 VR – Link 以与 FOM 无关的 API 所要求的方式获得位置数据，如地心坐标数据通过 DtEntityStateRepository::location() 可以得到。FOM 映射代码需要考虑在各种各样 FOM 表示与VR – Link 的表示之间的转换。

如果用户正在使用的 FOM 所包括的概念在 VR – Link 的 API 中并不存在，用户必须遵循以下两个 FOM 配置处理步骤：

（1）通过从基类派生新的类扩展顶层 API 来包括新的概念，包括状态池类、发布器类、反射实体类、反射实体列表类。一旦完成这些工作，新派生的类就成为与 FOM 无关 API 的一部分。

（2）创建新概念的 FOM 表示与新扩展 API 之间的映射，扩展 API 就成为标准 VR – Link 的 API 的一部分（一般的情况是，用户将选择 API 的描述以匹配特定 FOM 中的描述，其映射代码简单直观）。

7.3　VR – Link API 所需的 FOM 映射信息

组成 VR – Link 顶层 API 的 HLA 执行类要求以下 FOM 映射信息。

1. 类映射

（1）发布器需要知道选择哪个 FOM 对象类表示本地仿真的对象。

（2）反射列表类需要知道它们为哪个 FOM 类注册发现对象的回调函数，也即是说哪种类型的对象由此列表管理。

（3）交互实例需要知道当它们被发送时，用哪个 FOM 类来表示其自身。

（4）交互类增加回调函数时需要知道订购哪个 FOM 类。

（5）当 DtExerciseConn 收到 FOM 的交互类数据时，需要知道用 DtInteraction 的哪个子类来实例化。

2. 属性和参数编码和解码

（1）发布器需要知道在一个 tick（）调用周期内决定每个属性是否需要发送，也需要知道如何把从状态池得到的值编码到发送出去的属性更新。

（2）反射实体对象需要知道如何解码 FOM 类的每个属性以更新其状态池。

（3）交互实例需要知道如何编码和解码每个参数。

从结构上说，顶层对象的责任是选择如何获取 FOM 映射信息，例如，DtInteraction 的子类的核心代码是与之相关的 FOM 类的名称或者检查一些全局变量。

然而，在 VR – Link 中，所有与 FOM 无关的类是从称为 DtFomMapper 的一个中心位置得到 FOM 映射信息（实际上许多类允许应用程序代码重载 FOM 映射器的选择，但是请求 FOM 映射器是默认的选择）。

顶层对象使用的 FOM 映射器可以通过 DtExerciseConn：：fomMapper（）从 DtExerciseConn 得到。DtExerciseConn 在构造函数中创建 DtFomMapper 对象，或者 DtExerciseConn 被传递。详细的信息请参考 7.8"选择 DtFomMapper"。

7.4　FOM 映射信息

DtFomMapper（fomMapper. h）是一个保存 FOM 映射信息的状态池，顶层 API 类调用 DtFomMapper 的函数得到 FOM 映射信息。例如，为了找到用哪个 FOM 对象表示一个被 DtObjectPublisher 管理的对象，发布器只需调用 DtFomMapper：：chooseObjectClass（）即可。

为了设置和改变 FOM 映射器的映射信息，使用 DtFomMapper 变值函数配置 FOM 映射器，使其函数返回用户需要的数据。

例如，用户可以调用 DtFomMapper：：setObjectClassToChoose（）在 DtObjectPublisher 派生类与指定 FOM 类之间建立一个映射。

为了让 VR – Link 使用新的 FOM 映射，可以让 DtExerciseConn 创建它的 DtFomMapper，然后增加新的映射到 FOM 映射器，也可以创建自己的 DtFomMapper 实例，并通知 DtExerciseConn 使用它。更多的信息请参考 7.8"选择 DtFomMapper"。下面的部分将描述一个 FOM 映射器如何配置，忽略其实现是而不管是在 DtExerciseConn 构造函数执行前还是执行后。

7.5 建立 FOM 映射器的类映射

7.4"VR – Link API 所需的 FOM 映射信息"解释了 FOM 映射器除了包括属性和参数编码和解码信息外,还包括的类映射信息,这一节将描述如何建立一个 FOM 映射器的类映射信息。

7.5.1 选择对象类发布

类 DtObjectPublisher 通过调用 chooseObjectClass( ) 向 FOM 映射器请求得到用来表示本地仿真对象的 FOM 对象类。发布器需要传递自己的 VR – Link 发布类的名称,如 DtEntityPublisher 或者 DtAggregatePublisher.

当用户配置 FOM 映射器时,能够以两种方式指明 chooseObjectClass( ) 返回 FOM 类:

(1) 映射单个类到一个发布器;

(2) 映射多个类到一个发布器。

7.5.2 映射单个 FOM 类到发布器

如果想让 FOM 类一直被用于指定的发布器,可以通过命令 DtFomMapper∷setObjectClassToChoose( ) 来产生关联。例如,在 RPR FOM 中,DtAggregatePublishers 应该一直使用 BaseEntity. AggregateEntity 的 FOM 类:

fomMapper –> setObjectClassToChoose("DtAggregatePublisher" ,
                         "BaseEntity. AggregateEntity") ;

1. 映射多个 FOM 类到发布器

映射几个 FOM 类到一个发布器是可能的。此时,一些特例的数据也许必须要按照顺序做出选择。在这种情况下,用户可以使用 setObjectClassChooser( ) 来关联一个以 VR – Link 类命名选择函数的类,而不是仅仅是一个单对象类。

类函数的选择如下:

char ∗ myClassChooser (const char ∗ vrlinkClassName, DtExerciseConn ∗ conn, void ∗ usr) ;

用户可以以如下方式来选择具有 VR – Link 发布器类函数的类:

fomMapper –> setObjectClassChooser("DtEntityPublisher" , myClassChooser) ;

VR – Link 类可以将实例相关的数据作为 usr 参数传递给 chooseObjectClass( )。此数据会被以 usr 参数的形式传送给用户的选择函数。例如,DtEntityPublisher 传递一个指针到一个实体的 DtEntityType, 在 RPR FOM 映射器中,我们的类选择函数会根据实体类型挑选出一个 FOM 类。

7.5.3　订购对象类

DtReflectedObjectList 通过调用 objectClassNames( ) 询问 FOM 映射器要订购和管理的 FOM 类。除了订购返回的类外,返回的实体列表为这些类用更低层次的 VR – Link 注册 discoverObjectInstance( ) 回调。这样就可以发现新的实体,并可用 DtReflectedObject 实例来表示这些类。反射对象列表传递自己的 VR – Link C ++ 类名。例如,当配置一种 FOM 映射器时,用户可以指定 objectClassNames( ) 以下面的方式之一返回哪个 FOM 类:

（1）如果一种指定的 DtReflectedObjectList 子类希望仅管理单个 FOM 类,可以通过使用 setObjectClass( ) 来创建:

fomMapper –> setObjectClass (" DtReflectedAggregateList" ," BaseEntity. AggregateEntity");

（2）如果用户想用一个指定的列表去管理更多的 FOM 对象类,可以利用 setObjectClassNames( ) 来传递名为 DtListFOM 类,例如

DtList entityClasses;

entityClasses. add("BaseEntity");

entityClasses. add("PhysicalEntity");

…

fomMapper –> setObjectClasses("DtReflectedEntityList" ,entityClasses);

1. 选择交互类发布

选择交互类类似于选择对象。当用户在一个交互过程中调用 setExConn( )（DtExerciseConn∷send( ) 和 sendStamped( ) 调用这一函数）,DtInteraction 实例使用 chooseInteractionClass( ) 来询问 FOM 映射器用于表示交互的 FOM 类名。交互实例传递一个参考值给其本身。根据 VR – Link C ++ 交互类名（可以从使用交互实例的 name( ) 函数获得）,FOM 映射器必须选择适当的 FOM 类来使用。

和对象一样,用户可以通过以下两种方法指定 chooseInteractionClass( ) 返回 FOM 类。

（1）如果一个单一的 FOM 类总是被选为一个指定类型的 DtInteraction,使用 DtFomMapper∷setInteractionClassToChoose ( ) 创建这个关联。例如,在 RPR FOM 中,DtFireInteractions 总是使用 FOM 类 WeaponFire:

fomMapper –> setInteractionClassToChoose (" DtFireInteraction " ," WeaponFire");

（2）当对于单一类型的 DtInteraction 可能有多个映射时,使用 setInteraction-

ClassChooser( )将交互类选择器函数和 VR – Link 类名关联。选择器如下：

char * myChooser(DtExerciseConn * exConn,const DtInteraction& inter)；

并以下面方式注册：

fomMapper –> setInteractionClassChooser("DtFireInteraction" ,myChooser)；

如果任意的实例相关的数据要求作出选择，需要选择的真实的交互被传给用户的选择器。

7.5.4 订购交互类

当用户在指定的 DtInteraction 子类中调用静态函数 addCallback( )时,说明用户关心该交互类型。DtInteraction 子类映射该要求到订购的 FOM 类中。它获得 FOM 类集,使用 interactionClasses( )函数从 FOM 映射器中订购。

用户通过使用 setInteractionClass( )或者 setInteractionClasses( ),决定函数返回值。

使用 setInteractionClass( )来映射单个 FOM 类,例如

fomMapper –> setInteractionClass("DtFireInteraction" ,"WeaponFire")；

使用 setInteractionClasses( )来映射多个 FOM 类,例如

DtList classNames；

classNames. add(RadioSignal. ApplicationSpecific")；

classNames. add(RadioSignal. EncodedAudio")；

…

fomMapper –> setInteractionClasses(classNames)；

7.6 创建 DtInteraction 实例

对于交互,最终的类映射组件是在创建对应的 DtInteraction 子类的 FOM 类和函数之间的映射。DtFomMapper 使用 DtInteractionFactory(hInterFactory. h)来管理此种映射。

当从 RTI 接收到一个交互,DtExerciseConn 命令 FOM 映射器的 DtInteractionFactory 使用 createInteraction( )成员函数来创建 DtInteraction 子类对应类型的实例。通过使用 DtFomMapper：：interactionFactory( )获得 FOM 映射器的交互工厂。

用户可以通过使用 addCreator( )成员函数,传递一个 FOM 类名和一个交互创建函数,比如 DtInteraction 子类的静态 create( )成员函数来添加或者改变一个交互工厂映射。例如,当接收到一个 FOM 类 WeaponFire 交互,目的是要创建一

个 DtFireInteraction 实例：

　　fomMapper( ) -> interactionFactory( ) -> addCreator(" WeaponFire" , DtFireIn-
teraction : : create) ;

　　用户可以通过使用 setInteractionFactory( )取代一个 DtFomMapper 的交互工
厂。例如,用户可能希望为用户的 FOM 创建一个 DtInteractionFactory 子类,该
FOM 从构造函数内部注册了所有期望的创建函数。接下来,用户应该创建该
DtInteractionFactory 子类的一个实例,并指示 FOM 映射器把它看作自己的交互
工厂使用。

　　由于对应的 DtReflectedObject 子类的实例并不是由 DtExerciseConn 创建(交
互中是被 DtReflectedObjectList 创建的),对象不需要相似的步骤。而且每一个
DtReflectedObjectList 都知道实例化哪种 DtReflectedObject 子类。

7.7　属性和参数的编码与解码

　　除了 7.5"建立 FOM 映射器的类映射"中描述的类映射外,FOM 映射器也包
括如何编码和解码单个属性和参数的信息,也就是如何调停 FOM 表示的 RTI 信
息与 VR – Link 的 DtStateRepository 和 DtInteraction。本节描述如何配置 FOM 映
射器中此方面的内容。

　　编码器和解码器是编码函数与解码函数的列表,与属性一一对应,编码工厂
和解码工厂是编码器与解码器列表,每个对象或交互类对应一个列表。一个 Dt-
FomMapper 为对象和交互提供一个解码器工厂和一个编码器工厂。顶层 VR –
Link 类从 FOM 映射器的编码解码工厂请求编码器和解码器,并利用这些编码器
和解码器生成、解码状态更新和交互过程中的 RTI 表示。

　　1516:如果采用 RTI 1516 标准生成时,VR – Link 用一个属性值配对映射
(Attribute Value Pair Map)封装了属性值配对映射,使编码器解码器保持与 RTI
1.3 标准兼容。因此,只要遵循本节的要求,用户的编码器和解码器与 RTI 1.3
和 RTI 1516 两者都兼容。

　　用户可以通过向列表中添加编码器和解码器使用的函数来改变属性或参数
编码和解码的方式,或为编码、解码新的属性和参数提供方法。用户可以从对应
的工厂中获得指向想要改变的编码器和解码器指针。用户可以创建新的编码器
和解码器并将其加入到列表中来创建新的 FOM 类。

7.7.1　编码器和解码器

　　FOM 映射功能的核心是编码器和解码器类：

◆ DtHlaStateEncoder(hStateEncoder. h)

◆ DtHlaStateDecoder(hStateDecoder. h)

◆ DtInteractionEncoder(interEncoder. h)

◆ DtInteractionDecoder(interDecoder. h)

◆ 以及它们的子类

DtReflectedObject 类对象用状态解码器的 decode( ) 成员函数解包收到的状态更新或交互数据(这些数据是以 FOM 指定的格式表示的),把这些数据转化为顶层 API(状态池中的变值函数)所期望的表达形式,同时把这些转换后的数据传给变值函数。

同样地,DtInteraction 使用交互解码器的 decode( ) 函数为解包(复原)包含从 VR – Link 收到交互信息的数据,将其转换并传给 DtInteraction 子类实例对应的变值函数。

DtObjectPublisher::tick( ) 函数用状态编码器的 encode( ) 成员函数对确定需要发送的属性进行更新。编码器通过下面三种步骤评估更新条件并产生输出的更新消息:

(1) 从发布器的状态池得到数据(用它的查值函数)。

(2) 转换成 FOM 所指定的表示形式。

(3) 添加这些值到输出的消息流,通过 RTI 发送。

同样地,DtInteraction 类对象在发送期间调用交互信息编码器的 encode( ) 函数把从查值函数得到的值转化成能够通过 RTI 发送的交互消息。

VR – Link 的编码器解码器类采用了高效的、基于列表驱动的方法进行属性编码和解码。因此用户可以随意从编码器和解码器类派生子类,并重载 encode( ) 和 decode( ),但是这些工作也不是必需的。通常,用户只需配置编码器和解码器,添加单个属性和参数的编码和解码函数到列表中。

7.7.2 编码和解码函数

执行解码器相当于执行一系列解码函数,即每个 FOM 属性和参数。每个函数负责解码与之相关的属性或参数。同样地,编码器同样包括编码函数表。对于对象来说,编码器还包括附加的校验函数列表,估计单个属性的更新条件,指示这些属性是否需要发送到演练。

编码器和解码器的 addEncoder( ) 和 addDecoder( ) 成员函数,DtHlaStateEncoder 附加的 addChecker( ) 成员函数允许用户用编码器或解码器为某个属性或参数注册自己的编码、解码、查值函数。这些添加的函数返回以前已经为这个属性或者参数注册过的函数。这些添加的函数仅仅为单个 FOM 类的属性或者参数创建关联。如果用户想把函数应用到类以及所有子类的一个属性或者参数,则可以针对多个编码器和解码器对象调用 addEncoder( )、addDecoder( ) 和 add-Checker( )或者在编码和解码工厂中应用的更方便的多个类的函数。更详细的信息,请参考 7.7.3"编码与解码工厂"。

下面的内容主要描述编码、解码和查值函数的形式。

1. 解码交互

函数 DtInteractionDecoder::decode( )获得交互消息的 RTI 表示(RTI::ParameterHandleValuePairSet 或 PHVPS)和 DtInteraction 对象的指针来进行 RTI 数据填充。然后遍历 PHVPS 的所有参数,并对每一个参数调用与之关联的解码函数。

下面的代码解释了调用用于将 RPR FOM WeaponFire 类的 RateOfFire 属性解码到 DtFireInteraction 的参数解码函数:

```
void decodeRateOfFire( DtFireInteraction * inter,
                    const RTI::ParameterHandleValuePairSet& pvlist, int
                    index)
{

    RTI::ULong length = 0;
    DtNetU16 * netVal = (DtNetU16 * )params.getValuePointer(index,length);
    int nativeVal = (DtU16) * netVal;
    inter -> setRate(nativeVal);

}
```

一般的 decode( )函数传递一个指向交互的、含有参数值的 PHVPS,以及该解码函数应当解码的参数值索引的指针给它,该函数:

(1) 找出索引值。

(2) 将该值转换为适当的 DtFireInteraction 变值函数期望的形式(此处 setRate( ))。

(3) 将值传给变值函数。

在此情况下,从 short 到 int 的转换是可忽略的。另外,当 VR – Link 的"网络"类型被应用,如果需要时,转换为一个本地类型时会产生字节交换。

2. 编码对象状态更新

DtHlaStateDecoder::decode( )有一个 DtStateMsg(RTI::AttributeHandleValuePairSet 或 AHVPS 的 VR – Link 封装)和一个指向 DtStateRepository 的指针,该函数把信息解码到 DtState 中。该函数遍历信息中的属性列表,调用每一个与之关联的属性解码函数。

下面的代码给出了属性解码函数的例子,是一个用户可能用到的函数,该函数用于将 RPR FOM 对象类 BaseEntity 的位置(position)信息解码到 DtEntityStateRepository。由于 DtNet64Vector 可以直接转换为 DtVector,所以这种转换从 FOM 表示到 VR – Link 表示的转换很平常。显然,更复杂的转换,如坐标变换应该在需要时加入。

```
void decodePosition(DtEntityStateRepository * stateRep,
                const RTI::AttributeHandleValuePairSet& attrs, int index)
{
    RTI::ULong length = 0;
    DtNet64Vector * netVal = (DtNet64Vector * )
    attrs.getValuePointer(index, length);
    stateRep -> setLocation((DtVector) * netVal);
}
```

3. 编码交互

编码类似于解码,但流程相反。DtInteractionEncoder::encoder( )有一个包含交互数据的 DtInteraction 实例和一个以该数据的 FOM 表示补充的 PH-VPS。对每一个 DtInteraction FOM 交互类的参数,encode( )调用已经为该函数注册编码器的函数,参数编码函数例子如下所示。paramHandle 指定参数的句柄(非索引)来编码,如果需要的话,在 int 向 DtNetU16 转换时,产生字节变换。

```
void encodeRateOfFire(const DtFireInteraction& inter,
    RTI::ParameterHandleValuePairSet * params, RTI::ParameterHandle param-
        Handle)
{
    DtNetU16 netVal = (DtNetU16) inter.rate( );
    params -> add(paramHandle, (char * )&netVal, sizeof(DtNetU16));
}
```

4. 编码对象

编码对象比编码交互稍微复杂一点,这主要是因为编码器必须首先确定哪些属性需要发送,然后对这些属性进行编码。DtHlaStateEncoder 类对象包括一个编码函数表和一个查值函数表,查值函数通过比较当前对象的状态和以前更新的状态的值来确定属性是否需要发送出去。更新条件在 FOM 中确定,例如,许多属性有一个 ON_CHANGE 的更新条件,意味着每次当它们的值被改变时才需要发送。

当发布器的 tick( )函数调用 DtHlaStateEncoder∷encode( )函数时,传递以下五个参数:

(1)保存被编码对象当前状态的状态池。

(2)另一个包含对象状态的 DtStateRepository 可以由已经发送的属性更新被远程联邦成员所看到,该状态池由通过一个使用解码器解码更新的发布器来维护,该发布器在发布更新后,再发送更新给远程可见状态池。

(3)远程联邦成员当前订购的属性集。

(4)当前应当立即发送的属性集,尽管其更新条件不满足,这包括由远程联邦成员通过 requestAttributesUpdateRTI 服务请求特别需要的任何属性,以及用户已经为之调用 DtObjectPublisher∷forceUpdate( )的任何属性。

(5)指向 DtStateMessage(封装 AHVPS)填充的指针。

对于 FOM 类发布的每一个属性,encode( )确定属性是否需要包括在更新的消息中。这可能要求用户调用为属性注册的查值函数,如果属性需要发送,encode( )将调用为属性注册的编码函数进行编码。

编码函数类似于上面描述过的交互编码函数,它们包括当前状态的状态池、编码 AHVPS 以及被编码属性的属性句柄。

```
void encodePosition( const DtEntityStateRepository& stateRep,
    RTI∷AttributeHandleValuePairSet * avList,RTI∷AttributeHandle attrHandle)
{
    DtNet64Vector netVal = ( DtNet64Vector) stateRep. location( ) ;
    avList -> add( attrHandle,( char * )&netVal,sizeof( DtNet64Vector) ) ;
}
```

查值函数带两个状态池参数,一个保存当前对象的状态,另一个则拥有基于本地应用已发送的更新,并能被远程联邦成员看到的对象状态(发布器解码自身发出的更新给远程可见状态池从而保持状态的更新)。许多查值函数通常需要检查当前的值与远程可见值以确定是否需要发送属性。下面是一个 PhysicalEntity RPR FOM 类的 DamageState 属性的例子。如果属性值自上一次发送后已经改变则查值函数返回 true。

```
bool needDamageState( const DtEntityStateRepository& stateRep,
                      const DtEntityStateRepository& asSeenByRemote)
{
    return ( stateRep. damageState( )!   = asSeenByRemote. damageState( ))?
                                    true∶false ;
}
```

7.7.3 编码与解码工厂

当发布器、反射对象以及接收到的交互实体创建时,或者交互被发送出去时,从 FOM 映射器得到一个编码器、解码器或者两者兼有的 FOM 类配置好的实例,这些实例也正是用来执行 FOM 数据编码和解码的。

DtFomMapper 使用四个工厂类来帮助完成返回适当的编码器和解码器的工作:

◆ DtStateDecoderFactory(decFactory. h)

◆ DtStateEncoderFactory(encFactory. h)

◆ DtInteractionDecoderFactory(intDecFact. h)

◆ DtInteractionEncoderFactory(intEncFact. h.)

用户能用下面的成员函数得到指向 DtFOMMapper 的编码与解码器工厂的指针:

◆ stateDecoderFactory( )

◆ stateEncoderFactory( )

◆ interactionDecoderFactory( )

◆ interactionEncoderFactory( )

工厂有 addEncoder( )和 addDecoder( )两个成员函数,允许用户以每个 FOM 对象或交互类与一个编码器或解码器对应配置的实例相关联。当一个发布器反射对象或交互由于其 FOM 类而需要一个编码器或解码器的实例时,它通过调用工厂的 createEncoder( )或 createDecoder( )函数请求一个实例。这些函数返回一个新的编码器或解码器,它们是用户使用 addEncoder( )或 addDecoder( )函数关联的实例的克隆。克隆的编码器或解码器由使用编码器或解码器的 clone( )函数创建。

这些工厂类也有 encoder( )和 decoder( )函数返回指向当前为指定 FOM 类注册的编码器和解码器的指针,这些函数的第二个可选参数是用来指明当没有与类相关的编码器和解码器时应该如何处理。用 true 表示编码器或解码器与已经注册的超类相关。当没有为用户指定的确定的 FOM 类注册的编码器和解码器时,用 false 返回 NULL。

如果用户想为某个 FOM 类注册自己的编码与解码函数,使用工厂类的 encoder( )和 decoder( )函数得到包括该类函数列表的对象指针。然后用编码与解码变值函数注册用户自己的函数。

RTI∷InteractionClassHandle handle =

     rtiAmb −> getInteractionClassHandle(" Weapon-

Fire"）；

DtInteractionDecoder ∗ fireDecoder =

fomMapper -> interactionDecoderFactory（ ） -> decoder
（handle）；

fireDecoder -> addDecoder（"RateOfFire", myFunc）；

当用此方法注册函数时，一次只可用单独的 FOM 类与新的编码、解码和查值函数关联。如果用户想为一个类及其所有子类增加这些函数到其编码器和解码器，则可用以下工厂类之一的成员函数：

◆ addAttributeEncoder（ ）

◆ addAttributeDecoder（ ）

◆ addAttributeChecker（ ）

◆ addParameterEncoder（ ）

◆ addParameterDecoder（ ）

这些函数带有四个参数，依次为 FOM 类名称（或句柄），属性或者参数名称（或句柄），注册的函数和一个表示是否应用到所指的 FOM 类的子类的布尔量（默认为 true）。

例如，给 RPR FOM 类 BaseEntity 及其子类的 Position 属性注册一个新的编码函数，代码如下：

fomMapper -> stateEncoderFactory（ ） -> addAttributeEncoder（"BaseEntity","Position", myFunc, true）；

用户可以替换使用 factory_typesetFactory（ ）函数的 FOM 映射器使用的工厂类。例如，如果用户为一个新的 FOM 创建了一个 FOM 映射器，则可能需要创建 DtHlaStateEncoderFactory 的一个子类，它在其构造函数中注册所有需要的编码器原形。通告 FOM 映射器使用这个子类的实例，代码如下：

MyEncoderFactory ∗ factory = new MyEncoderFactory（…）；

fomMapper -> setStateEncoderFactory（factory）；

另一种方法是以空的工厂或者已经包括在 FOM 映射器（如 VR - Link 的 RPR FOM 映射器）中的工厂开始，然后增加自己的编码和解码器到 FOM 映射器，而不创建新的工厂实例。

7.8　选择 DtFomMapper

当构造 DtExerciseConn 的时候，用户必须为其选择一个 FOM 映射器来使用。

可以选择以下几种方法中的一种来实现：

(1) 传递一个 DtFomMapper 实例给 DtExerciseConn 构造函数。

(2) 传递一个共享库的名称,该共享库包含了向 DtExerciseConn 构造函数创建期望的 FOM 映射器的函数。

(3) 使用 DtExerciseConn 静态函数 setFomMapperCreator( )设置低效运行(fallback)FOM 映射器创建函数。

(4) 由 DtExerciseConn 创建一个空的 FOM 映射器,并在 DtExerciseConn 构造函数返回后对其进行配置(实际上,不管用户如何选择 FOM 映射器,都在 DtExerciseConn 返回后对其修改或重配置)。

7.8.1 传递一个 DtFomMapper 的实例

以下的 DtExerciseConn 构造函数带有一个 DtFomMapper 的实例：

DtExerciseConn(const char * execName,const char * federateName,
    DtFomMapper * mapper = DtRprFomMapper::create( ),
    const char * fedFileName = NULL) ;

例如,如果用户建立一个称为 MyFomMapper 的 FOM 映射器子类,用户可以指示 DtExerciseConn 按以下方式使用 FOM 映射器：

MyFomMapper mapper( ) ;

DtExerciseConn("VR – Link" ,"MyAppName" ,&mapper) ;

提示:映射器自变量有一个默认值,是对一个指向 new 方法的 DtRprFomMapper——一个在 VR – Link 实现的 FOM 映射器,VR – Link 则映射到实时平台 FOM(RPR FOM)。如果忽略了 FOM 映射器自变量,使用 RPR FOM 映射器的用法与协议无关的章节的例子一样。更多的信息,请参见 7.8.5"使用不同版本的 RPR FOM"。

如果将 NULL 作为映射器的参数传递给构造函数,VR – Link 使用 FOM 映射器创建函数,通过 setFomMapperCreator( )创建一个 FOM 映射器。默认值是创建 DtEmptyFom-Mapper 的函数。

7.8.2 传递共享库名称

下列的 DtExerciseConn 构造函数带有显示共享库的名称(DSO 或 DLL.)

DtExerciseConn(const char * execName,const char * federateName,
    const char * dsoName,const char * fedFileName = NULL,
    void * fomMapInitData = NULL) ;

当使用这个构造函数的时候,dsoName 必须是共享库(DLL 或 DSO)的名称,共享库包含下列的功能定义：

DtFomMapper * DtCreateFomMapper(void * usr) ;

void DtDeleteFomMapper(DtFomMapper * mapper) ;

在打开共享库之后,DtCreateFomMapper( )被 DtExerciseConn 调用。

它应该返回一个指向给用户要使用的 DtFomMapper(或子类) 的实例的指针。DtDeleteFomMapper( )是一个从 DtExerciseConn 构造函数内部调用的函数,该函数应该删除用户提供的 FOM 映射器实例。

当用户指定共享库的名称时,可以省略文件扩展名(. so 或. dll) 来提供平台独立性。

用户在共享库中提供的两个函数的定义应该有 C 连接。用户可以用 extern" C" ｛｝封装函数定义来实现。例如

```
extern" C"
{
    DtFomMapper * DtCreateFomMapper( void * usr)
    {
        return new MyFomMapper( ) ;
    }
    void DtDeleteFomMapper( DtFomMapper * mapper)
    {
        delete mapper ;
    }
}
```

用户可以在 DtExerciseConn 构造函数的 dsoName 参数内指定共享库的完整路径,或确保它在当前共享库路径中的搜索路径中。

DtExerciseConn 构造函数的最后一个参数带有一个共享库的名称,是 void * 类型,可以指向用户 Fom 映射器共享库中定义的 DtCreateFomMapper( ) 函数所需要的任意数据。上面的例子,我们忽略了这一 usr 数据。

如果 VR – Link 不能成功地打开指定的共享库,或者 VR – Link 不能够在共享库里面找到符号 DtCreateFomMapper( ) 和 DtDeleteFomMapper( ) ,DtExerciseConn认为用户传递了一个空的 FOM 映射器,VR – Link 使用最后被传递的 DtExerciseConn::setFomMapper-Creator( )的函数来创建一个 FOM 映射器。默认值是创建 DtEmptyFomMapper。

创建 FOM 映射器共享库程序的过程示例请参见/example/extend/myFomMap。

7.8.3 低效运行 FOM 映射器的创建函数

DtExerciseConn 有低效运行 FOM 映射器创建函数，该函数在用户传递空的映射参数给 DtExerciseConn 构造函数，或无效的 FOM 映射器共享库被当作是 dsoName 传递时被使用。

用户可以在创建 DtExerciseConn 实例之前，通过使用 DtExerciseConn 的静态 setFomMapperCreator( ) 成员函数设置低效运行的 FOM 映射器创建函数。FOM 映射器创建函数有与上述的 DtCreateFomMapper( ) 有相同的原型。默认低效运行函数是 DtEmptyFom Mapper::create( )，它创建一个 DtEmptyFomMapper(emptyFomMap. h) 实例 DtEmptyFomMapper 是一个空的"标记板"——一个不包含在 VR – Link 的类和 FOM 类之间映射的 FOM 映射器。

7.8.4 在构造 DtExerciseConn 之后配置 FOM 映射器

DtFomMapper 能在 DtExerciseConn 构造函数返回后，使用其变值函数来配置。用户可以利用此功能向已经传递给 DtExerciseConn 或从共享库中构造了的 FOM 映射器中添加少量附加映射。

如果用户想在 DtExerciseConn 构造函数返回后进行用户所有 FOM 的配置，传递空的映射参数给 DtExerciseConn 构造函数，并用已创建的默认的 DtEmptyFomMapper 开始(假定用户在 DtEmptyFomMapper::create( ) 以外没有将低效运行 FOM 映射器创建函数设为其它)。

7.8.5 使用不同版本的 RPR FOM

VR – Link 包含对 RPR FOM 的内建支持。它使用称为 DtRprFomMapper (rprFomMap. h) 的类，自行注册映射的 DtFomMapper 为 RPR FOM 类、属性和参数。

DtRprFomMapper 带有一个可选择的版本参数，指定用户想要使用的 RPR FOM 版本。对于当前支持的版本，请见 VR – Link Release Notes。

例如，通知 VR – Link 为 RPR FOM 2.0 版本、草案 17 配置的 FOM 映射器，用以下步骤来实现：

DtExerciseConn conn(" VR – Link "," MyAppName ", new DtRprFomMapper (2.0017)) ;

因为 DtRprFomMapper 包含关于所有 RPR FOM 类、属性和参数信息，应用程序的内部应用会使用户可执行文件过大。为了解决这一问题，建立备选的 FOM 映射器：DtSimpleRprFomMapper(simRprFomMap. h) 。

DtSimpleRprFomMapper 只为 RPR FOM 的一个子集进行映射，VR – Link
的例子和其它 MÄK 产品，如 MÄK Stealth 和 MÄK PVD 需要的即是如下这
些类：

◆ BaseEntity 及其多个子集的全部

◆ EmbeddedSystem. EmitterSystem

◆ EmitterBeam 及其子类

◆ WeaponFire

◆ MunitionDetonation

◆ Collision

◆ ViewControl

◆ LgrControl

如果用户使用这些类，向 DtExerciseConn 构造函数传递一个 DtSimpleR-
prFomMapper 的实例，而非默认的 DtRprFOMMapper 会明显减少可执行文件
大小。

如果用户正在使用的仅仅是一些附加类，用户可以创建一个 DtSimpleR-
prFomMapper，用用户需要的其它类手动添加映射。

7.8.6　派生用户自己的 DtFomMapper

用户可以配置自己的 DtFomMapper 的一个方法是创建一个 DtFomMapper 的
子类，DtFomMapper 可以自行注册映射信息，并通知 DtExerciseConn 使用用户子
类的实例（更多的信息请参见 7.8 "选择 DtFomMapper"）。这是集中用户所有的
配置编码到一起的一个方法。事实上，这也是 VR – Link 为 RPR FOM 使用 DtR-
prFomMapper 类的方法。

当用户建立一个 DtFomMapper 子类的时候，用户通常从 DtEmptyFomMapper
派生，而非直接地从 DtFomMapper 派生。DtEmptyFomMapper 为用户初始化所有
的工厂和列表，以便于用户在用户的子类内部增加映射。

因为允许在 DtExerciseConn 之前（而且把 DtFomMapper 传给 DtExerciseC-
onn）创建 DtFomMapper，DtFomMapper 构造函数不把 DtExerciseConn 作为参数。
然而，DtFomMapper 需要一个 DtExerciseConn 来完全初始化其本身。由此，Dt-
FomMapper 构造函数的工作很少。大多数初始化工作是在虚函数 init( )内部完
成的，初始化在 DtExerciseConn 读取 FED 文件后由其构造函数调用。DtExerci-
seConn 函数把一个指向其自身的指针传给 init( )，以使在真正的初始化期间对
DtFomMapper 有效。

在用户派生的 DtFomMapper 中，用户最好还是分解这一途径。用户的构造

函数应当基本是空的,所有映射代码的用户注册用户的 init( )函数中实现。由用户的 init( )函数内部向下调用基类(通常是 DtEmptyFomMapper)的 init( )版本,然后执行用户指定的初始化,如外加编码、解码器和类映射,例子请参见/examples/extend/myFomMap。

第 8 章　FOM 灵活性举例

本章描述了 FOM 映射和扩展 RPR FOM 类的例子。

8.1　VR‒Link FOM 映射和扩展举例

VR‒Link 中包括如何创建 FOM 映射的例子,也提供如何将高层 API 扩展到新的 FOM 中的例子。这些都在 ./examples/extend 的子目录下。

（1）myFomMap 例子显示了如何为新建的联邦对象模型创建一个 FOM 映射器,但前提是假定新建的 FOM 已经包含 VR‒Link API 覆盖的概念(因此没有扩展的必要)。该例也说明了如何将新建的 FOM 映射器放置在共享库里面,这些库可以被 DtExerciseConn、MÄK Stealth、MÄK Data Logger 和 MÄK Plan View Display 载入。此共享库与 VR‒Link 根目录下的 MyFomMap.fed 文件一起配合使用。

（2）addAttr 文件夹下的实例演示了如何给已有的类通过添加新的属性或参数来扩展 RPR FOM,特别是当该类需要扩展 VR‒Link 的 API 接口来配合它们使用时。

（3）testInter 和 testObj 文件夹下的实例给出了如何给 FOM 添加新的交互类或对象类,也包括扩展 VR‒Link 的 API 接口来配合使用。

（4）testSimpInter 文件夹下的实例演示了一种与新交互类配合使用的方法,该交互类不使用 VR‒Link 的编码和解码类。这种方法在有些情况下执行比较简单,但是可扩展性和执行效率不高。我们并不提供该实例的全部过程,详细的说明请参照源文件注释。

除了 myFomMap 例子以外,其余所有的例子都提供可执行文件与 VR‒Link 根目录下的 VrlExtend.fed 配合使用。

第 9 章解释了使用 VR‒Link 代码生成器自动创建新的交互类和对象类,而非本章描述的人工添加代码。

8.2　从新的 FOM 创建到 VR‒Link 类的映射

myFomMap 文件夹下的例子显示了如何为新建的 FOM 创建一个 FOM 映射

器,但前提是新建的 FOM 已经包含被 VR – Link AP 包含的概念(所以没有扩展的必要)。该例也示范了如何将新建的 FOM 映射器放置在共享库里面,这样就可以被 DtExerciseConn、MÄK Stealth、MÄK Data Logger 和 MÄK Plan View Display 所载入。这个共享库与 VR – Link 根目录下的 MyFomMap. fed 文件一起配合使用。

此例中我们创建了一个新的 MyFomMap. fed 文件来表述 FOM。该 MyFom-Map 联邦对象模型包含一个 Vehicle 对象类和一个 Shoot 交互类。

Vehicle 有以下两个属性:

(1) VehicleType,用整数表述 Vehicle 的类型,如用 0 代表 M1A1 坦克,用 1 代表 T72 坦克。

(2) GeocLoc,地心坐标下三维双向矩阵表示 Vehicle 位置的特性。

这些特性被映射到 DtEntityStateRepository 的实体类型和位置信息里。

Shoot 有两个参数:Shooter 和 Shootee。这两个字符分别表示 HLA 对象里面的攻击者和目标。这些参数将分别映射到 DtFireInteraction 的攻击者 ID 和目标 ID 里。

与 RPR FOM 相比,该 FOM 使用不同的类、属性和参数,但是它使用相同的数据表示法来保持类型转化实例的简化(尽管在表示 VehicleType 属性的情况下,我们的数据表示法也以不同的方式进行,但这种方法可行)。

对每一个 FOM 类,有下面的例子:

(1) 创建一个编码和解码类,这个类的构造函数能够为每一个属性和参数自行注册必要的编码和解码函数(并能为每一个属性检查这些函数)。

(2) 用 FOM 映射器和其它一些类映射信息注册这些编码器和解码器。

(3) 为 FOM 映射器共享库执行这两个全局函数。

8.2.1　编写编码和解码类

编码和解码类的定义,请参阅下面的文件:

◆ ShootEncoder:shootEnc. h and shootEnc. cxx

◆ ShootDecoder:shootDec. h and shootDec. cxx

◆ VehicleDecoder:vehicleDec. h and vehicleDec. cxx

◆ VehicleEncoder:vehicleEnc. h and vehicleEnc. cxx

8.2.2　配置 FOM 映射器

有多种不同的方法来配置 FOM 映射器与新建的 FOM 配合使用。例如,可以允许 DtExerciseConn 构造函数来创建一个空的 FOM 映射器,然后给该 FOM

映射器添加映射。

　　尽管如此,该例子创建了一个被称为 MyFomMapper 的 DtFomMapper 子类,它所执行的虚函数 init( )自行注册了所有我们想要注册的映射;之后,它既可以创建该类的一个实例,并传给 DtExerciseConn 构造函数,也可以创建一个包含 DtCreateFomMapper( )函数的共享库,将共享库的名称传给 DtExerciseConn 构造函数,DtCreateFomMapper( )函数返回一个新的 MyFomMapper 实例。

　　不管 DtFomMapper 的实例是如何传给 DtExerciseConn 构造函数的,DtExerciseConn 都在读取了 FED 文件和初始化了 RTI 之后在 FOM 映射器调用 init( )函数。

　　MyFomMapper 类在 myFomMap. h 和 myFomMap. cxx 中都有定义,其代码如下所示。注意,MyFomMapper 是 DtEmptyFomMapper 的派生。在 MyFomMapper 的 init( )函数里面,调用 DtEmptyFomMapper 的 init( )函数,该 init( )函数用空工厂和表来初始化 FOM 映射器。然后给表添加用户自己的映射,其中也包括给 FOM 映射器的编码和解码工厂添加我们的编码和解码实例。

来自 myFomMap. h :

```
class MyFomMapper:public DtEmptyFomMapper
{
  public:
  //Default constructor – most initialization is delayed until init( )is called.
  MyFomMapper( );
  //Destructor
  virtual ~ MyFomMapper( );
  //Virtual function override.  init( )actually initializes most data. It
  //is called from DtExerciseConn constructor. Required.
  virtual void init(DtExerciseConn * conn);
};
```

来自 myFomMap. cxx :

```
MyFomMapper::MyFomMapper( ):
DtEmptyFomMapper( )
{
  //Real initialization takes place in virtual init( )function,
  //when a DtExerciseConn is available.
}
void MyFomMapper::init(DtExerciseConn * exConn)
```

```
{
    //Call base class init. This sets myExConn, and initializes all
    //factories to default or empty factories( no encoders or decoders
    //registered, no mappings between FOM interaction classes
    //and VR – Link interaction classes.
    DtEmptyFomMapper::init( exConn) ;
    //Add encoders and decoders for our Vehicle object class and Shoot
    //interaction class. When DtEntityPublisher, DtReflectedEntity, and
    //DtFireInteraction ask the FOM Mapper for encoders and decoders,
    //this FOM Mapper will return clones of the encoders
    //and decoders we are registering.
    DtObjClassDesc * objClass = exConn -> fom( ) -> objClassByName( "Vehicle") ;
    if( objClass)
    {
        stateEncoderFactory( ) -> addEncoder (objClass -> handle( ) ,
                                    new VehicleEncoder( exConn, objClass) ) ;
        stateDecoderFactory( ) -> addDecoder (objClass -> handle( ) ,
                                    new VehicleDecoder( exConn, objClass) ) ;
    }
    DtInterClassDesc * interClass = exConn -> fom( ) -> interClassByName( "Shoot") ;
    if( interClass)
    {
        interactionEncoderFactory( ) -> addEncoder(
        interClass -> handle( ) , new ShootEncoder( exConn, interClass) ) ;
        interactionDecoderFactory( ) -> addDecoder(
        interClass -> handle( ) , new ShootDecoder( exConn, interClass) ) ;
    }
    //Set up mappings for publishing. Indicate the FOM class to use for
    //each kind of DtObjectPublisher, and each kind of DtInteraction.
    setObjectClassToChoose( "DtEntityPublisher" , "Vehicle") ;
    setInteractionClassToChoose( "DtFireInteraction" , "Shoot") ;
    //Set up mappings for subscribing. Indicate which FOM class each kind
    //of DtReflectedObjectList should subscribe to, and which FOM class
    //each kind of DtInteraction's addCallback function should subscribe to.
```

144

```
setObjectClass("DtReflectedEntityList","Vehicle");
setInteractionClass("DtFireInteraction","Shoot");
//Set up mappings for creating DtInteraction instances. Indicate what
//kind of DtInteraction to create to represent each FOM interaction class.
interactionFactory()->addCreator("Shoot",DtFireInteraction::create);
}
```

如果用户创建 FOM 映射器共享库,createFomMap.cxx 文件里面包含了 VR-Link 所需的函数定义。当用户将共享库的名称传给 DtExerciseConn 构造函数时,它打开共享库并查找 DtCreateFomMapper() 和 DtDeleteFomMapper() 函数。其中 DtCreateFomMapper() 函数返回 MyFomMapper 类的一个新实例。这两个函数必须有一个 C 链接,所以将这两函数的定义封装在 extern" C"{}里面。

```
extern "C"
{
  DtFomMapper * DtCreateFomMapper(void * usr)
  {
    return new MyFomMapper();
  }
  void DtDeleteFomMapper(DtFomMapper * mapper)
  {
    delete mapper;
  }
}
```

当用户在 example 目录下执行 make 命令时,就建立了一个被称作 myFomMap.so 或 myFomMap.dll 的共享库。用户可以用 FOM 映射共享库路径下的任何 VR-Link 实例来测试这个库(通过 -f 选项)。也可以忽略.so 和.dll 文件,以便于在 windows 和 UNIX 下可以使用相同的命令。记住用 -x 选项指定 MyFomMap 的一个联邦执行名,这样就可以使用 MyFomMap.fed 文件。

例如,在./binHLA13 目录下,用户可以运行:

f18　-f ../examples/extend/myFomMap/myFomMap　-x MyFomMap

与此同时,用户也可以编写自己的应用程序将共享库名传给 DtExerciseConn,但是必须确保用户使用正确的 FED 文件:

DtExerciseConn conn("MyFomMap","MyApp","myFomMap");

8.3   向 RPR FOM 类添加属性和参数

addAttr 实例下的代码说明了给 FOM 中存在的类添加新的属性或者参数所需的必要步骤。在这个例子当中,我们假定新的属性和参数所表示的概念并不在 VR – Link 顶层 API 中体现。因此,首先必须扩展 API 给新的概念提供存取方式,然后配置 FOM 映射器,以便于它能在新建的 FOM 元素和 API 扩展之间映射。

为这个例子添加的 FOM 元素如下:

(1) Mass 新属性添加给了 BaseEntity 对象类。

(2) Temperature 新参数添加给了 WeaponFire 交互类。

这些添加的代码都在 VrlExtend. fed 文件里面,要使这些代码产生相应的功能,完成下面的步骤:

(1) 创建 DtEntityStateRepository 的一个子类 myEsr. h. ,并能够访问 Mass 属性。

(2) 创建 DtFireInteraction 的一个子类 myFireInter. h,并能够访问 Temperature 参数。

(3) 为 FOM 映射器新建的属性和参数添加映射,并且当 WeaponFire 交互类被接收的时候通知 FOM 映射器实例化 MyFireInteraction(想了解更多的详细信息请参阅 main. cxx)。

(4) 通知 DtReflectedEntity 和 DtEntityPublisher 使用 MyEntityStateRepository 而不是标准的 DtEntityStateRepository(想了解更多的详细信息请参阅 main. cxx)。

8.3.1   创建 DtEntityStateRepository 的子类

一般情况下都从 DtEntityStateRepository 类中获得实体的状态信息。该类的变值函数和查值函数机制提供了对实体状态组件的访问,但是 mass 概念不属于这些组件。所以在 myEsr. h 头文件里面,我们扩展了 DtEntityStateRepository 类,派生了 MyEntityState Repository 类。

```
class MyEntityStateRep:public DtEntityStateRepository
{
public:
    //Set/Get the value of mass
    virtual void setMass(float mass);
```

```
        virtual float mass( )const;
        //Virtual function override：print the state rep's data.
        virtual void printData( )const;
    public：
        //Create a MyEntityStateRep.  Caller is reponsible for deletion.
        static DtEntityStateRepository * create( );
    protected：
        float myMass;
};
```

为 mass 添加一个查值函数和变值函数,并重载 printData( )虚函数,所以 mass 就会跟其它的状态数据一起打印。最后,提供一个可以在其它 VR - Link 类中注册的静态 create( )函数,以便于可以给新建的状态库创建实例。

这些函数可以直接运行：

```
inline void MyEntityStateRep：：setMass(float temp)
{
    myMass = temp;
}
inline float MyEntityStateRep：：mass( )const
{
    return myMass;
}
inline void MyEntityStateRep：：printData( )const
{
    DtEntityStateRepository：：printData( );
    std：：cout << "Mass：<< mass( ) << std：：endl;
}
inline DtEntityStateRepository * MyEntityStateRep：：create( )
{
    return new MyEntityStateRep( );
}
```

8.3.2　创建 DtFireInteraction 的子类

在 myFireInter. h 头文件里面,扩展 DtFireInteraction 类提供的 API 为温度的概念添加存取函数。同时也重载 printData( )函数,并提供一个静态的 create( )

函数。

```
class MyFireInteraction:public DtFireInteraction
{
    public:
        //Set/Get the value of temperature
        virtual void setTemperature(float temp);
        virtual float temperature()const;
        //Virtual function override:print the interaction's data.
        virtual void printData()const;
    public:
        //Create a MyFireInteraction. Caller is reponsible for deletion.
        static DtInteraction * create();
    protected:
        float myTemperature;
};
```

8.3.3　向 FOM 映射器中增加属性和参数映射

接下来应该提供可以在 FOM 属性、参数和扩展 API 之间映射的代码。代码参见 configFomMap. cxx。configFomMapper()函数里面有一个指向 FOM 映射器的指针变量的参数,并对 FOM 映射器进行配置,以使它包含新建的映射。前提是传递的 FOM 映射器已经包含标准的 RPR FOM 映射,因此仅仅需要添加新的映射即可,没有必要考虑为其它 FOM 添加映射。

在下面列出的 configFomMapper()函数里面,首先向 FOM 映射器的交互工厂注册 MyFireInteraction 类的创建函数,使其知道这是 DtInteraction 的子类,并且该子类应该实例化描述 FOM WeaponFire 类引入的交互。我们没有必要为对象做任何类似的工作,但之后可以看到,必须告知 DtEntityPublisher 和 DtReflecte-dEntity 类使用 MyEntityStateRepository 类来存储它们所表述的对象状态。

其它的 configFomMapper()函数说明为新建的属性和参数注册编码、解码和查值函数。解码函数从 FOM 中读取数据,并将它传递给交互或状态池的变值函数(在进行了必要的格式转变之后)。编码函数从交互或状态池查值函数中获得数据,并将它们添加到以 FOM 表示的要发送的状态更新里面(同样需要进行必要的格式转换)。查值函数检查是否达到了属性更新的条件,通常是通过对比当前状态池的数据,并且状态池描述的状态可以被远程联邦成员获得。

configFomMapper( )如下:

void configFomMapper(DtFomMapper * mapper)

{

//Register MyFireInteraction's creator function with the FOM Mapper's

//interaction factory, so that VR – Link creates an instance of

//MyFireInteraction instead of DtFireInteraction to represent

//an incoming WeaponFire interaction.

mapper –> interactionFactory( ) –> addCreator("WeaponFire" ,

MyFireInteraction∶∶create) ;

//Add your encoding function for the"Temperature"parameter to the

//prototype encoders for WeaponFire and any subclasses if they existed.

mapper –> interactionEncoderFactory( ) –> addParameterEncoder("WeaponFire" ,

"Temperature" , (DtInteractionEncoder∶∶DtParameterEncoder)

encodeTemperature, true) ;

//Add your decoding function for the "Temperature" parameter to the

//prototype decoders for WeaponFire and any subclasses if they existed.

mapper –> interactionDecoderFactory( ) –> addParameterDecoder("WeaponFire" ,

" Temperature " , (DtInteractionDecoder∶∶ DtParameterDe-

coder) decodeTemperature, true) ;

//Add your encoding function for the"Mass"attribute to the prototype

//encoders for BaseEntity and all of its subclasses.

mapper –> stateEncoderFactory( ) –> addAttributeEncoder("BaseEntity" , "Mass" ,

(DtHlaStateEncoder∶∶ DtAttributeEncoder) encodeMass,

true) ;

//Add your decoding function for the"Mass"attribute to the prototype

//decoders for BaseEntity and all of its subclasses.

mapper –> stateDecoderFactory( ) –> addAttributeDecoder("BaseEntity" , "Mass" ,

(DtHlaStateDecoder∶∶DtAttributeDecoder) decodeMass, true) ;

//Add your checking function for the"Mass"attribute to the prototype

//encoders for BaseEntity and all of its subclasses.

mapper –> stateEncoderFactory( ) –> addAttributeChecker("BaseEntity" , "Mass" ,

(DtHlaStateEncoder∶∶ DtAttributeChecker) needMass,

true) ;

}

1. 增加编码、解码和查值函数

我们以 FOM 映射器注册的编码、解码和查值函数定义如下。在函数中通过使用 VR – Link 的"Net"类型可以自动地进行类型的转换。

```
//Encoding function to be used for the" Mass" attribute.
void encodeMass( const MyEntityStateRep& stateRep,
    RTI::AttributeHandleValuePairSet * avList,RTI::AttributeHandle handle)
{
    //Get the value using stateRep's mass( )member function,and add it to the avList.
    double mass = stateRep. mass( );
    DtNetFloat64 netVal( mass);
    avList -> add( handle,( char * )&netVal,sizeof( DtNetFloat64 ));
}
//Decoding function to be used for the "Mass" attribute.
void decodeMass( MyEntityStateRep * stateRep,
            const RTI::AttributeHandleValuePairSet & avlist,int pairSetIndex)
{
    //Get the value from the avList,and pass it to stateRep's setMass( ).
    DtNetFloat64 netVal;
    RTI::ULong length = 0;
    avlist. getValue( pairSetIndex,( char * )&netVal,length);
    stateRep -> setMass( ( double)netVal);
}
//Checking function to be used for the "Mass" attribute
//( checks whether update condition has been met. )
bool needMass( const MyEntityStateRep& stateRep,
            const MyEntityStateRep& asSeenByRemote)
{
    //Just compare the masses in the two state repositories.
    return( bool)( stateRep. mass( )! = asSeenByRemote. mass( ));
}
//Encoding function to be used for the "Temperature" parameter.
void encodeTemperature( const MyFireInteraction& fire,
                RTI::ParameterHandleValuePairSet * pvList,
                RTI::ParameterHandle handle)
```

```
{
    //Get the value using the interaction's temperature( ) and add it to the avList.
    double temp = fire. temperature( ) ;
    DtNetFloat64 netVal( temp ) ;
    pvList -> add( handle, ( char * ) &netVal, sizeof( netVal ) ) ;
}
//Decoding function to be used for the "Temperature" parameter.
void decodeTemperature( MyFireInteraction * fire,
                        const RTI：：ParameterHandleValuePairSet& pvlist,
                        int pairSetIndex )
{
    //Get the value from the pvlist, and pass it to the interaction's setTemperature( ).
    DtNetFloat64 netVal;
    RTI：：ULong length = 0 ;
    pvlist. getValue( pairSetIndex, ( char * ) &netVal, length ) ;
    fire -> setTemperature( ( float ) netVal ) ;
}
```

在 main. cxx 里面,我们构造 DtExerciseConn,告诉它使用修改的 FED 文件 VrlExtend. fed。不传递 DtFomMapper 变量,意味着使用默认的 RPR FOM 映射器:

DtExerciseConn conn("VrlExtend" , "addAttr") ;

创建了 DtExerciseConn 之后,将它的 FOM 映射器传递给 configFomMapper( ) 函数,在 configFomMap. cxx 里面。下面的语句添加新的映射:

configFomMapper(conn. fomMapper( )) ;

2. 通知 VR – Link 使用新的类

最后所需要做的就是获得插入到 VR – Link 中的 DtEntityStateRepository 扩展项,并告知 DtReflectedEntity 和 DtEntityPublisher 类使用 MyEntityStateRepository 实例来存储它们的对象状态,而不是默认的 DtEntityStateRepository。使用类的静态成员函数 setStateRepCreator( ) 来完成这些功能如下:

DtReflectedEntity：：setStateRepCreator(MyEntityStateRep：：create) ;

DtEntityPublisher：：setStateRepCreator(MyEntityStateRep：：create) ;

之后为当前的仿真实体创建一个 DtEntityPublisher 来管理发送的更新信息,可以将 esr( ) 函数返回的状态池赋给 MyEntityStateRepository,并使用 setMass( ) 函数设置实体的质量。

//Create an entity publisher

DtEntityPublisher pub(DtEntityType(1,1,225,1,1,0,0),&conn);

//We've told the publisher to use a MyEntityStateRep as its state repository,

//so this cast should be safe.

MyEntityStateRep * esr = (MyEntityStateRep *)pub. esr( );

esr -> setMass(215.0);

在接收方,我们也可以将 DtReflectedEntity 的状态池赋给 MyEntityStateRepository,并使用实体的 mass( )函数检查实体的质量。在下面的例子中,仅调用 rintData( )虚函数,就没有必要进行传递。

//We've told DtReflectedEntity to use a MyEntityStateRep as its state repository,

//so this cast should be safe.

MyEntityStateRep * esr = (MyEntityStateRep *)ent -> esr( );

esr -> printData( );

3. 使用新参数

为了发送一个包括温度参数的开火交互,我们创建一个 MyFireInteraction 实例,设置其温度参数并发送:

MyFireInteraction inter;

inter. setTemperature(150.0);

conn. sendStamped(inter);

为了接收该参数,向 DtFireInteraction 注册一个回调函数:

//Register the callback on incoming Fire Interactions.

DtFireInteraction∶∶addCallback(&conn,fireCb,NULL);

在此回调函数里面,可以将 DtFireInteraction 的指针赋给 MyFireInteraction 指针,并使用 temperature( )成员函数检查温度,或仅仅使用它的虚函数 printData( ),打印温度及其它参数。

//Callback function to be called when a Fire Interaction is received.

void fireCb(DtFireInteraction * inter,void *)

{

printf("Received Fire Interaction! \n");

inter -> printData( );

printf("\n");

}

在这个例子当中,我们并没有像大多数的 VR – Link 交互类那样在 MyFireInteraction 类中提供静态的 addCallback( )和 removeCallback( )函数。假如提供了这两个函数,那么就会允许回调函数获得 MyFireInteraction 指针而不是 DtFire-Interaction 指针。如果能够使用这些指定的回调函数,那么就可能避免在回调里面给 MyFireInteraction 变值,这是检查子类数据另外所必须的。

在用户构建完 addAttr 实例之后,复制两份并运行,应该看到它们之间的相互通信。每一个都可以打印从另一方接收到的状态和交互信息,其中包括新建的属性和参数值。

8.4　创建新的交互类

testInter 实例说明了如何给 FOM 添加新的交互类。我们需要通过添加新的 DtInteraction 来扩展 VR – Link 的顶层 API。然后在新建的 FOM 类和 DtInteraction 子类之间建立映射。在这个例子当中,添加了一个称作 Test 的交互类给 VrlExtend. fed 文件。它有两个参数:

(1) Number,表示了一个 32 位的浮点实数。

(2) Vector,表示一个 64 位双精度的三维矩阵。

为添加这些类:

(1) 创建 DtInteraction 的子类来代表新的交互类(请参阅 testInter. h 和 testInter. cxx);

(2) 分别创建 TestEncoder 和 TestDecoder 类,DtInteractionEncoder 和 DtInteraction Decoder 子类。这些类包含 Test 交互类属性的编码和解码器(请参阅 testDec. h,testDec. cxx testEnc. h and testEnc. cxx)。

8.4.1　创建新的交互

testInter. h 和 testInter. cxx 中包含新建的 TestInteraction 类及其成员函数的定义。和 VR – Link 中所有的交互类一样,都是派生于 DtInteractionWithEncDec,而不是 DtInteraction。DtInteraction 很全面,允许各种各样的子类执行,包括那些并不涉及编码和解码概念的子类。DtInteractionWithEncDec 用来处理编码和解码,我们可以利用其优势。

TestInteraction 中包括查值函数和变值函数,来访问数值和参数属性的值。其表述方式和 FOM 一样,但这并不是必须的。我们也可以通过在 FOM 映射中进行一个大的转换来代替。

TestInteraction 类对它的 FOM 映射器信息进行硬编码,而不是依靠从 FOM 映射中获得默认行为。这样做可以使问题简单化,节省了为新建类以映射方式配置 FOM 映射器的步骤。但是这种选择意味着改变 FOM 中这种交互类方法变得更加困难。

这种选择实际上表明我们将重载下面的虚函数：interactionClassToUse( )、createEncoder( )和 createDecoder( )。基类在执行 interactionClassToUse( )函数时向 FOM 映射器询问要使用的 FOM 类的名称。但是，TestInteraction 执行完之后仅仅返回类名 Test。基类的 createEncoder( )和 createDecoder( )函数向 FOM 映射器询问编码和解码器实例，解码器和编码器已经为 Test 交互类的使用进行了注册，但是 TestInteraction 执行完这两函数之后分别返回 TestEncoder 和 TestDecoder 实例。

此外，在 TestInteraction∷addCallback( )函数里面，我们通知 DtExerciseConn 的交互工厂创建一个 TestInteraction 类实例来表述 FOM 类 Test 收到的交互。使用 DtInteractionFactory 的成员函数 addCreator( )来完成这项功能。

TestInteraction 的定义如下所示：

```cpp
class TestInteraction:public DtInteractionWithEncDec
{
    public:
        //Blank Constructor – constructs a blank TestInteraction
        //ready to be filled out and sent by application code. Required.
        TestInteraction( );
        //Destructor
        //Not required by VR – Link, but should clearly be written if
        //this class has any dynamic data that needs to be cleaned up.
        virtual ~ TestInteraction( );
        //Copy constructor.
        //Not required by VR – Link, but needed if you
        //will ever want to copy TestInteractions.
        TestInteraction( const TestInteraction& orig);
        //Assignment operator.
        //Not required by VR – Link, but needed if you
        //will ever want to copy TestInteractions.
        TestInteraction& operator = ( const TestInteraction& orig);
        //Virtual function override. Should return the name of this C ++ class,
        //which is not necessarily the Interaction Class name from the FOM.
        //Required.
        virtual const char * name( )const;
```

//Virtual function override. Prints the data values in the interaction.
//Not strictly required, but encouraged, since otherwise calling
//print( ) on an instance of this class with merely print raw hex data.
virtual void printData( )const;
// **
//inspector and mutator functions for the interaction class's data.
//These will look different for each
//DtInteraction subclass. None are required by VR – Link
//but the class will not be
//particularly useful without a way to get data in and out in a typesafe manner.
// **
//Set/Get the parameter named "Number"
virtual void setNumber(int num) ;
virtual int number( )const;
//Set/Get the parameter named "Vector"
virtual void setVector(const DtVector& vec) ;
virtual const DtVector& vector( )const;
public:
//Create and return a new TestInteraction. Basically a wrapper
//around the constructor. It is necessary because pointers to
//static functions like this can be registered with a DtInteractionFactory,
//but constructors cannot. Required.
static DtInteraction * create( ) ;
//Wrappers around DtExerciseConn's add/removeCallback functions.
//Not required since the DtExerciseConn functions may be used instead,
//but strongly encouraged, so that the non – typesafe
//cast can be limited to this one place. In addition, within add – callback,
//we choose to register the TestInteraction class with VR – Link
//letting VR – Link
//know to create one of these to represent the right FOM class.
static void addCallback(DtExerciseConn * conn, TestInteractionCb cb, void
　　* usr) ;
static void removeCallback(DtExerciseConn * conn, TestInteractionCb cb,
　　void * usr) ;

155

protected：
    //Virtual function override. Returns the name of the FOM class

    //to use to represent this interaction when sending.

    //It is called from within setExConn，when that function is called

    //by DtExerciseConn：：send. Implementing this function is required

    //unless you want to rely on the default behavior – which is to obtain

    //the class to use from the FOM Mapper. If you choose this option，

    //you must configure the FomMapper so that it can correctly

    //provide this information.

    virtual char * interactionClassToUse(DtExerciseConn * exConn) const；

    //Virtual function override. Creates and returns a decoder to be used

    //by setFromPhvps to decode a ParameterHandleValuePairSet into

    //this interaction.

    //Implementing this function is required，unless you want to rely on

    //the default behavior – which is to obtain a new instance of

    //the right decoder

    //from the FOM Mapper. If you choose this option，you must configure the

    //FOM Mapper so that it can correctly provide this object.

    virtual DtInteractionDecoder * createDecoder (DtExerciseConn * exConn)

        const；

    //Virtual function override.

    //Creates and returns an encoder to be used by phvps

    //to encode the data in this interaction into

    //a ParameterHandleValuePairSet.

    //Implementing this function is required，

    //unless you want to rely on the default

    //behavior – which is to obtain a new instance of the right encoder from

    //the FOM Mapper. If you choose this option，

    //you must configure the FOM Mapper

    //so that it can correctly provide this object.

    virtual DtInteractionEncoder * createEncoder (DtExerciseConn * exConn)

        const；

protected：

    //Here，we store the actual data values，in native representation.

```
      int myNum;

      DtVector myVec;
};
```

1. 定义成员函数

相关成员函数的定义如下所示。完整的程序请参见 testInter. cxx：

```
//Accessor functions are typically pretty straightforward.
void TestInteraction::setNumber(int num)
{
  myNum = num;
}
int TestInteraction::number() const
{
  return myNum;
}
void TestInteraction::setVector(const DtVector& vec)
{
  myVec = vec;
}
const DtVector& TestInteraction::vector() const
{
  return myVec;
}
void TestInteraction::addCallback(DtExerciseConn * conn,
                                  TestInteractionCb cb, void * usr)
{
  //Cast the TestInteractionCb to the more general DtReceiveInteractionCb
  //and pass it along with the FOM class name to the DtExerciseConn
  //who actually maintains the callback lists for all interaction classes.
  conn -> addInteractionCallbackByName("Test", (DtReceiveInteractionCb)
      cb, usr);
  //In addition, we choose to register the TestInteraction class
  //with VR - Link here,
  //by associating TestInteraction's create function with theright FOM class.
  //By doing this here, we avoid making the user perform this registration step.
```

```
    conn –> interactionFactory( ) –> addCreator( "Test" , TestInteraction：：cre-
        ate)；
}

char * TestInteraction：：interactionClassToUse( DtExerciseConn * exConn) const
{
    return "Test"；
}

DtInteractionDecoder * TestInteraction：：createDecoder ( DtExerciseConn * ex-
                                                      Conn) const

{
    return new TestDecoder( exConn , classDesc( ) )；
}

DtInteractionEncoder * TestInteraction：：createEncoder ( DtExerciseConn * ex-
                                                      Conn) const

{
    return new TestEncoder( exConn , classDesc( ) )；
}
```

注意到 TestInteraction 将使用 TestEncoder 和 TestDecoder 类实例在它的参数表述和 FOM 表述之间映射。

8.4.2 创建新的解码和编码函数

TestDecoder 的定义在 testDec. cxx 中,它派生于 DtInteractionDecoder。宏在为单个参数的声明和定义的编码函数提供帮助。宏为解码函数提供的简单执行是用来从 RTI：：ParameterHandleValuePairSet 中获得指向参数数据指针,并将它赋给合适的 Net 类型指针,然后传递其中的一个交互类变值函数。这种从 Net 类型到变值函数所期望的类型间的变值在必要时进行字节的转换。

TestDecoder 的构造函数仅仅使用 addDecoder( ) 函数来给基类添加解码函数。

提示: 没有必要将解码函数当作 TestDecoder 类的静态成员函数来执行。可以将它们写成一般的全局函数,但是将其当作该类的静态成员函数来执行时,可以充分的利用 VR – Link 宏。

```
class TestDecoder ：public DtInteractionDecoder
{
    public：
```

```
//Constructor
TestDecoder(DtExerciseConn * exConn, DtInterClassDesc * classDesc);
//Destructor
virtual  ~ TestDecoder();
protected:
    //Individual parameter decoding functions – one for each parameter.
    //These macros expand to look like this:
    //static void decodeNumber(TestInteraction * inter,
    //const RTI::ParameterHandleValuePairSet& params, int index);
    DtDECLARE_TEST_PARAM_DECODER(Number);
    DtDECLARE_TEST_PARAM_DECODER(Vector);
};
//Constructor.
TestDecoder::TestDecoder(DtExerciseConn * exConn, DtInterClassDesc * classDesc):
                    DtInteractionDecoder(exConn, classDesc)
{
    //Register the individual decoding functions for Test's parameters with object.
    //The decoding functions have names like decodeNumber anddecodeVector.
    //The macro expands to look like this:
    //addDecoder(" Number" , (DtParameterDecoder) decodeNumber);
    DtADD_PARAM_DECODER(Number);
    DtADD_PARAM_DECODER(Vector);
}

    //The DtDEFINE_SIMPLE_PARAM_DECODER macro can be used
    //to define a" simple" decoding function.
    //Expanded, a decoding function looks like this:
    //void TestDecoder::decodeNumber(TestInteraction * inter,
    //const RTI::ParameterHandleValuePairSet& params, int index)
    //{
    //RTI::ULong length = 0;
    // //Get value from RTI representation into netVal.
    //DtNetInt32 * netVal = (DtNetInt32 * ) params. getValuePointer(index,
    //length);
    // //Check for size mismatch
```

```
//if( length  >  sizeof( DtNetInt32) )
//{
//DtWarn( "Size of value decoded for parameter %s( %d) \n" ,
//"Number" ,length) ;
//DtWarn( " is larger than size of %s( %d) \n" ,"DtNetInt32" ,sizeof
//( DtNetInt32) ) ;
//}
// //Pass the value to the mutator function ,assuming the "net" type
// //can be implicitly cast to the native type expected by themutator.
//inter –> setNumber( ∗netVal) ;
//}
DtDEFINE_SIMPLE_TEST_PARAM_DECODER( Number ,DtNetInt32 ,set-
                                            Number) ;
DtDEFINE_SIMPLE_TEST_PARAM_DECODER( Vector ,DtNet64Vector ,
                                            setVector) ;
```

1. 创建编码函数

TestEncoder 的定义在 testEnc. cxx 中,派生于 DtInteractionEncoder。宏在为单个参数的编码函数声明和定义时提供帮助(编码函数又被当作是 TestEncoder 类的静态成员函数)。

宏为编码函数提供的"简单"执行是用来从一个特定交互类的查值函数中获得一个数值,并将它赋给合适的 Net 类型。必要时要进行字节转换,最后将该值添加给 RTI∶∶ParameterHandleValuePairSet 用于传送。

TestEncoder 构造函数仅仅使用 addEncoder( )函数来给基类添加编码函数。

```
class TestEncoder ∶public DtInteractionEncoder
{
    public∶
    //Constructor
    TestEncoder( DtExerciseConn ∗exConn ,DtInterClassDesc ∗classDesc) ;
    //Destructor
    virtual  ~TestEncoder( ) ;
    protected∶
    //Individual parameter encoding functions  – one for each parameter.
    //These macros expand to look like this∶static void encodeNumber
    //( const TestInteraction& inter ,RTI∶∶ParameterHandleValuePairSet ∗params ,
```

```
//RTI::ParameterHandle paramHandle);
DtDECLARE_TEST_PARAM_ENCODER(Number);
DtDECLARE_TEST_PARAM_ENCODER(Vector);
};
//Constructor.
TestEncoder::TestEncoder(DtExerciseConn * exConn,DtInterClassDesc * classDesc):
        DtInteractionEncoder(exConn,classDesc)
{
    //Register the individual encoding functions for Test's parameters
    //with object. The encoding functions have names like encodeNumber and
    //encodeVector. The macro expands to look like this:
    //addEncoder("Number",(DtParameterEncoder)encodeNumber);
    //addEncoder("Vector",(DtParameterEncoder)encodeVector);
    DtADD_PARAM_ENCODER(Number);
    DtADD_PARAM_ENCODER(Vector);
}
//The DtDEFINE_SIMPLE_PARAM_ENCODER macro can be used to define a"
//simple" encoding function. Expanded,a encoding function looks like this:
//void TestEncoder::encodeNumber(const TestInteraction& inter,
//RTI::ParameterHandleValuePairSet * params,
//RTI::ParameterHandle paramHandle)
//{
//DtNetInt32 netVal;
//netVal = inter.number();
//params -> add(paramHandle,(char * )&netVal,sizeof(DtNetInt32));
//}
DtDEFINE_SIMPLE_TEST_PARAM_ENCODER(Number,DtNetInt32,number);
DtDEFINE_SIMPLE_TEST_PARAM_ENCODER(Vector,DtNet64Vector,vector);
```

8.4.3 使用新类

一旦建立了 TestInteraction 类,并配备了 TestEncoder 和 TestDecoder,就可以像其它任何 DtInteraction 子类一样使用。在 main.cxx 里面,创建了 TestInteraction,填写好并发送。同时在接收的 TestInteraction 里面注册了一个回调函数,并用 printData()虚函数打印它们的内容。

```
//Callback function to be called when a TestInteraction is received.
void testCb( TestInteraction * inter,void * )
{
    printf( "Received Test Interaction! \n" ) ;
    inter –> print( ) ;
    printf( " \n" ) ;
}
main( )
{
    DtExerciseConn conn( "VrlExtend" ,"TestInter" ,( DtFomMapper * )NULL) ;
    DtTimeInit( ) ;
    //Register the callback on incoming TestInteractions.
    TestInteraction∶∶addCallback( &conn,testCb,NULL) ;
    while( 1 )
    {
        DtSetSimTime( DtAbsRealTime( ) ) ;
        conn. drainInput( ) ;
        //Send a TestInteraction.
        TestInteraction inter ;
        inter. setNumber( 10 ) ;
        inter. setVector( DtVector( 1. 0,2. 0,3. 0) ) ;
        conn. sendStamped( inter ) ;
        DtSleep( 1. 0) ;
    }
}
```

在构建完 testInter 实例之后,复制两份并运行。可以看到它们之间是相互通信的。每个实例都能打印来自另一方的 TestInteractions。

8.5 创建新的对象类

testObj 例子显示了如何给 FOM 添加一个新的对象类。必须通过添加新的状态池、发布器、反射对象和反射对象列表来扩展 VR – Link 顶层 API。同时也需要在新建的 FOM 类和扩展 API 之间建立映射。

该实例给 FED 文件 VrlExtend. fed 添加了一个 Test 对象类。这个对象类有两个属性：

（1）Number—— 一个 32 位的浮点实数。

（2）Vector—— 一个 64 位双精度的三维矩阵。

为添加此类：

（1）创建一个名为 TestStateRepository 的 DtStateRepository 子类，并保持这种新建对象的状态（更多信息请参见 testSR. h 和 testSR. cxx）。

（2）分别创建 DtObjectPublisher、DtReflectedObject 和 DtReflectedObjectList 的子类。它们的大部分功能都在基类里，但是派生类通过从基类 DtStateRepository 向新的 TestStateRepository 子类变值的方法提供了一种类型安全的重要元素（更多信息请参见 testPub. h、testPub. cxx、refTest. h、refTest. cxx、refTestList. h 和 refTestList. cxx）。

（3）分别创建 TestEncoder 、TestDecoder 类和 DtHlaStateEncoder、DtHlaStateDecoder 的子类。这些类包含 Test 对象类属性的编码和解码函数（更多信息请参见 testDec. h、testDec. cxx、testEnc. h 和 testEnc. cxx）。

看起来好像创建了许多类，但大多数都非常简单，因为它们都是继承了基类的大部分行为。用户可以使用. /examples/testObj 下的文件作为模板来创建用户自己的类。

8.5.1 创建一个新的状态池

首先在 testSR. h 和 testSR. cxx. 里面创建一个名为 TestStateRepository 的 DtStateRepository 子类。该类用于存储 Test 类中本地和反射对象状态。

类的定义如下所示。我们提供查值函数和变值函数来访问状态数据，通过重载虚函数 printData( )来打印当前的状态数据，并且重载虚函数 clone( )返回该类的一个 new 实例。我们表述状态数据的方式和 FOM 一样，但这并不是必须的；也可以在 FOM 映射代码中进行一个转换来代替。

```
class TestStateRepository:public DtStateRepository
{
public:
    //Default constructor
    TestStateRepository( );
    //Destructor
    virtual ~TestStateRepository( );
    //Copy constructor
    TestStateRepository( const TestStateRepository& orig);
```

```
//Assignment operator
TestStateRepository& operator = ( const TestStateRepository& orig) ;
//Return an empty object of the same type as this. Required.
virtual DtStateRepository * clone( ) const ;
//Virtual function override. Prints the data values in the state
//repository. Not strictly required, but encouraged, since otherwise
//calling print( ) on an instance of this class with merely print raw hex data.
virtual void printData( ) const ;
// ************************************************
//inspector and mutator functions for the object's state data.
//These will look different for each DtStateRepository subclass.
//None are required by VR – Link, but the class will not be
//particularly useful without a way to get data in and out in a typesafe manner.
// ************************************************
//Set/Get the attribute named " Number"
virtual void setNumber( int num) ;
virtual int number( ) const ;
//Set/Get the attribute named " Vector"
virtual void setVector( const DtVector& vec) ;
virtual const DtVector& vector( ) const ;
protected:
//Here, we store the actual data values, in native representation.
int myNum ;
DtVector myVec ;
};
```

下面是成员函数的定义:

```
void TestStateRepository::setNumber( int num)
{
    myNum = num ;
}

int TestStateRepository::number( ) const
{
    return myNum ;
}
```

```
void TestStateRepository∶∶setVector( const DtVector& vec )
{
    myVec = vec;
}
const DtVector& TestStateRepository∶∶vector( ) const
{
    return myVec;
}
DtStateRepository * TestStateRepository∶∶clone( ) const
{
    return new TestStateRepository( );
}
void TestStateRepository∶∶printData( ) const
{
    printf( "Number∶% d\n" ,number( ) );
    //DtVector has a string( ) member function to get a printable string.
    printf( "Vector∶% s\n" ,vector( ). string( ) );
}
```

8.5.2　创建新的发布器、反射对象和对象列表

接下来需要为 Test 对象创建 DtObjectPublisher、DtReflectedObject 和 DtReflectedObjectList 子类。

从技术上讲,这些类不是严格必须的。我们可以用基类完成所需的所有事情。但是每创建一个实例时,都需要用合适的 FOM 类状态池、编码和解码函数来配置每一个子类。通过创建子类,我们可以为新的对象类型将每个基类的配置封装到一处。另外,隐藏了从基类的 DtStateRepositories 到派生类 TestStateRepository 的变值,使得使用我们派生类的应用程序代码自动获得指向 TestStateRepositories 的指针。

在 testPub. h 和 testPub. cxx 里面,我们从 DtObjectPublisher 中派生 TestPublisher。

```
class TestPublisher∶public DtObjectPublisher
{
    public∶
        //Constructor – configure base class with proper FOM class,state
```

```
//repositories,encoder and decoder.
TestPublisher( DtExerciseConn * conn,const char * objName = NULL) ;
//destructor
virtual ~ TestPublisher( ) ;
//Returns a pointer to the TestStateRepository – through
//which you can set current state information.
virtual TestStateRepository * testStateRep( ) ;
//Synonym for testStateRep( )
virtual TestStateRepository * tsr( ) ;
} ;
```

可以看出,该类仅仅在它的构造函数里面合理的配置了基类,并且在访问它的状态池时提供了类型安全措施。

```
TestPublisher::TestPublisher( DtExerciseConn * conn,const char * objName) :
                   DtObjectPublisher( conn,new TestStateRepository( ) ,
                   new TestStateRepository( ) )
{
    //setHlaObject is defined in the base DtObjectPublisher.
    //Pass the FOM class name ,
    //and an encoder and decoder. These objects will bedeleted
    //by the base class on destruction.
    const char * className = "Test" ;
    DtObjClassDesc * desc = conn -> fom( ) -> objClassByName( className) ;
    setHlaObject( className,new TestEncoder( conn,desc) ,
    new TestDecoder( conn,desc) ,objName) ;
}

TestStateRepository * TestPublisher::testStateRep( )
{
    return( TestStateRepository * )stateRep( ) ;
}

TestStateRepository * TestPublisher::tsr( )
{
    return( TestStateRepository * )stateRep( ) ;
}
```

1. 创建反射对象类

在接收的对象里面,ReflectedTest 执行了相似的任务。除了 testStateRep( ) 和 tsr( ) 函数外,该类也提供了类型相关的列表管理函数 next( )、prev( )、wrapNext( )、wrapPrev( )和通知更新回调注册函数。

该类是派生于 refTest. h 和 refTest. cxx 中的 DtReflectedObject。

```
class ReflectedTest :public DtReflectedObject
{
  public:
    //constructor
    ReflectedTest(DtHlaObject * obj,DtExerciseConn * conn);
    //destructor
    virtual ~ReflectedTest( );
    //Returns a pointer to the TestStateRepository,through which you can
    //inspect current state information.
    virtual TestStateRepository * testStateRep( )const;
    //Synonym for testStateRep( )
    virtual TestStateRepository * tsr( )const;
    //Functions to get the next and previous objects in the list. The
    //" wrap" functions cycle to the beginning/end of the list.
    virtual ReflectedTest * next( )const;
    virtual ReflectedTest * prev( )const;
    virtual ReflectedTest * wrapNext( )const;
    virtual ReflectedTest * wrapPrev( )const;
    //Registration/deregistration of postUpdate callbacks.
    virtual void addPostUpdateCallback(TestCallbackFunction cb,
                                       void * userData);
    virtual void removePostUpdateCallback(TestCallbackFunction cb,
                                          void * userData);
};
```

这些函数的执行是琐细的,在大多数的情况下需要基类的支持,并且在特殊类型和一般类型之间进行变值。

2. 创建反射对象列表类

创建完 ReflectedTest 类之后,我们需要创建一个 ReflectedTestList 类来了解如何创建和管理 ReflectedTests。该类派生于 refTestList. h 和 refTestList. cxx 中的

DtReflectedObjectList。

3. 定义函数

这些函数的定义非常直接,很大程度上依靠基类。

TestPublisher、ReflectedTest 和 ReflectedTestList 对本身的 FOM 映射信息进行硬编码,而不是靠其默认行为从 FOM 映射器中获取它。通过为新建的类以映射形式保存 FOM 映射器的配置步骤可使问题简单化。但是这种选择意味着改变 FOM 中所表述的交互的途径变得更为困难。

特别地是,TestPublisher 和 ReflectedTest 的构造函数通知它们的基类使用什么样的编码和解码函数。TestPublisher 构造函数选择它自己的类用于表述它的对象,而 ReflectedTestList 构造函数选择 FOM 类来进行管理。

8.5.3 创建编码器和解码器类

现在我们转到 TestEncoder 和 TestDecoder 类,TestPublisher 和 ReflectedTest 已经规定了它们使用什么样的编译器和解码器。

1. 创建解码器类

TestDecoder 在 testDec. h 和 testDec. cxx. 中都有定义。宏在声明和定义解码函数时有所帮助,这个解码函数被当作 TestDecoder 中的静态成员函数来执行。TestDecoder 构造函数自行注册自己的解码函数。

```
class TestDecoder :public DtHlaStateDecoder
｛
  public:
    //default constructor
    TestDecoder( DtExerciseConn * exConn,DtObjClassDesc * classDesc);
    //destructor
    virtual ~TestDecoder( );
  protected:
    //Individual attribute decoding functions – one for each attribute.
    //These macros expand to look like this:
    //static void decodeNumber(TestStateRepository * stateRep,
    //const RTI::AttributeHandleValuePairSet& attrs,int pairSetIndex)
    DtDECLARE_TEST_ATTR_DECODER( Number);
    DtDECLARE_TEST_ATTR_DECODER( Vector);
｝;
  //Default constructor
```

```
TestDecoder::TestDecoder ( DtExerciseConn * exConn, DtObjClassDesc *
                           classDesc) :
                           DtHlaStateDecoder( exConn, classDesc)
{
    //Register the individual decoding functions for Test's attributes
    //with the object. The decoding functions have names like decodeNumber
    //and decodeVector. The macro expands to look like this:
    //addDecoder("Number", ( DtAttributeDecoder) decodeNumber);
    DtADD_ATTR_DECODER( Number);
    DtADD_ATTR_DECODER( Vector);
}

//Decoding functions
//The DtDEFINE_SIMPLE_ATTR_DECODER macro can be used to define a
//"simple" decoding function. Expanded, a decoding function looks like this:
//void TestDecoder::decodeNumber( TestStateRepository * stateRep,
//const RTI::AttributeHandleValuePairSet& attrs, int index)
//{
//RTI::ULong length = 0;
////Get value from RTI representation into netVal.
//DtNetInt32 * netVal = ( DtNetInt32 * ) attrs. getValuePointer( index, length);
////Check for size mismatch
//if( length > sizeof( DtNetInt32))
//{
//    DtWarn("Size of value decoded for attribute %s( %d) \n",
//     "Number", length);
//    DtWarn(" is larger than size of %s( %d) \n",
//     "DtNetInt32", sizeof( DtNetInt32));
//}
//    //Pass the value to themutator function, assuming the "net" type
//    //can be implicitly cast to the native type expected by themutator.
//    stateRep -> setNumber( * netVal);
//}
DtDEFINE_SIMPLE_TEST_ATTR_DECODER ( Number, DtNetU32, setNum-
                                    ber);
```

DtDEFINE _ SIMPLE _ TEST _ ATTR _ DECODER (Vector, DtNet64Vector,
setVector) ;

2. 创建编码器类

testEnc. h 和 testEnc. cxx 中的 TestEncoder 类执行起来和解码类相似,但是
它除了编码函数之外还包含查值函数。

class TestEncoder :public DtHlaStateEncoder
{

  public：

    //default constructor

    TestEncoder(DtExerciseConn * exConn, DtObjClassDesc * classDesc) ;

    //destructor

    virtual ~ TestEncoder( ) ;

  protected：

    //Individual attribute encoding functions – one for each attribute.

    //This macro expands to look like this：

    //static void encodeNumber(const TestStateRepository& rep,

    //RTI：：AttributeHandleValuePairSet * attrs,

    //RTI：：AttributeHandle attrHandle)

    DtDECLARE_TEST_ATTR_ENCODER(Number) ;

    DtDECLARE_TEST_ATTR_ENCODER(Vector) ;

    //Individual attribute checking functions – one for each attribute.

    //This macro expands to look like this：

    //static bool needNumber(const TestStateRepository& rep,

    //const TestStateRepository& asSeenByRemote) ;

    DtDECLARE_TEST_ATTR_CHECKER(Number) ;

    DtDECLARE_TEST_ATTR_CHECKER(Vector) ;

} ;

TestEncoder：：TestEncoder(DtExerciseConn * exConn, DtObjClassDesc * class-
Desc)：

    DtHlaStateEncoder(exConn, classDesc)

{

    //Register the individual encoding and checking functions for Test's

    //attributes with the object. The encoding functions have names like

    //encodeNumber,while checking functions have names like needNumber.

```
//The macros expands to look like this:
//addEncoder("Number",(DtAttributeEncoder)encodeNumber);
//addChecker("Number",(DtAttributeChecker)needNumber);
DtADD_ATTR_ENCODER(Number);
DtADD_ATTR_ENCODER(Vector);
DtADD_ATTR_CHECKER(Number);
DtADD_ATTR_CHECKER(Vector);
}
//Encoding functions
DtDEFINE_SIMPLE_TEST_ATTR_ENCODER(Number,DtNetU32,number);
DtDEFINE_SIMPLE_TEST_ATTR_ENCODER(Vector,DtNet64Vector,vector);
//Checking functions
DtDEFINE_SIMPLE_TEST_ATTR_CHECKER(Number,number);
DtDEFINE_SIMPLE_TEST_ATTR_CHECKER(Vector,vector);
```

8.5.4　在应用程序中使用新类

一旦所有这些类都创建好了之后,它们就可以像 VR – Link 的正常的发布器、反射对象列表和反射对象那样应用这些类,如在 main. cxx 中所示。

```
main()
{
    DtExerciseConn conn("VrlExtend","TestObj",(DtFomMapper *)NULL);
    DtTimeInit();
    //Create a reflected test list
    ReflectedTestList rtl(&conn);
    //Create a test publisher
    TestPublisher pub(&conn);
    //Grab a pointer to its state repository
    TestStateRepository *tsr = pub. tsr();
    //Set some data
    tsr -> setVector(DtVector(1,2,3));
    //Run the main loop for 20 seconds
    DtTime beginTime = DtAbsRealTime();
    while(DtAbsRealTime() < beginTime + 20.0)
    {
```

```
DtSetSimTime( DtAbsRealTime( ) ) ;
conn. drainInput( ) ;
//Print the state of the first object in the list:
if( rtl. first( ) )
{

    rtl. first( ) –> tsr( ) –> printData( ) ;

}
//Change the value of "Number" once a second
tsr –> setNumber( ( int) DtGetSimTime( ) ) ;
//Tick the publisher, causing data to be sent when necessary.
pub. tick( ) ;
//Sleep till next iteration
DtSleep(0. 2) ;
        }
    }
```

在用户建完 testObj 实例之后, 复制两份并运行。可以看到每一个都可以打印来自另一方的状态数据。

第9章　使用 VR – Link 代码生成器

本章描述如何使用 VR – Link 代码生成器用来扩展 VR – Link,以使其能兼容不同的 FOM。

9.1　简　介

VR – Link 代码生成器是一款帮助用户扩展 VR – Link 的工具,通过 VR – Link 的扩展,用户可以处理那些不是其内部对象模型的 HLA 对象和交互,也就是说,这些对象不是 RPR FOM 的一部分。当用户想要使用一个与 RPR FOM(用其创建一个 FOM 映射器是不明智的)不同的 FOM 时,就需要对 VR – Link 进行扩展。

注意:VR – Link 代码生成器用来生成适用于 HLA 的代码,它不能用于扩展协议无关的 API。

VR – Link 提供一系列表示仿真数据的对象和交互,这些内嵌的对象和交互的执行是为 DIS、HLA 和 TENA 提供支持。VR – Link 灵活的 FOM 设计意味着所编写的应用程序使用了内嵌的对象和交互,只要 FOM 支持那些与内嵌相似的对象和交互,所编写的应用程序就能够与不同的 FOM 变量相兼容。应用程序开发者应尽量使用内嵌的对象集以有效地发挥协议无关 API 的优势。然而,有时用户还是需要一个扩展的对象和交互集。当用户需要一个扩展的对象集时,可以手动编写新的类,如第 7 章"FOM 灵活性"和第 8 章"FOM 灵活性举例"中所描述,或者用户也可以使用 VR – Link 代码生成器来生成它们。

当扩展 VR – Link 时,用户需要做一些交换。用户拥有了更加丰富的对象和交互集,但是,当使用这些对象和交互的时候,用户就丧失了对代码进行简单编译就可以支持新协议的能力。用户不会丧失 FOM 的灵活性。用户可以为这个新的对象和交互集创建一个 FOM 映射器。

VR – Link 代码生成器基于 FOM 定义文件(OMT 或者 XML)生成类,它可以产生 C ++ 代码,同时生成一个工程文件和 make 文件。用户可以使用这些生成的代码来生成动态链接库,然后,用户可以将它们与应用程序代码链接起来。

所产生的类知道它们对应的对象和交互,因此,不需要另外的 FOM 映射。FOM 映射在所生成的代码内部完成。换句话说,如果用户使用 VR – Link 代码生成器扩展了 VR – Link,那么用户就不需要创建独立的 FOM 映射器。

9.1.1 安装 VR – Link 代码生成器

VR – Link 代码生成器作为 VR – Link 安装包的一部分,安装在./vrlCode-Generator 目录下。

9.2 启动 VR – Link 代码生成器

用户启动 VR – Link 代码生成器的方法有命令行方式、脚本或者批处理文件、Windows 开始菜单。如果用户使用创建的 Windows 快捷方式,VR – Link 代码生成器必须从其所在的目录运行,因为它在该目录相对应的位置寻找代码模板文件。VR – Link 代码生成器没有任何的命令行选项。

9.2.1 VR – Link 代码生成器窗口

VR – Link 代码生成器窗口有两个面板。在 FOM 定义文件里面包含的对象和交互在左侧的面板列出,而右侧面板则列出将要生成其代码的对象和交互。

9.3 使用代码生成器

本部分内容阐述如何载入一个 FOM 定义文件并生成支持它的类和交互代码。

9.3.1 载入 FOM 定义文件

用户可以载入 XML 和 OMT 格式的 FOM 定义文件。

载入一个 FOM 定义文件的步骤如下:

(1)选择 File→open。在打开的选择文件对话框中,用户可以选择 XML 或者 OMT 文件。

(2)选择要打开的文件。

(3)点击 open。

9.3.2 选择要生成的对象和交互

在 FOM 定义文件里的对象和交互以扩展树的形式显示(图 9 – 1)。

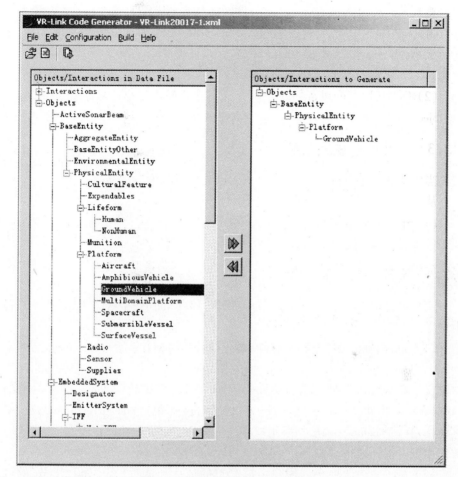

图 9 - 1　已载入定义文件的代码窗口

选择用户想要生成的对象和交互步骤如下：

（1）使用下述的方法选择对象和交互。

① 单击用户想要选择的列表项；

② 按住 Shift 键,再单击来选择一系列连续的列表项；

③ 按住 Ctrl 键,再单击来选择多个非连续的列表项；

④ 要想选择所有的列表项,选择菜单 Edit → Select All。

（2）点击中间向右方向的箭头,所选择的对象就显示在"Objects/Interac-tions to Generate"窗口。

注意：

（1）当用户增加一个工程或者交互到右边面板时,所有的父对象或者交互也要加入到右边面板,这是因为必须要生成父类来支持子类,没有下属被移除。因此,假如用户要生成在 Objects. BaseEntity. PhysicalEntity. Platform 中对象的代码,用户不能仅选择 Platform,而是必须选择所有的列于 Platform 下的对象。

(2) ObjectRoot 和 InteractionRoot 节点用来分隔显示中的对象和交互,针对于 ObjectRoot 和 InteractionRoot 没有节点会被生成。

9.3.3 从对象中移除类到生成列表

当用户从右边面板移除了一个父类,所有的子类就会被移除。

从对象中移除类到生成列表的步骤如下:

(1) 选择列表中的类。

(2) 点击指向左方的箭头。

9.3.4 配置代码生成参数

用户可以配置在 ./data/config/codeGenConfig. xml 配置文件、GUI 或者二者中的下述参数。

(1) 命名空间。用户可以将所有的生成代码包括在一个 namespace(命名空间)中,以避免在 VR - Link 或者应用程序代码内部名称的冲突。例如,如果用户定义了一个数据类型为 EntityType,它所生成的代码将与 VR - Link 内嵌的 DtEntityType 相冲突,用户可以通过编辑配置文件中的 namespaceName 参数,来具体指定一个 namespace。如果用户将该值设为""(默认值),将没有 namespace 被使用。

(2) 例子。该选项允许用户生成简单的通话和监听(talk and listen)的例子,用于演示一个对象或者交互如何被使用。用户可以用配置文件的 generate-Examples 参数来具体指定例子的创建,该选项默认为 true。

(3) 映射 RTIObjectId 到 DtGlobalObjectDesignator。RTIObjectId 是一个用于表示 HLA 对象名称的通用结构,VR - Link 使用 DtGlobalObjectDesignator 来实现它。由于该结构可能经常性的出现,用户可能想要将 RTIObjectId 映射为 VR - Link 内部的 DtGlobalObjectDesignator。如果该映射被选中,在类型或者网络类型文件中将不会生成 RTIObjectId。作为替换,在执行代码中,将使用 DtGlobalObjectDesignator 来编码和解码该类型。用户可以用配置文件中的 mapRtiObjectId-ToGlobalId 参数来设置该属性,默认为 true。

配置代码参数的步骤如下:

(1) 选择 Configuration→Preferences。将打开 Preferences 对话框(图 9-2)。

（2）如果想要指定一个 Namespace,选中 Use Namespace,并输入一个用于表示 namespace 的名称。

（3）如果想要生成例子,选中 Generate Examples 选项。

（4）如果想要映射 RTIObjectId 到全局对象生成器,选中 Map RTIObjectID to DtGlobalObjectDesignator 选项。

（5）点击 OK 按钮。

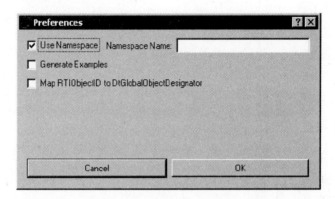

图 9 – 2　Preferences 对话框

9.3.5　选择输出目录

用户必须为代码生成器指定输出保存目录。如果用户没有使用下述的过程为其指定输出目录,则当用户第一次生成代码时,用户会被提醒指定一个输出目录;之后,代码生成器一直使用该目录,直到用户再次指定使用另一个不同的目录。

指定输出目录的过程如下:

（1）选择 Configuration→Choose Output Directory,打开一个选择窗口。

（2）选择输出目录。

（3）点击 OK 按钮。

9.3.6　生成对象和交互

要生成代码,选择 Build→Generate,或者点击 Generate 按钮。

9.4　生成的代码

VR – Link 代码生成器生成的文件包含了所有的枚举型、数据类型、网络类型、各种用来执行对象的发布和订购的类和包含在 FOM 定义文件之中的各种交互。

9.4.1 枚举型

枚举文件生成于 OMT 或者 XML 文件中的枚举数据类型,该文件名为 Fom-NameEnum. h,其中 FomName 是用户载入的定义文件中 FOM 的名称,在网络上枚举文件的大小由载入的定义类型来决定,如下所述:

(1) 如果用户载入的是 XML 文件,则大小由 XML 文件中它的表示来决定。

(2) 如果用户载入的是 OMT 文件,那么,枚举的名称以 EnumX 结尾,其中 X 是枚举文件的大小,代码生成器使用 X 作为枚举的大小。例如,RPR－FOM 包含了一个叫做 ActionEnum32 的枚举,该枚举的大小就是 32 位;如果枚举没有以此格式指定,默认为大小为 32 位。

9.4.2 数据类型

VR－Link 代码生成器生成用于表示复杂数据类型和它们网络类型的文件,这些文件分别被命名为 FomNameTypes. h 或者. cxx、FomNameNetTypes. h 或者. cxx。如果定义文件是 OMT 文件,这些类型由复杂的数据类型生成;如果定义文件是 XML 文件,那么这些类型由 simpleDataTypes、arrayDataTypes、fixedRecord-DataTypes 和 variantRecord-DataTypes 数据类型的混合生成。

在对象或者交互执行文件中使用的新的数据类型就会被生成,这些类型中带有动态(+)标示(dynamic (+) cardinality)的任何部分是使用 STL 矢量生成的。

9.4.3 对象和交互

对于每一个对象,都会创建 DtStateRepository、DtObjectPublisher、DtReflecte-dObject、DtReflectedObjectList、DtHlaStateEncoder 和 DtHlaStateDecoder;对于每一个交互,都会创建 DtInteraction、DtInteractionEncoder 和 DtInteractionDecoder。每一个交互、发布器和映射列表都知道对应于哪一个 FOM 对象或者交互。因此,不需要任何的 FOM 映射。在代码生成以后,用户发送或者接收一个对象所需要做的仅是实例化正确的发布器或者映射列表。同样,要发送或者接收一个交互,仅需要适当地发送该交互或者对该交互添加适当的回调函数。所有的编码和解码工作都已经封装到了对象和交互的类里面。

9.4.4 工程文件/make 文件

随着代码生成的还有 Windows 系统下的工程文件和 UNIX 系统下的 make

文件。这就允许用户编译生成一个动态的库,用户使用该库能够与应用程序代码相连接达到合并生成的 FOM 扩展的目的。要想编译一个库,需要设置环境变量 VRLINK_DIR 和 RTI_DIR 分别指向 VR – Link 和 RTI 的目录。对于 Windows 系统,会生成 MSVC ++7.1 工程文件,用户可以使用 Microsoft Visual Studio 2005 将它们转换为 MSVC ++8.0 工程文件。

9.4.5 不能够被解码和生成的属性和类型

在一些情况下,代码生成器不能够对复杂的数据类型或者属性进行正确的编码或者解码,如下所述:

(1) 如果一个复杂的数据类型包含了不止一个动态标示的成分,则代码生成器就不能够生成对其译码后的代码。这是因为代码生成器不能确定两个可变长度数据块的大小。

(2) 如果一个属性或者复杂的数据类型包含可变大小数据的成分,那么,它也是可变大小的,则代码生成器不能生成其代码。

(3) 如果复杂的数据类型包含了一个变量记录(Variant Record),代码生成器会尽量对其进行编码和译码来生成代码。用户应该将生成的代码作为指导性的代码(Guideline)。由#if0 括起来,因此,它不会被意外的编译,而且会加入编译错误。

在所有的情况下,当用户进行编译时,都会加入#error 来提醒用户注意潜在的问题。

第 10 章　DIS 关联接口

VR - Link 的协议无关接口为用户提供了大部分仿真需要与 DIS 演练交互的功能。但是,某些程序需要能更熟练应用 DIS 参数。本章主要描述 VR - Link 的 DIS 关联接口。

注意:如果用户的应用程序对 DIS 和 HLA 都支持,或者用户计划在今后增加该功能,请把与 DIS 关联的编码封装在预处理程序指示对(Preprocessor Directive Pair)中,以确保用户在试图使用 HLA 时,该功能不被编译:

```
#if DtHLA
        //HLA code
#elif DtDIS
        //DIS – specific code
#endif
```

10.1　处 理 PDU

协议数据单元(Protocol Data Unit,PDU)是 DIS 应用用来发送数据的机制。VR - Link 的 DtPdu 类(pdu. h)用于描述 DIS PDU。DtPdu 是抽象的基类。所有的 PDU 类都派生于 DtPdu。每个 VR - Link 支持的交互都有交互的 PDU。例如,开火交互就由 DtFirePdu 交互的表示。与 HLA 匹配的交互 PDU 派生于 DtInteraction,其本身是一个空类,也是由 DtPdu 派生而来。我们提供了类型的定义以便用户查阅。例如,协议无关代码中 DtFirePdu 当作 DtFireInteraction 使用。

所有 DIS 2.0.4(IEEE1278.1)和 2.1.4(IEEE1278.1a)PDU 在 VR - Link 中都有各自实现的 PDU 类。由于近 70 多种 PDU,所以在该手册中不能描述出其所有的查值函数和变值函数。

派生的 PDU 类提供变值函数和查值函数来设置检查 PDU 域的值。报头信息可以从 DtPdu 的成员函数中获得。总体上,查值函数和检查过的域的命名相同,并返回检查的值,如 DtEntityStatePdu::entityType()。变值函数有相同的命名,加上前缀 set,如 DtEntityStatePdu::setEntityType()。

请查阅所有 PDU 类成员函数确定原型的报头文件。

10.1.1　发送 PDU

发送 PDU 和发送交互过程相同,在5.3.1"发送交互"中介绍过。本节包括附加的 DIS 关联信息。

用户使用 DtExerciseConn∷send( )或者 DtExerciseConn∷sendStamped( )函数发送 PDU。sendStamped( )成员函数发送 PDU 副本。PDU 报头拥有演练 ID和时戳域,设置 DtExerciseConn 的演练 ID 和当前时间。send( )成员函数不更改 PDU 报头。

下面的例子说明如何建立和发送发射机的 PDU:

DtExerciseConn exchange(…);

…

//Create a DtTransmitterPdu

DtTransmitterPdu pdu;

//Fill the PDU with data

pdu. setEntityId(DtEntityIdentifier(1,2,3));

pdu. setRadioId(4);

pdu. setTransmitState(DtOn);

…

//Send to the exercise

exConn. sendStamped(pdu);

通常,send( )和 sendStamped( )发送 PDU 到 DtExerciseConn 默认 IP 目的地址(详情请参见第 5 章的 5.2.2"为 DIS 创建演练连接")。但是,这两个函数有一个可选参数指定不同的目的地址。例如,发送 PDU 到 IP 地址为207.86.232.1 的机器,使用

exConn. sendStamped(pdu,DtStringToInetAddr("207.86.232.1"));

提示:应用程序通常以本节描述的形式发送交互 PDU。PDU 一般通过 Dt-EntityPublisher 来管理发送实体状态 PDU。

10.1.2　接收 PDU

程序通过回调处理接收的 PDU。接收 PDU 的过程实际上和第 5 章介绍的接收交互相同。本节介绍附加的 DIS 关联信息。

和第 5 章所介绍的协议无关接口类似,VR - Link 使用 PDU 的静态函数 addCallback( )注册回调,在回调函数中,用户应用 PDU 类的查值函数来检验 PDU的域。

181

提示:DtExerciseConn 的 DIS 版本中有注册和解除注册的函数 addPduCallback( )、removePduCallback( )。但是,这些函数只能被 PDU 类的静态 addCallback( )函数使用,并且不能直接被程序代码调用。如果程序直接调用 DtExerciseConn 函数,那么 PDU 类不能在 DtPduFactory 中得到注册(这种情形发生在 PDU 类的 addCallback( )函数中),VR – Link 也不能正确地创建类的实例传递用户的回调函数。关于 DtPduFactory 的更多信息,请参阅本章的 10.1.6"DtPduFactory"。

1. 进一步控制接收 PDU

大部分应用程序使用 VR – Link 的回调机制处理接收的 PDU。实际上读取和分派 PDU 给回调的是 DtExerciseConn∷drainInput( )。但是,为了给用户提供更多灵活性并控制从网络上读取 PDU,DtExerciseConn 提供给用户 drainInput( )函数的入口。

drainInput( )函数通过多次调用 readAndProcess( )函数起作用。readAndProcess( )函数使用 netRead( )函数试图从网络中读取单个 PDU,然后把 PDU 传递给 processPdu( )函数。这样,所有的回调都从中被调用。应用程序代码使用其中任一函数来代替调用 drainInput( )函数。

2. 使用 netRead( )函数

netRead( )函数试图从网络上读取数据包,构造来自网络描述的 PDU 类的实例,并且返回实例。如果用户直接使用 netRead( )函数,请注意如下事项:

(1)由于效率原因,连续调用 netRead( )函数返回使用同一缓存来存储网络描述的 DtPdu。在下一次调用 netRead( )函数之前应用程序必须清除由 netRead( )返回的 DtPdu。否则,前面生成的 DtPdu 数据就会丢失。应用 readAndProcess( )或者 drainInput( )函数,可以确保在下一次调用 netRead( )之前,每个 DtPdu 都会被清除,这就是应用这两个函数更安全的原因。

(2)因为根据 PDU 种类的 PDU 过滤在 DtSocket 层次完成(在数据包到达 netRead( )函数之前),如果允许过滤,netRead( )函数仅能返回这些类型的 PDU,其关心的部分已注册过。如果用户正在使用 netRead( ),用户应当用 DtExerciseConn∷disableFiltering( )函数来关掉过滤功能,或者用 DtExerciseConn∷addInterestInPduKind( )函数以用户想要接收 PDU 类型明确注册所关注的部分。

(3)当一般的应用程序调用 PDU 的 addCallback( )函数时,PDU 类通过 DtExerciseConn 注册自身。注册允许 DtExerciseConn 知道建立哪类派生的 DtPdu 来表示特殊种类的 PDU 的接收。如果用户使用 netRead( )而不是 addCallBack ( )函数,要确认用户打算使用的所有 PDU 类都用 DtPduFactory 进行过注册。关于更多的信息,请查阅 10.1.6"DtPduFactory"。

netRead( )可选的返回代码参数是一个指向返回代码的指针,该返回代码根据如下 netRead( )选项的结果设置:

(1) 如果 PDU 能够顺利读取,那么 retCode 就被设置为 DtNET_READ_SUCCESS。如果没有 PDU 可以读取,那么 retCode 就设置为 DtNET_READ_NO_PACKETS,并且返回空值。

(2) 如果 DtExerciseConn 通过 DtClientSocket 与数据包服务器连接,而且接收到表示数据包服务器控制信号的数据包,而不是接收到 DIS PDU,那么 retCode 就被设置为 DtNET_READ_SERVER_MSG。

(3) 如果数据能够被读取,并且此数据不是来自正确的 DIS 版本的 PDU,那么 DtNET_READ_BAD_PACKET 就需要明确表示出来。

(4) 如果 PDU 域的长度和实际的数据包大小不符,那么数据包就会被状态 DtNET_READ_SIZE_MISMATCH 拒绝。

所以,应用程序使用 netRead( )函数方法如下:

```
DtExerciseConn exConn( . . . );
…
int retCode;
while( 1 )
{
    DtPdu * pdu = exConn. netRead( &retCode );
    if( retCode = = DtNET_READ_SUCCESS )
    {
    //do something with the PDU
    …
    delete pdu;
    }
}
```

3. 应用 readUntil( )函数

readUntil( )的应用和 drainInput( )函数相似。readUntil( )能够对 PDU 进行反复读写。不同之处在于:当调用 PDU 进行数据处理时,如果 predicate( )函数返回 true,或当达到 timeout 秒之后,不管二者哪个先发生,readUntil( )函数返回。如果 timeout 秒之后,readUntil( )函数返回 DtOtherPduKind;否则,readUntil( )函数就返回使 predicate( )函数返回 true 的 PDU 类型。用户必须提供 predicate( )函数,其特点如下:

```
int predicate( DtPdu * pdu, void * arg );
```

readUntil( )的特点如下：

DtPduKind readUntil(DtPredicate predicate,void * arg,

DtTime timeout,DtTime sleepTime)；

传递给 readUntil( )函数的 arg 参数在 predicate( )函数每次被调用时作为 arg 参数被传递给该函数。

如果没有有效的 PDU 可读,readUntil( )函数在再次调用前休眠 sleepTime 秒。小于 0 的超时设置导致 readUntil( )函数连续调用,没有休眠。

10.1.3　在 PDU 报头检查和设置数据

DtPdu 类有检查和设置 DIS PDU 报头的函数。不同版本的 PDU 域通过 Dt-Pdu 派生的类成员函数来存取数据。

下面几个 DtPdu 成员函数在 PDU 报头中返回各自域的值

◆ protocolVersion( )

◆ exerciseId( )

◆ kind( )

◆ protocolFamily( )

◆ length( )

DtPduKind 和 DtProtocolFamily 枚举在 disEnums. h。

表 10 - 1 描述了另外一些设置和返回数据的函数。

表 10 - 1　DtPdu 成员函数

函　数	功　能　描　述
timeStamp( )	返回一个表示时间的浮点型数(秒),时间以 PDU 时戳编码。更多相关信息,请参阅第 3 章中的"时戳"
timeStampType( )	返回 DtTimeStampRelative 或 DtTimeStampAbsolute,取决于 PDU 时戳类型。更多的信息,请参阅第 3 章中的"时戳"
setExerciseId( )	设置 PDU 报头的演练 ID 域的值
setTimeStamp( )	设置 PDU 的时戳为 time 模除 3600,设置时戳类型为 relOrAbs。时间指的是 PDU 的有效时间,以秒为单位。relOrAbs 必须是 DtTimeStampRelative 或者是 DtTimeStampAbsolute。默认值为 DtTimeStampRelative。更多的信息,请参阅 3.7.6"时戳"
setVersion( )	设置协议版本域的值
print( )	以可读方式打印 PDU 的全部内容,包括报头和数据位,通过先调用函数 printData( ) 再调用函数 printHeader( )来实现。这也是 netdump 打印 PDU 内容所使用的函数。printHeader( )函数打印 PDU 的报头信息,printData( )函数是打印报头下面的数据信息的虚函数。printData( )的基类版本打印十六进制数据

其它的报头信息在构造 DtPdu 时已经设置好,并且设置不能再改变。详情请参阅 10.1.5"DtPdu 构造函数"。

10.1.4　获得 PDU 的网络描述

DtPdu∷packet( )返回一个存储 PDU 网络描述的缓存指针——如果用户能够在给定时间里发送 DtPdu,那么 PDU 的精确字节就会被发送到网络中。这是一个指向内部缓存的指针。在大部分情况下,用户不要试图修改它。用成员函数来设置特定域的值。

然而,如果用户想要直接改变流向网络的数据,可以更改网络描述值。如果用户更改,那么就要负责保证数据的一致性,并且确保缓存能表示有效的 PDU。

提示:这只适用于在网络描述缓存中存储当前数据的 DtPdu 类(与当 packet( )函数被调用时,在其它的描述中存储并且很少转换到网络描述相反)。由此看来,当所有 DtPdu 类已经选择了此种执行方式,那么程序将来很可能选择其它的执行方式。

10.1.5　DtPdu 构造函数

因为 DtPdu 是一个抽象类,用户不能直接创建 DtPdu 实例。用户只能建立由 DtPdu 派生类的实例。

所有的 PDU 类至少有两个构造函数,一个空的 PDU 构造函数,一个来自网络描述的构造函数。

1. 建立空白 PDU

空的 PDU 构造函数建立一个空白的、最小的 PDU。我们所说的最小的 PDU 指的是在可变长度 PDU 大小和此种 PDU 合法拥有的最小尺寸大小相同。例如,DtDataPdu 构建的空 PDU 构造函数有零固定数据字段和不可变数据字段;DtEntityStatePdu 构建的空 PDU 构造函数有零连接部分。我们所说的空 PDU 指的是 PDU 中报头后面的所有字节位都是零(虽然在一些情形下其它值更能准确地表示空字段的概念)。

2. PDU 报头信息

构建一个空 PDU 构造函数时,协议版本被设为 VR – Link 全局变量 DtProtocolVersionToSend(pdu. h),如果用户用 DtDISVERS = 5 语句建立,DtProtocolVersionToSend 的全局变量默认值为 5(IEEE 1278.1)。

如果用户想要指明全局变量为 4(DIS 2.0.4),那么设置 DtProtocolVersionToSend 为 4;想要指明 DIS 2.1.4/IEEE 1278.1a,则设为 6。

PDU 类型和协议组取决于用户建立的 PDU 类(基于虚函数 internalGetPdu-

Kind( )的返回值,必须在派生的每个 PDU 类中都定义)。如上面的定义,intern-alGetPduKind( )的长度就是 PDU 的最小长度,exerciseId 和时戳都是零。

空 PDU 构造函数中有一个可选的缓存参数。在大多数情况下,用户可以忽略这个参数,使用默认值 DtUSE_INTERNAL_BUFFER。空 DtPdu 是如下方法建立的:

DtFirePdu pdu( );

或者

DtFirePdu pdu;

在 10.1.7"PDU 类中使用外部缓存"一节中对缓存参数的循环应用做了概述。

空 PDU 构造函数一般应用于创建用户将要发送的 PDU。创建 PDU 之后,用户能应用 PDU 的成员函数来设置多个数据,然后传递给 DtExerciseConn∷sendStamped( )函数用来发送数据。

3. 构造来自网络描述的 PDU

来自网络描述的构造函数带有一个指向 PDU 网络描述作为参数的指针,并且构造一个 DtPdu 对象,该对象用来表示该 PDU。我们所说的网络描述指的是在网络中表示 PDU 的包含精确字节的缓存。

应用程序很少需要为 PDU 直接使用源于网络描述的构造函数。最普遍的应用是借助于 DtPduFactory。DtPduFactory 由 DtExerciseConn 为了构造传递给应用回调的 PDU 类对象,在从网络接收数据包之后使用。

类似于空 PDU 构造函数,来自网络描述的 PDU 类构造函数有一个可选的缓存参数。此参数的使用方法与空 PDU 构造函数的缓存参数使用方法相同,空 PDU 构造函数的缓存使用方法在 10.1.7"在 PDU 类中使用外部缓存"中进行讨论。

每个来自网络描述构造函数的 PDU 类需要 PDU 类型的网络描述作为参数。例如,DtFirePdu 构造函数必定地需要 DtNetFirePdu。

通过 PDU 类构造函数创建来自网络描述的 DtPdu 时,传递的参数必须是一个有效的 PDU 网络描述。在创建网络描述之后,用户可以用 status( )成员函数来检验 DtPdu 表示的是否是有效数据。如果 status( )函数返回 DtSTATUS_OK,则是有效数据。其它情况,DtPdu 的应用结果则是未定义的。status( )函数的返回值的意义依赖于 PDU 的类型,并且会给出 PDU 表示无效的提示。

通常,并不是所有的 DtPdu 构造函数能检验出状态。因此,DtSTATUS_OK 表示的状态不一定必须意味 PDU 是有效的。但是,DtSTATUS_OK 之外的状态则意味着 PDU 是无效的。

用户要建一个并不知道 PDU 类型的源于网络描述的 DtPdu 对象,可以使用 DtPduFactory::createPdu( )成员函数(pduFactory. h)。

10.1.6　DtPduFactory

DtPduFactory 实现一种"虚拟构造",通过维持 PDU 类型和建立相应 PDU 类对象的函数之间的表格相联系。

createPdu( )函数检查信息包中 PDU 的种类,然后从表中传递类和缓存参数给构造函数。反过来,构造函数封装来自网络描述的构造函数的恰当的 PDU 类(构造函数自身不能加到表格中)。createPdu( )返回指向新创建的对象的指针。

如果信息包中的 PDU 类型没有可以执行的单独的 PDU 类(也就是说,在 DtPduFactory 中没有关于 PDU 类型的已注册的构造函数),则创建 DtUnknownPdu。要获得更多相关信息,请查阅 10.2.1"使用 DtUnknownPdu"。

用户可以使用 DtExerciseConn::pduFactory( )函数来获得指向 DtExerciseConn 用来创建 PDU 类对象的 PDU 工厂的指针。

给定包含 PDU 网络描述的缓存(也许是用户从文件中读取的),用户可以应用函数 DtPduFactory 来创建如下 PDU 类的正确类型:

DtExerciseConn exConn(. . .);

…

//buffer contains the network representation of some PDU

char * buffer = . . . ;

//Grab a pointer to our DtExerciseConn's DtPduFactory

DtPduFactory * fact = exConn. pduFactory( );

//Cast the buffer to a DtNetPacket * before passing it to

//createPdu to indicate you are treating it as the network representation of a PDU.

DtPdu * pdu = fact –> createPdu((DtNetPacket *)buffer);

createPdu( )函数拒绝那些小于 DtProtocolVersionToRecvMin,或者大于 DtProtocolVersionToRecvMax 协议版本的数据包(返回 NULL)。这些变量是在 pdu. h 中声明的全局变量。当令 DtDISVERS = 5 时,上述两个参数的默认值分别为 4 和 6,所以 DIS 2.0.4(IEEE 1278.1)和 2.1.4(IEEE 1278.1a)PDU 都接受这两个变量。

默认情况下,DtExerciseConn 创建一个空 DtPduFactory,该空 DtPduFactory 并不知道 PDU 类型和 PDU 类之间的联系。但是,当用户调用 PDU 类的 addCallback( )函数时,该 PDU 类以演练连接中的 PDU 工厂进行自注册。如果用户使用 DtPduFactory,不用 VR – Link 的 PDU 回调机制,那么用户必须用 DtPduFactory

对所有可能用到的 PDU 类进行构造函数的注册。

每个 PDU 类都有一个 create( ) 的静态成员函数,该成员函数是为 PDU 的创建函数服务的。这些创建函数有如下的特点:

DtPdu ∗ create(const DtNetPacket ∗ initial,

　　　　　　DtBufferPtr buffer = DtUSE_INTERNAL_BUFFER) ;

所以,举例来说,要改变 DtExerciseConn 的 DtPduFactory,以便创建 DtEntityStatePdu 来表示 PDU 的种类数 10,可以这样做:

DtExerciseConn exConn(. . .) ;

…

exConn. pduFactory( ) –> addCreator(DtPduKind(10) ,DtEntityStatePdu∶∶create) ;

NULL 创建函数加到 PDU 类型上用来表示该类型不存在相应的 PDU 类,并且应该用 DtUnknownPdu 来代替。

10.1.7　在 PDU 类中使用外部缓存

每个 DtPdu 都存储一个它表示的 PDU 的网络描述符。它是一个指向网络描述的指针,并可以通过 packet( ) 函数返回。通常,网络描述数据的内存被 DtPdu 类在其构造函数内分配,而在其析构函数内删除。

某些情况下,用户希望 DtPdu 类使用一个特定的内存区域存储网络描述数据(如堆栈存储区或者一块共享内存池)。为此,所有 PDU 类的构造函数都有可选的缓存参数。用户可以定义一个指向一个指定 DtBufferPtr 的存储区的指针,并把它当作缓存参数传递,以此指示 DtPdu 应把它的网络描述数据存入其中:

char buffer[144] ;

// construct blank PDU,but use buffer to store network representation

DtEntityStatePdu pdu(DtBufferPtr(buffer)) ;

当然,用户想让 DtPdu 使用外部的存储区来存放网络描述的最普遍原因是提高效率。当通过 PDU 网络描述符来构造一个 DtPdu 时,如果用户指明已被网络描述占用的存储区不能被 PDU 用于存储其网络描述,则要避免复制网络缓存。例如:

DtNetFirePdu ∗ netPacket = ... ;

DtFirePdu(netPacket,DtBufferPtr(netPacket)) ;

事实上,这正是 DtExerciseConn 类创建 PDU 类对象时所做的工作。它从网络上读取一个数据包并放入缓冲区,然后通知 PDU 对象使用此区存储网络描述。这些数据不需要复制到 DtPdu 内部的缓冲区。

当把一个外部存储区指针传给空的 DtPdu 构造函数时,请注意以下几点:

（1）确保外部缓冲区足够大，以满足特定的 DtPdu 对象所需的最大网络描述。

（2）确保外部存储的生命期延续到 DtPdu 的生命期。

（3）一旦把缓冲区指针传给 DtPdu 构造函数，它在其持续期间内属于 DtPdu 对象。以后通过 DtPdu 的变值函数和查值函数对缓冲区的修改将产生未定义的行为。

（4）此存储区由应用程序分配，所以 DtPdu 对象不会释放它，这需要应用程序完成。

10.1.8　复制 PDU

DtPdu 类有复制构造函数和运算符重载，用户可以用下面的复制对象：

DtPdu pdu1,pdu2；

pdu1 = pdu2；

pdu1 包含的数据和 pdu2 相同，但两个对象不共用任何数据对象。

从 DtPdu 类继承的类通常没有复制构造函数或重载运算符，为确保数据正确地从一个 PDU 复制到另一个中，用户必须使用 PDU 的网络描述，例如：

DtFirePdu pdu1；

DtFirePdu pdu2((const DtNetFirePdu *)pdu1.netRep())；

当使用标准的 PDU 类的构造函数，PDU 类的构造函数有一个可选的缓冲参数（更多信息可参阅 10.1.7"在 PDU 类使用外部缓存"）。使用缓存区复制 DtPdu 数据的方法如下：

DtPdu pdu1；

DtPdu pdu2(pdu1,buffer)；

复制继承于 DtPdu 的 PDU 使用外部缓存区的方法如下：

DtFirePdu pdu1；

int sz = pdu1.length()；

char * bfr = new char[sz]；

DtFirePdu pdu2((const DtNetFirePdu *)pdu1.netRep(),(DtBufferPtr)bfr)；

10.1.9　获取对象的 ID

DtExerciseConn 类有一个 DIS 关联函数——nextId()。nextId()成员函数获得用户正在仿真的对象 ID。它返回一个 DtObjectId(objectId.h)类型的对象。

用户可以不用使用 nextId()函数选择自己的实体 ID。

DtObjectId 已定义为 DtEntityIdentifier 类型(hostStructs.h)的一个类，它描述

189

了由位置 ID、应用程序编号、实体编号三元组的 DIS 标识。当我们想要在协议无关版本中参考一个标识符时,使用 DtObjectID 而非 DtEntityIdentifier 或 RTI：：ObjectID( )。

DIS 版返回一个由 DtExerciseConn 的位置和主机及实体编号组成的标识符,此标识符比先前调用 nextId( ) 函数返回的大得多。但这不能保证在 DIS 演练中实体 ID 的唯一性。

10.2　处理非标准 PDU

许多 VR – Link 的使用者需要使用非 DIS 标准的 PDU,因此不在 VR – Link 中执行。但是 VR – Link 可以像执行 VR – Link 中的 PDU 一样使用用户定义的 PDU。

有两种方法可以使用用户定义的 PDU：

(1) 使用 DtUnknownPdu 描述用户自己的 PDU。

(2) 从 DtPdu 继承的类。

有时,使用 DtUnknownPdu 描述简单的 PDU 要比用 C 语言结构体容易。事实上,DtUnknownPdu 仅用作对这种结构体的封装。继承用户自己的 DtPdu 类要预先做些额外工作,但在应用程序中使用方便,尤其是当 PDU 是可变长度或有几个变量时。

10.2.1　使用 DtUnknownPdu

用户可以使用 DtUnknownPdu(unknownPdu. h) 描述一个没有 PDU 类的 PDU,包括用户开发的新的或实验性质的 PDU。

使用 DtUnknownPdu 类发送 PDU：

(1) 用用户想发送到网络的准确字节填充缓存区(可能会是 C 结构)。确定这个结构体包含 DIS PDU 报头。此结构体定义在 pduHeader. h 中(include/packets)。通过使用像 DtNetInt32(NetTypes. h) 中的 “Net” 类型,用户可以保证平台的独立。当用户使用小型 endian 机器,在分配一个 Net 类型数据,并且一个 Net 类型转化为本地类型字节时,执行交换。

提示：当 VR – Link 设置数据的网络字节次序时,它设法使用操作系统调用字节转换。在一些操作系统上,这些调用可以使处理器指令或 NO – Ops 自动化(beatomic)。

(2) 将网络描述数据传给 DtUnknownPdu 来自网络描述数据的构造函数。

(3) 用 DtExerciseConn：：sendStamped( ) 函数发送 PDU。

例如,假设用户用 a 和 b 两个变量创建了一个 TestPDU,并选择 PDU 类型编号为 220 表示此 PDU:

```
//Define the structure of your network representation
typedef struct NetTestPdu
{
    DtNetPduHeader header;
    DtNetInt32 a;
    DtNetInt32 b;
} NetTestPdu;
//Create an instance of the structure and fill in the net representation
NetTestPdu aNetPdu;
aNetPdu. header. version = 5;
aNetPdu. header. DtExercise = 1;
aNetPdu. header. DtLength = sizeof( NetTestPdu);
aNetPdu. header. DtKind = 220
…
aNetPdu. a = 10;
aNetPdu. b = 11;
//Create a DtUnknownPdu from this network representation
DtUnknownPdu pdu( ( DtNetPduHeader * )&aNetPdu);
//Send the PDU as you normally would
exConn. sendStamped( pdu);
```

在接收端,DtUnknownPdu 没有 addCallback( ) 或 removeCallback( ) 函数,因为一个 DtUnknownPdu 对象不知道用户对哪种 PDU 感兴趣。但用户仍可以用 DtExerciseConn 注册一个针对指定类型 PDU 的回调函数,即 220 表示的类型。注意,在这把整数 220 映射到 DtPduKind 枚举。

```
exConn. addPduCallback( DtPduKind( 220), testCallback, NULL);
```

由于 220 不是 VR – Link 知道的 PDU 类型,当它收到此类型的数据包时将创建一个 DtUnknownPdu 对象并发送给用户的回调函数。用户根据需要可在回调函数中把 DtPdu * 类型转化成 DtUnknownPdu * 类型。但这并没必要,因为用户用 DtUnknownPdu 做的唯一有意义的就是获得网络描述,描述通过 DtPdu 的成员函数完成。

```
void testCallback( DtPdu * pdu, void * usr)
{
```

191

```
//Get the PDU's network representation, and cast it to a
//NetTestPdu structure, so that you can access the data
NetTestPdu * aNetPdu = pdu -> packet();
int a = aNetPdu -> a;
int b = aNetPdu -> b;
}
```

10.2.2 派生 DtPdu 的类

VR – Link 的 DtExerciseConn∷send() 和 DtExerciseConn∷sendStamped() 函数可以发送任何类型的 PDU,只要传递的对象类型是派生于 DtPdu。因此,要发送用户自定义的 PDU,可以写一个派生类,然后用户就可以立即使用此类及其函数。

当 DtExerciseConn 从网络收到数据包时,就根据数据包中的 PDU 类型创建一个对应派生于 DtPdu 类的对象。例如,当收到一个描述实体状态的 PDU 时就创建 DtEntityStatePdu 对象。由于此,VR – Link 需要知道继承类的存在,用 VR – Link 对类的注册常在用户的 PDU 类的 addCallback() 函数中执行。

下例创建一个可变长度的 PDU,TestPdu 类描述一个假定的变长度"Test PDU",它含 3 个成员:整型变量"a"、变长度的整型数组"b"(其基数是"a"的值)、一个浮点型成员 c,此例的代码在./examples/extend/testPdu 中。

从 DtPdu 派生一个类:

(1) 创建一个 PDU 格式,即一个用于 PDU 网络描述符的结构体(VR – LinkPDU 的所有网络描述都在 include/packets 下)。通过使用像 DtNetInt32 (NetTypes.h)中的"Net"类型,用户可以保证平台的独立。当用户使用小型 endian 机器,字节交换在分配一个 Net 类型数据并将其转化为本地类型时被执行。在所有网络描述符中,第一个变量是一个 DtNetPduHeader。如果用户创建一个固定长度的 PDU,结构体应描述 PDU 的整体结构。对于一个变长度的 PDU,PDU 的整体结构不可能完全被描述。要尽可能用 C 类型的结构体定义网络描述结构体。由于只把缓存区的指针传给结构体,并没有创建结构体的实例或依赖结构体的长度,结构体中的整数集 b 没有妨碍。用户根本不能通过结构体获得 c 的值,因为它在变长度数组 b 后,但可以通过计算字节数获得。

```
typedef struct NetTestPdu
{
    DtNetPduHeader header;
    DtNetInt32 a;
```

DtNetInt32 b[1];

} NetTestPdu;

（2）扩展的 DtPduKind 枚举类型,增加了可选值。它是在 PDU 报头的类型变量中末尾的数。选择的 PDU 类型值不能被其它的 PDU 使用,推荐查值范围是 220～255。

const DtPduKind TestPdu Kind = DtPduKind(220);

（3）创建一个 TestPduCb 类。这个类型的函数可以被注册为回调函数以被调用去接收 TestPDU。首先需要声明 TestPdu。

class TestPdu;

typedef void(* TestPduCb)(TestPdu * pdu,void * usr);

（4）创建 TestPdu 类的定义。

① 每个派生于 DtPdu 的类都必须有两个所有 PDU 类都拥有的标准构造函数(参阅 10.1.5"DtPdu 构造函数")。用户的 DtPdu 可以有别的构造函数,但这两个标准函数一定要有。

② PDU 类提供虚函数 internalGetPduKind( )的定义,此函数返回该 PDU 类型使用的 PDU 类型值。

③ 用户的类必须为回调函数管理提供静态函数 addCallback( )、removeCallback( )以及返回类的新实例的静态函数 create( )。

④ 大多数 DtPdu 的子类提供查值和变值函数以检查和设置用户的 PDU 数据成员,但 VR－Link 不要求这样。

可以如下定义 TestPdu 类:

//Define the TestPdu class.

class TestPdu:public DtPdu

{

public:

//Blank constructor－constructs a blank TestPdu ready to

//be filled out and sent by application code. Required.

TestPdu(DtBufferPtr buffer = DtUSE_INTERNAL_BUFFER);

//From－network－representation constructor. Constructs a PDU from an

//already－filled－out buffer containing the exact bytes that represent

//this type of PDU. This constructor is used by VR－Link(through the

//static create function)to create an instance of this class from

//PDU data received from the network. Required.

TestPdu(const NetTestPdu * initial,

DtBufferPtr buffer = DtUSE_INTERNAL_BUFFER) ;

//Destructor – Not required by VR – Link, but should be written if this
//class has any dynamic data that needs to be cleaned up.
virtual ~ TestPdu( ) ;
//Copy constructor. Not required by VR – Link, but needed if
//you will ever want to copy TestPDU.
TestPdu(const TestPdu& orig) ;
//Assignment operator. Not required by VR – Link, but needed if
//you will ever want to copy TestPDU.
TestPdu& operator = (const TestPdu& orig) ;
//Virtual function override. Prints the data values in the PDU. Not
//strictly required, but encouraged, since otherwise calling print( ) on
//an instance of this class will merely print raw hex data.
virtual void printData( ) const;
//inspector and mutator functions for the PDU class's data. These will
//look different for each DtPdu subclass. None are required by VR – Link,
//but the class will not be particularly useful without a way to get data
//in and out in a typesafe manner.
//Set/Get the value of a.
virtual void setA(int val) ;
virtual int a( ) const;
//Set/Get the index'th element of the "b" array.
//(Alternatively, we could have created setB( ) and b( )
//functions that set or returned the whole array all at once.)
virtual void setB(int index, int val) ;
virtual int b(int index) const;
//Set/Get the value of c.
virtual void setC(float val) ;
virtual float c( ) const;
//Returns a pointer to the PDU's network representation by
//casting the value returned by the base class' packet( )
//function to a NetTestPdu. We include both const and non – const versions.
//These functions are optional, but they make it easier to write
//inspectors and mutators

194

virtual NetTestPdu * netTestPdu( ) ;

virtual const NetTestPdu * netTestPdu( ) const ;

public：

//Create and return a new TestPdu. Basically a wrapper

//around the constructor. It is necessary because pointers to

//static functions like this can be registered with a

//DtPduFactory(which tells VR － Link how to construct an

//instance of a particular kind of PDU) , but constructors cannot.

//Required.

static DtPdu * create(const DtNetPacket * initial,

　　　　　　　　　DtBufferPtr buffer = DtUSE_INTERNAL_BUFFER) ;

//Wrappers around DtExerciseConn's add/removeCallback functions.

//Not required since the DtExerciseConn functions may be used instead,

//but strongly encouraged, so that the non － typesafe cast can be limited to

//this one place. In addition, within addCallback,

//we choose to register this class's

//create function with VR － Link,

//letting VR － Link know to create one of these to

//represent the right PDU kind. If this is not done within addCallback,

//it must be done explicitly by application code that uses this class.

static void addCallback(DtExerciseConn * conn, TestPduCb cb, void * usr) ;

static void removeCallback(DtExerciseConn * conn, TestPduCb cb, void * usr) ;

protected：

//Virtual function override.

//Returns the PDU kind associated with this PDU class.

//This value goes in the header of all instances of this PDU class. Required.

virtual DtPduKind internalGetPduKind( ) const ;

} ;

1. 定义空 PDU 构造函数

定义空 PDU 构造函数的方法如下所示：

TestPdu：：TestPdu(DtBufferPtr buffer)：DtPdu( )

{

　　int minimalSize = sizeof(DtNetPduHeader) + sizeof(DtNetInt32) + sizeof

　　　　　　　(DtFloat32) ;

```
    initPdu( minimalSize , buffer ) ;

}

TestPdu : : TestPdu( DtBufferPtr buffer ) : DtPdu( )

{

    int minimalSize = sizeof( DtNetPduHeader ) + sizeof( DtNetInt32 ) +
    sizeof( DtFloat32 ) ;
    initPdu( minimalSize , buffer ) ;

}
```

传递到 initPdu( ) 的大小是 TestPdu 的最小值；也就是说，矩阵 **b** 由元素 1 和 0 构成。因此 PDU 大小就是报头大小加上 DtNetInt32 域 a 的大小加上 DtNetInt32 域 c 的大小。

initPdu( ) 是基类 DtPdu 的元，并且 initPdu( ) 分配表示 PDU 网络描述和相关条目的存储。

提示：如果该 PDU 是定长的，那么其大小和 NetTestPdu 结构的大小是一样的。

2. 定义来自网络描述(From – Network – Representation) 的构造函数

来自网络描述的构造函数应用应该如下所示：

```
TestPdu : : TestPdu( const NetTestPdu * initial , DtBufferPtr buffer )

{

    initPdu( initial , buffer ) ;

}
```

3. 定义 internalGetPduKind( )

internalGetPduKind( ) 的定义应该返回值 220，这里所用的定义是针对 TestPdu：

```
DtPduKind TestPdu : : internalGetPduKind( ) const

{

    //We defined TestPduKind in testPdu. h as DtPduKind( 220 ).
    return TestPduKind ;

}
```

4. 实现 create( ) 函数

用户可以采用如下格式执行 create( ) 函数

```
DtPdu * TestPdu : : create( const DtNetPacket * initial , DtBufferPtr buffer )

{

    //Return a new'ed instance of this class.
```

```
        return new TestPdu((NetTestPdu * )initial,buffer);
}
```

5. 实现回调注册函数

与回调相关(callback – related)的函数应用如下所示:

```
void TestPdu::addCallback(DtExerciseConn * conn,TestPduCb cb,void * usr)
{
        //Register this class's create function with
        //the DtExerciseConn's pduFactory()
        //so that the DtExerciseConn will know to create an instance of this class to
        //represent incoming PDU of the appropriate kind.
        //If this is not done here,
        //the user of this class will have to explictly register the class with the PDU
           factory.
        conn -> pduFactory() -> addCreator(TestPduKind,TestPdu::create);
        //Cast the TestPduCb to the more general DtPduCallbackFcn()
        //and pass it along
        //with the PDU kind to the DtExerciseConn that maintains
        //the callback lists for all PDU kinds.
        conn -> addPduCallback(TestPduKind,(DtPduCallbackFcn)cb,usr);
}
void TestPdu::removeCallback(DtExerciseConn * conn,TestPduCb cb,void * usr)
{
        //Cast the TestPduCb to the more general DtPduCallbackFcn() and pass
        //it along with the PDU kind to the DtExerciseConn that maintains
        //the callback lists for all PDU kinds.
        conn -> removePduCallback(TestPduKind,(DtPduCallbackFcn)cb,usr);
}
```

6. 编写变值和查值函数

对于定长 PDU,编写变值函数和查值函数是相当简单的。指向 PDU 网络描述的指针存储在 DtPdu 成员中,并可以使用 DtPdu::packet()获取。在域被检查和设值之前,void * 返回值必须指向用户网络描述结构的指针。这时我们就可以使用这个函数来获取指向 PDU 网络描述结构的指针。

当用户为变长 PDU 编写变值函数时,就像 testPdu 所示,在每次改变 PDU 的大小或者布局时用户都需要调用下列 DtPdu 成员函数:

◆ insertBytes( )

◆ deleteBytes( )

另外,用户可能需要做一些指针算法来存取通过静态结构成员无法访问的特定 PDU 域。

insertBytes( )函数在 PDU 网络描述要求的偏移量中插入需要数量的空格。

deleteBytes( )函数从要求的偏移量开始删除需要数量的字节。

这些函数在必要时再分配网络描述的内存,而且也会确确认报头中的尺寸域被更新为最新的大小。

既然 a 表示数组 b 中的元素数量,只要我们通过变值函数改变 a,就必须从 PDU 布局中插入或者删除字节。

7. 变值函数对 a 的操作

代码流程如下:

(1) 获取 a 的原值。

(2) 根据 a 值的增减来确定是输出(Push Down)还是接收(Pull Up)剩余的 PDU 数据。

(3) 设置 a 领域的值。

```
void TestPdu::setA( int val)
{
    int oldA = a( );
    if( val > oldA)
    {
        insertBytes( &( netTestPdu( ) -> b[ oldA]) ,( val - oldA) * sizeof
            ( DtNetInt32) );
    }
    else if( val < oldA)
    {
        deleteBytes( &( netTestPdu( ) -> b[ val]) ,( oldA - val) * sizeof( Dt-
            NetInt32) );
    }
    netTestPdu( ) -> a = val;
}
```

8. 实现查值函数对 a 的操作

实现查值函数:

int TestPdu::a( ) const

```
{
    return netTestPdu( ) -> a;
}
```

9. 实现查值函数和变值函数对 b 的操作

（1）b( )和 setB( )函数获得数组中的索引,这样我们就知道检查或者设置哪一个元素。如果愿意,我们可以做一些边界检查。

（2）可以做边界检查,然后设置在 b 数组的索引元素,或者返回 b 数组的索引元素。

```
void TestPdu::setB(int index,int val)
{
    if(index < 0||index ≥ a( ))
    {
        printf("TestPdu::setB( ):index out of range. \n");
        return;
    }
    netTestPdu( ) -> b[index] = val;
}
int TestPdu::b(int index)const
{
    if(index < 0||index ≥ a( ))
    {
        printf("TestPdu::b( ):index out of range. \n");
        return 0;
    }
    return netTestPdu( ) -> b[index];
}
```

10. 实现查值函数和变值函数对 c 的操作

查值函数和变值函数对 c 域必须做一些指针算法来找到数据被存储在哪里,因为它不能通过结构存储。

```
void TestPdu::setC(float val)
{
    //We can find "c" after the last element of "b".
    DtNetFloat32 * netC = (DtNetFloat32 * )&(netTestPdu( ) -> b[a( )]);
    //val will be implicitly cast to a DtNetFloat32.
```

```
    * netC = val ;

}

float TestPdu∷c( )const

{

    //We can find "c" after the last element of "b".

    DtNetFloat32 * netC = ( DtNetFloat32 * )&( netTestPdu( ) –> b[ a( )]) ;

    //netC will be implicitly cast to a native float.

    return  * netC ;

}
```

10.3   配置用户连接到 DIS 网络连接

如第 5 章"连接到演练"中的描述，DtExerciseConn 服务作为一个应用连接到 DIS 或者 HLA 的演练。DIS 的版本在 dExerciseCon. h 中定义。

DIS DtExerciseConn 使用 DtSocket(vlSocket. h)作为对虚拟网络的更低层次接口。DtSocket 是一个抽象类，其虚函数 DtSend( )和 DtRecv( )允许用户在应用程序之间发送和接收的数据包，而不需要关心实际的通信机制。DtSocket 的子类实现不同的通信方法，带有不同的构造参数。

例如，当 DtExerciseConn 想直接与 IP/UDP 网络通信时，会使用 DtNetSocket(vlNetSocket. h)。而当我们通过 VR – Link 数据包服务器通信时，会使用 DtClientSocket(vlClientSocket. h)。

10.3.1   DtExerciseConn 构造函数

DtExerciseConn 有多个构造函数，其中两个基于其参数创建 DtSocket，第三个以一个已有的 DtSocket 作为参数。

所有的构造函数都有一个演练 ID 做为参数。当使用 sendStamped( )时，演练 ID 被复制到输出 PDU 的报头中，并用于过滤传入的 PDU。只有匹配演练的 PDU 才会通过演练连接传递给应用。如果 DtExerciseConn 演练 ID 设置为零，那么它就可以从所有的演练中读取和处理 PDU。然而，PDU 是不会向演练 ID 传递零，所以演练 ID 为零通常在应用中仅用来监听。一旦 DtExerciseConn 被创建，就可以使用 setExerciseId( )和 exerciseId( )改变或者检查当前的演练 ID。

1. 标准构造函数

DtExerciseConn 的标准构造函数（在 5.2.2"为 DIS 创建演练连接"中描述）：

（1）检查数据包服务器是否运行在特定的 UDP 端口上（仅 UNIX）。

（2）如果存在数据包服务器，则创建 DtClientSocket 与其通信。

（3）如果没有数据包服务器，则创建 DtNetSocket 直接与网络通信。

任一情况下（数据包服务器是非内部模式），DtExerciseConn 接收来自计算机特定端口的任何单播或广播数据包，并且默认的发送数据包到计算机主要网络接口（调用 send（）或者 sendStamped（）没有指定地址时）的广播地址。

2. 带有目的地址的构造函数

DtExerciseConn 的第二个构造函数和第一个很类似，但比标准构造函数多四个参数，它需要目的地址。目的地址用于发生流出数据包时的默认 IP 地址。它可以是单播、组播或者广播地址。

例如，指定数据包只能发送给地址为 207.86.232.1 的计算机：

DtExerciseConn（3000，DtStringToInetAddr（"207.86.232.1"））；

这种情况下，我们仍然可以接收为我们广播和单播地址指定的数据包。

3. 使用二级网络设备

当用户想使用设备而不是计算机主网络设备时，第二个构造函数仍然有用。传送关联需要的设备作为目的地址的广播地址。

提示：这两个设备必须在不同的网络上。UDP socket 无法分辨同一个网络上的两个设备。

4. 带有 DtSocket 指针的构造函数

DtExerciseConn 的第三个构造函数带有指向 DtSocket 的指针，这样就可以由用户完全控制如何创建 DtSocket。用户甚至可以派生用户自己类型的 DtSocket，并传递一个实例给 DtExerciseConn（也许用户要创建一个 SharedMemorySocket）。这种情况下，socket 不会被 DtExerciseConn 对象删除掉。因为用户分配，所以用户有责任删除。然而，用户直到 DtExerciseConn 被销毁后才能删除 DtSocket。

请阅读接下来的章节获取更多的配置信息。一旦 DtExerciseConn 被创建，其 socket（）成员函数就会返回一个正在使用的 DtSocket 指针。

10.3.2　配置 DtNetSocket

在将 DtSocket 传递给 DtExerciseConn 之前，如果用户自己创建，用户有几个附加配置可选。

如果用户要创建 DtNetSocket（vlNetSocket.h），这个类的构造函数除了前面提到的 port 和 destination address 参数之外还有一个 flags 参数。flags 可以和"0"或下面的值进行逐位"或"操作：

◆ DtRead

◆ DtWrite

◆ DtReadWrite

◆ DtQuiet

◆ DtBindToDestAddr

默认情况下,DtSocket 和 DtExerciseConn 可以被用于读写网络。但是通过单独使用 DtRead 或者 DtWrite 标记创建 DtNetSocket,用户可以创建一个只读或者只写的连接。例如:

DtNetSocket sock(3000,DtWrite);

DtExerciseConn conn(&sock,1,1,1);

DtQuiet 标记屏蔽构造函数打印启动诊断信息。

DtBindToDestAddr 标记配置 socket 仅监听数据包指向的地址是目的地址。例如,如果用户仅想接收某个特定多播地址的数据包,而不是广播数据包或者指向用户机器的单播数据包,用户可以指定期望的地址作为目的地址,并使用 Dt-BindToDestAddr:

DtNetSocket sock(3000,DtStringToInetAddr("225.5.6.7"),

　　　　　　　DtBindToDestAddr | DtReadWrite);

DtExerciseConn conn(&sock,1,1,1);

10.3.3 使用异步 IO

VR – Link 3.11 使用新的 DtAsyncNetSocket 类支持 DIS 异步 IO(HLA 的异步 IO 由 RTI 处理)。DtAsyncNetSocket 拥有 DtNetSocket 所有的功能;此外,它可以创建两个线程来读写网络。读线程从网络中读取数据包,并将它们放入队列。当一个应用程序读取来自 DtAsyncNetSocket 的数据包时,它其实是从队列中读取的。当应用程序使用 DtAsyncNetSocket 向网络写数据,事实它也是写入了队列。发送线程读取队列并及时地向网络发送数据包。

用户可以像创建 DtNetSocket 一样创建 DtAsyncNetSocket。用户可以创建和销毁任何一个线程(发送和接收)。

DIS 版本的 DtExerciseConn 可以用以下任何一种方式使用 DtAsyncNetSocket:

(1)将 DtAsyncNetSocket 指针传递给构造函数,如下:

//Pass a pointer to the constructor

DtAsyncNetSocket * netSocket = new DtAsyncNetSocket(port);

DtExerciseConn * exConn = new DtExerciseConn(netSocket,

　　　　　　　　　exerciseId,siteId,applicationNum);

…

delete exConn；

delete netSocket；

（2）设置 DtExerciseConn 的 use_async 参数为 true。默认为 false。

//Set use_async to true

DtExerciseConn exConn(port,exerciseId,siteId,applicationNum,status,true)；

异步 IO 不如 DtNetSocket 快,但是如果用户仿真很好的阻止网络堵塞,它可以帮助减少掉包率。

10.3.4　配置 DtClientSocket 和数据包服务器(UNIX)

DtClientSocket 是一个在 VR – Link 数据包服务器帮助下,既能发送又能接收数据包的 DtSocket(UNIX)。根据数据包服务器的状态,数据包可以在网络中被发送和接收,或者是仅仅在服务器用户端和主机之间进行传递。

构造函数尝试建立与工作在指定端口的 VR – Link 数据包服务器的通信。如果没有服务器工作在此指定端口,那么将产生致命的错误。为了避免这个严重错误,应用程序应该在尝试构造 DtClientSocket 之前检查服务器是否在线,通过使用 C 语言函数 DtPacketServerIsAlive( ),声明如下：

int DtPacketServerIsAlive(int port)；

例如：

DtSocket ∗ skt；

if(DtPacketServerIsAlive(disPort))

｛

　　skt = new DtClientSocket(disPort)；

｝

else

｛

　　skt = new DtNetSocket(disPort)；

｝

除了端口和目标地址参数,DtClientSocket 还有两处的可选参数：

（1）队列长度(比特)。数据包服务器通过它处理到来的数据。

（2）标记参数。它是与“0”或更多的配置标记位进行“或”的位运算。有效标记的列表请参见 vlClientSocket. h。

当使用 DtClientSocket 时,用户可以使用函数 isInternal( )查找用户所连接的数据包服务器是否是内部模式。

10.3.5　网络之间的通信(DtGroupSocket)

一般情况下,使用广播或者是组播 UDP 传送 DIS PDU。使用广播时,带有网络广播地址作为目的地址信息的 PDU 单元被传送,则网络中所有的机器都能接收到这个消息。类似地,一个 PDU 使用组播进行传输时,网络中所有订购了此组播地址的机器都会收到这个消息。

绝大部分的路由器、桥接器和网关过滤掉组播和广播的流量。同一局域网上的子网络之间的路由器也是如此。因此,使用一般的广播或组播协议,不同的局域网或不同的子网中的请求是不能通信的。

如果用户使用组播,并且用户应用程序位于同一局域网的不同子网中,则需配置用户的网路硬件使其能够传送组播信息包从一个子网到另一个子网,即可满足获得不同的子网上的 DIS 请求以相互通信。如果存在同一广域网上不同局域网的请求,那么用户必须配置两个局域网之间的所有路由器,使得它们都不会过滤掉组播信息包。通常这并不可行,特别是当用户的广域网是 Internet 互联网的一部分,而不仅仅是彼此相连的时候。

当使用广播的时候,网络间信息流通中包的物理阻塞只是问题的一半。即使用户的数据包可以以物理方式从一个网络搬到另一个,那么它们也可能被拟接收者忽略。原因是不同网络(甚至不同的子网络)一般存在不同的广播地址。因此,一个包含网络 A 广播地址的并且将其作为目的地址的信息包,并不会被网络 B 上的机器翻译成一个广播信息包,因此也就被忽略了。

由于这些原因,当用户想在网络之间进行通信时,组播和广播方式是不可行的。可选的方式有单播,或者说是点对点,也就是直接向接收地址发送信息包(不幸的是,这需要知道演练中所有参与者的地址,而这在广播和组播时时并不需要的)。

VR – Link 包含称为 DtGroupSocket(vlGroupSocket. h)的 DtSocket,它允许用户仅调用一次发送函数就可以将 PDU(PDU)发送到很多不同的单播地址。

与其它网络上的演练接收者通信:

(1) 创建一个 DtGroupSocket(DtGroup 套接字)。

(2) 用所有参与者的 IP 地址(包括用户自己的)配置 DtGroupSocket。

(3) 通知 DtExerciseConn 使用 DtGroupSocket,用户可以通过 DtGroupSocket 的成员函数 addRemoteSite( )向其添加 IP 地址。

例如,如果用户在 WAN 上进行一个演练,其中的参与者包括如下的 IP 地址:123. 123. 123. 123,124. 124. 124. 124 和 125. 125. 125. 125,采用如下的方式配置用户到 DIS 网络的链接:

//Port number is optional. Default is 3000

DtGroupSocket sock(3000);

socket.addRemoteSite(DtStringToInetAddr("123.123.123.123");

socket.addRemoteSite(DtStringToInetAddr("124.124.124.124");

socket.addRemoteSite(DtStringToInetAddr("125.125.125.125");

//Now tell the DtExerciseConn to use this as its socket

DtExerciseConn conn(&sock,1,1,1);

用户所添加的地址恰巧是信息包将要发送的目的地址。如果需要,可以在此使用广播地址。如果在每个不同的局域网上,都有多个应用,那么用户可以通过在每个应用程序中采用单独调用来替换本地的机器 addremotesite() 调用的方式为每个局域网保留带宽,指定本地局域网的广播地址。这样就可以为本地 LAN 发送一个单独的广播信息包,而不是向本地的每台机器发送一个副本。真正的远程地址仍需要一个个单独添加。

10.3.6　订购组播地址

DtExerciseConn 允许订购一个或个多的组播地址。有效的组播地址是 224.0.0.0 到 239.255.255.255 间的地址码。但是,用户不应使用以 224.0.0 打头的地址码,以避免与操作系统以及网络服务所使用的地址发生可能的冲突。

提示:不是所有的平台都支持组播。

一个特定组播地址中的关注点(interest)建议使用 DtexerciseConn::addInterest McastAddr()。当一个组播组已不再是关注点,调用 subtractInterestInMcastAddr()。

不同的代码模块可以独立的添加和删减某一特定组的 interest。对于一个特定组,只要调用 addInterest() 的次数多于 subtractInterest() 的调用次数,那么这个组播地址上的信息包将被收到。

为了发送到一个特定的组播地址,包含作为 destAddr 参数的地址进行 send() 或者 sendStamped()。

用户不必订购组播地址来发送。

如果传送到 DtExerciseConn 构造函数的目的地址是组播地址的话,用户不需要调用 addInterest(),它将被自动订阅。

提示:对多种平台,组播订阅工作在每个主机基础上,而不是每个应用程序的基础上。意思是说,如果用户有多个监听同一机器同一端口的应用程序,并且其中之一订阅了这个特殊的组播地址,那么所有的应用程序将接收到这个组播地址上的信息包,即使它们并没有明确的订阅。如果使用组播进行 PDU 交换的机器之间的网络上存在多个路由器,那么用户需要增加时间以维持向外发送组播信息包,以确保向外发送的信息包已经确确实实通过了路由器。用户可以使用 DtSocket∷setMcastTtl( )来实现这个功能。

10.3.7 过滤 PDU

基于特定的标准 DtExerciseConn 可以通知它的 DtSocket 过滤出 PDU。这种方式下,不需要的 PDU 请求将不会被 DtExerciseConn 处理。如果 DtExerciseConn 使用 DtClientSocket 链接到数据包服务器的话,这将变得非常有用。过滤将在异部数据包服务器完成,这可能在不同的处理器上完成而不是在用户的应用程序上。

默认情况下,不属于一个预期的协议版本的数据包和其自身演练 ID 与 Dt-ExerciseConn 演练 ID 不匹配的数据包将被筛选掉。预期协议版本是那些 pdu. h 库中声明的全局参数 DtProtocolVersionToRecvMin 和 DtProtocolVersionToRecvMax 之间的值。如果用户设定 DtDISVERS = 5,这些参数默认条件下分别是 4 和 6 (那么,我们接受 DIS 2. 0. 4(IEEE 1278. 1) 和 2. 1. 4(IEEE 1278. 1a) PEDU)。

此外,DtExerciseConn 维护了一张所有它感兴趣的 PDU 种类的表单。这包含了返回值已经注册的所有 PDU 种类,还有包含使用 DtExerciseConn∷addInterestInPduKind( )明确添加的 interest 的 PDU 种类(在一个 PDU 种类中 subtractInterestInPduKind( ) 函数删除 interest)。DtExerciseConn 的 DtSocket 过滤出所有不包含 interest 的 PDU 种类。DtPduKind 详表包含在 disEnums. h 中。

用户可以使用函数 DtExerciseConn∷disableFiltering( )和 DtExerciseConn∷enable Filtering( )关闭或者开启过滤功能。

10.3.8 打包和解包 PDU

VR – Link 支持多 PDU 网络打包到单独的网络包和解包这种包到其组成的 PDU。

默认情况下,打包功能是关闭的,可以使用函数 DtSocket∷setBundling( )开启 PDU 打包功能。将需要的包的最大值传递给它。打包功能开启后,传入函数 DtSocket∷DtSend( )。例如,从 DtExerciseConn∷sendStamped( ))的信息包序列相互连接。不论何时包数据大小超出 maxSize,打包数据就传入函数 DtSocket∷sendTo( )。

MaxSize 的值大小的最佳选择应为以太网包数据的最大值:1464 字节。如果用户不使用以太网而用其它的网络,那么 MaxSize 的值就应设为相应的值,传

0 值的 maxSize 给 setBundling( ) 可以关掉打包功能。

注意:如果用户开启打包功能,系统中的其它成员要能对其进行解包。

函数 DtSocket::flush( ) 用于进行当前包的强制发送。如果用户使用打包功能,每个仿真帧结束时调用函数 flush( ),以保证每帧时间生成的包在下个帧开始时得到发送。

打包功能关掉后,函数 isBundling( ) 返回 0 值;否则,其返回值为最大包值。

解包功能默认条件下是开启的,但是也可以通过给函数 DtSocket::setUn-bundling( ) 传递 0 或 1 的办法打开或关闭。随着解包功能打开,当一个数据包收到多于一个 PDU 的内容时,连续调用 DtRecv( )(此调用由 DtExerciseConn::netRead( ) 完成),从包中返回连续的 PDU。最后一个包的最后的一个 PDU 已经返回后的下一次调用 DtTecv( ),返回下个包的第一个 PDU。

如果解包功能关闭,但是这时正好收到了一个包,那么包中的 PDU 除了第一个外其余全部丢失。

使用包服务器时,解包在服务器中完成,因此对 DtClientSockets 来说,函数 setUnbundling( ) 仅告诉包服务器去打开解包功能。因为另一个 DtClientSocket 可能在用户的客户端的包服务器开启或关闭解包对用户是未知的,这样用户的 DtClientSocket 在用户已经用 setUnbundling( ) 关闭解包的情况下继续解包;反之亦然。

10.3.9　使用 DtSocket 发送信息包

DtSocket 有两个用于发送信息包的函数:DtSend( ) 和 sendTo( )。DtSocket::sendTo( ) 为虚函数,其派生类实现实际的数据发送工作。函数 DtSocket::DtSend( ) 在实际传入数据给函数 sendTo( ) 前处理适用于所有 DtSocket 的操作(如打包)。

传给这些函数的参数为要发送的字节数(缓存)和可选择的地址。如果地址省略的话,则使用 DtSocket 默认的目的地址,如果包不能发送,函数返回值为 –1。否则,返回实际发送的字节数。DtExerciseConn::send( ) 和 DtExerciseConn::sendStamped( ) 使用 DtSocket::DtSend( ) 发送 DIS 的 PDU。

提示:DtSocket 不知道字节交换或 PDU 具体的内容(除了一些关于过滤的 PDU 报头的内容),传给其发送函数的缓存数据为网络上送出的实际字节。

10.3.10　使用 DtSocket 接收包信息

成员函数 DtRecv( ) 通过 DtSocket 接受信息包,并且由函数 DtExerciseConn::netRead( ) 调用读取任务中 PDU 的内容,它有以下三种形式:

(1) 第一类,DtRecv( ) 函数读取下一个包的内容,并将 size 大小字节信息复

制进缓存 buffer,然后返回包字节数,如果包不存在,返回值为 0。函数形式为:

int DtRecv(caddr_t buffer,size_t size);

(2) 第二类,DtRecv()函数将 buffer 设为指向内部缓存(包括读取的包内容)的相应值,并返回包的大小。如果包不存在,将 buffer 值设为 NULL,返回 0. 函数形式为:

int DtRecv(caddr_t * buffptr,int * status);

如果状态为非空,则返回值表示返回如下相应状态。

① 如果包成功接收,返回状态为 DtSOCKET_PACKET;

② 如果包不存在,返回状态为 DtSOCKET_NO_PACKET;

③ 如果包成功接收,但是已经滤除掉了,返回代码设为 DtSOCKET_FIL-TERED_PACKET,buffer 值为 NULL,返回值为 0。

因为函数 DtRecv()接收到信息可能不是描述网络中实际包内容的控制信息,所以返回代码有可能不在以上列出的范围内。

(3) 第三类,DtRecv()函数是用于对包大小不感兴趣的调用函数的,其返回值为指向内部缓存,包含读取的包内容的指针或 NULL,函数形式为

caddr_t DtRecv();

1. DtSocket 函数

表 10 – 2 描述不同于发送和接收函数的 DtSocket 成员函数。

表 10 – 2   DtSocket 成员函数

函　　数	描　　述
lastSourceInetAddr()	返回在最后一次调用 DtRecv()函数时收到信息包的发送者及其 IP 地址。如果执行过程不支持报告 IP 的源地址,那么返回地址值为 0
DtReportPktsRcvd()	返回创建 DtSocket 后通过它的所有信息包数据
DtBecomeNonBlocking()	保证读写过程顺畅。该函数通过 DtExerciseConn 构造函数来调用,甚至针对那些已发送到 DtExerciseConn 已经构造的数据包。如果不能调用该函数,Dt-NetSocket 函数的读写过程和 DtClientSocket 函数的读过程就会堵塞。但 Dt-ClientSocket 的写过程是通的
readFd()	返回读文件描述符。没有关联的 DtSocket 文件描述符返回值为 – 1
writeFd()	返回写文件描述符。没有关联的 DtSocket 文件描述符返回值为 – 1
notifyMe()	让 DtSocket 知道调用者正在 DtSocket 的读文件描述符上使用当前数据作为虚拟网络中存在可用的包数据。这种机制实际上在事件驱动(event – driven)的应用程序中很有效,并且等待通过 DtSelect()函数从多个不同设备之一进行数据输入。DtSocket 确保当有数据包存在时读文件描述始终有数据,即使下面的执行操作不能自动进行

（续）

函　数	描　述
listenToMulticastGroup( ) dropMulticastGroup( )	实现名称指示的内容，但极少被直接调用，因为该函数由有优先权的DtExer-ciseConn∶∶addInterestInMcastAddr( )和subtractInterestInMcastAddr( )调用。如果用户在同一应用程序中使用DtExerciseConn版本，则不能使用这些函数
setMcastTtl( )	设置组播包的IP time-to-live(TTL)域为TTL(TTL hops)(或秒)。TTL域控制传送数据包的路由器数量。DtSocket构造函数不会把组播的TTL初始化为任一特定值。系统应用默认值。在应用程序中用户可以改变多点传送TTL的宽系统(System-Wide)默认值(在支持该功能的平台上)，而不调用setMcastTtl( )。例如，在Solaris2操作系统中，下列各项的系统默认值设为64∶ ndd-set /dev/ip ip_broadcast_ttl 64 setMcastTtl( )返回1值说明完成，返回0值说明发生错误(例如，在一个不支持组播的平台)
isOk( )	如果DtSocket当前能够发送和接受包，那么函数返回值为1，否则返回0值(例如，一个DtClientSocket包服务器丢失)
exerciseId( ) protocolVersion( ) pduKind( ) ipAddr( )	返回指针，该指针指向在PDU各种属性中控制过滤功能的DtFilterTests(vl-Socket.h)。但是，大多数特征属性在相应的DtExerciseConn函数中较容易得到

10.4　阻止引入的实体状态 PDU

在第 5 章"协议无关接口"中，我们阐述了处理特定实体的引入状态更新必须说明协议，因为 HLA 属性更新概念同 PDU 的 DIS 实体态概念差别很大。

在 DIS 中，有两种阻止引入实体状态 PDU 的方法：

（1）在实体状态 PDU 中注册回调，这好比用户在其它的任一种 PDU 中注册一样。

（2）重载 DtReflectedEntity∶∶processEntityState( )。

实态 PDU 到达时，被分配到一个 DtReflectedEntityList 在 DtExerciseConn 中注册过的回调。在分配的回调中，反射实体列表根据 PDU 中的实体 ID 调用对应的 DtReflectedEntity 的 processEntityState( )函数。

此虚函数的 DtReflectedEntity 默认执行根据 PDU 内容更新自身的 DtEnti-tyStateRepository。但是用户可以通过 DtReflectedEntity 子类提供改变的执行。

用户自定义的该函数能够调用 DtReflectedEntity：：processEntityState（），以确保即使在用户需要完成其它工作的前提下也能实现实体状态池的完全更新。

切记，当调用 DtReflectedEntity 子类时，用户也必须派生 DtReflectedEntityList，已让其知道创建用户新的 DtReflectedEntity。关于派生这两个类，请查阅 5.6.1"创建反射实体列表"。

第11章　TENA 关联接口

11.1　介　绍

测试和训练使能体系结构(Test and Training Enabling Architecture,TENA)是一个进程间发布/订购的结构,使用该结构以对象更新和消息的形式在应用程序间(类似 HLA 的对象和交互)传送数据。TENA 使用的数据定义文件称为逻辑域对象模型(Logical Range Object Model,LROM)(区别于 HLA 的 FOM)。一个 LROM 即是一个用于演练的对象和消息定义的集合。这些对象模型可以用于 TENA 软件开发组织(Software Development Activity,SDA)的网站(www. tena - sda. org)中,并且已经有一定数量的标准 TENA 对象模型由 TENA 团队开发出来。

很多的 TENA 概念与用于 VR - Link 的相似,例如,为对象更新和接收到的消息所需要接收回调的机制。VR - Link 协议无关 API 允许 VR - Link 应用程序以最少附加代码的方式参与 TENA 的演练。VR - Link 使用 LROM 映射器 Mapper 为 VR - Link 应用程序提供(LROM - agility)。

本章描述 VR - Link 以不同于协议无关 API 的形式支持 TENA 的方式,并假定用户已经熟悉 TENA。

11.2　编译和链接

第4章的程序—编译、VR - Link 应用程序—编译和链接 VR - Link 应用程序用于 TENA 应用程序。TENA 的 vl 库版本是 libvlTENA. so(UNIX)和 vlTENA. lib(Windows)。VR - Link 为 Windows 提供以下静态和动态库:

◆ vlTENAMD. lib

◆ vlTENAMDd. lib

◆ vlTENART. lib

◆ vlTENARTd. lib

为 VR - Link 编译 TENA 应用,设标志 DtTENA = 1。

11.3　创建 TENA 演练连接

为 TENA 创建一个演练连接,设置如下:

(1) ORBdefaultInitRef,通知 TENA 应用连接到执行管理器位置的字符串;

(2) 执行名称;

(3) 会话名称;

(4) LROM 映射器;

(5) 用户可以在 DtExerciseConnInitializer 类中设置这些参数并传给 DtExerciseConn 类的构造函数,或直接在构造函数中设置。不管怎样,如果用户要使用构造函数,必须以代码执行一个 LROM 映射器并传给 LROM 映射器的实例。

提示:vlTENA 库中没有默认的可执行 LROM 映射器,这就迫使 VR – Link 用户反链接(Link Against)某一对象模型,即使这些模型没被使用。

当用户初始化 TENA DtExConn 时,产生如下过程:

(1) 装载指定的 LROM 映射器 DLL;

(2) 用指定的执行名称、会话名称和 ORBdefaultInitRef 参数连接到 TENA 演练;

(3) 初始化 LROMMapper;

(4) 实例化应用管理对象(Application Management Object,AMO)的发布器,除非被告知不需要(或者通过初始化或者通过构造函数)。

如果存在如下情况,TENADtExerciseConn 抛出异常:

(1) 没有 LROM 映射器被指定或传进来;

(2) 应用程序不能加入到演练中;

(3) 被告知发布一个 AMO,但 LROM 映射器中不存在映射。

更多信息请参见类文档。

11.3.1　命令行选项

表 11 – 1 描述了以 VR – Link 建立 TENA 应用程序的默认命令行选项。

表 11 – 1　TENA 默认的命令行选项

参　　数	语　　法	MTL 变量	默　认　值
ORBlistenEndpoints	{ – e│ – – OrbListenEndpoints} orb_endpoint	OrbListenEndpoints	" "
ORBdefaultInitRef	{ – i│ – – ORBdefaultInitRef} default_init_ref	ORBdefaultInitRef	" "

（续）

参　数	语　法	MTL 变量	默　认　值
执行名称 （Execution Name）	{－x|－－execName} execution_name	execName	VR－Link
会话名称 （Session Name）	{－S|－－sessionName} session_name	sessionName	VR－Link Session
LROMMapper 库名称	－－lromMapper lrom_mapper	lromMapper	MÄKLromMapperRT （Windows） libMÄKLromMapper（Linux）
LROM 映射器 初始化数据	－－lromMapperInitData init_data	lromMapperInitData	" "
应用数字 （application number）	{－a|－－appNumber} app_number	appNumber	2
位置 ID（Site ID）	{－s|－－siteId} site_id	siteId	1
使用最佳效果	－－useBestEffort		
不发布 AMO	－－noAmo		

11.4　发 送 交 互

当用户使用协议无关接口为 TENA 生成交互时，VR－Link 创建 TENA 消息。文件命名约定与 HLA 头文件相似，用户在生成的头文件名前加"t"，如 tInteraction. h、tFireInter. h 等。

TENA 中使用 sendStamped( )成员函数。然而，依赖于传递的消息的类型，时戳可能会也可能不会与消息一起被发送。DIS 和 HLA 中，PDU 的标头或用户定义的某些 HLA 数据中会有一个时戳，但在 TENA 中时戳是一个真实的属性，所以它可能根本不存在。

TENA 中的每个交互都有一个消息 ID，使用演练连接位置 ID、应用数字和自动增加的消息来由演练连接自动填充。编码和解码在接收和发送过程中完成。如果演练连接没有被设置成反射（Reflect），接收到的每个消息 ID 包含演练连接的位置和应用数字的消息，将被丢弃，因为假设消息来自于同一个应用程序。

11.5　TENA VR－Link 中的实体

TENA 中实体的标志符与 DIS 中的相同：一个包含（site：app：entity ID）的三

元组。所以实体发布器有一个新的为 TENA 所支持的特征,因为 TENA 一般不使用航迹推算(Dead-Reckoning,DR)。setUseDRThreshold( )成员函数允许用户指定是否使用 DR。如果 setUseDRThreshold( )设为真,实体发布器使用平滑阈值决定何时发送更新(如同 HLA 和 DIS)。如果 setUseDRThreshold( )设为假,只检查最后设置位置的数据是否改变。TENA 中的更新是全部更新,并且在数据改变时更新被发送,但没有类似 DIS 中的心跳(heartbeat)的概念,在反射列表中也没有超时间隔(Timeout Interval)。

11.6 TENA 的时间管理

TENA 中没有相对时间的概念。TENA 中的所有时间都是绝对时间。如果要以当前时间发送时戳,用户必须以绝对真实时间更新演练连接的时钟(vl-Time. h 中的 absRealTime( ))。VR – Link 从演练连接时钟获取数据,并尝试转换为 TENA 的时间对象。在接收方,用于更新反射对象的时间是时戳时间,或是演练连接时钟接收时的时间。默认情况下,VR – Link 使用演练连接时钟时间。用户可以对任一反射列表调用 setUseTenaTimeForSets(true)函数来和对象或消息一起使用的时间。

11. 7 LROM 映射

VR – Link 不是用指定的 LROM 建立的。每个对象类型与 DtObjectInterface 类相关,每个消息与 DtMessageInterface 类相关。指定的对象模型被创建到派生于 DtObjectInterface 类和 DtMessageInterface 类的接口,并且被链接到由与 LROM 无关的、VR – Link 应用程序实时载入的 DLL 中。

每个对象或消息接口对发送或接收一个(或多个)指定的 TENA 对象模型作出响应(如同 VR – Link 的 DtEntityInterface 发送和接收 TENA∶∶Platform 和 TENA∶∶PlatformDetails 对象)。因此:

(1)发布器必须知道哪个对象接口是用于发布 TENA 对象的。

(2)反射对象列表必须知道哪个对象接口集是用于注册发现回调的。

(3)交互必须知道哪个消息接口类用于发送 TENA 消息。

(4)交互必须知道当 addCallback( )函数被调用时,使用哪个消息接口类。

对象/消息接口的名称可以硬编码(Hard-Coded)到在 VR – Link 的高层,但 DtLromMapper 类提供了一个中心库(Central Repository),其中的 FOM 独立类可以决定使用哪个接口类。

11.7.1　DtObjectInterface 类

派生于 DtObjectInterface 的子类创建 TENA 服务,订购 SDO 的服务,并为状态池编码或解码 SDO 数据。

当发布器被创建,它调用对象接口的 creatServantObject( ) 成员函数,该函数:

(1) 为特定对象创建服务。

(2) 在 DtTenaServantObject 类中存储服务。

(3) 将服务传回发布器,并保持到发布器被删除。

tick( ) 期间,发布器调用对象接口的 needUpdate( ) 和 encode( ) 函数决定是否需要更新。然后将状态池数据编入到服务对象并发送更新。

当反射列表被创建,它调用对象接口的 subscribe( ) 函数,订购特定的对象类型,并用 TENA 的中间件注册回调机制。反射列表也使用接口注册对象加入和删除的回调,所以反射列表可以获得新的远程实体被发现和删除的消息。

当 SDO 被发现,接口的 processAddition( ) 函数被调用:

(1) 创建一个反射对象。

(2) 将代理数据解码到反射对象状态池。

(3) 调用以接口注册的每个对象加入回调。

当 SDO 被更新,接口的 processUpdate( ) 函数被调用。它将代理数据解码到反射对象并调用每个更新后的(post – update)回调。当 SDO 被移除,接口 processRemoval( ) 函数被调用。它执行每个为该对象类型注册的删除回调。

11.7.2　DtMassageInterface 类

派生于 DtMessageInterface 的子类发送 TENA 消息,创建消息回调,并将消息数据编码和解码到 VR – Link 交互。每个交互必须实现 interfaceToUse( ) 函数,该函数一般通知 LROM 映射器获取要使用的消息接口名称。这种方法由 DtExerciseConn 使用,要求交互来找出哪个接口应当用于发送信息,它获得接口并用其 send( ) 函数编码并发送正确的 TENA 消息。

DtMessageInterface 类在 addCallback( ) 函数在任何派生于 DtInteraction 的子类中被调用时使用。消息问讯 LROM 映射器所有应当用于订购(可能会用多个接口订购,这在一个 VR – Link 交互映射至多个 TENA 消息的情况下是很有用的)的接口,并在 DtMessageInterface 中调用 addCallback( )。这种方法订购了关注的消息并建立需要处理这些交互的调用机制。

11.7.3 LROM 映射表细节

DtLromMapper(lromMapper. h）是 LROM 接口映射信息的中心库（Central Repository）。顶层 API 类调用 DtLromMapper 函数获得 LROM 的映射信息。例如，为了找到用于发布由 DtObjectPublisher 类管理的特殊类型对象的对象接口类的名称，发布器调用 DtLromMapper：：chooseObjectInterfaceClass（）。发布器获得接口的名称，并根据名称使用 LROM 映射器的 objectIntrface（）方法用于正确的接口类。

接口用户使用 DtLromMapper 的变值函数来配置 LROM 映射器，使其函数返回用户期望的接口名称。例如，用户可以使用 DtLromMapper：：setObjectInterfaceClass-ToChoose（）在 DtObjectPublisher 的指定子类和指定对象接口类名间来建立映射。

DtExerciseConn 调用的 DtLromMapper 必须由一个 DLL 提供，该 DLL 的名称通过演练连接初始化传递，或通过演练连接构造函数在代码中执行、实例化和传入。

提示： vlTENA 库中没有执行默认的 LROM 映射器被执行，这就强迫 VR – Link 用户对指定对象模型的反链接，即使这些模型没被使用。

11.7.4 建立 LROM 映射器接口映射

DtObjectPublisher 向 LROM 映射器询问对象接口类的名称，通过调用 chooseObjectInterfaceClass（）用于发布本地仿真对象。发布器传递其自身的 VR – Link 发布器类的名称，如 DtEntityPublisher 或 DtAggregatePublisher。

当配置 LROM 映射器时，用户通过以下方式之一指定 chooseObjectInterface-Class（）返回的 LROM 接口类：

◆ 向发布器映射一个类；

◆ 向发布器映射多个类。

1. 向发布器映射一个对象接口类

如果一个对象接口类一直用于一个特定的发布器，利用 DtLromMapper：：setObjectInterfaceClassToChoose（）创建关联。例如，在 MÄK LROM 中，DtAggregate-Publishers 应当一直使用对象接口类 DtAggregate：

lromMapper –> setObjectInterfaceClassToChoose（"DtAggregatePublisher"，"DtAggregate"）；

2. 向发布器映射多个对象接口类

有可能映射多个对象接口类到发布器。在此情况下，一些实例指定的数据可能需要做出选择。用户可以通过 VR – Link 类名关联一个类选择函数，使用

setObjectInterfaceClassChooser( ),而不仅仅是一个单一对象类。

类选择函数类似于：

const DtString& myClassChooser(const DtString& vrlinkClassName, void ∗ usr)；

用户可以采取以下方式用一个 VR - Link 发布器类名来关联一个类选择函数：

lromMapper − > setObjectInterfaceClassChooser (" DtEntityPublisher" , myClassChooser)；

VR - Link 类可能会以 usr 参数向 chooseObjectInterfaceClass( )传递实例关联数据,并且该数据会以 usr 形式传给用户选择函数。例如,如果使用 JNTC LROM,用户可能希望向实体 DtEntityType 传递指针。在 JNTC LROM 映射器中,接口类选择函数会根据实体类型捕获一个对象接口类。

11.7.5　利用对象接口类进行订购

DtReflectedObjectList 通过调用 objectInterfaceClassNames( )向 LROM 映射器询问对象接口用于进行订购和管理。除了以返回类订购之外,反射对象列表用这些返回类注册 addObjectInstance( )回调,这样反射对象列表收到新的实例,并创建 DtReflectedObject 实例来表示它们。反射对象列表传递其自身的 VR - Link C ++ 类名,如 DtReflectedEntityList。

当配置 LROM 映射器时,用户可以通过下面两种方法之一指定 objectInterfaceClassNames( )返回的对象接口类：

(1) 如果一个特定的 DtReflectedObjectList 子类仅能使用一个单一的对象接口类,使用 setObjectInterfaceClass( )创建此关联,如

lromMapper − > setObjectInterfaceClass (" DtReflectedAggregateList" , " DtAggregate")；

(2) 如果用户需要一个特定类型的列表用于多个的对象接口类,使用 setObjectInterfaceClassNames( )传递对象接口类名的 std∶∶vector,如

std∶∶vector < DtString > entityClasses(2)；

entityClasses[0] = " DtAirPlatform"；

entityClasses[1] = " DtLandPlatform"；

…

lromMapper −> setObjectInterfaceClasses("DtReflectedEntityList" , entityClasses)；

11.7.6　选择消息接口类发送交互

选择消息接口类与选择对象类极其相似。当用户在一个交互中调用 interfaceToUse( )（DtExerciseConn∶∶send( )和 send Stamped( )调用该函数）时，DtInteraction 实例使用 chooseMessageInterfaceClass( )询问 LROM 映射器用于发送交互的消息接口的名称。交互的实例返回交互的名称。根据该名称，LROM 映射器必须选择一个适当的消息接口类。

和对象一样，用户可以以如下所示方式之一指定 chooseMessageInterface( )返回的消息接口类：

（1）如果一个单一消息接口类一直被选为 DtInteraction 特定类型，利用 DtLromMapper∶∶setMessageInterfaceClassToChoose( )创建关联。例如，在 MÄK LROM 中，DtFireInteractions 一直使用消息接口类 DtFire，即

lromMapper –> setMessageInterfaceClassToChoose（"DtFireInteraction"，"DtFire"）；

（2）当对于一个单一类型的 DtInteraction 可能有多个映射，用使用 setMessageInter – faceClassChooser( )的 VR – Link 类名关联一个消息接口类选择函数。选择器为

const DtString& myChooser(const DtString& vrlinkClassName，void ∗ usr)；

选择以下面的方式注册：

lromMapper –> setMessageInterfaceClassChooser（"DtFireInteraction"，myChooser）；

VR – Link 类可以以 usr 参数的形式传递实例指定（Instance-Specific）数据给 chooseObjectInterfaceClass( )，并且该数据以 usr 的形式传递给用户的选择函数。

11.7.7 利用消息接口类订购 TENA 消息

当用户在特定的 DtInteraction 子类中调用静态函数 addCallback( )时，即表明用户关注此类型的交互。DtInteraction 子类获得消息接口类名称，该子类利用消息接口类名称订购指定的 TENA 消息，它使用 messageInterfaceClasses( )函数从 LROM 映射器获得用于订购的消息接口类集。

用户可以通过 setMessageInterfaceClass( )或 setMessageInterfaceClasses( )决定该函数的返回值。

使用 setMessageInterfaceClass( )映射单个消息接口类，如

lromMapper –> setMessageInterfaceClass（"DtFireInteraction"，"DtFire"）；

对多信息接口类，使用 setMessageInterfaceClasses( )，如

std∶∶vector < DtVector > classNames(2)；

classNames[0] = "DtFire"；

classNames[1] = "DtEmbeddedFire"；

...

lromMapper –> setMessageInterfaceClasses(classNames);

11.8　LROM 映射器(LROM Mapper)

VR – Link 包括两类 LROM 映射器:通用对象 LROM 映射器(coLromMapper-RT. dll, Windows 和 libcoLromMapper. so, UNIX)和 MÄK LROM 映射器(makLrom-MapperRT. dll, Windows 和 libmakLromMapper. so, UNIX)。

通用 LROM 映射器支持 TENA 平台、平台细节和 AMO 对象以及 TENA 交战开火和爆炸消息的发送和接收。MÄK LROM 映射器支持通用 LROM 映射器对象和消息,还增加了所有在 MÄK LROM 中的对象和消息。MÄK LROM 是基于 HLA RPR FOM 和 DIS 标准的 LROM,并支持以下对象:

◆ 聚合(Aggregate)
◆ 标志符(Designator)
◆ 电磁辐射(Electromagnetic Emission)
◆ 环境处理(Environment Process)
◆ 网格数据(Gridded Data)
◆ 无线电接收(Radio Receiver)
◆ 无线电发送(Radio Transmitter)

也支持下列消息:

◆ 应答(Acknowledge)
◆ 冲突(Collision)
◆ 注释(Comment)
◆ 数据(Data)
◆ 设置数据(Set Data)
◆ 信号(Signal)
◆ 开始重置(Start Resume)
◆ 停止冻结(Stop Freeze)

11.8.1　LROM 映射器举例

VR – Link 包含了一个 LROM 映射器例子和一个利用 LROM 映射的发布器例子。例子演示给出了如何基于实体类型发布不同的 TENA 平台。此例中,属于空域的实体以 JNTCAirPlatforms 的形式发布,属于陆地域的实体以 JNTCLand-Platforms 的形式发布。该例子的源代码请参见. /examples/jntcLromMapper。

11.9　TENA 网络转储

VR – Link 还包括了 TENA 网络转储(netdump)的功能,即可以打印从 LROM 映射器解码的任何对象更新和接收到的交互的数据。该应用的命令行参数和其它 VR – Link TENA 应用程序相同(请参阅命令行选项)。

11.10　安装 TENA 软件

TENA 对于新用户来说具有绝对的优势,但 TENA 的详细文档不在本手册的讨论范围。本节给出配置和运行 TENA 和 VR – Link 应用程序的最基本步骤。TENA 的完整文档请参见其网页:www. tena – sda. org。

提示:tena – sda. org 是受限网站。进入必须首先被 TENA SDA 项目办公室授权。在主页点击账户需求(Account Request)。

11.10.1　安装 TENA 中间件

使用 TENA,用户必须下载并安装 TENA 中间件。

本节说明如何下载、安装和验证安装 TENA 中间件。

提示:大约需要 2.98GB 硬盘空间用于创建所有需要的 TENA 文件。

1. 下载 TENA 中间件

(1) 登陆 TENA 网站:www. tena – sda. org;

(2) 在欢迎页面点击 TENA 中间件链接;

(3) 在 TENA 中间件网页点击中间件下载链接,显示 TENA 库页;

(4) 在中间件列表选择 TENA – v5.2.1;

(5) 下载列表中点击所需平台的下载按钮。

2. 安装 TENA 中间件

(1) 关闭所有窗口和运行的程序;

(2) 运行下载的安装文件——自解压 zip 文件。

3. 在 Windows 下验证 TENA 中间件安装

(1) 打开 MS VC ++ 7.1。

(2) 打开并编译解决方案:TENA \ 5.2.1 \ examples \ SampleApplication \ sampleApplication – 2003. sln。

(3) 运行:

$ TENA _ HOME \ $ TENA _ VERSION \ bin \ $ TENA _ PLATFORM \ networkNamingService. exe – ORBlistenEndpoints iiop：//host：port

此处,host 是网络命名服务器(Network Naming Service)运行的计算机的主机名,port 是用户使用的端口。

(4) 运行:

$ TENA_HOME\ $ TENA_VERSION\bin\ $ TENA_PLATFORM\executionManager. exe – ORBdefaultInitRef corbaloc：iiop：host：port-executionname VR – Link

此处,host 是执行管理器(Execution Manager)计算机的主机名,port 是用户使用的端口。

(5) 运行:

$ TENA _ HOME \ $ TENA _ VERSION \ examples \ SampleApplication \ sampleApplication. exe-ORBdefaultInitRef corbaloc：iiop：host：port-executionname VR – Link

此处,host 是程序运行的计算机的主机名,port 是用户使用的端口。

(6) 出现 30 个"Updating…"消息。

4. TENA 安装的故障诊断

如果用户出现问题,可采取以下措施:

(1) 关闭所有打开的程序。

(2) 打开新的命令窗口。

(3) 检验下面的环境变量设置。

◆ TENA_ACE_VERSION = 5. 3. 1r

◆ TENA_BOOST_LIB_VERSION = 1_31

◆ TENA_BOOST_VERSION = 1. 31. 0a

◆ TENA_HOME = $ TENA_HOME(your TENA installation path)

◆ TENA_OMC_VERSION = 0

◆ TENA_OS = operating_system

◆ TENA_PLATFORM = platform

◆ TENA_TAO_VERSION = 1. 3. 1r

◆ TENA_VERSION = 5. 2. 1

(4) 确定路径设置,即

% TENA_HOME% \% TENA_VERSION% \bin\% TENA_PLATFORM% ;

% TENA_HOME% \% TENA_VERSION% \scripts；

11. 10. 2　创建 MÄK 对象模型

本节介绍如何下载、安装和编译 MÄK 对象模型。

1. 下载 MÄK 对象模型

下载 MÄK 对象模型,步骤如下:

(1) 登录 TENA 网站,www. tena – sda. org。

(2) 在欢迎界面,点击 TENA 库(TENA Repository)链接。

(3) 网页顶端,点击浏览库,显示对象模型列表。

(4) 展开 MÄK 入口。

(5) 在 MÄK 对象模型表中,点击 MÄK – LROM – v2.1。

(6) 在发布列表中选择 TENA – v5.2.1(图 11 –1)。

(7) 在发布列表下的选择平台列表,选择用户平台类型。

(8) 点击选择平台边的下载按钮。发布集中和显示在对象模型入口的标

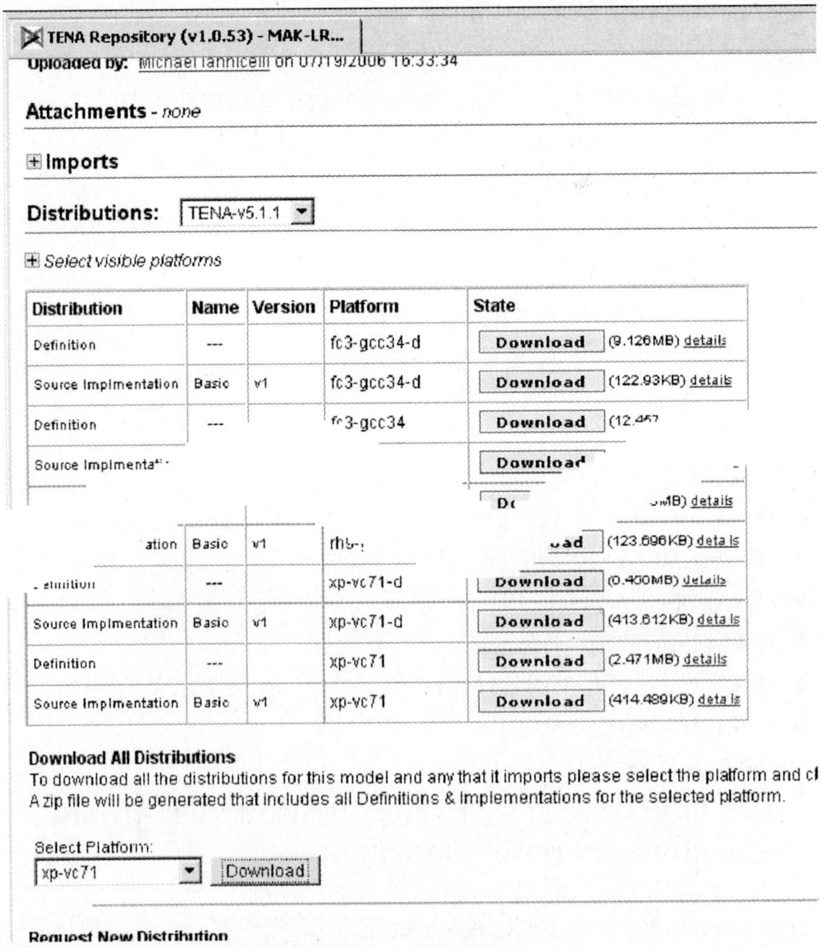

图 11 – 1　MÄK 对象模型下载页

题下。

（9）点击下载 Zip 文件。包含所有对象模型的文件被下载。

2. 安装 MÄK 对象模型

安装 MÄK 对象模型,步骤如下:

（1）下载 MÄK 对象模型文件,请参见"下载 MÄK 对象模型"。

（2）从下载文件中展开所有文件,展开的文件是 zip 文件和可执行文件。

（3）运行所有的可执行文件—自解压 zip 文件。保证目标文件夹是 TENA 的安装文件夹。

3. 编译 MÄK 对象模型基本执行

编译 MÄK 对象模型基本执行,步骤如下:

（1）下载 MÄK 对象模型文件,请参见"下载 MÄK 对象模型"。

（2）从下载文件中解压缩所有文件。解压完成的文件是可执行文件或 zip 文件。

（3）解压每个 zip 文件,目的文件夹为 TENA 的安装文件夹。

4. Windows

（1）打开 MS VC ++ 7.1。

（2）打开并编译 TENA\5.2.1\src\MAK – LROM – v2\MAK – LROM – v2 – 2003. sln。

提示:MS VC ++ 7.1 在附加包含路径的项目设置中,提供了经验问题的大量文本描述。如果找不到头文件,在此项目设置中减少文本的数量。如,改变所有的 $(TENA_HOME) \ $ (TENA_VERSION) \ include 的实例为 C:\TENA \5.1.1\include。

5. Linux

debug 模式在执行目录下,执行 make – f makefiles gcc – dbg。

优化模式,执行 make – f makefiles gcc – opt。

安装 MÄK 对象模型基本执行。

注意:用户必须按照以下过程安装所有对象模型执行,不仅仅是 MÄK LROM 对象模型。

在 Windows 上安装对象模型执行:

（1）运行 TENA\5.2.1\scripts\installImplementation. js。

（2）选择要安装的对象模型设备。

在 Linux 上安装对象模型:

（1）运行 make – f makefile. distribute。

（2）解压缩 zip 文件到 TENA 根目录。

11.10.3 运行 TENA 应用程序

TENA 应用程序通信,两个 TENA 服务必须运行:网络命名服务和执行管理器(the Network Naming Service and the Execution Manager)。

(1)检验以下环境变量已设置:

– TENA_ACE_VERSION = 5.3.1r

– TENA_BOOST_LIB_VERSION = 1_31

– TENA_BOOST_VERSION = 1.31.0a

– TENA_HOME = C:\TENA(should point to your TENA installation path)

– TENA_OMC_VERSION = 0

– TENA_OS = operating_system

– TENA_PLATFORM = platform

– TENA_TAO_VERSION = 1.3.1r

– TENA_VERSION = 5.2.1

(2)确定路径包含:

%TENA_HOME% \%TENA_VERSION% \bin\%TENA_PLATFORM% ;

%TENA_HOME% \%TENA_VERSION% \scripts;

(3)通过以下运行过程,启动网络命名服务:

$ TENA_HOME \ $ TENA_VERSION \bin \ $ TENA_PLATFORM \ networkNamingService.exe – ORBlistenEndpoints iiop://host:port

此处,host 是网络命名服务运行的计算机的主机名,port 是用户使用的端口。

(4)启动执行管理器,通过以下过程:

$ TENA_HOME\ $ TENA_VERSION\bin\ $ TENA_PLATFORM\executionManager.exe – ORBdefaultInitRef corbaloc:iiop:host:port – executionname VR – Link

此处,host 是网络命名服务运行的计算机的主机名,port 是用户使用的端口。

(5)运行 TENA 应用程序:

– i corbaloc:iiop:host:port

此处,host 是应用程序运行的计算机的主机名,port 是用户使用的端口。

第 12 章　VR – Link 实用类

VR – Link 的实用类帮助编写仿真应用程序更简便。这些实用类包括坐标变换程序、矩阵矢量类和函数以及时间相关类。

12.1　矢量和矩阵类

本部分描述了矢量和矩阵的类,包括 DtVector 类和 DtDcm 类。

12.1.1　使用 DtVector 类

用户可以使用 DtVector 类(vlVector. h)来表示三维空间矢量。

可以用以下方式初始化 DtVector 类的对象:

DtVector vec(10.0,20.0,30.0);

构造函数在没有任何参数时,将会构造一个三维零矢量。

同时,该类还定义了复制构造函数、分配操作符、变值操作符和下标操作符,因此用户也可以进行如下所示的操作:

DtVector vec(10.0,20.0,30.0);

DtVector vec2(vec);

DtVector vec3 = vec;

DtVector vec4;

vec4 = vec;

if (vec = = vec2) {...}

和

double x = vec[0];

double y = vec[1];

double z = vec[2];

或者

vec[0] = x;

vec[1] = y;

vec[2] = z;

DtVector 类还有 string( ) 成员函数，它可以以文本形式返回某个矢量的内容，如

{10.000,20.000,30.000}

DtVector 类有以下静态成员函数，返回一些常用矢量：

zero( ) {0,0,0}

i( ) {1,0,0}

j( ) {0,1,0}

k( ) {0,0,1}

ones( ) {1,1,1}

12.1.2　使用 DtDcm 类

DtDcm 类(dcm. h)用来表示(3 × 3)矩阵。DCM 是方向余弦阵(Direction Cosine Matrix)的缩写，顾名思义，该类是用来存储表示方向的一类矩阵(除此之外，用户也可以利用 DtTaitBryan 类，使用三个欧拉角构成的 Tait Bryan 序列来表征方位。更多信息请参阅 12.2"方位、欧拉角和 DtTaitBryan 类")。

DtDcm 类的构造可以来自于其组件：

DtDcm mat(1.0, 2.0, 3.0, 4.0, 5.0, 6.0, 7.0, 8.0, 9.0);

也可以通过三个组件矢量来构造：

DtDcm ident(DtVector::i( ),DtVector::j( ),DtVector::k( ));

如果 DtDcm 类的构造函数在没有任何参数时，将会默认构造为含 9 个零元素的矩阵。

同时，该类定义了复制构造函数和分配操作符，用户可以进行如下操作：

DtDcm mat(1,2,3,4,5,6,7,8,9);

DtDcm mat2(mat);

DtDcm mat3 = mat;

DtDcm mat4;

mat4 = mat;

该类也定义了下标操作符，用户通过它可以得到组成矩阵的任何一个三维矢量：

DtVector firstRow = mat[0];

结合 DtVector 类的下标操作符，它还支持如下的双下标的语法形式：

double upperLeft = mat[0][0];

double lowerRight = mat[2][2];

或者

mat[0][0] = 10.0;

mat[2][2] = 20.0;

DtDcm 有静态成员函数 zero( ) 和 identity( )，它们分别返回零矩阵和单位矩阵。

12.1.3　DtVector 和 DtDcm 语义

尽管用户希望对象改变时 VR – Link 函数通常使用指针传递语义的方式，但 DtVector 和 DtDcm 类的函数除外。这些对象通常通过引用的方式传递给 VR – Link 函数，因此在下面的函数使用时不需要解除对指针的引用。如果函数不改变 DtVector 类 和 DtDcm 类，它们可以像其它 VR – Link 类一样通过常量引用被传递。

表 12 – 1 对它们的预定义进行了详细说明。

表 12 – 1　DtVector 和 DtDcm 类型定义

函 数	等 价 函 数	函 数	等 价 函 数
DtVectorRef	DtVector&	DtConstVector	const DtVector&
DtDcmRef	DtDcm&	DtConstDcm	const DtDcm&

DtVector 可以传递给采用 DtVectorRef 或者 DtConstVector 的函数，DtDcm 可以传递给采用 DtDcmRef 或者 DtConstDcm 的函数。

12.1.4　矢量和矩阵操作函数

在头文件 LibMatrix. h 中定义了许多 C 语言风格的操作 DtVector 类和 DtDcm 类的函数，如一些标准运算操作如下：

- ◆　加
- ◆　减
- ◆　乘
- ◆　缩放
- ◆　点积
- ◆　叉积
- ◆　非
- ◆　归一化
- ◆　行列式计算
- ◆　转置
- ◆　求逆

12.2　方位、欧拉角和 DtTaitBryan 类

虽然在 VR – Link 中通常用方向余弦矩阵来表示方向,但是也可以用一组三元欧拉角来表示。欧拉角表示的是空间实体所在的坐标系相对于参考坐标系的三个顺序排列的旋转角度。

DIS 和 HLA RPR FOM 用欧拉角表示实体相对于地心坐标系的旋转角(实体坐标系定义 X 轴正向为实体正前方,Y 轴正向为实体正右方,Z 轴正向为实体正上方)。

这三个角度的排列方式有很多种,但是只有 Tait – Bryan 方式被 DIS、RPR FOM 和 VR – Link 广泛采用。排列方式依次为 Z 方位角、新的 Y 方位角和最新的 X 方位角,它们通常被分别表示为 psi、theta 和 phi。

提示:此三个角度不一定要和熟悉的实体航向(Heading)、俯仰(Pitch)和滚转(Roll)角度相对应。欧拉角只有当参考坐标系是地形坐标系时它们才是彼此对应的。在 DIS 实体状态 PDU 和 RPR FOM 实体更新中发送的欧拉角使用地心坐标系作为参考系,因此与航向滚角是不相符的(关于地心坐标参考系和地形坐标参考系的欧拉角之间的转换,请参考 12.3"坐标转换")。

VR – Link 的 DtTaitBryan 类(taitBryan. h)被用来表示一组欧拉角。一个 Dt-TaitBryan 对象可以用三个角度元素进行构造,角度单位用弧度表示,例如

DtTaitBryan angles(3.14,0.0,1.57);

该类可以用如下的查值函数和变值函数来访问单个角度:

◆　psi( ),setPsi( )

◆　theta( ),setTheta( )

◆　phi( ),setPhi( )

该类也实现了分配操作符、变值操作符和复制构造函数。其 string( )成员函数提供了与 DtVector::string( )相似的形式来对对象内容的字符串进行表示。

12.2.1　欧拉角和矩阵表示之间的转换

在头文件 Euler. h 中定义了上述两种方位表示方法之间的转换函数。

提示:这些函数不是实现从一种坐标系到另一种坐标系之间方位角度的转换,而是在给定坐标中,在两种方位表示之间的转换。

给定实体相对于参考系(如地心坐标系、地形坐标系)的一组欧拉角,函数 DtEuler_to_ BodyToRef( )能生成一个旋转矩阵(或者 DtDcm)实现从实体坐标系变换到参考坐标系,而函数 DtEuler_to_ RefToBody( )则正好实现相反的功能。

例如

DtTaitBryan geocEulerAngles(…);

DtDcm bodyToGeoc;

DtEuler_to_BodyToRef(geocEulerAngles,bodyToGeoc);

函数 DtBodyToRef to_ Euler() 和 DtRefToBody_to_ Euler() 采用另一种方法可以从方向矩阵来得到欧拉角。

12.3　坐 标 转 换

VR－Link 支持多种坐标系统,并且提供类和函数实现各个系统间坐标、矢量和方位之间的转换。

12.3.1　地心坐标系

在 HLA 中,DIS 和 RPR FOM 指定地理位置、速度、加速度和方位以右手地心笛卡儿系统表示,该坐标系的原点就是地球的中心,X 轴正向穿过本初子午线和赤道的交点,Y 轴正向穿过东经 90 度经线和赤道的交点,Z 轴正向穿过北极点。地心坐标系如图 12 - 1 所示。

地心坐标系中,通常用 DtVector 类进行坐标和矢量操作,而 DtTaitBryan 类和 DtDcm 类一般用于表示方位。

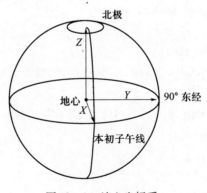

图 12 - 1　地心坐标系

12.3.2　大地坐标系

大地坐标系是另一种可以表示世界坐标的方式。VR－Link 中的大地坐标系由经度(弧度)、纬度(弧度)和高度(米)三个要素组成。高度用高于某个参考椭球体多少米来表示,椭球体可以是海平面之上的地表。

VR – Link 中,大地坐标系由类 DtGeodeticCoord(geodCoord. h)来支持。Dt-GeodeticCoord 可以用经纬高的值来初始化,负的纬度值表示南纬,负的经度值表示西经。

DtGeodeticCoord myLoc(DtDeg2Rad(45.0),DtDeg2Rad(30.0),1000.0);

假如使用了默认构造函数,则初始化经纬高的值都是零。

DtGeodeticCoord 类具有以下的查值函数和变值函数来得到和设置大地坐标的单个组成元素的值:

◆　lat( ),setLat( )

◆　lon( ),setLon( )

◆　alt( ),setAlt( )

DtGeodeticCoord 类也有一些成员函数实现大地坐标和地心坐标之间的转换。函数 DtGeodeticCoord∷geocentric( )的返回值就是和某个大地坐标相等的地心坐标。如下所示:

DtGeodeticCoord geod(DtDeg2Rad(30.0),DtDeg2Rad(100.0),1000.0);

DtVector geoc = geod. geocentric( );

上述代码执行完之后,geoc 的值就变成｛ – 960122. 075,5445122. 868,3170873. 735｝,该值表示北纬30 度、东经100 度、高度1000 米的空间点。

与之相似,函数 DtGeodeticCoord∷getGeocentric( )可以直接设置一个已知的 DtVector 对象,而不是返回一个地心坐标,例如

DtGeodeticCoord geod(DtDeg2Rad(30.0),Dtdeg2Rad(100.0),1000.0);

DtVector geoc;

Geod. getGeocentric(geoc);

相反,将 DtGeodeticCoord∷getGeocentric( )的值设置给给定的大地坐标的经纬高:

DtVector geoc(– 960122. 075,5445122. 868,3170873. 735);

DtGeodeticCoord geod;

Geod. setGeocentric(geoc);

在头文件 geodCoord. h 中还定义了 C 类型函数 DtGeocToGeod( )和 DtGeoc-ToGeod( ),它们可以代替上述成员函数,实现地心坐标和大地坐标之间的转换,尽管对成员函数没有多大用处。

1. 选择参考椭球体

默认情况下,在地心坐标到大地坐标的转换时使用的参考椭球体是 WGS84,但是它通过函数 DtUseMapDatum( )来进行配置,该函数定义在头文件 geodCoord. h 中。任意的 DtMapDatum 结构对象都可以通过该函数来传递,Dt-

MapDatum 结构的定义如下：

```
typedef struct DtSpheroid
{
    DtFloat64 semiMajor;        //semimajor axis of the ellipsoid,in meters
    DtFloat64 semiMinor;        //semiminor axis of the ellipsoid,in meters
} DtSpheroid;
typedef struct DtMapDatum
{
    DtSpheroid spheroid;
    DtFloat64 datumShift[3];    //added to wgs84 to get GCC in this datum
} DtMapDatum;
```

VR – Link 在头文件 mapDatum. h 定义了下面的 DtMapDatum 结构：
DtWGS84,DtED50,DtNASANAD27,DtNASBNAD27,DtCONUSNAD27。
如果用户想使用 ED50 参考椭球体,示例如下：
DtUseMapDatum(&DtED50)；

12.3.3　地形坐标系

VR – Link 定义了右手笛卡儿的地形坐标系,其 $X – Y$ 平面在平面原点处为地球切面,X 轴正向指向正北,Y 轴正向指向正东,Z 轴正向向里。显而易见,这样的地形坐标系存在无数多个,也即是说,地面上的每一个点都有一个。

VR – Link 中的 DtVector 用于表示地形坐标系。地形坐标系如图 12 – 2 所示。

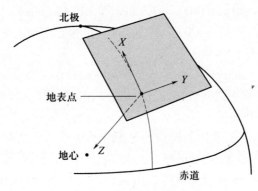

图 12 – 2　地形坐标系

2. DtCoordTransform

在地心坐标和地形坐标实现自由转换的最好方法是使用 DtCoordTransform

（LibMatrix. h）对象。DtCoordTransform 对象可以实现一个笛卡儿坐标系到另一个的位置、矢量和方位转换。

通常，DtCoordTransform 对象可以通过传递给其构造函数两个参数来创建：一个坐标系的原点相对另一个坐标系的原点的位置，一个坐标系相对于另一个坐标系的旋转矩阵。尽管这样，在地心坐标向地形坐标转换时，VR – Link 还提供了函数 DtGeocToTopoTransform( ) 来对 DtCoordTransform 对象进行初始化。这个函数在头文件 topoCoord. h 中有如下声明：

（1）得到地面某点的纬度和经度，计算表征该点地形坐标系方位的旋转矩阵；

（2）用该点的地心坐标和此矩阵作为构造参数对 DtCoordTransform 对象进行初始化。

例如，创建一个 DtCoordTransform 对象实现地心坐标和地形坐标之间的转换，并且地形坐标系原点在北纬 30 度，东经 100 度，就可以用下面的代码实现：

DtCoordTransform geocToTopo ;

DtGeocToTopoTransform(DtDeg2Rad(30.0),DtDeg2Rad(100.0),&geocToTopo) ;

现在，该变换就能用来将地心坐标转到地形坐标。如果现在在 DtEntityStateRepository 中有一个地心坐标，用户想将它转到地形坐标框架里，可以用函数 DtCoordTransform : : coordTrans( ) 实现。

如果用户想反方向进行转换，可以再初始化一个 DtCoordTransform 来将地形坐标转换到地心坐标，它需要用到对象函数 setByInverse( )：

DtEntityStateRepository * esr = . . . ;

DtVector topoLocation ;

geocToTopo. coordTrans(esr – >location( ) , topoLocation) ;

现在，用户可以使用 topoToGeoc( ) 实现地形坐标到地心坐标的转换，例如，填充一个本地仿真实体的状态池。

另外，CoordTransform 还提供了成员函数 vecTrans( ) 和 eulerTrans( )，它们可以在两个笛卡儿坐标系之间转换矢量（如速度和加速度）和方位（如欧拉角）。

2. 航向，俯仰和滚转

把地心坐标系中的欧拉角转换到地形坐标系中（反之亦然）是很有用的，因为地形坐标系中的欧拉角正好对应航向、俯仰和滚转，使用 DtCoordTransform 对象实现上述转换，用户就可以得到仿真实体的航向、俯仰和滚转角度，过程如下：

DtTaitBryan topoEuler ;

geocToTopo. eulerTrans(esr – > orientation , &topoEuler) ;

```
double heading = topoEuler. psi( );
double pitch = topoEuler. theta( );
double roll = topoEuler. phi( );
```

12.3.4　投影坐标系(UTM)

世界中的位置可以用 UTM 坐标系表示。UTM(Universal Transverse Mercator)坐标使用通用横轴墨卡托投影被映射到一个近似于地球表面的参考椭球体上。在该系统下,坐标的组成是从原点或者参考位置到某点的东向和北向组成,以及该点相对参考椭球体的高度,单位都是米。

在一个实际的 UTM 坐标系中,原点或者参考点(0,0,0)经常选定为一个UTM 带的中心的赤道上的某点(整个地球按照经度划分为 60 个 UTM 带,每个带的中心经度都是 3 的奇数倍)。尽管这样,VR – Link 允许用户将任意点作为参考点传给函数 DtUtmInit( )来构造一个偏移 UTM(offset UTM)坐标系统。

用户在使用 UTM 坐标转换函数前,都必须调用函数 DtUtmInit( )初始化坐标系统原点。当前的 VR – Link 只支持一次使用一个 UTM 系参考点,不过用户可以多次调用 DtUtmInit( )定义多个 UTM 坐标原点,它们在后面的转换操作中使用。

1. 使用 DtUtmInit( )

DtUtmInit( )的头两个参数是 DtDegMinSec 结构,它表示地面某点的纬度和经度,它的定义如下:

```
enum DtPolarDirection { DtEast, DtWest, DtNorth, DtSouth };
typedef struct
{
    double deg, min, sec;
    DtPolarDirection direction;
} DtDegMinSec;
```

下面的代码用北纬 35 度、西经 122 度作为参考点初始化 UTM 系

```
DtDegMinSec latRef = {35.0,0.0,0.0,DtNorth};
DtDegMinSec lonRef = {122.0,0.0,0.0,DtWest};
DtUtmInit(latRef,lonRef,0);
```

DtUtmInit( )的第三个参数是可选的(很少用),表示使用的变换将是一个特殊的变换,这时,为了使 UTM 坐标系中不出现负值,所有的东向值都是500000m,所有的北向值都是 10000000m。如果在应用中要用到这个变换,该参数变值 1 而不是常用的 0。

DtUtmInit( )的第四个参数也是可选的,它设置 UTM 参考带。如果用户没有设定该参数的值,VR – Link 将会自动为其选择。

UTM 坐标可以由 DtUtmCoord 类(utmCoord. h)表示,构造一个该类的对象需要向其构造函数传递三个参数,如下所示:

DtUtmCoord utmLoc(50.0,100.0,70.0);

假定,如上述所示调用了 DtUtmInit( )函数,DtUtmCoord 代表的就是比北纬 35 度,西经 122 度所代表的点高 70m、东 50m、北 100m 的点。

该类还定义了复制构造函数和分配操作符,并且具有以下查值函数和变值函数访问不同的组件:east,setEast,north,setNorth,up,SetUp。

DtUtmCoord 类还具有很多成员函数,使用户能在 UTM 坐标和地心坐标或者地形坐标之间相互转换。函数 DtUtmCoord∷geocentric( )和 DtUtmCoord∷geodetic( )分别返回对应 UTM 坐标的地心坐标和地形坐标。例如

DtUtmInit(…);

…

DtUtmCoord utm(50.0,60.0,70.0);

DtGeodeticCoord geod = utm. geodetic( );

函数 getGeocentric( )和 getGeodetic( )作用相似,不过它们不是返回对应值,而是由参考值传递给出函数已存在的对象来填充。

同时,还有几个 C 语言格式的函数 DtGeodToUtm( )、DtUtmToGeod( )、DtGeocToUtm( )和 DtUtmToGeoc( )能实现同样的转换。不过,它们不利于成员函数的使用。

12.3.5   地形坐标和 UTM 坐标的不同

一般情况下,开发人员如果不能深刻理解使用同一坐标原点的地形坐标系和 UTM 坐标系的不同之处,开发时会遇到不少麻烦。

尽管处于坐标原点附近的点的坐标在两个坐标系中很相近,但是它们还是有许多不同的。

(1) 在 UTM 系中,Z 轴表示高于地球表面的高度,而地形坐标 $-Z$ 才表示地球表面的切面高度。如果其原点被移开,则从地球表面偏移(图 12 – 3)。

(2) 忽略北向和地正北的很小的角度差别,UTM 坐标的 X、Y、Z 对应东、北、地面向上,而地形坐标的 X、Y、Z 对应北、东、地面向下(图 12 – 4)。

(3) 尽管组成 UTM 坐标中常量东向的线非常接近于南北走向,实际上不是。因此,UTM 系中具有相同东向值的两点,如|100,100,0|和|200,100,0|,并不在同一条经线上,第二点也不在第一点的正北,根据点在 UTM 带中的位置,这

种差别可能有正负几度的不同。函数 DtUtmCoord∷gridDeclination( )能得到北向和真北的差别(以弧度给出)。

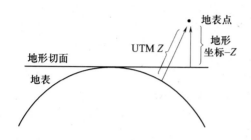

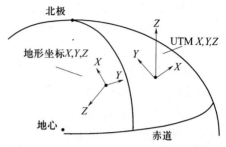

图 12 – 3　UTM 的 Z 和地形 Z 的比较

图 12 – 4　地形坐标的 X,Y,Z 与
UTM 的 X,Y,Z 的比较

12.3.6　低层坐标转换函数

如果用户获得比在"DtCoordTransform"说明类更高级别的坐标转换控制,需要更低层的坐标转换函数的帮助。

如果得到了一个实现两个坐标系之间旋转变换的矩阵,用户可以用一个矢量乘以它,比如速度或者加速度使用 DtDcmVecMul( ),以实现两个坐标系之间的转换。

对于地心坐标系和地形坐标系之间的转换,需要的旋转矩阵可以通过函数 DtLatLon_to_ GeocToTopo( )或者 DtLatLon_to_TopoToGeoc( )得到,在 topoCoord. h 中声明。这些函数输入值是纬度和经度,返回对应点之间的旋转矩阵。例如

DtGeodeticCoord myOriginInGeod(35.0, – 122.0,0.0);

// Obtain a rotation matrix for the topo frame in question

DtDcm geoc2Topo;

DtLatLon_to_GeocToTopo(myOriginInGeod,geoc2Topo);

DtEntityStateRepository * esr = ...;

DtVector topoVel;

// Perform the vector rotation,using the matrix.

DtDcmVecMul(geoc2Topo,esr – > velocity( ),topoVel);

同时,也可以用旋转矩阵实现一组欧拉角从一个坐标系转换到另一个坐标系,使用函数 DtEulerToEuler( )(Euler. h)得到,例如

DtTaitBryan topoOrient;

DtEulerToEuler(esr – > orientation( ),geoc2Topo,topoOrient);

但是,如果想得到的是像地形坐标系中欧拉角(航向、俯仰、滚转)类似的实

体方位,下面的方法更加有效:

(1) 使用函数 esr – >bodyToGeoc( )而非位置。

(2) 将其返回矩阵和 geoc2Topo,或者和上述示例中用 DtLatLon_to_GeocTo-Topo( )得到的地心坐标到地形坐标的旋转矩阵相乘。

(3) 然后使用 DtBodyToRef_to_ Euler( )将结果转换为欧拉角,例如

DtDcm bodyToTopo;

DtDcmDcmMul(geoc2Topo, esr – >bodyToGeoc( ), bodyToTopo);

DtTaitBryan topoEuler;

DtBodyToRef_to_Euler(bodyToTopo,topoEuler);

坐标变换不能只使用一个旋转矩阵进行,还需要两个系统之间的平移补偿转换偏移量。实现一个笛卡儿坐标系到另一个的过程如下:

(1) 从被转换点中减去第二个系统的坐标原点。

(2) 如上进行旋转变换。

例如,从地心坐标系到地形坐标系进行变换:

// Find the local origin expressed in geocentric coordinates

DtVector myOriginInGeoc = myOriginInGeod. geocentric( );

// Subtract the local origin from the point being transformed

DtVector tmp;

DtVecSub(esr – >location( ) ,myOriginInGeoc ,tmp);

// Rotate the result

DtVector topoLoc;

DtDcmVecMul(geoc2Topo ,tmp ,topoLoc);

12.4 用 DtList 创建链接列表

注意:std∷list < >使用已经代替了 DtList。MÄK 公司强烈建议用户使用 std:list < >。为了保持向后兼容,还会继续支持 DtList。

在 VR – Link 中 DtList(vlList. h)提供通用链接列表功能。为了使 DtList 可以表示任意一种类型对象的列表,被列出的指向对象的指针用 void ∗ 表示,当用户想检查列表中的数据必须回溯明确列出的数据类型。

在 VR – Link 中 DtList 用来表示实体处理的铰链体列表、演练中的 HLA 对象列表和其它诸如此类的列表。由于这些原因,用户即使不使用 DtList 表示自己的列表也要应用 DtList。

DtList 的构造如下:

DtList list；

添加元素可以使用：

◆　addToStart( )

◆　addToEnd( )

◆　addBefore( )

◆　addAfter( )

◆　add( )——等同于 addToEnd( )

这些函数返回一个指向 DtListItem 的指针——在插入列表之前用户的数据就被预先封装。

这些函数也会采用指针添加元素(作为例外,通常用户不是用指针而是直接存储 < =32bit 的简单数据类型)。这些指针必须保证它们在列表持续时间内的有效性。例如,如果列表超出了自动变量的范围,那么地址自动变量就不能放入列表。通常列表中的指针来源于 new 的数据。

DtList 的 first( )和 last( )函数返回指针给 DtListItem 保存列表中的第一个和最后一个元素。

用户可以使用 DtListItem∷data( )找回添加到列表中的指针。

列表为空时,函数 first( )和 last( )返回 NULL。

DtListItem prev( )和 next( )成员函数通过列表循环(iterating)而容易操作。

当列表各自到达开始和末尾时,这些函数返回 NULL。因此,用户可以通过列表中的元素循环如下：

DtList dtlist；

...

for(DtListItem ∗ item = list. first( )；item；item = item - >next( ))；

下面的例子添加若干项到列表(类 classA 的实例),随后将它们从列表中列出：

```
// Definition of class A
class A
{
  public：
  A( int num ) { a = num； }
  int a；
} ；
// Create the list
DtList list；
```

```
// Create three instances of class A
A * a1 = new A(1);
A * a2 = new A(2);
A * a3 = new A(3);
// Add the instances to the list
list. add( a1 );
list. add( a2 );
list. add( a3 );
// Iterate through the list, inspect the data
for ( DtListItem * item = list. first( ); item; item = item - > next( ))
{
    // Use DtListItem：：data to get back the pointer you added.
    // You must cast the pointer back to an A * from a void *
    A * current = ( A * ) item - > data( );
    printf( "% d\n", current - > a);
}
```

12.5　诊断类

通过设置全局变量 DtNotifyLevel(vlprint. h),用户可以控制 VR – Link 输出的诊断信息数量。全局变量的查值列举如下：

- ◆ DtNlFatal——仅打印错误消息。
- ◆ DtNlWarn——打印警告和错误消息。
- ◆ DtNlInfo——打印有警告和错误消息的诊断信息。
- ◆ DtNlVerbose——打印额外的诊断消息。
- ◆ DtNlDebug——打印尽可能多的消息。

默认查值为 DtNlInfo。

如果用户使用的输出函数是 VR – Link 提供的,而不是直接使用 printf( )或者 cout( ),可以用通报级别来控制用户程序产生的消息。这些输出函数在 vlprint. h 定义,它们有 printf( )一样的原型,这些函数包括：

- ◆ DtFatalPerror( )和 DtWarnPerror( ),打印除用户传递给函数的消息之外的错误信息
- ◆ DtFatalError( )
- ◆ DtWarn( )

◆ 　 DtInfo( )

◆ 　 DtVerbose( )

◆ 　 DtDebug( )

函数 DtFatalError( )在输出消息内容后调用函数 DtAbort( )。

12.5.1　使用 DtOutput 流进行输出

在 VR – Link 中,DtOutputStream 流是以一种缓冲的、重定向的(re-directable)方式发送调试和报告信息的方式,其工作方式和 std∶∶ostream 类似。

DtlInfo、DtWarn、DtVerbose、DtFatal 和 DtDebug 都是 DtOutputStream 对象,它们的写法和标准 C ++ 输出流一样:

DtInfo ≪ "something bad just happened,the error is " ≪ error ≪ "\n";

DtOutputStream 能够关联一个或多个 DtPrinter 对象,DtPrinter 对象可以将信息打印到输出设备上。VR – Link 包含以下 DtPrinter 子类:

(1) DtFilePrinter——打印到指定文件。

(2) DtStdoutPrinter——打印到 stdout。

(3) DtStderrPrinter——打印到 stderr。

(4) DtWindowsConsolePrinte——打印到 Windows console(仅 Windows)。

默认情况下 DtStdoutPrinter 和 DtInfo、DtWarn、DtDebug、DtVerbose 和 DtFatal 关联。用户可以将所有这些类的子类或者是自己定义的子类添加到所有的流上或添加到其中的一个利用 DtInfo 打印到文件,例如

DtFilePrinter info_log("myInfo. log") ;

DtInfo. attachPrinter(&info_log) ;

如果要输出到控制台,则可以按照以下方式:

DtInfo. attachPrinter(&DtStandardWindowsConsole)

12.5.2　在 Windows 中输出诊断信息

非控制台方式开发的 Windows 应用程序没有以常用方式定义 STDOUT。例如,如果用户想用 cout 或 printf 来调试 MAK 插件,或者是在 MFC 应用中调试 VR – Link 应用,就得不到支持,除非另外建立控制台程序,并将信息输出到控制台程序中。

在 VR – Link 中,为了避免遇到这个问题,可以用函数 setFileOutput( )(vl-print. h)将信息输出到一个控制台窗口或者是文件中。

另外,为了使诊断信息输出到窗口或者是文件,可以用下面的 VR – Link 函数:DtWarn( )、DtWarnPerror( )、DtInfo( )、DtDebug( )和 DtVerbose( )。

12.6　DtException 类

DtException 类是 VR – Link 的异常处理类。成员函数在某些情况下可能抛出异常,例如,当对象不能正确构造或不期望的输入以参数的形式被传给成员函数时,任何抛出异常的成员函数和构造函数应该在头文件和类文档中声明。Ostream 操作符" ≪ "可以用来输出异常,而函数 message( )将返回一个描述异常的字符串。例如

```
// DtDDMRegion may throw exception on creation
try
{
    region = new DtDDMRegion( spaceName, dimensionVector);
}
catch ( const DtException& regionException)
{
    DtWarn ≪ "Caught exception: " ≪ regionException ≪ std::endl;
}
```

12.7　操作 IP 地址的函数

在头文件 vlutil. h 中定义了一组获取和操作 IP 地址的函数。在生成初始化 DIS 演练连接的 IP 地址时,这些函数非常有用。

在 VR – Link 中,用 DtInetAddr 类型表示 IP 地址,这种类型相当于一种 32 位的无符号整数。DtStringToInetAddr( )可以为 IP 地址从一个包含通常符号的字符串构造一个 DtInetAddr,例如

DtInetAddr myAddr = DtStringToInetAddr("207. 86. 232. 1");

函数 DtInetAddrString( )则是相反:返回一个 DtInetAddr 类型的字符串表示。

函数 DtInetAddrOfDevice( )返回指定设备、用名称表示的 IP 地址,设备名称一般与 1e0 或 ec0 相似。函数 DtNetMaskOfDevice( )返回设备的子网掩码。

函数 DtInetBroadcastOfDevice( )通过使用被子网掩码覆盖的部分 IP 地址,并将所有的低位设置为1,来计算和返回设备的广播地址。例如,如果设备的 IP 地址是207. 86. 232. 1,子网掩码是0xffffff00(C 类网络),那么它的广播地址就是207. 86. 232. 255。

注意：在一些 UNIX 平台中，这不符合 ifconfig 报告的错误广播地址。

函数 DtFirstHostInetAddr( )返回主要主机主网络设备的 IP 地址。

函数 DtIsMulticastAddr( )在 IP 地址是合法的多点传送地址即 224.0.0.0 和 239.255.255.255 之间的一个值时返回 1。

12.8　各种全局函数

表 12 - 2 列出了其它各种全局函数。

表 12 - 2　全局函数列表

函 数	描 述
DtSleep( )	在一些时间段内提供与机器无关的方式中断程序执行。参数为时间，单位秒，是指"休眠"时间。DtSleep( )的实现和机器有关，但它使用的系统调用和 UNIX 相似，而不是耗费 CPU 资源的循环过程（更多信息，请参阅 vlProcessControl. h）
DtSelect( )	为 UNIX 选择系统调用提供与机器无关的接口，在不同平台采用不同参数。DtSelect( )的参数是一些文件描述符和以秒为单位的暂停时间；三个描述符文件数组分别用来监视要读的数据，可写有效性和未解决的异常情况。在 Windows 环境下，DtSelect( )将 0 描述符文件作为标准输入（更多信息，请参阅 vlutil. h）
DtAbort( )	当 VR - Link 产生严重错误时被调用，它产生异常系统调用。如果用户需要修改 VR - Link 的异常结束行为，用户可以自行定义 DtAbort( )。VR - Link 对 DtAbort( )的定义在其本身的对象文件内，用户的定义仅仅代替 VR - Link 定义，而不起其它作用。如果用户的定义通过用户所创建的库链接到应用程序上（而不是通过用户的链接路线（link line）中的对象文件），确保用户的库在链接路线中的 libvlutil. a 之前出现（更多信息，请参阅 vlprint. h）

第 13 章　实例和实用程序

VR – Link 包括一组帮助用户开发和检测用户应用的支持程序。

13.1　关 于 应 用

VR – Link 的实例和实用程序使用户的开发和检测任务更为简化,并示范了如何在实际中应用 VR – Link 类和函数。

程序的执行在表 2 – 1 所列的./bin 目录下。应用实例的源代码是在/examples 的子目录下。

buffgrep 程序和 vrlinkd3i 包服务器仅被作为工具提供,不包括源代码。vrlinkdu 包服务器用于独立选项。

13.1.1　工具实例的许可执行

运行 MÄK 提供的实例应用不需要 VR – Link 许可。然而,如果重建应用实例,应注意不要覆盖原始版本,因为用户重建的版本需要 VR – Link 许可。

13.2　f18 程 序

f18 程序模拟了一个简单的 HLA 或 DIS 飞行器。默认情况下,该飞行器是 F/A18,在美国加利福尼亚海面进行旋转飞行,但用户能控制实体类型、位置和路线。

f18 产生可预测的 HLA 实体更新信息(或 DIS 实体状态 PDU)。因此,它对于调试接收和解释这些信息的应用程序是有用的工具。它也能实施开火并响应爆炸。

f18 运行语法:

　　f18　– h

　　f18[options. . .]

要退出 f18,键入“q”后点“Enter”或“Return”。

表 13 – 1 总结了 f18 的命令行选项。

表 13－1　f18 命令行选项

选　项	描　述
协议无关	
－ a ID	对于 DIS,设置实体 ID 的第二个元素给 ID。默认的是实体 ID 为 1:2:1。然而如果想要一次运行多个 f18,每个都需要一个独立的实体 ID。对于 HLA 指定一个实体 ID
－ d seconds	在 f18 接收爆炸交互作用的时间到广播其最后信息并退出的时间之间设置延迟(s)
－ D algorithm	设置 DR 算法 algorithm,为列其中之一: 0 － Other 1 － Static 2 － Fixed rotation, positional DR, world coordinates 3 － Rotational DR, positional DR, world coordinates 4 － Rotational DR, velocital DR, world coordinates 5 － Fixed rotation, velocital DR, world coordinates
－ h	显示命令行选项摘要,然后退出
－ H degrees	设置 f18 的初始航向(度)
－ l file	载入指定的 MTL 配置文件
－ L x,y,z	设置初始位置、地形坐标
－ M markings	指定标记
－ n notify_level	指定警告的通知级别
－ O lat,long	设置地形坐标参考纬度和经度
－ r radius	设置 f18 的旋转半径为指定长度(m)。若半径为 0.0,则 f18 作直线运动
－ s mps	设置 f18 的初始速度(m/s)
－ T type	设置实体类型字符串——编队:类型:域:国家:分类:子类:指定:附加 (form:kind:domain:country:category:subcategory:specific:extra)
－ W x,y,z	设置初始位置,地心坐标
HLA	
｛ － f　　　　｜ － －fomMapperLib｝ libname	指定一个 FOM 映射器库名称
－ －fomMapperInitData data	如果需要指定 FOM 映射器初始化数据

(续)

选　项	描　述
HLA	
− −RPR FOMVersion version_number	指定 RPR FOM 版本(0.5,0.7,0.8,1.0,2.0006,2.0014,或 2.0017)
− F FED_file	指定 FED 文件。默认:federation_name.fed
− N name	指定 HLA 对象名称
− n federate_name	指定联邦成员名称
− x ex − name	设置联邦执行名（默认:VR − Link）
DIS	
− a ID	指定应用程序号—设置实体 ID 的第二个元素给 ID。默认实体 ID 是 1:2:1。如果想要同时运行多个 f18,每个都需要唯一的实体 ID
− A address	为输出的 PDU 设置默认的目的 IP 地址给 address,形式:123.123.123.123
− I	使用异步 IO
− P portnum	设置 UDP 端口,默认 3000
− −recvBufferSize size	指定接收缓冲器大小
− −sendBufferSize size	指定发送缓冲器大小
− −siteId ID	指定位置 ID
− S address	根据 address 订购组播地址。多个 − S 参数能在命令行显示,组播不被所有平台支持,地址形式:123.123.123.123
− −mcastTtl ttl	组播经历的时间。指定信息可以传输的路由号
− V version	设置包含在流出 PDU 中 DIS 协议版本,此处 version 是整数,如下: 4 − DIS2.0.4 5 − IEEE 1278.1 6 − DIS2.1.4(IEEE 1278.1a)
− x ex − name	为 DIS 设置演练 ID（默认值为 1）

13.2.1　f18 配置文件

默认情况下,如果在当前目录下,f18 载入配置文件 f18.mtl。

该文档设置了多个 f18 的默认参数,包括通报级别,DR 算法,初始航向、位置和速度。

要改变默认参数:

（1）编辑 f18. mtl 文件。

（2）用命令行选项修改参数。

（3）用 – l 选项指定一个可替换配置文件。

（4）用户可以根据不用配置文件的 f18 应用重建 f18 程序或创建一个新的程序。

（5）变更不用配置文件的 f18,移除 initMtl( )调用。

（6）在代码中用户用函数 DtcLoadLispFile( )指定一个不同的配置文件。

13.2.2　开火

（1）f18 向另一个实体开火,按 Enter 或 Return。如果演练中存在其它实体,f18 对准最靠近的一个发出开火消息。虽然没有被跟踪的武器,f18 在三秒钟之后发出一个爆炸信息以表明目标被击中。

（2）要改变延时,在 f18. mtl 配置文件中编辑 munitionFlightTime 参数。

13.2.3　响应爆炸信息

f18 响应爆炸 PDU 或 RPR FOM 爆炸交互。如果爆炸在 lethalDetonation-Range 内发生,或爆炸结果是实体碰撞或实体太靠近,f18 将被摧毁。更新反射在(DamagDestroyed)(s)期间的毁伤状态,同时实体离开演练,f18 退出。

lethalDetonationRange 默认范围为 20m,destroyedToFinaldelay 默认为 0。f18. mtl 中用户也可以改变这些参数。

13.2.4　绝对时戳

f18. mtl 中 timeStampType 标记的值决定绝对和相对时戳是否用于 f18 的输出状态的更新信息。标记的默认值为相对时戳(0),可以被设为绝对时戳(1)。如果 timeStampType 是绝对的,f18 根据绝对时戳 DR 推算远程实体。绝对时戳仅在本地机器时钟与在演练中用于其它应用的时钟的绝对时戳同步时才被使用。

关于时戳的更多信息,请参考"时戳"。

13.2.5　使用更改的 FOM

f18 实例的 config. cxx 源文件说明如何配置 VR – Link 使用更改的 FOM。它说明了如何让 VR – Link 在网络上使用 Z,Y,X 而不是 X,Y,Z 来描述位置。由此,我们使用 BaseEntity 对象类 ResversPosition 的新属性代替默认的 Position 属性,用 WeaponFire 交互类 ReverseFiringLocation 的新参数代替默认的 FiringLoca-tion。

默认情况下,此功能是#ifdef 之外(#ifdef'd out)。但如果建立 f18 时在用户的 make 行中包含定义 REVERSE = 1,例如

make REVERSE = 1 f18

此功能会被编译。如果想要验证,记住在运行可执行文件前,修改.fed 为所期望的文件。

13.3　从其它语言中调用 VR – Link

简单的 C 实例说明了如何在 C 语言应用中使用 VR – Link,请参见./exam-ples/simpleC。由于大多数其它语言可以与 C 语言相交互,这也可作为服务以其它语言使用 VR – Link 编写应用的出发点。

13.4　发射器①(Launcher)

发射器实例说明了在 VR – Link 中根据 DIS 和 HLA 使用铰链和附加部分,请参见./examples/testdirectory。

13.5　netdump(DIS)

netdump 是以易读形式显示到达 DIS PDU 内容的调试工具(其 HLA 副本,hlaNetdump,在 13.6"hlaNetdump(HLA)"中描述)。

netdump 将其输出写到 stdout。对每一个 PDU,netdump 输出所接收的 PDU 的数量和 PDU 到达时间(相对于 netdump 的初始值)。

通过 VR – Link 的 buffgrep 工具由传输 netdump 的输出根据指定域过滤 PDU。

Netdump 的用法:

netdump　– h

netdump[– c – errorChecking – h – v – r – verbose - - – Aaddress – P port – S address]

表 13 – 2 所列为 netdump 命令行选项。

---

① 　Launcher 此处翻译为发射器,请读者根据上下文不要与传感器的发射器 Emitter 混淆。——译者

表 13 - 2　netdump 命令行选项

选　项	描　述
｛ - - ｜ - - ignore_rest｝	命令行忽略任何的已有参数。有利于用户保持完整的命令行语法,但偶尔也会使一些选项失效
｛ - A ｜ - - destAddrString｝ address	指定一个 netdump,能监听信息包的组播地址。对装有两块网卡的计算机有利,可以让用户通知 netdump 使用第二块网卡
- c	在 PDU 间清屏。此选项对调试单个应用程序十分有用。因为 PDU 间清屏,所以连续 PDU 相应的区域出现在相同的地方。此功能使得在不同参数间的不同显而易见
- - errorChecking	DIS 头显示的大小与接收的数据包的大小不匹配时,指定 netdump 不要输出 PDU
｛ - h ｜ - - help｝	显示命令行选项摘要,然后退出
｛ - P ｜ - - disPort｝ portnum	指定 UDP 端口,默认值:3000
｛ - r ｜ - - raw｝	输出原始数据
- S address	订购 addess 指定的组播地址。用户可以在命令行指定组播地址。组播不被所有形式支持,地址形式:225.10.10.10
｛ - v ｜ - - version｝	显示版本信息并退出
- - verbose	为信息输出指定详细模式

注释:

(1) 如果 netdump 已经与./lib5 目录下的 libvl 链接,输出 DIS2. 0. 4,IEEE1278. 1 或 DIS2. 1. 4(IEEE1278. 1a)PDU 的所有域。

(2) 当 netdump 收到错误 DIS 版本的 PDU 时,输出 DIS 头信息和 PDU 其余的十六进制转储(dump)。

(3) netdump 输出版本信息如表 13 - 3 所列。

表 13 - 3　PDU 版本 andDIS 协议版本

PDU 版本	DIS 协议版本
4	2. 0. 4
5	IEEE1278. 1
6	2. 1. 4(IEEE1278. 1a)

13. 6　hlaNetdump(HLA)

hlaNetdump 监听 HLA 联邦执行,订购 FOM 中所有对象和交互类,并且无论何时接收到属性更新或交互都会输出数据。

hlaNetdump 处理交互方式与 netdump 相似（13.5"netdump(DIS)"）——编译并输出交互中的数据。

当 hlaNetdump 收到一个属性更新信息时，被解码到 DtEntityStateRepository，然后输出状态池。

提示：hlaNetdump 输出属性的默认值(通常是零或 false)而不是更新中的数值。状态信息之上会有一个列表，显示包含在更新中实际属性的名称。

hlaNetdump 的用法：

hlaNetdump – h

hlaNetdump [– – – c – F – flibname – fomMapperInitData data

        – rprFOMVersion version_number

        – h – M – m – n – r – R – v – x exec – name]

表 13 – 4 所列为 hlaNetdump 命令行选项。

表 13 – 4 hlaNetdump 命令行选项

选 项	描 述
{ – – l – – ignore_rest }	忽略命令行保留的任何参数。有利于用户保持完整的命令行语法，但偶尔也会使一些选项失效
{ – c l – – clearScreen }	在信息之间清屏(更新或交互)。此选项对调试单个应用程序十分有用。因为消息间清屏，所以连续消息相应的区域出现在相同的地方。此功能使得在不同参数间的不同显而易见
{ – f l – – fomMapperLib } libname	指定一个 FOM 映射器库名
– – fomMapperInitData data	若需要，指定 FOM 映射器初始化数据
– F fed_file_name	指定要使用的 FED 文件，默认：federation_execution. fed
{ – h l – – help }	显示命令行摘要，然后退出
{ – m l – – printMom }	订购 MOM 类
{ – M l – – noFullReport }	使不输出更新细节
– n	仅输出已改变的对象
{ – r l – – raw }	以原始模式下运行 hlaNetdump。更多信息，请参阅表后段落描述
{ – R l – – RPR FOMVersion } version_number	指定 RPR FOM 版本(0.5,0.7,0.8,1.0,2.0006,2.0014,或 2.0017)
{ – v l – – version }	显示版本信息并退出
{ – x l – – execName } exec – name	指定对被监控的联邦执行的名称。默认：VR – Link

当用户用 – r 命令运行 hlaNetdump,与 nethex 相似。对于收到的每个属性更新和接收的交互都输出属性名称、属性值的大小和属性值的十六进制信息转储。

hlaNetdump 能以完全 FOM 无关样式下输入 HLA 的数据。hlaNetdump 在.fed 文档中订购每个类,(如果用 – m 参数,则包括 MOM 类)。如果一个更新或交互表示 VR – Link 能解码的类(包括所有 BaseEntity 子类、聚合体、开火、爆炸和碰撞交互),数据以正确数据类型输出(除非用户使用原始模型)。如果信息表示 VR – Link 不能解码的类,hlaNetdump 输出类的名、大小、所有属性和参数的十六进制的值。

13.7　nethex(DIS)

nethex 是一个 DIS 以原始十六进制形式输出到达 DIS PDU 的调试工具。使用 nethex,能看见一个 PDU 中每一位中的信息。nethex 写它的输出到标准输出。

nethex 的用法:

nethex – h

nethex [– P portnum][– S addr]

表 13 – 5 所列为 nethex 命令行选项。

表 13 – 5　nethex 命令行选项

选项	描　述
– h	显示命令行选项摘要,然后执行
– P portnum	指定 UDP 端口。默认:3000
– S address	订购 address 指定的组播地址。用户能在命令行中指定组播地址。组播不被所有平台支持。地址的形式:225.10.10.10

13.8　通话(Talk)和监听(Listen)

通话和监听是仅用于发送和接收的简单程序,阐述了很多 VR – Link 基本原理。

通话模拟 f18 飞行器的飞行。监听重复输出一个实体的更新位置,并且如果发生开火 PDU 或交互,输出攻击者的实体 ID。两个程序都用协议无关编写。详细描述请参见"监听例子"和"发送例子"。

13.9 vdc——VR – Link 后台控制器(UNIX)

vdc——VR – Link 后台控制器(VR – Link – daemon controller),让用户信息控制数据包服务器的信息。(详见 13.10"MÄK 数据包服务器(UNIX)")。其源代码以 VR – Link 应用程序如何实时控制数据包服务器工作实例的方式提供。

vdc 不论在后台(作为后台程序)或前台运行都控制数据包服务器。然而,如果数据包服务器在前台运行,则 vdc 的结束命令被忽略。

使用 vdc 命令如下:

vdc port〔cmd〕

此处端口是需要的 UDP 端口号,cmd 是一个字母命令。如果用户忽略此命令,vdc 发送一个命令(测试是否有效)。

表 13 – 6 所列为 vdc 控制键。

表 13 – 6   vdc 控制键

键	结　果	键	结　果
a	测试是否有效	p	服务器 ping 客户端
c	输出服务器代理状态	q	结束数据包服务器
e	设置数据包服务器为外部模式	s	输出服务器状态
i	设置数据包服务器为内部模式	t	如果有效,则寂静测试
n	关闭分类	u	打开分类

提示:除了 a 和 t 外,所有的命令与数据包服务器使用的意义相同。

对于 vdc,a 和 t 命令是唯一的。用户能根据包服务器是否运行,执行一个条件动作。例子请参见 13.9.1"vdc 实例"。

当用户通过 vdc 控制数据包服务器,vdc 显示状态和诊断信息,而不是被数据包服务器显示。如果数据包服务器在前台运行,则 vdc 发送的终止请求被忽略。

13.9.1　vdc 实例

vdc 以字符串的形式接受多重命令,如下面的例子:

vdc 3000 is　　　　改变为内部模式并显示服务器状态

vdc 3000 pc　　　　ping 客户端并显示客户端状态

用户根据数据包服务器是否运行执行有条件的动作,能用测试命令 a 和 t:

vdc 3000 tq　　　　如果服务器不存在,退出 vdc,否则终止服务器

vdc3000 a ｜ ｜ vrlinkd3i3000　　如果没运行服务器,则开启

vdc 3000t && echoh i ｜ ｜ echobye　　如果服务器运行,显示"hi";否则显示"bye"

13.9.2　vdc 诊断

如果收到信息:

no vrlink server on port nnnn

并且用户知道数据包服务器正在指定端口运行,服务器的 AF – UNIX 包文件可能不可链接。更多的信息,请参见"服务器 socket 文件"。

13.10　MÄK 数据包服务器(UNIX)

MÄK 数据包服务器,也叫 VR – Link 后台程序,或 vrlinkd,具有多用途。

(1) 在某些 UNIX 平台上,同一台机器上运行的多个应用程序不能完全接收来自一个 UDP 端口的网络数据包。在这些平台上,数据包服务器作为必要的中介接收来自 UDP 端口的数据包,并使它们通过共享内存链接客户应用程序。

(2) 在很多情况下,甚至是在允许多个应用程序从同一 UDP 端口读取信息的多平台上,用数据包服务器能够提高性能,并能减少丢包的不良影响。

(3) 数据包服务器允许多个应用程序在同一台机器上运行来进行通信,并且不会产生网络堵塞。

提示:无论用户是否使用数据包服务器,每个基于 VR – Link 的并发运行的应用程序都需要一个 VR – Link 许可。

13.10.1　数据包服务器模式

数据包服务器在两种模式下操作:外部的和内部的。

在外部模式下,数据包服务器是客户应用程序和 UDP socket 之间的中介。它异步读取来自指定 UDP 端口的信息包,并且通过共享内存接口将信息包发送给用户应用程序。它也提供用户指定的基于演练 ID、DIS 协议版本和 PDU 类型的客户端关联的过滤。

在内部模式下,数据包服务器允许用户应用程序在一台独立机器上不与网络连接即可进行信息包交换。

服务器能够在外部与内部模式之间切换,使其客户程序参与或退出更大型的演练。

13.10.2 数据包服务器的配置

数据包服务器可用于两种配置,由其所支持的客户数量所区分:

(1) vrlinkd3i 在内部模式下支持三个客户,或在外部模式下支持一个客户。此版本被作为 VR - Link 工具包的标准部分所包括。

(2) vrlinkdu 在外部或内部模式下支持无限数量的客户,被作为一个单独的产品使用并且需要许可。

在一个主机上,用户可以启动多重数据包服务器以服务多个 UDP 端口。

13.10.3 应用程序如何与数据包服务器连接

如果一个基于 VR - Link 的 DIS 应用程序,使用默认演练连接,在数据包服务器端口上运行时,其构造函数自动使用数据包服务器;否则,应用程序直接与网络连接。

如果一个数据包服务正在运行,但已经处理了最大数量的用户,则客户端试图连接数据包服务器时将被终止。

13.10.4 使用数据包服务器

用户能以一个或多个客户端一起使用数据包服务器。

1. 仅与一个用户应用程序使用数据包服务器

如果仅一个基于 VR - Link 的 DIS 应用程序正在每个机器上运行,应用程序能直接与网络通信并且不需要数据包服务器,尽管,数据包服务器即使是仅有一个客户端。

因为对于网络通信异步服务器比固定速率客户端响应更快,数据包服务器可以降低丢包的数量。另外,如果客户端不能快速的输出来自数据包服务器的数据包,数据包服务器确保最旧(The Oldest)的信息被丢弃而不最新的(The Newest)。如果客户端正在直接从网络上获取信息,则结果正好相反。另外,数据包服务器运行在独立处理器上时能够使数据包更高效通过。

当仅有一个客户需要与数据包服务器连接时,用户可以使用 VR - Link 标准的 vrlinkd3i。

2. 多客户单主机使用数据包服务器

在某些 UNIX 平台,用户需要数据包服务器在一台机器上运行多个 VR - Link DIS 应用。如果用户正在运行两个或三个应用程序并且其通信仅限于它们之间,用户可以使用 vrlinkd3i 版本。否则,用户需要 vrlinkdu 版本。

图 13 - 1 描述一些使用一个数据包服务器的应用程序的一些共同配置。

在假设 A 中,每台机器控制一个应用程序,因此不需要数据包服务器。然而,3 号计算机为了提高数据包处理能力使用了一个服务器。在假设 B 中,一台机器控制两个应用程序。在某些平台上,在这种情况下需要无限制的 vrlinkdu 版本去连接多个应用程序到外部网络。在假设 C 中,数据包服务器以内部模式在一台机器上,用于连接三个应用程序。

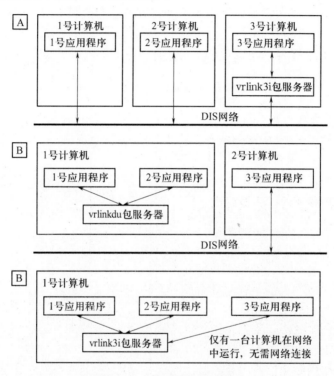

图 13 – 1　使用服务器的配置

13.10.5　启动数据包服务器

要启动数据包服务器,运行 vrlinkd3i 或 vrlinkdu 并指定要服务的 UDP 端口。数据包服务器的命令如下:

vrlinkd3i[options] port

命令行选项必须在命令行的端口号之前出现。

下列的例子是在端口 3000 上启动数据包服务器,端口 3000 是 VR – Link 应用默认的:

vrlinkd3i 3000

默认的,数据包服务器在外部模式下开启。

在内部模式下运行数据包服务器,用 – I 选项启动。

初始化之后在后台运行数据包服务器,用 – B 选项启动。

例如,下列命令在后台 UDP 端口 3001 上开启一个内部数据包服务器:

vrlinkd3i – I – B 3001

表 13 – 7 的选项应用于两个数据包服务器配置。

表 13 – 7 数据包服务器命令行选项

选 项	描 述
port	UDP 端口号是数据包服务器唯一需要的参数
– A address	指定向何处发送数据包。该数据包来自 VR – Link 2.4.2 版本之前创建的客户端。address 是 IP 地址并且是广播、点对点传送或组播的地址。 该选项不能被用于新版本 VR – Link 所创建的应用程序,新版 VR – Link 为自己选择目的地址。 该选项也不能与 – D 同时使用
– B	数据包服务器在后台执行,并设置通知级别(notifylevel,选项 – N)为 2
– D device	通知数据包服务器监听网络上 device 监听的信息。device 是一个网络装置的名称(如 ec0 或 le0),用 netstat – i 列出可用装置。 由 2.4.2 版本之前的客户端发送地信息包的目的地址设置为 device 的组播地址。 – D 和 – A 不能被同时使用
– I	以内部模式启动数据包服务器,忽略网络
– n	当数据队列已满,客户端没有指定舍弃模式时,通知数据包服务器丢弃新的数据包而不是旧的
– N level	设置通告级别: 0 — FATAL 1 — WARNNING 2 — NOTIFY 3 — INFO
– r size	为没有指定大小的客户端设置队列长度,数据包服务器使用该队列接收 2.4.2 版本前的数据包给客户端。默认:200K
– s size	为没有指定大小的客户端设置队列长度,数据包服务器使用该队列发送数据包给客户端。默认:200K
– u state	依据 state 为 0 或 1,打开或关闭分类(unbundling)。Unbundling 默认状态:ON
– w	丢弃旧信息时,当客户端有队列锁时,通知数据包服务器不用等待客户队列锁,并且丢弃数据包。丢弃相对少量的新数据包时,数据包服务器会运行更快

13.10.6　停止数据包服务器

如果数据包服务器在前台运行,要使它停止需键入"q"然后"Enter",或"Ctrl – C"。

如果数据包服务器在后台运行,用 VR – Link 后台程序控制器:

vdcserver – port q

数据包服务器也能在响应 SIGTERM 或 SIGINT 信号,或收到来自其它程序的停止信息时终止。

当终止时,数据包服务器首先提示每个客户端它正在关闭与客户端的连接。一般情况下,在提示之后客户端的读写操作都会引起致命错误。

数据包服务器在用户改变其模式并且为过多新模式下的客户端提供服务时也会终止连接。例如,如果用户连接三个客户端到 vrlinkd3i 运行在内部模式下,然后切换到外部模式,则除了第一个客户端外其它所有连接都被断开。

13.10.7　数据包服务器的控制

数据包服务器在前台运行时,用户可以通过键盘控制;在后台运行时,用户可以通过来自其它程序的信息控制,如 vdc 程序(请参见 13.9"vdc—VR – Link后台控制器(UNIX)")或用户自己的应用程序。

表13 –8 列出了控制键。用户按下控制键后键入"Enter"。

表 13 – 8　数据包服务器控制键

键	用　途	键	用　途
c	输出服务器客户端状态	p	服务器 ping 客户端
e	设置数据包服务器为外部模式	q	停止数据包服务器
i	设置数据包服务器为内部模式	s	输出服务器状态
n	关闭分类	u	打开分类

当用户在后台运行数据包服务器,vdc 后台程序控制器使用相同的单字符命令和一些附加命令。更多信息,请参阅"后台操作"。

13.10.8　Ping 客户端

服务器 ping 客户端,键入"p"。

它决定客户端使否在运行,然后发送控制信息。客户端应用程序随后一般显示接受信息,然后指示数据包服务器连接完整。

如果客户端不再运行,数据包服务器将从它的客户端列表中移除它。

13.10.9　包分类

数据包服务器提取连接相同 IP 数据包的单个的 PDU。向服务端提供服务的 PDU 每次一个如同每个在其自己的包内到达。分类默认为打开。

要关闭信息包分类,使用 – u0 命令或键入"n"。

13.10.10　状态命令

服务器状态命令("s"键)显示下列信息:

(1) 数据包服务器的内部/外部模式状态;

(2) UDP 端口号;

(3) 集成(Bundling)模式;

(4) 数据包客户端及其控制的客户端的数目;

(5) 允许当前模式下客户端的最大值。

客户端状态命令("c"键)用下列信息显示服务器状态:

(1) 客户端是消息包客户端还是控制客户端;

(2) 客户端的 ID(用于 IPC 键)和程序 ID;

(3) 发送和接收消息数目;

(4) 被丢弃的旧消息和新消息;

(5) 发送和接收队列的长度;

(6) 当前有效的模式标志列表(读、写、提示等)。

13.10.11　队列长度

当客户端不能用尽给定足够大小的缓冲器时,数据包会被丢弃。用户可以靠增加数据包服务器发送的消息队列的大小来解决这个问题。

提示:共享内存通常被分配为整页大小,一般为 4KB。数据包服务器把独立的共享内存段分配为发送和接收消息队列组合的大小。因此,为了更有效的运用系统资源,指定发送和接收消息队列大小为 4KB 的倍数。

设置发送和接收消息队列大小,分别使用命令行选项中的 – s 和 – r 命令。

13.10.12　技术注解

本节包括附加的技术信息。

256

1. 独立客户端的外部模式操作

vrlinkd3i 支持一个客户端处于外部模式。数据包服务器以此种方式将过滤转为分离过程,此种方法有利于多处理器。它也允许应用程序改变网络包缓冲的有效数量,这对于不经常服务网络的应用程序非常有帮助。另外,它也允许通过应用程序或外部控制器例如 vdc 来开启和关闭网络。

2. 后台操作

使用 – B 选项来运行数据包服务器作为后台程序与执行一个外壳(shell)后台工作相似,但在以下方面有所不同:

(1) 在测试端口为有效之后,控制返回给调用者;

(2) 允许控制客户端终止;

(3) 诊断发送给 syslog;

(4) 通报级别设置为忽略信息。

服务器作为"柔和"(polite)后台程序使用(独立程序组,无控制终端,cwd 设置为/tmp)。

3. 应用程序对数据包服务器的接口

客户应用程序使用 DtClientSocket 数据包接口通过服务器发送和接收数据包。DtClientSocket 是一个在数据包服务器的帮助下发送和接收数据包的 DtSocket。详见 vlSocket. h. 。

4. 系统资源的强制约束

由于 vrlinkdu 对其所支持的客户端数量没有固定限制,可能被系统 V IPC 资源的有效性所限制。每个客户端使用一个独立的信号(semaphore)ID。一些 UNIX 系统设定为允许使用的客户端的数量仅为 10 个。用户可以重新配置内核来修改此数值。对于大量的客户端,用户也需要增加系统范围内的信号(与信号 ID 的限制不同)数量和共享内存段的数量。

允许的最大队列大小被系统的共享内存段所限制。

5. 服务器 socket 文件

服务器接收/tmp(如/tmp/vld – 3000)中 AF – UNIX socket 文件的控制请求(如添加新的客户端)。如果此文件被删除,那么不再有控制请求被接收。而且,控制请求以下面的错误返回:

buffgrep[– v] endpattern pat1[pat2...]

没有 socket 文件,服务器将继续和存在的客户端运行,但不能添加新的客户端或改变通信模式。

要恢复这些功能,重启服务器并重建与客户端的连接。

要停止丢失 socket 文件的后台服务器,使用命令 kill – 15。

13.11　buffgrep（UNIX）

　　buffgrep 应用为匹配一种或多种模式的缓冲器搜索标准输入。它一般与 netdump（13.5"netdump（DIS）"）或 hlaNetdump（13.6"hlaNetdump（HLA）"）一起使用。

　　缓冲器被定为从最后一个缓冲器的结尾开始向上并包括匹配指定结束模式的第一行的所有行。包括所有搜索方式指定的缓冲器复制为标准输出。Buffgrep 模式常规表示与 grep 和 ed 使用的一样。

　　buffgrep 语法如下：

　　buffgrep［ – v］endpatternpat1［pat2...］

　　– v 选项使 buffgrep 输出一个缓冲器,仅当没有行包括指定模式 pat1、pat2 等。

　　buffgrep 与 netdump（或 hlaNetdump）和 awk 一起使用时是有用的。以此种方式使用 buffgrep 时,用下列指令序列作为 endpattern：

　　'^ $ '

13.11.1　buffgrep 实例

　　输出所有 DIS 实体状态 PDU：

　　netdump | buffgrep '^ $ ' EntityState

　　输出来自 GroundVehicle 类对象的所有属性更新：

　　hlaNetdump | buffgrep '^ $ ' GroundVehicle

　　输出来自名为 MyEnt 对象的所有开火交互：

　　hlaNetdump | buffgrep '^ $ ' FireInteraction | buffgrep '^ $ ' ' From. ∗ MyEnt '

　　输出所有 HLA 开火交互：

　　hlaNetdump | buffgrep '^ $ ' FireInteraction

　　输出实体 1:8:1 所有的 EntityState PDU：

　　netdump | buffgrep '^ $ ' EntityState | buffgrep '^ $ ' ' From. ∗ 1:8:1 '

　　输出实体 F18 的所有开火交互：

　　hlaNetdump | buffgrep '^ $ ' FireInteraction | buffgrep – v '^ $ ' ' From. ∗ F18 '

　　仅输出 PDU 标志、时戳和碰撞 PDU 的速度：

　　netdump | buffgrep '^ $ ' Collision | awk '/PDU/ /TimeStamp/ /Velocity/'

　　输出来自实体 F18 更新中时戳的变化：

　　hlaNetdump | buffgrep '^ $ ' ' Name. ∗ F18 ' | awk '/TimeStamp:/ {dt = $ 2 – t; t = $ 2; print $ 0," " ,dt}'

第14章 经 验 实 例

14.1 实例1:分布式仿真系统数据接口

实时、分布式综合飞行仿真系统是对真实飞机的全状态模拟,其主要模拟内容包括座舱系统、飞行仿真、视景系统、航电系统、战场环境仿真系统、综合控制系统等。本节以此为例,利用 VR－Link 构造多协议的分布式仿真接口,完成数据转换和转发。首先给出了系统的组织结构,对基于 VR－Link 的仿真接口设计中的对象管理、坐标变换和接口数据交互管理进行了详细的设计,通过分析实际数据,验证接口的实时性和同步性等性能。

本节所涉及的 VR－Link 的主要功能包括:

(1)创建并加入到演练连接。DtExerciseConn 类是应用程序(HLA 联邦成员)与整个系统(HLA 联邦)的接口类,它包含用于分布式仿真的成员函数,应用程序可以通过它与系统中的其它成员进行通信。本地实体的状态通过与联邦的接口类发布到 HLA 网络当中。当从 HLA 网络中收到远程实体状态的时候,会将远程实体状态加入到远程实体反射列表当中。

(2)跟踪在演练中的远程对象。DtReflectedObjectList 类及其派生类用于创建反射实体列表,并用于跟踪记录网络的对象。除完成订购工作外,该类的实例还负责跟踪对象的到达和离开。

(3)进行航路推算和平滑。DtDeadReckoner 和 DtSmoother 类提供的航路推算和平滑接口。只需要在程序的初始化或需要的位置设置推算和平滑参数,即可轻松完成航路推算和平滑。

(4)仿真演练的时间管理。本节主要涉及系统时钟问题,不涉及 VR－Link 的相对时间管理和绝对时间管理问题。主要由 DtTime 类及其派生类 DtClock 完成。

(5)坐标变换。完成本机经纬度坐标和输入 VR－Link 的各种坐标之间的转换,以满足实时任务和监控的需要。

14.1.1 系统组织与结构

整个飞行模拟训练系统的结构如图 14－1 所示,其分系统包括飞行模拟器、综合控制台、战场环境和扩展接口等。为满足编队飞行需要,采用两台模拟器相连形式进行。模拟器 1 内部数据交连采用基于反射内存技术的实时网结构,该结构具有反应迅速和稳定性好的优点;模拟器 2 是模拟器 1 的简化,采用基于以太网的网络结构。综合控制系统完成设备管理、训练任务的设置、飞行操作监视和成绩评判等功能。战场环境仿真采用基于 MÄK VR – Forces 的设计方案,主要负责除模拟器以外的其它红蓝双方实体对象的生成、管理,作战进程的推进等。为满足系统今后的扩展,本系统还预留了扩展接口。每台模拟器都通过一个 VR – Link 接口作为一个联邦成员加入到 RTI 中。

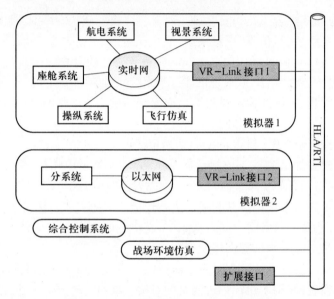

图 14 – 1　飞行模拟训练系统的组织和结构

　　模拟系统中,接口管理的数据类型包括仿真对象(实体对象和电磁目标对象)、交互(事件)和通信数据。对象数据管理可分为两种:本机(模拟器)对象管理和远程对象管理,其过程分别在多个线程中完成,如图 14 – 2 所示。接口初始化中完成创建演练连接后,一方面读取实时网或以太网的模拟器飞行(位置和姿态信息)和航电数据(电磁信息),创建模拟器对象,完成坐标变换后进行平滑处理并发布,成为战场环境中的目标;另一方面接口订购(接收)战场环境的目标数据,经坐标变换后创建接口的本地对象,通过实时网或以太网发布给模拟器作为目标数据,并将模拟器在内的所有数据实时显示在接口界面上。

14.1.2　加入到演练连接

　　整个模拟器通过定义一个初始化函数加入演练连接:

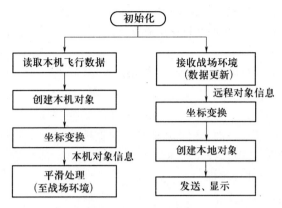

图 14 - 2　数据管理

bool init (const char ∗ execName, const char ∗ federateName, bool absolute-TimeStamp, bool destroyFedExec)

　　{

　　　　DtExerciseConn ∗ pExerciseConn ;

　　　　//加入演练连接

　　　　pExerciseConn = new DtExerciseConn(execName, federateName) ;

　　　　if(pExerciseConn = = NULL)

　　　　　　return false;

　　　　else

　　　　{

　　　　　　//设置时戳类型

　　　　　　if(absoluteTimeStamp)

　　　　　　　　pExerciseConn - > setTimeStampType(DtTimeStampAbsolute) ;

　　　　　　else

　　　　　　　　pExerciseConn - > setTimeStampType(DtTimeStampRelative) ;

　　　　}

　　　　//让 DtExerciseConn 的析构函数销毁联邦执行

　　　　if(destroyFedExec)

　　　　　　pExerciseConn - > setDestroyFedExecFlag(true) ;

　　　　else

　　　　　　pExerciseConn - > setDestroyFedExecFlag(false) ;

　　　　//设置本机对象反射回本地,即本地定义的反射实体列表可以发现该对象

　　　　pExerciseConn - > setReflecting( ) ;

261

//设置平滑周期为 0.025 秒

DtSmoother∷setSmoothPeriod(0.025);

}

该函数在主程序开始或初始化时被调用。

14.1.3 数据管理

数据管理包括对象管理、事件管理和时钟管理等。对象管理包括对象的创建、数据更新和删除管理。针对对象的来源不同,需要对本机和远程(战场环境仿真系统)对象分别进行管理。

1. 初始化反射对象列表

初始化反射对象列表通过定义 DtReflectedEntityList 的实例来完成:

DtReflectedEntityList ∗ pReflectedEntityList;

pReflectedEntityList = new DtReflectedEntityList(pExerciseConn,true);

if(pReflectedEntityList = = NULL)

    return false;

else

    pReflectedEntityList – > discoverOnlyWhenEntityTypeKnown(true);

2. 创建本机对象

本机对象的位置信息来自于实时网(以太网)上飞行包提供的数据,本机电磁目标数据来自实时网上本机航电系统提供的雷达等设备的数据。接收到的本机对象数据,将本机实体类型和 DtEntityType 的参数匹配(实体参数数据库标识),并创建 DtEntityPublisher 类的实例:

DtEntityPublisher ∗ pEntityPublisher = new DtEntityPublisher (

    DtEntityType(entityType),pExerciseConn,algorithm,forceId,

    DtEntityPublisher∷guiseSameAsType(), globalID, regionToUse);

调用 pEntityPublisher – > esr(),返回实体状态池。

创建本机电磁对象,实例化 DtEmitterSystemPublisher 类:

DtEmitterSystemPublisher ∗ pEmitterSystem =

    new DtEmitterSystemPublisher(pExerciseConn);

对电磁对象进行设置:

DtEmitterSystemRepository ∗ esr = pEmitterSystem – > esr();

DtEmitterBeamRepository ∗ bsr = esr – > addBeam(beamID);

bsr – > setEmittingSystemId(esr – > globalId());

esr ∗ > setHostId(DtGlobalObjectDesignator(platform));

返回 bsr。

将创建的实体对象和电磁对象分别插入到自定义的实体列表和雷达波束列表中。

3. 创建本地对象

创建本地对象即接收远程对象,其实现方法相对简单:直接调用 pExerciseConn - >drainInput( )函数。该函数调用 RTI 的 tick 函数处理从 pExerciseConn 来的输入。

VR - Link 通过 DtReflectedObjectList 类及其派生类用于创建映射实体列表,并用于跟踪记录网络的对象。反射对象列表通过实例化 DtReflectedEntityList 和 DtReflectedEmitterList 获得:

ReflectedEntityList = new ReflectedEntityList(pExerciseConn) ;

ReflectedEmitterSystemList = new DtReflectedEmitterSystemList(pExerciseConn) ;

4. 对象数据更新和对象删除

对象的数据更新采用一个单独的线程,在循环中不断调用 pEntityPublisher - >tick( )和 pEmitterSystem - >tick( )完成数据更新。

对象的删除根据收到的对象删除命令(用户删除、系统删除、被击毁、爆炸等),直接删除自定义列表中对象。需要指出的是,在接口程序中只负责对象数据的更新和数据显示,接口不具备创建和删除对象的功能,对象的创建和删除来自模拟器或战场环境对其各自本地对象的管理。

5. 事件管理

事件管理与实体管理相关,其主要任务是将发生事件的实体的状态(实体的创建、加入、爆炸和删除等)通知其它分系统。我们采用回调函数的形式实现,如对实体爆炸事件的管理:

EntityDetonationCallback(DtDetonationInteractionCb cb, void * usrData)
{

    DtDetonationInteraction∷addCallback(pExerciseConn, cb, usrData) ;

}

在回调中采用消息触发形式发送捕捉到的事件:

EntityDetonation(DtDetonationInteraction * inter, void * userData)
{

  ∷PostMessage(hMainFrame, WM_INTERACTION, (WPARAM) msg. entityID,
        MAKELPARAM(msg. eventType, msg. entityType)) ;

}

利用函数 sendInteraction( )发送消息 WM_INTERACTION。

6. 坐标变换

VR – Link 采用的默认坐标是地心坐标系,而本机以及与本机需要的目标位置信息则采用测地坐标系,所以必须经过坐标变换。坐标变换涉及的本机与目标的位置、姿态和速度等需要分别变换。采用下面两个函数可以完成上述各种变换:

1) 地心坐标转换为测地坐标

```
geocToGeod(DtVector& pos, DtTaitBryan& rot, DtVector& vec)
{
        DtGeodeticCoord geo;
        //位置
        geo. setGeocentric(pos);
        pos. setX(geo. lat());
        pos. setY(geo. lon());
        pos. setZ(geo. alt());
        //姿态
        DtDcm geocToTopoDcm;
        DtLatLon_to_GeocToTopo(geo,geocToTopoDcm);
        DtEulerToEuler(rot,geocToTopoDcm,&rot);
        //速度
        DtDcmVecMul(geocToTopoDcm,vec,vec);
}
```

2) 测地坐标转换为地心坐标

```
geodToGeoc(DtVector& pos, DtTaitBryan& rot, DtVector& vec)
{
        //位置
        DtGeodeticCoord geo(pos. x(),pos. y(),pos. z());
        geo. getGeocentric(pos);
        //姿态
        DtDcm topoToGeocdcm;
        DtLatLon_to_TopoToGeoc(geo,topoToGeocdcm);
        DtEulerToEuler(rot,topoToGeocdcm,&rot);
        //速度
        DtDcmVecMul(topoToGeocdcm,vec,vec);
}
```

7. 数据分发管理①

数据分发管理是指接口接收和发送对象数据的管理,其接收和发送数据的速度对其它分系统产生直接影响。接口的数据接收主要是接收实时网上本机数据。影响其速度的主要因素是接收线程的和整个接口软件的处理速度。经测试,如果不采取措施接收线程最快速度可达 1000Hz。在模拟系统中,系统时钟频率定为 60Hz。在实际设计中,我们令读线程保持在 100Hz 左右。由于 VR – Link 在运行过程中会自动按照设定的平滑参数对实体运动轨迹进行平滑处理,所以不需过高要求接收数据的同步问题,只要满足实时性标准即可。这种快速接收与平滑处理相结合的方式可以保证接收到的本机数据不存在抖动和丢失的现象。

如果接口数据发送不与全系统同步,会造成其它分系统接收到的数据的重复或丢失,其最直接的影响是造成视景的目标抖动,在编队飞行和空战中尤其明显。我们分别分析了采用 Windows 管理、VR – Link 管理和全系统同步的方式等三种不同的处理方法,测出的数据结果如图 14 – 3 所示,图中横坐标为帧数,纵坐标为经度,模拟器平飞,高度为 2000m,真空速 650km/h。

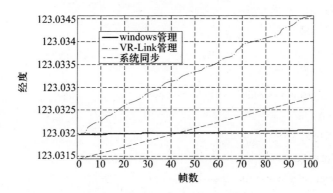

图 14 – 3　数据发送

1）Windows 的时钟管理

在发送线程中直接采用 Windows 管理发送帧速,由于 Windows 时钟的局限性,不可能精确到指定频率,所以数据不稳定,重帧现象严重,根本不能满足要求。

2）VR – Link 的时钟管理

整个接口的处理过程中的帧速和时钟都可以利用 VR – Link 提供的时钟进行管理,发送线程中采用如下形式对发送时钟进行管理:

---

① 注意:此处数据分发管理有别与 6.7 中的 DDM(Data Distribution Managment)。——译者

//起点时间

double timehigh = DtTime∷elapsedTime( );

//发送

sendData( );

//终点时间

elapsetime = DtTime∷elapsedTime( ) – timehigh;

//消耗多余时间

DtSleep(timestep – elapsetime) ;

以 DtSleep 控制发送时间,1/timestep 即是发送的周期,但是要严格满足 60Hz 的帧速,仍存在误差,造成抖动。

3) 同步系统时钟

由于上述两种方法都不能完全满足严格的发送帧速,所以我们采用读取系统时钟(心跳)方法,数据同步发送。整个模拟系统由定义了统一的时钟,其周期严格按照 60Hz 执行,很好的满足了发送数据的稳定。

//接收系统时间

recv(systime) ;

//记录当前心跳

tempheartbeat = systime. heartbeat;

//前后相差一帧

if(systime. heartbeat – tempheartbeat ＝ ＝ 1)

{

　　//发送

　　sendData( ) ;

　　tempheartbeat = systime. heartbeat;

}

14.1.4　结论

本节介绍了一种基于 VR – Link 的分布式实时仿真接口的设计,对接口的对象管理、事件管理、坐标变换和数据发送的时钟管理进行了的设计进行了详细的说明。通过该方法可以看出利用 VR – Link 进行分布式仿真设计开发具有简便、易用、高效等优点。

图 14 – 4 为战场环境中的红蓝双方态势图[①],其中 SFltor 为模拟器,属于远

---

① 译者注:图中地形来自 MÄK VR – Forces 的 hunter. mtd。——译者

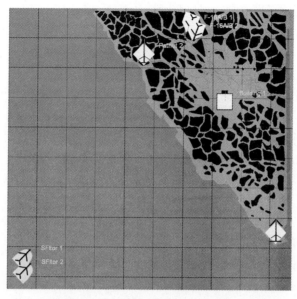

图 14 – 4　战场环境中的红蓝双方态势

程实体,F – 16、Patriot 和建筑为战场环境本地创建的仿真实体。图 14 – 5 为接口运行时界面,以数据的形式实时监视整个仿真中的各实体的运动状态和电磁

图 14 – 5　运行界面

目标信息;事件监视栏实时监视接口的运行状态,以及开火、爆炸等事件;状态栏则监视接口运行的速度。

14.2 实例 2:FOM 扩展

本节阐述基于 VR – Link 的 FOM 扩展技术,并给出其相关的宏定义。

虽然在联邦的开发过程中 FOM 的开发需要作大量的工作,但经验表明,一旦 FOM 开发完,对于联邦成员软件的开发与是最具挑战性的。在实际的 HLA 联邦成员软件开发中,对那些用户指定的必须重用或适合作为联邦成员的现有仿真系统而言,主要是实现软件接口的修改,使它成为 HLA 兼容的成员能够基于 RTI 集成并互操作。对于需从头开始的联邦成员软件的开发最基本的方法是基于 RTI 应用编程接口 API 开发,基于 RTI API 进行联邦成员软件的开发过程是一个繁琐枯燥而且容易出错的过程。RTI 虽然提供了 HLA 接口规范的所有功能但它把联邦状态管理的职责留给了联邦开发者,也没有提供可以使联邦成员创建工作更容易的高层功能。这样,联邦中各联邦成员状态的管理中存在的大量的通用功能都要在各联邦成员的代码中重复实现,不仅浪费了大量的时间,还将导致移植或互操作的不便,对于错误的纠正也带来困难;同时,大量的底层接口编程使联邦开发者不得不在与 RTI 功能相关的函数调用上花费精力,分散了本该集中到仿真功能实现上的精力。此外,程序的管理和维护也对用户提出了很高的要求。

VR – Link 内置了对 RPR FOM 的支持,满足"开箱即用"的要求,也能通过 VR – Link FOM 映射构架支持户任意的 FOM 形式,大大减轻联邦成员接口开发的难度。FOM 接口扩展的三种方式,如图 14 – 6 所示。

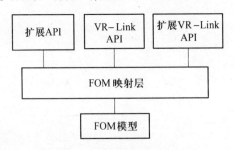

图 14 – 6　FOM 扩展的三种方式

FOM 接口扩展的第一种方式是扩展 API,即针对新的 FOM 模型用户需要开发全新的扩展接口并通过 FOM Mapper 与之相对应。采用这种方式对于 FOM 对象类需要重写六个类,它们是状态池类(DtFomClassNameRepository)、编码器类(DtFomClassNameEncoder)、解码器类(DtFomClassNameDecoder)、反射体类(DtReflectedFomClassName)、反射体列表类(DtReflectedFomClassNameList)、发布者类(DtFomClassNamePublisher);对于 FOM 交互类,需要重写三个类,它们是交互类(DtFomClassNameInteraction)、编码器类(DtFomClassNameEncoder)、解码器类(DtFomClassNameDecoder)。

　　第二种 FOM 接口扩展方式是通过 FOM 映射器直接把 VR – Link API 映射到新的 FOM 类,而不用开发新的接口,这样做的前提是新的 FOM 中的概念在 VR – Link API 已经存在,否则就没有意义了。一般在 FOM 扩展开发中很少采用这种方式。

　　FOM 接口扩展的第三种方式是扩展 VR – Link API,即不需要开发新的扩展接口,只需在 VR – Link API 中添加新的接口并通过 FOM Mapper 与新的 FOM 模型相对应。采用这种方式需要重写状态池类(DtFomClassNameRepository)或交互类(DtFomClassNameInteraction),并通过 FOM Mapper 修改编码器和解码器类以增加新的编码和解码函数。

　　无论采用哪种 FOM 接口扩展方式,各个类的相互关系及工作原理如图 14 –7所示。

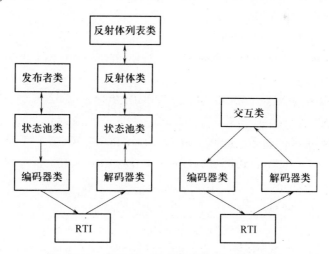

图 14 – 7　FOM 接口类相关关系及工作原理图

　　在 FOM 接口扩展开发过程中,状态池类、发布者类、反射体类、反射体列表类以及交互类的编写比较容易,主要工作是在编码器和解码器的编码解码函数设计上。由于在 FOM 接口扩展开发中存在大量的通用功能都要在各联邦成员的代码中重复实现,因此,一般通过定义宏来实现这些需要重复执行的代码。

　　采用扩展 API 方式在编写编码器和解码器需要用到的几个宏如下。

编码函数声明宏:

```
#define DtDECLARE_ATTR_ENCODER(stateRepClass, attrName) \
  static void encode##attrName(const stateRepClass& rep, \
    RTI::AttributeHandleValuePairSet * attrs, \
    RTI::AttributeHandle attrHandle)
#define DtDECLARE_FomClassName_ATTR_CHECKER(attrName) \
  DtDECLARE_ATTR_CHECKER(DtFomClassNameStateRepository, attrName)
```

编码检查函数声明宏:

```
#define DtDECLARE_ATTR_CHECKER(stateRepClass, attrName) \
  static bool need##attrName(const stateRepClass& stateRep, \
const stateRepClass& asSeenByRemote)
#define DtDECLARE_ FomClassName _ATTR_CHECKER(attrName) \
  DtDECLARE_ATTR_CHECKER(DtFomClassName Repository, attrName)
```

添加编码函数宏:

```
#define DtADD_ATTR_ENCODER(attrName) \
  addEncoder((char *)#attrName, (DtAttributeEncoder) encode##attrName)
```

添加编码检查函数宏:

```
#define DtADD_ATTR_CHECKER(attrName) \
  addChecker((char *)#attrName, (DtAttributeChecker) need##attrName)
```

定义编码函数宏:

```
#define DtDEFINE_SIMPLE_ATTR_ENCODER( \
    encClass, stateRepClass, attrName, netType, inspector) \
  void encClass::encode##attrName(const stateRepClass& rep, \
RTI::AttributeHandleValuePairSet * attrs, \RTI::AttributeHandle attrHandle) \
  { \
    netType netVal; \
    netVal = rep.inspector(); \
    attrs - >add(attrHandle, (char *) &netVal, sizeof(netType)); \
  }

#define DtDEFINE_SIMPLE_ FomClassName _ATTR_ENCODER( \attrName,
netType, inspector) \DtDEFINE_SIMPLE_ATTR_ENCODER(DtFomClassNameEn-
coder, \DtFomClassName, attrName, netType, inspector)
```

定义编码检查函数宏:

```
#define DtDEFINE_SIMPLE_ATTR_CHECKER( \encClass, stateRepClass, at-
```

trName, inspector) \ bool encClass::need # # attrName (const stateRepClass&
stateRep, \const stateRepClass& asSeenByRemote) \

　　{ \

　　　　return (bool) ! (stateRep. inspector( ) = = asSeenByRemote. inspector( )); \

　　}

#define DtDEFINE_SIMPLE_FomClassName_ATTR_CHECKER (\ attrName,
inspector) \DtDEFINE_SIMPLE_ATTR_CHECKER (DtFomClassNameEncoder, \
DtFomClassNameRepository, \ attrName, inspector)

　　解码函数声明宏：

#define DtDECLARE_ATTR_DECODER(stateRepClass, attrName) \static void
decode##attrName(stateRepClass ∗ stateRep, \const RTI::AttributeHandleValue
PairSet& attrs, int pairSetIndex)

#define DtDECLARE_TEST_ATTR_DECODER(attrName) \DtDECLARE_AT-
TR_DECODER(TestStateRepository, attrName)

　　添加解码函数宏：

#define DtADD_ATTR_DECODER(attrName) \addDecoder((char ∗)#attrN-
ame, (DtAttributeDecoder) decode##attrName);

　　定义解码函数宏：

#define DtDEFINE_SIMPLE_ATTR_DECODER_WITH_CAST (\decClass,
stateRepClass, attrName, netType, mutator, castExpr) \void decClass::decode##
attrName(\stateRepClass ∗ stateRep, \const RTI::AttributeHandleValuePairSet&
attrs, \int pairSetIndex) \

　　{ \

　　　　RTI::ULong length = attrs. getValueLength(pairSetIndex); \netType netVal; \
　　　　if (length > sizeof(netType)) \

　　　　{ \

　　　　DtWarn("Size of value decoded from RTI update for attribute %s \
　　　　(%d) \n", #attrName, length); \DtWarn(" is larger than size of %s
　　　　(%d) \n", #netType, sizeof(netType)); \

　　　　return; \

　　　　} \

　　attrs. getValue(pairSetIndex, (char ∗) &netVal, length); \

　　stateRep − >mutator(castExpr netVal); \

　　}

#define DtDEFINE_SIMPLE_TEST_ATTR_DECODER（ \ attrName，netType，inspector）\DtDEFINE_SIMPLE_TEST_ATTR_DECODER_WITH_CAST（ \ attrName，netType，inspector，（netType））

14.3　实例3：时间管理

HLA 时间管理服务是接口规范定义的 6 种服务之一。时间管理描述的是联邦运行过程中联邦成员仿真时间的推进机制,且该推进机制必须与联邦成员间的数据交换相协调,以确保联邦成员发送和接收的信息在时间逻辑上的正确性。在仿真开发过程中,时间管理服务是可选服务,但是,理解时间管理的基本原理以及采用不同时间管理策略的成员间进行时间协调的方式,对仿真开发来说是非常重要的。

14.3.1　时间概念

1. 联邦成员时间

联邦成员时间是指一个指定的联邦成员在联邦时间轴上的当前值,它也是联邦成员的逻辑时间(或称为成员的仿真时间或局部时间)。例如,如果一个联邦成员处于逻辑时间 T,则表明它已完成所有 T 时间以前实体状态的处理。

2. 联邦时间轴

所有的联邦成员的仿真时间组成一个单调有序的时间值序列称为联邦时间轴,仿真时间总是沿着联邦时间轴向前流动。

14.3.2　时间管理原则

HLA 的主要目标就是保证仿真程序的互操作性与重用性的有效实现。为了促进重用,时间管理服务必须具有充分的灵活性,即能在国防仿真应用程序中的各种各样的内部时间管理机制中灵活应用;为了支持互操作,时间管理服务必须允许仿真程序在单独的联邦执行过程中,使用不同的内部时间管理机制。一个重要的设计原则就是"时间管理透明性"。这意味着,在每一个联邦中使用的逻辑时间管理机制,对于其它的联邦必须是不可见的。例如,一个使用事件驱动时间流机制的联邦,不需要知道同它交互的其它联邦使用的是时间驱动,还是时间步长驱动机制。HLA 的时间管理的出发点是在保证正确地实现联邦成员间仿真时间的协调推进和数据交换的前提下,定义所需服务的最小集合。HLA 的时间管理建立在如下原则之上:

（1）在 HLA 的联邦中不存在一个通用和全局的时钟。在联邦执行过程中的任一时刻,不同的联邦成员可具有不同的仿真时间值,称为联邦成员时间或逻辑时间。

（2）联邦成员只能调度"未来"的事件。对象状态的变化,也称事件,包括属性更新、交互、对象的实例化和删除等,由联邦成员调度（即通知 RTI 将发生该状态变化）,并且该事件的时戳必须大于或等于当前局部时间的时戳,也即是使用逻辑时间的联邦成员不会接收也不会产生任何 TSO 时戳小于当前的逻辑时间的消息。

（3）联邦成员不需要按事件的时戳调度事件。例如,一个联邦成员可先调度时戳为 10 的事件,再调度时戳为 8 的事件,但事件具体发生的顺序一定是先 8 后 10。

14.3.3 时间推进机制

重点理解时间前瞻量（Lookahead）和时戳下限值（LBTS）的概念和意义以及协商时间推进的运行过程和对数据传输的影响。

（1）时间前瞻量（Loolahead）表示"时间控制"联邦成员向 RTI 保证在未来的"Lookahead"时间内不会产生新的事件,因此 RTI 在长度为"Lookahead"的时间窗内可以并发处理联邦成员消息的发送和接收。"Lookahead"实质是为了减少"时间受限"成员的等待时间,提高各联邦成员并发处理能力。

（2）时戳下限值（LBTS）表示"时间受限"联邦成员最大安全时间推进值,将来不会再接受到时戳值小于该值得 TSO 消息,其值等于所有"时间控制"联邦成员"T + Lookahead"的最小值。

（3）Lookahead 对于"时间控制"联邦成员才有意义,LBTS 对于"时间受限"联邦成员才有意义。

（4）任意"时间受限"联邦成员的仿真时间必小于其它所有"时间控制"联邦成员的"T + Lookahead",其最小值就是该联邦成员的 LBTS。

（5）在联邦时间轴上,"时间控制"联邦成员拥有最大的自由度和时间位置值,它们彼此之间无任何关联;"时间受限"联邦成员拥有最小的自由度和时间位置值,受所有"时间控制"联邦成员时间位置值限制且不能超越,它们彼此之间无任何关联;"时间控制"且"时间受限"联邦成员位于中等的自由度和时间位置值,既控制其它"时间受限"联邦成员也受其它"时间控制"联邦成员控制,彼此之间你追我赶,不甘落后。当联邦成员存在追赶攀比状况时整个系统运行效率最底,否则为最高。

（6）需要发送带时戳消息的联邦成员设为"时间控制",需要接受带时戳消息的联邦成员设为"时间受限",即接受也发送带时戳消息的联邦成员设为"时间控制"且"时间受限"。

（7）RTI 通过协商的时间推进方式使得联邦成员发送者和接收者的联邦时间维持有序性,从而保证事件按顺序发生;但联邦成员的联邦时间并不一定等于仿真时间,"时间控制"联邦成员仿真时间等于"T + Lookahead"（T 为联邦时间）,"时间受限"联邦成员仿真时间等于联邦时间,"时间控制"且"时间受限"联邦成员仿真时间等于"T + Lookahead"。

（8）"时间控制"联邦成员接受和发送信息运行效率不受任何影响;"时间受限"联邦成员接受和发送信息需要仿真时间推进因此受影响可能会出现延时。

下面给出基于时间步长的保守时间推进的方式的代码:

```
//声明回调函数
void timeAdvanceRequestCb( const RTI::FedTime &aTime, void * userData);
void timeRegulationEnabledCb( const RTI::FedTime &aTime, void * userData);
void timeConstrainedEnabledCb( const RTI::FedTime &aTime, void * userData);
//声明全局变量
bool GlobalTimeRegulationOn = false;
bool GlobalTimeConstrainedOn = false;
bool GlobalTimeMoved = false;
RTIfedTime GlobalFedTime;
const RTIfedTime LookAhead(2.0);
const RTIfedTime FedTimeAdvance(1);
//定义回调函数
void timeAdvanceRequestCb( const RTI::FedTime &aTime, void * userData)
{
    GlobalFedTime = aTime;
    GlobalTimeMoved = true;
    DtInfo << "Time Advance Grant to: " << GlobalFedTime.getTime() << std::
endl;
}
void timeRegulationEnabledCb( const RTI::FedTime &aTime, void * userData)
{
    GlobalFedTime = aTime;
    GlobalTimeRegulationOn = true;
    GlobalTimeMoved = true;
```

```
        DtInfo ≪ " Time Regulation Enabled at time:" ≪ GlobalFedTime. getTime
( ) ≪ " \n";
    }
    void timeConstrainedEnabledCb(const RTI::FedTime &aTime, void * userData)
    {
        GlobalFedTime = aTime;
        GlobalTimeConstrainedOn = true;
        GlobalTimeMoved = true;
        DtInfo ≪ "TimeConstrained Enabled at time:" ≪ GlobalFedTime. getTime
( ) ≪ " \n";
    }
    //初始化与仿真推进
    if( regulating && ! constrained)
    {
        exConn - >rtiAmb( ) - >enableTimeRegulation(fedTime,lookAhead);
        exConn - >setSendFedTime(true);
        exConn - >fedAmb( ) - >addTimeAdvanceGrantCb
        //( timeAdvanceRequestCb,0);
        exConn - >fedAmb( ) - >addTimeRegulationEnabledCb
        //( timeRegulationEnabledCb,0);
        while(1)
        {
            exConn - >drainInput( );
            if( GlobalTimeRegulationOn)
                break;
            DtSleep(0. 05);
        }
    }
    else if( ! regulating && constrained)
    {
        exConn - >rtiAmb( ) - >enableTimeConstrained( );
        exConn - >fedAmb( ) - >addTimeAdvanceGrantCb(timeAdvanceRequestCb,0);
        exConn - >fedAmb( ) - >addTimeConstrainedEnabledCb
        //( timeConstrainedEnabledCb,0);
```

```
    while(1)
    {
        exConn - > drainInput( ) ;
        if( GlobalTimeConstrainedOn)
            break ;
        DtSleep(0. 05) ;
    }
}
else if( regulating && constrained)
{
    exConn - > rtiAmb( ) - > enableTimeRegulation( fedTime , lookAhead) ;
    exConn - > setSendFedTime( true) ;
    exConn - > rtiAmb( ) - > enableTimeConstrained( ) ;
    exConn - > fedAmb( ) - > addTimeAdvanceGrantCb( timeAdvanceRequestCb ,0)
    exConn - > fedAmb( ) - > addTimeRegulationEnabledCb
    //( timeRegulationEnabledCb ,0) ;
    exConn - > fedAmb( ) - > addTimeConstrainedEnabledCb
    //( timeConstrainedEnabledCb ,0) ;
    while(1)
    {
        exConn - > drainInput( ) ;
        if( GlobalTimeConstrainedOn && GlobalTimeRegulationOn)
            break
        DtSleep(0. 05) ;
    }
}
while (1)
{
    if (keybrdTick( ) = = - 1)
        break ;
    if( GlobalTimeMoved)
    {
        DtTime simTime;
        if( regulating)
```

```
            {
                simTime = GlobalFedTime. getTime( ) + LookAhead. getTime( ) ;
            }
            else
            {
                simTime = GlobalFedTime. getTime( )
            }
            exConn. clock( ) － > setSimTime( simTime) ;
            GlobalTimeMoved = false ;
            //用户代码
            exConn. rtiAmb( ) － > timeAdvanceRequest( GlobalFedTime + FedTime-
Advance) ;
        }
    exConn. drainInput( ) ;
            DtSleep( 0. 1)
    }
```

14.4　实例 4:仿真互连体系结构

随着计算机、网络和仿真技术的不断发展,仿真需求和应用范围不断扩大,重用已有系统实现广域网(WAN)上的大规模分布式仿真演练已成为军事训练亟需解决的问题。在广域网环境下,美国国防部的目标是实现由 100,000 个仿真对象参加的分布式仿真系统,所有仿真对象可能分布于广域网中的成百上千台主机中,在现有条件下,要实现如此大规模仿真目标是很困难的,主要是由于以下几个方面的原因:

(1) 基础网络设施。要将 HLA 成功地运用于仿真系统互连大规模的系统仿真,必须要有高带宽、低延迟的先进的网络设施,而现有的局域网络设施没有能力承担如此巨大规模的系统仿真,广域网环境下的系统仿真就更加困难,因此应该为大规模的系统仿真建设性能更高的、传输服务可靠的、专用的广域网。

(2) RTI 体系结构以及网络服务构架。现有 RTI 的体系结构大多为集中式或者分布式,RTI 组件与应用程序捆绑在一起,本质上类似于分布交互仿真 DIS 的点点通信方式;而 RTI 网络服务大多采用集中服务构架方式,网络通信负荷得不到有效的均衡,极易造成网络阻塞。因此,目前的 RTI 连接方式仅适合小规模局域网仿真互连,要想能够实现广域网环境下的仿真系统互连大规模系统仿真,必须要有良好 RTI 的体系结构并采用合理均衡的网络服务构架方式。

(3) 仿真应用。在广域网环境下,仿真应用程序本身对仿真的规模也有影响,例如仿真应用程序的实时性要求、是否使用与 RTI 全局操作相关的服务(所有权服务和时间管理服务)等。另外,如果应用程序使用了 HLA 的所有权服务和时间管理服务,则分布式 RTI 在处理这些服务时需要获取所有联邦成员的状态,会导致额外的网络延迟开销,从而影响仿真系统的规模。

MÄK 公司的 RTI、VR - Link 产品为分布式仿真互连提供了强有力的工具,尤其针对大规模分布仿真互连提供了分布式层次化 RTI 服务体系结构,即分布式多 rtiForwarder 服务体系。一般在大型分布式仿真互连体系结构中,为了减少仿真应用因素对最终结果的影响,不使用所有权服务和时间管理服务。下面将详细阐述基于 MÄK RTI 产品的仿真系统互连体系结构及性能分析。

14.4.1　RTI 体系结构

HLA 规范只是规定联邦成员必须通过 RTI 接口服务进行通信,但并没有指明应该如何实现 RTI。现有 RTI 服务的体系结构可分为集中式和分布式两种,为了满足仿真系统广域网互连大规模仿真的要求,MÄK RTI 提供了分布式层次化 RTI 体系结构。

如图 14 - 8(a)所示,分布式 RTI 由所有联邦成员的本地 RTI 部件(LRC,Local RTI Component)组成,联邦成员之间的信息交互通过 LRC 实现;图 14 - 8(b)为典型的集中式 RTI 体系结构,除了每个联邦成员包含一个本地 RTI 部件外,还存在一个中心 RTI 服务器,联邦成员通过中心 RTI 服务器进行交互;图 14 - 8(c)为本方案采用的分布式层次化 RTI 体系结构,增加了本地 RTI 服务器概念,每个本地 RTI 服务器(LRTI)负责管理多个本地联邦成员间的信息交互,而不同 LRTI 内部的联邦成员间的信息交互,则可由中心 RTI 服务器(CRTI,Center RTI)协调解决。

RTI 服务器包含两方面的重要功能,其一是作为数据的"传送带",将公布联邦成员的更新数据传送给一个或多个定购联邦成员;其二是作为状态的"控制器",对全局状态进行控制并维护全局数据的一致性,保证仿真能够正确地进行(如所有权控制、时间同步等)。下面对各类 RTI 体系结构在网络环境下的传输性能和可靠性进行分析计算并加以比较。

对于分布式 RTI 而言,联邦成员之间的消息直接通过 LRC 传送,数据从发送联邦成员到达接收联邦成员所花费的时间 T(Distributed)可以粗略地用下式

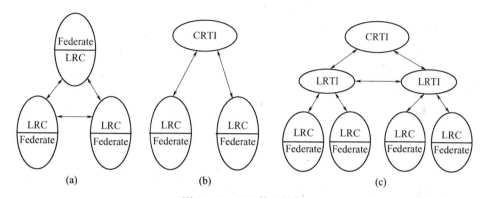

图 14 - 8　RTI 体系结构

（a）分布式 RTI；（b）集中式 RTI；（c）分布式层次化 RTI。

表示：

$$T(\text{Distributed}) = T(\text{LRC}) + T(\text{Global}) \tag{14 - 1}$$

$T(\text{LRC})$ 表示数据从发送联邦成员 LRC 到达接收联邦成员 LRC 所花费的时间，$T(\text{Global})$ 表示 RTI 维护全局数据一致性所花费的时间。假设发送者和接收者位于不同的主机上，则可简单地认为 $T(\text{LRC}) = T(\text{Network})$，$T(\text{Network})$ 表示数据在网络环境下从一个主机传送到另外一个主机所花费的时间。在不需要维护全局数据一致性的仿真中，$T(\text{Global}) = 0$，显然分布式 RTI 是局域网（LAN）内传输性能最高的方式。但是由于这种体系结构没有 RTI 服务器，一般只限于局域网内互连采用，通过 UDP 组播或广播实现，因此传输可靠性不高，也不支持一些 RTI 服务，如所有权管理、时间管理等。

对于集中式 RTI 而言，联邦成员之间所有的信息传送都必须经过中心 RTI 服务器（CRTI）转送，一般通过 TCP 进行可靠传输实现，支持 RTI 所有权管理、时间管理等高级服务特性，则数据从发送联邦成员到达接收联邦成员所花费的时间 $T(\text{Central})$ 可以用下式表示：

$$T(\text{Central}) = 2T(\text{LRC}) + T(\text{Global}) = 2T(\text{Network}) + T(\text{Global})$$

$$\tag{14 - 2}$$

通过比较式（14 - 1）和式（14 - 2）可知，在单纯传输数据上分布式 RTI 要优越于集中式 RTI，而在需要维护全局数据一致性的仿真中，由于集中式 RTI 全局数据的一致性维护在 RTI 本地进行，不涉及网络开销，即 T(global) ≈ 0，而分布式 RTI 需要多个 LRC 进行协商解决，其开销远大于集中式 RTI。因此，在实际仿真应用中，集中式 RTI 的性能将远大于分布式 RTI。但随着联邦成员数目的增加，由于所有信息传递都需要经过 CRTI 转送，集中式 RTI 的传输性能将会迅速下降，并且可能出现网络阻塞。

对分布式层次化 RTI 而言,具有集中式和分布式两类 RTI 体系结构的特点,并增加了本地 RTI 服务器(LRTI)概念。本地联邦成员间的信息传递仅通过本地 RTI 服务器(LRTI)转送,不同 LRTI 内部的联邦成员间的信息交互才会通过中心 RTI 服务器(CRTI)协调解决,这样就大大分散了网络负荷,优化了网络传输带宽。LRTI 内部联邦成员间的信息传递所花费的时间与集中式 RTI 相同,不同 LRTI 内部联邦成员的信息传递所花费的时间 $T(\text{Hierarchical})$ 如下:

$$T(\text{Hierarchical}) = 3T(\text{LRC}) + T(\text{Global}) = 3T(\text{Network}) + T(\text{Global})$$

$$(14-3)$$

式(14-2)和式(14-3)中的 $T(\text{Global})$ 依赖于 RTI 所采用的具体算法以及仿真系统的规模等因素,但两者的意义不一样,前者为联邦成员个数的复杂度,后者为 LRTI 的复杂度,显然分布式层次化 RTI 要优于集中式 RTI,并且随着联邦成员数目的增加,可以通过增加 LRTI 或者构建 LRTI 群来支持更大规模的仿真互连。

由以上讨论可知,在广域网环境下,分布式层次化 RTI 体系结构要明显优越于分布式 RTI 和集中式 RTI,尤其是对于大规模仿真互连应用,其优势显得更加突出。

14.4.2 仿真系统内部互连体系结构

在仿真系统广域网互连网络结构中,仿真系统可看作一个大的联邦仿真应用节点,其内部包括多个联邦成员,通过以太网连接起来组成一个局域网(LAN),因此对于仿真系统内部的互连,可以通过多个本地 RTI 服务器(LRTI)实现,并且为了提高局域网内的传输性能,一般采用分布式 LRTI 群和分布式单 LRTI 来进行网络负载均衡,下面就传输性能对这两种网络结构进行了分析计算并加比较。

图 14-9 所示为三个本地 RTI 服务器组成的分布式 LRTI 群,每个 LRTI 服务于多个联邦成员,每个联邦成员都分配一个主 LRTI,其它均为副 LRTI;联邦成员仅发送信息给它的主 LRTI,主 LRTI 然后转播这些信息给 LRTI 群内的所有其它联邦成员,联邦成员则可以从 LRTI 群内所有 LRTI 接受信息;分布式 LRTI 群内 LRTI 之间也会发生信息交互,主要是交换内部信息和去往仿真系统外部 CRTI 的信息。为了取得较好的网络负载均衡效果,必须对联邦成员合理地进行分组,以确保联邦成员主要在组内进行信息交互,从而大大分散网络传输负荷。

如果不采用 LRTI 群,则所有的 LRTI 连接起来构成了分布式单 LRTI 体系结构,其网络拓扑图如图 14-10 所示。对于分布式单 LRTI 来说,每个 LRTI 与其相连的联邦成员一起本质上相当于包含一个 LRTI 的 LRTI 群,不同之处在于没有任何副 LRTI 与联邦成员相连,联邦成员所发送的信息必须经过它的 LRTI 转送到其它的 LRTI,再由这些 LRTI 把信息发送到与之相连的联邦成员。

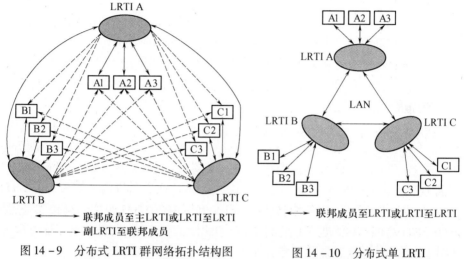

图 14 - 9　分布式 LRTI 群网络拓扑结构图　　图 14 - 10　分布式单 LRTI 网络拓扑结构图

　　显然,分布式 LRTI 群和单 LRTI 网络互联结构都可以大大分散网络通信量,消除了集中式 RTI 潜在的瓶颈。在实际应用过程中具体采用那种拓扑结构应根据联邦联邦成员的数目以及联邦成员间信息交互的范围、频繁程度综合来考虑。分布式 LRTI 群由于直接通过 LRTI 转播信息给其它的联邦成员,避免了单 LRTI 网络中的 LRTI 之间的信息传递,因此对于单一信息点对点的传递,分布式 LRTI 群反应速度明显要快于单 LRTI 网络结构,但是对于大量信息广播式传递,分布式单 LRTI 网络更有优势。下面以一个包括 3000 个联邦成员仿真系统为例详细分析这两种网络结构的响应速度。

　　对于分布式 LRTI 群而言,所有的联邦成员配置在一个 LRTI 群内,假设 LR-TI 为 30 个,则每个主 LRTI 服务于 100 个联邦成员。考虑大量信息的广播式发送情况,每个联邦成员发送的信息必须被它的主 LRTI 转播 2999 次才能让所有的联邦成员都能收到,整个网络平均响应时间为

$$T(\text{Latency}) = T(\text{Network}) \cdot \text{NUM}(\text{Federate}) / 2 = 1500T(\text{Network})$$

$$(14-4)$$

　　对于分布式单 LRTI 而言,每个联邦成员发送的信息首先被它的 LRTI 转播 128 次,其中 99 个信息复制到与之相连的联邦成员,29 个信息复制至其它的 LRTI,然后其它的 29 个 LRTI 分别把信息发送到与之相连的 100 个联邦成员,整

个网络平均响应时间为

$$T(\text{Latency}) = T(\text{Network}) \cdot \text{NUM}(\text{LRTI}) / 2 +$$

$$T(\text{Network}) \cdot \text{NUM}(\text{Federate} / \text{LRTI}) / 2 = 7T(\text{Network}) \quad (14-5)$$

通过比较式(14-4)和式(14-5)可知,在大量信息的广播式发送情况下,分布式单 LRTI 的响应速度是 LRTI 群的 20 倍,但这种情况在实际应中并不常见,而且可以通过在仿真系统内配置多个 LRTI 群来提高分布式 LRTI 群的反应速度。因此,实际应用应根据仿真系统内部环境选择其中一种拓扑结构或者两者皆有的混合拓扑结构。

14.4.3　仿真系统之间互连体系结构

从上面的分析可知,仿真系统之间的互连可以看作是各仿真系统内 LRTI 之间的互连。仿真系统内部一般包括多个单 LRTI 或者 LRTI 群,把所有的 LRTI 分成一个或者多个组,仿真系统之间信息交互则由各 LRTI 组之间通信实现,具体由 CRTI 协调解决。为了优化各 LRTI 组之间的信息传递,有两种互连方法可供选择:单入口方式和负载均衡方式。

图 14-11 所示为单入口互连方式,每个 LRTI 组内只有一个 LRTI 被指定为入口 LRTI,它充当 LRTI 组的所有外部信息入口,并负责把消息转播给组内其它 LRTI,而 LRTI 组内的每个 LRTI 都必须把各自的信息转播给其它外部 LRTI 组的入口 LRTI,即如图中的单向序列虚线所示,所有组内 LRTI 都与外部 LRTI 组的入口相连。此外,入口 LRTI 也要处理与 CRTI 交互的信息,一般 CRTI 只须与网络中的一个入口 LRTI 相连,其它 LRTI 皆通过这个入口 LRTI 与 CRTI 进行信息交互。

负载均衡互连方式如图 14-12 所示,LRTI 组内的每一个 LRTI 都充当 LRTI 组外部信息的入口,并负责把信息转播给组内其它的 LRTI。而 LRTI 组内的每个 LRTI 都必须把各自的信息转播给其它外部 LRTI 组的入口 LRTI,并且组内每个 LRTI 只能且必须与外部每个 LRTI 组内的一个 LRTI 入口相连,因此,每个组内不同 LRTI 选择的外部组内的入口 LRTI 也不同。如果相互连接的 LRTI 组所包含的 LRTI 数目不一样,则数目较小的 LRTI 组(LRTI 组 C)内的 LRTI 必然连接到较大 LRTI 组内的多个入口 LRTI,显然这与每个 LRTI 只能与外部 LRTI 组内的一个 LRTI 入口相连的原则相矛盾。因此多个连接中只允许一个连接是双向连接,其它为辅助连接,用单向虚线表示,只能从辅助连接上接受外部 LRTI 组信息而不能发送信息。最理想的分配情况是所有的 LRTI 组都具有相同数目的 LRTI,这样所有的连接都是双向连接。

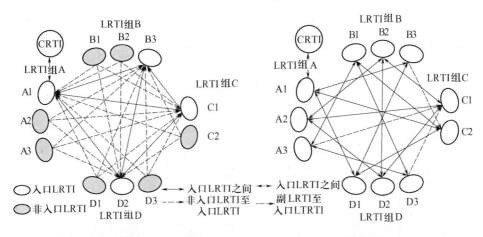

图 14 – 11　单入口式 LRTI 组　　　　图 14 – 12　负载均衡式 LRTI 组
　　　　互连网络结构图　　　　　　　　　　　互连网络结构图

从上面对两种仿真系统间的互连方式分析可知,负载均衡方式能够充分利用多个入口 LRTI 分散通信负载,可以消除单入口 LRTI 组互连方式可能出现的网络带宽瓶颈。但实际应用中具体选择那种互连方式取决于仿真系统之间交互的信息量和分布情况,如果仿真系统之间交互的信息量比较大并且仿真系统内部接受外部信息的联邦成员较多分布较广,则应采用负载均衡方式互连 LRTI 组,否则选择单入口方式即可,并且其服务配置也相对较简单。

14.4.4　仿真系统互连网络的组建

在组建仿真系统互连网络时需要从仿真系统的实际应用出发,要考虑网络标准化,以支持今后网络扩展和互连;对于访问控制方法,网络应满足仿真系统应用对吞吐量和响应时间的要求,尤其要考虑负载峰值和平均吞吐量;网络传输距离和拓扑结构应满足用户现场环境和媒体访问的要求;传输媒体应满足网络带宽、抗干扰和易安装等要求;网络管理软件应支持多种服务、管理功能及兼容性要求。

在仿真系统内部网络建设中,通常采用层次结构或分区接入的方式,并由主干网和分支网组成。分支网也可称为接入网,提供主机的接入服务,接入设备的选择以满足端用户成本、带宽等需求为主,可以直接选择 100M 交换机即可;主干网则负责分支网的互连互访,要求更高的带宽支持,可以选择多个带路由功能的高性能千兆以太网交换机作为主交换机,构成仿真系统的主干网络。仿真系统与外部的连接通过路由器接入广域网实现,仿真系统互连中心 RTI 服务器位于外网中,负责所有互连仿真系统之间的通信协调和管理。图 14 – 13 给出了仿真系统广域网互连的网络拓扑结构图。

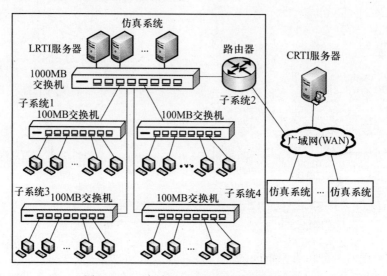

图 14 – 13　广域网互连的网络拓扑结构图

附录 A 术 语

以下定义了在本书中使用的术语。

绝对航迹推算（Absolute Dead Reckoning）

该航迹推算方法中，如果发送者使用绝对时间标尺，应用程序就用状态更新的时间标尺，与相对航迹推算相反。

聚合（Aggregate）

把单个实体、子聚合体或两者并成一个单独的对象，例如，一排就是一个聚合体。

应用程序管理对象（AMO）

一个应用程序管理对象就是一个标准的 TENA 对象，它应该被每一个 TENA 应用程序使用。它将本地应用程序的信息发给其它应用程序。VR－Link 执行连接工作，默认情况下，发布一个 AMO 对象并以特定的速率更新其数据，此速率（一般是 30 秒）是 AMO 对象状态库的一部分。同时 VR_Link 更新发布对象及所监控的代理服务器（TENA 映射的目标）数量。

API

应用程序设计接口。

铰接部件（Articulated Part）

实体的一部分，其能相对实体运动，如小炮塔、枪。

附件部件（Attached Part）

附属于另一个对象的对象，如喷气飞机上挂载的火箭。

体坐标系（Body Coordinate Frame）

坐标系原点在实体的中心，应用程序用欧拉角或一个从参考系统旋转到体坐标系的旋转矩阵来指示实体的方位。

在 Stealth 中,当视点随着实体运动时,我们将此描述为在体坐标系中的运动。

通道(Channel)

当显示仿真中的多个视景时,每个特殊的视景就是一个通道。

剪辑(Clipping)

此特点是对那些和视点的距离太近或太远的地图、物体或物体的一部分,其阻止它们显示。

剪辑面(Clipping Planes)

从近处裁减部分到远处裁减部分的视距范围,在这个范围内应用程序对对象进行裁减。

筛选(Culling)

丢弃不在视野范围内的数据库对象,因此不用对其进行渲染和显示。此处理过程即是筛选。

笛卡儿坐标系(Cartesian Coordinates)

用三个面相互垂直交于一点表示位置的系统。

航迹推算(Dead – Reckoning)

基于速率、加速度和旋转速度,应用程序在实体状态更新期间计算其预定位置的处理过程。

国防部建模与仿真办公室(DMSO)

建模与仿真执行委员会行政秘书处,它专门关注国防部仿真与建模部门的活动信息。最近,DMSO 发布了 M&S 的方针,积极地引导以促进国防部各部门间的合作,使工作效率和效力最大化。

分布式交互仿真数据包(DIS Data Packets)

参照关键词:协议数据单元。

分布式交互仿真(DIS)

DIS 协议是一套标准,其规范了多个应用程序如何共享虚拟世界的信息。

协议定义了一套用于数据通信的数据包,即协议数据单元(PDU)。每个数据单元都规定了接收者并包含依赖于协议数据单元类型的其它数据。分布式交互仿真协议还限定了何时以怎样的频率发送数据。DIS 协议已经被美国国防部使用的高层体系结构(HLA)所取代。

发射器(Emitter)

在实体上发出电磁辐射的仿真设备,如雷达。

实体(Entity)

仿真中的一个元素,如一辆车、一个人,在仿真中通过发布状态信息来描述它。

实体维护(Entity Maintenance)

记录器(Logger)用这一处理过程补偿因时间跳跃造成的实体状态间断。记录器在时间跳变前发出描述实体的间歇性状态信息,因此在下一个更新信息到达前实体不会被中断连接。

实体类型(Entity – Type)

DIS 协议和 HLA RPR FOM 定义的含七个组成部分的列表。如果每个组成部分都不含通配符值(-1),认为此实体类型是一个特殊的、详细定义的实体;如有些包含一个通配符,则是一类实体;大量通配符表示一类更宽泛,更通常的实体。

实体类型的组成如下:
- 实体性质
- 所属领域
- 地区
- 所属类别
- 子类别
- 详细描述
- 其它信息

环境处理(Environmental Process)

根据 IEEE 1278.1a 规范,环境处理协议数据单元传输简单的环境变量、小规模的环境更新数据及内部处理的数据。

欧拉角(Euler Angles)

三个角度值的集合,它用于描述一个可绕三个不同的垂直轴($x, y,$和 z)连续旋转的实体的方位。这三个角度规定从参考坐标系变换到实体的体坐标系要连续的旋转。

事件(Event)

对象间或对象和地形间的一次信息交互,如军用武器的开火、实体的碰撞等。

演练(Exercise)

有一个或更多交互的仿真应用程序的分布式仿真,在 HLA 中比作联邦执行。

演练连接(Exercise Connection)

VR – Link 应用程序通过对象的执行连接接通到网络,通过演练连接实体的状态信息被发送,远程的实体信息被接收。

演练 ID(Execution ID)

DIS 仿真演练的一个数字标识。

FED 文件

联邦执行数据(Federation Execution Data)文件,FED 是 FOM 数据的一部分,RTI 需要这个数据并从文件中读取。VR – Link 也要读取 FED 文件。

联邦成员(Federate)

与 RTI 进行连接,通常一个单独的应用程序可以认为是一个联邦成员。

联邦(Federation)

一组 HLA 联邦成员可以在同一个联邦执行中运行就构成联邦。

联邦对象模型(Federation Object Model)

定义一个联邦执行的数据内容。

288

联邦执行(Federation Execution)

联邦执行表明随着时间的行进对部分联邦成员和来自一个特定联邦的 RTI 初始化数据的操作。联邦执行等同于 DIS 的仿真执行。

视野(Field of View)

视野控制着视点的场景。

大视野形成的效果就像广角摄影机镜头,显示的物体较小而且离视点很远。因此,视点覆盖很大一块区域,视野深度过大。

小视野形成的效果就像远摄镜头,显示的物体较大而且离视点很近。整个视景深度平缓,物体间的距离被压缩。

距离过滤(Filter Range)

大允许远处地形正常显示时,用来阻止远处实体被处理的一种设置。

FOM

联邦对象模型

帧速(Frame Rate)

应用程序更新显示图像的速率。

接地夹(Ground Clamping)

Stealth 软件用来维护停到其所在地形表面的实体的一种方法,不考虑包含于实体状态信息中的高度数据。

地心坐标(Geocentric Coordinates)

根据地球中心计算的坐标系,地心坐标系的原点在地球中心,X 轴正方向通过赤道与本初子午线的交点;Y 轴正方向通过赤道与东经 90°的交点;Z 轴正方向通过北极点。

大地坐标(Geodetic Coordinates)

这是一种相对于基准椭圆定位的坐标系,如海平面的地球表面。VR – Link 大地坐标包含以弧度为单位的经度和纬度,以及高于基准椭圆的高度为单位米。

网格数据(Gridded Data)

在一个点矩形阵列中已经处理的数据,以 X, Y 或经纬度表示。在矩阵中单个数值定义一个二维函数。根据 IEEE 1278.1 规范,网格数据传递关于大范围空间和时间变化环境域以及关于环境过程和特征等信息。

外观(Guise)

基于兵力 ID 来显示物体的一个实体属性。例如,它有敌友两个选择,如一个坦克显示为 M1A1 表示友军兵力,显示为 T72 表示敌方兵力。

多层显示(Heads – up Display)

图形显示器上一组层叠的指示器和读取器。它显示视点的状态及其它实体的位置,即覆盖图。

心跳(Heartbeat)

在 DIS 中,不论实体的状态是否改变,当前的 PDU 被发送到网络的频率。

高层体系结构(HLA)

仿真所用的高层体系结构(HLA)是美国国防部的开发的一种支持仿真可复用性及交互性的体系结构。国防部用 HLA 代替 DIS。

交互(Interaction)

描述仿真事件的消息。交互仅描述事件并不更新对象的状态。

记录器控制协议数据单元(Logger Control PDU)

一组可以用来远程控制 MÄK 记录器的 DIS 协议数据单元或 HLA 的交互信息。

LROM(Logic Range Object Model)

逻辑域对象模型,为 TENA 的执行而定义的数据文件,它包括在执行中使用的一批目标/消息的定义。

MÄK 技术的表处理语言(MÄK Technologies Lisp)

在 MÄK 技术产品的配置文件中使用了对表处理语言的编写。

消息(Message)

用于表示 DIS 协议数据单元、HLA 信息交互和状态更新数据的通用词。

MTL

MÄK 技术的表处理语言

方位夹(Orientation Clamping)

当加入地形数据时,需要调整实体的倾斜角和横滚角以使其保持在合适的位置。例如,坦克将水平驶过山坡,方位夹将使其看上去不是水平的,因此坦克的部分通过使用地线夹而隐于山体中。

对象(Object)

仿真中一直存在的元素。和交互元素相反,交互瞬时即会消失。

对象句柄(Object Handle)

在 RTI 服务调用中应用程序用于标识某个特定对象的整数。一个对象句柄在一个特定的联邦成员中有意义,不同的联邦成员可以用不同的对象句柄辨识同一个对象。

对象名(Object Name)

一个用于标识某个对象的字符串。RTI 知道对象名并提供函数找到它,返回一个句柄;反过来 RTI 也可以通过函数查找句柄,返回一个对象名。通过 RTI 注册对象的应用程序可以设置对象名称。当然,如果用户不想为对象设置名称,RTI 将自动完成此操作。

PDU,Protocol Data Unit

协议数据单元,在 DIS 仿真应用程序间通过网络传输的一个数据信息(包)单元。

代理对象(Proxy)

在 TENA 中,一个受其它对象控制的对象。

广播发射器(Radio Transmitter)

在实体上的一个仿真设备,能够发送广播信息。

广播接收器(Radio Receiver)

在实体上的一个仿真设备,能够接收广播信息。

实时平台参考 FOM(Realtime Platform Reference,FOM)

基于 DIS 协议的一种 HLA 参考联邦模型。

记录器(Recording)

一个为了进行回放而用来存储仿真中交互记录的日志文件。

反射实体列表(Reflected Entity List)

远程应用程序(HLA 中的联邦成员)仿真的实体列表,本地仿真通过网络接收其相关信息。

参考联邦对象模型(Reference FOM)

一种可以全部或加以修改就被许多相似的联邦执行的 FOM。

相对航迹推测(Relative Dead Reckoning)

一种航迹推测方法,根据最近的状态更新信息的接收时间,应用程序用这种方法估计对象的位置。

RTI 初始化数据(RTI Initialization Data,RID)

RTI 运行所需的初始化数据。
RTI 初始化期间所需的数据,这些数据取决于所使用的 FOM。
RID 数据通常取决于特定的 RTI 执行。

RPR FOM

实时平台参考联邦对象模型。

实时运行框架(Run – Time Infrastructure,RTI)

支持能够执行 HLA 端口规范软件的一个库或其它文件。所有在 HLA 环境中的联邦都通过 RTI 函数相互通信。

SDO

状态分布式对象。

Servant

在 TENA 中发布的对象(状态分布式对象)。

平滑阶段(Smooth Period)

航迹滤波器工作的时间段即平滑阶段,通常是一秒钟。

仿真互操作标准化组织(Simulation Interoperability Standards Organization ,SISO)

一个在不断推进建模和仿真协作性和可复用性方面的组织,让各种 M&S 机构,包括开发商、买商及使用者等从中受益。

仿真时间(Simulation Time)

在 VR‐Forces 中,仿真时间被用于远端实体的航迹推算及本地实体的开始。通常,应用仿真程序的主循环重复一次,仿真时间就被设置一次,因此,所有实体的航迹推算都基于相同的当前时间值。

平滑(Smoothing)

一种使航迹推算位置转换到真实位置后实体位置不突变的方法,使转化的航迹看起来更真实。

状态(State)

实体的当前状态,包含位置、运动方向、威胁范围等。

状态分布式对象(Stateful Distributed Object)

在 TENA 执行中的一个对象。

带子(Tape)

日志记录器的一个可选方式,不是一个实物磁带。

地形跟随(Terrain Following)

使得视点保持在地形表面上恒定的距离,视点通过地理位置时,其高度随着山顶和山谷变化。

测试和训练使能体系结构(Test and Training Enabling Architecture,TENA)

一个互操作框架,把数据以对象更新信息和消息的形式从一个应用程序传到另一个。

超时(Timeout)

实体的更新信息在网络上消失后,应用程序不断显示实体的一个时间阶段。由于在 HLA 中没有设置发送信息的频率(定时),超时通常不被使用。

时标(Timescale)

日志记录回放时用来加快或减慢时间的一个因素。

地形坐标(Topographic Coordinates)

右手选转笛卡儿坐标系,它的 $X - Y$ 平面在原点处于地球的表面相切,X 正方向指向北,Y 正方向指向动,Z 正方向指向下。有无穷多的地形坐标系,每个点都在地球表面的只有一个。

地形坐标框架(Topographic Coordinate Frame)

在地形背景中的一个坐标系,当视点随着地形移动时,称其为在一个地形坐标框架中的移动。

航迹滤波(Trajectory Smoothing)

用于平滑位置间断的方法,当新的状态更新信息达到时使用。

UDP 端口(UDP Port)

应用程序在 DIS 执行时发送和接收数据的一个通道。

通用横向墨卡托投影(Universal Transverse Mercator,UTM)

通常一个非笛卡儿坐标系中,其 $X,Y,$ 和 Z 轴指向对应东(近似东),北(近似北),高于椭球的高度几乎在地球表面。在地球横向墨卡托投影模式下,Stealth 软件用一个偏移的通用横向墨卡托投影坐标系,坐标值是相对于一个在配置文件中以经纬度定义的原点表示。例如,该点可以是用户的地形数据的原点位置。

UTM coordinates

通用横向墨卡托投影坐标。

视野控制消息(View Control Messages)

一套可以控制远程 MÄK Stealth 软件和日志的操作信息。

视野底层(View Floor)

在完整或跟随模式下在地形上方的最小高度,视点不能到达其下方。视野底层的测量要相对于地形的表。

附录 B MÄK 系列产品

VR – Link 是 MÄK Technology Ⓡ系列软件产品的一员。MÄK 技术系列产品用于提高开发和使用网络仿真环境的效率。

MÄK 技术系列产品包括下列各项：

（1）VR – Link Ⓡ网络工具包。VR – Link 是面向对象的 C ++ 函数和定义的库，这些函数和定义实现 HLA 和 DIS 协议。VR – Link 具有对 RPR FOM 的内建支持，允许用户映射到其它 FOM。该库以最简捷的形式建立和维护新建的与 HLA 或 DIS 兼容的应用程序，并力求使这些兼容整合到现有的应用中的时间和工作量最小化。VR – Link 包括调试应用程序及其源代码的一系列示例集。源代码作为如何使用 VR – Link 的工具箱编写应用程序的例子。可执行程序提供了有效的调试服务，如产生可预期的 HLA 或 DIS 信息流，并且显示网络上传输信息的内容。

（2）MÄK RTI。RTI 是使用 HLA 运行应用程序必需的。MÄK RTI 具有优化的、高效的性能。它有一个 API – RTIspy Ⓡ，允许用户使用插件模块扩充 RTI。它还有一个连接到 MÄK RTI rtiexec 的图形用户界面。

（3）VR – Forces Ⓡ。VR – Forces 是一个计算机生成兵力（Computer Generated Forces，CGF）的应用程序和工具包。它提供了一个具有图形用户界面的应用程序，提供给用户一个带地形数据库的二维空间视图。用户能创建和观察本地实体，聚合到不同层次、指定任务、设定状态参数以及生成有任务的计划、设置声明及条件声明。VR – Forces 也具有作为观察参与到演练的远程实体的平面视图显示（Plan View Dispaly，PVD）的功能。使用其工具包，用户可以扩展 VR – Forces 应用程序或创建自己的应用程序用于其它用户接口。

（4）MÄK Stealth 和 StealthXR。Stealth 显示用户虚拟世界的实际三维演示效果。用户可以从模拟的移动车辆内部观察环境，或将视点放置在其它移动或静止的位置上。Stealth 允许用户在仿真运行时，在几个预定义视点间快速切换。StealthXR（eXaggerated Reality）是 Stealth 单独许可的组件。它将传统的二维和三维显示组合到一个放大的现实显示中。它提供了以强沉浸感的方式观察理解整个战场环境的大地区图像。

（5）MÄK Data Logger，也称 Logger（记录器），可以记录 HLA 和 DIS 演练，并

且可以在运行后回放。用户可以快进、慢放或倒放记录文件,或快速定位在用户感兴趣的位置。Logger 有一个图形用户界面和一个命令行界面。Logger API 允许用户使用插件模块扩展 Logger 或将 Logger 嵌入用户自己的应用程序。Logger 有一套用于用户检查、组合、编辑 Logger 记录的实用程序。

(6) MÄK 平面视图显示(Plan View Display,PVD)。PVD 提供一个二维的,"大图式"(big picture)的虚拟环境。它还能通过二维地图的显示,展示仿真实体,如车辆、士兵和坦克运动。

(7) VR – Exchange™。VR – Exchange 允许使用不兼容通信协议互操作的仿真。例如,HLA 环境中,用 VR – Exchange,采用 HLA RPR FOM 1.0 的联邦能与采用 RPR FOM 2.0 的仿真或使用不同 RTI 的联邦成员一起运行。

(8) MÄK 网关(Gateway)。网关是一个转换应用,允许 DIS 演练操作使用 RPR FOM 的 HLA 联邦执行,因此保留编写支持 DIS 仿真代码的用途。MÄK 网关是单独应用程序不需要用户为其使用编写附加代码。

(9) 支持 MATLAB 和 Simulink 的 MÄK HLA/DIS 工具箱。VR – Link 封装了 MÄK HLA/DIS 工具箱,允许 MATLAB 和 Simulink 用户分析来自实时或记录的 HLA 或 DIS 演练数据,也允许 Simulink 用户创建能参与 HLA 或 DIS 演练的模块。

参 考 文 献

[1] IEEE Standard for Modeling and Simulation (M&S) High Level Architecture (HLA) – Framework and Rules (IEEE Std 1516 – 2000). Institute of Electrical and Electronics Engineers, Inc. , 2000.

[2] IEEE Standard for Modeling and Simulation (M&S) High Level Architecture (HLA) – Federate Interface Specification (IEEE Std 1516. 1 – 2000). Institute of Electrical and Electronics Engineers, Inc. , 2001.

[3] IEEE Standard for Modeling and Simulation (M&S) High Level Architecture (HLA) – Object Model Template (OMT) Specification (IEEE Std 1516. 2 – 2000). Institute of Electrical and Electronics Engineers, Inc. , 2001.

[4] 刘步权,王怀民,姚益平. 层次式仿真运行支撑环境 StarLink 中的关键技术. 软件学报,2004,15 (01):9 – 16.

[5] Furuichi M, Mizuno M, Miyata H. Performance evaluation model of HLA – RTI and evaluation result of eRTI. In: Proc. of the 1997 Fall Simulation Interoperability Workshop. 1997. 1099 – 1109.

[6] pRTI runtime infrastructure for HLA simulations. 2002. http://www. pitch. se/prti/ default. asp.

[7] MÄK technologies. 2001. http://www. mak. com/.

[8] Software distribution center. 2002. http://sdc. dmso. mil/.

[9] 姚益平,时向泉,万江华. HLA/RTI 的研究与实现. 系统仿真学报,2000,12(4): 364 – 366.